黑色系列

I Heard You Paint Houses: Frank "The Irishman" Sheeran And The Inside Story of The Mafia, The Teamsters, and The Last Ride Of Jimmy Hoffa

# 爱尔兰人

CHARLES BRANDT

〔美〕查尔斯·勃兰特 著

刘建周 王凯 译

人民文学出版社
PEOPLE'S LITERATURE PUBLISHING HOUSE

著作权合同登记号 图字 01-2018-6381



**图书在版编目(CIP)数据**

爱尔兰人 /(美)查尔斯·勃兰特著;刘建周,王凯译. —北京:人民文学出版社,2020
(黑色系列)
ISBN 978-7-02-014806-6

Ⅰ.①爱… Ⅱ.①查… ②刘… ③王… Ⅲ.①传记文学-美国-现代 Ⅳ.①I712.55

中国版本图书馆 CIP 数据核字(2019)第 011440 号

责任编辑 **卜艳冰 潘爱娟**
装帧设计 **钱 珺**

出版发行 **人民文学出版社**
社 址 **北京市朝内大街 166 号**
邮 编 **100705**
网 址 **http://www.rw-cn.com**

印 刷 **上海盛通时代印刷有限公司**
经 销 **全国新华书店等**

字 数 **270 千字**
开 本 **890×1240 毫米 1/32**
印 张 **14.25**
版 次 **2020 年 1 月北京第 1 版**
印 次 **2020 年 1 月第 1 次印刷**

书 号 **ISBN 978-7-02-014806-6**
定 价 **68.00 元**

# 目　录

致我的妻子

南希·普尔·勃兰特

致我的母亲

卡罗莱娜·迪马科·勃兰特

并追忆我的父亲

## 序言

# “拉塞和弗兰克”

在位于湖畔的一座夏日别墅里，吉米·霍法的家人挤在一间屋子里，他们热泪盈眶、焦虑不安。美国联邦调查局在这间屋子里发现了一个黄色的记事簿，霍法把这张便笺放在他的电话旁边，上面用铅笔写着“拉塞和弗兰克。”

“拉塞和弗兰克”是吉米·霍法的亲密朋友和忠实支持者。在吉米所经历的法律诉讼以及与鲍比·肯尼迪的较量中，身形高大、肌肉强健的弗兰克始终对吉米忠心耿耿、情同手足，以至于他被后者视为家人。

在湖边的那天，屋里吉米的家人都陷入了一种深入灵魂的恐惧，他们怀疑只有亲密的朋友或可信的人才能如此接近并伤害处事谨慎、警觉机敏的吉米·霍法，因为他向来对致命的敌人了如指掌。那一天，在美国历史上最广为人知的失踪案中，“拉塞和弗兰克”，黑帮杀手绰号是“爱尔兰人”的弗兰克·希兰和他的教父、绰号“麦吉”的拉塞尔·布法里诺成了主要嫌疑人。

所有关于霍法失踪案的著作和严肃研究都认为，弗兰克·“爱尔兰人”·希兰，这位霍法在美国运输工会[①]中最忠实的拥趸，背叛了自己的朋友和导师。这些研究宣称，希兰是同谋犯和操刀手。

---

① 美国运输工会的全称是 the Teamsters，下文多处简写为运输工会。

当霍法被杀害时他在场，并且该行动是由拉塞尔·“麦吉”·布法里诺批准并谋划的。这些研究中有一些经过了潜心调研，其中包括调查记者丹·莫尔德撰写的《霍法战争》，法庭电视频道的创始人斯蒂文·布里尔执笔的《美国运输工会》，以及亚瑟·斯隆教授的《霍法》。

2001年9月7日，在这起神秘事件过去差不多26年之后，霍法的一位家人召开了一次新闻发布会。案发过后，他和母亲还有姐姐在那座湖边别墅里共同熬过了那段可怕的时光。他就是霍法的儿子、美国运输工会主席詹姆斯·P.霍法。关于父亲失踪案的一项新进展重新燃起了他内心的希望。据美国联邦调查局披露，对一缕头发进行的DNA测试证明，吉米·霍法曾在一辆长期以来被怀疑涉案的汽车里待过。福克斯新闻频道的资深记者埃里克·肖恩问詹姆斯，他的父亲是否有可能被另外几名为人熟知的嫌疑人诱骗到那辆车里。詹姆斯对名单里的每一个人都摇头否认，最后他说：“不，我爸爸不认识这些人。”当肖恩再次问到，弗兰克·希兰是否有可能把他父亲诱骗到车里时，詹姆斯点头说道：“是的，我爸爸有可能会和他同坐一辆车。”

新闻发布会结束时，詹姆斯向媒体表示，希望该案件能够通过“临终忏悔”得以解决。其时，弗兰克·希兰是当初的嫌疑人中唯一的健在者，并且按他的年龄而言完全符合“临终忏悔”的标准。新闻发布会召开仅仅四天后，就发生了震惊世界的“9·11”惨案，詹姆斯在一周后出席《拉里·金现场秀》节目的计划也因此被取消。

一个月后，随着霍法失踪案淡出新闻头版，吉米唯一的女儿芭芭拉·克兰瑟法官从她位于圣路易斯的家里致电弗兰克·希兰，以她传奇的父亲具有的那种雷厉风行直奔主题，以个人名义声称，只要希兰告诉她所知道的关于吉米失踪案的一切，她的家族就决定不再追究此事。“敢做就该敢当。”她如是告诉希兰。希兰遵从了律师的建议，没有披露任何信息，礼貌地请她联系他的法律顾问。

这不是芭芭拉第一次致信或致电“爱尔兰人”，以期解开他灵魂深处的秘密。1995 年 3 月 6 日，芭芭拉给弗兰克的去信中写道：“我个人认为，肯定有许多称得上是亲信的人都对詹姆斯·R. 霍法案的隐情、凶手以及动机心知肚明。但却没有一个人愿意告诉他的家人实情——甚至是在宣誓保密的情况下——这让我痛苦不堪。我相信你就是其中之一。”

2001 年 10 月 25 日，芭芭拉致电一周后，弗兰克·“爱尔兰人”·希兰听到一楼公寓的院子里有人敲门，当时希兰已经八十多岁高龄，需要借助助行架才能四处走动。来访者是两位年轻的联邦调查局探员，他们友好而随和，对这位已到暮年的男人心怀敬意。他们希望流逝的岁月磨平了弗兰克的棱角，使他对过往的所作所为有所悔悟。这两位探员在寻找那个“临终忏悔”的机会。他们说自己太年轻而无法记起这个案子，但已经参阅了数千页的档案。他们坦率地说起芭芭拉最近给希兰的电话，并告诉他，芭芭拉在给他致电前曾与他们商量过此事。就像自 1975 年 7 月 30 日吉米失踪那天起希兰所做的那样，他一如既往地请联邦调查局探员联系自己的律师，原费城地方检察官 F. 埃米特·菲茨帕特里克先生。

说服希兰配合并做出“临终忏悔”未遂，联邦调查局于 2002 年 4 月 2 日宣布将 1.6 万页完整的卷宗移交给密歇根地方检察官，并向媒体和吉米·霍法的两个孩子公布了 1330 页的档案。从此之后，再也不会有联邦指控了。最终，近 27 年后，联邦调查局决定放弃。

2002年9月3日，在詹姆斯的新闻发布会近一年后，密歇根州也选择放弃并结案，向霍法的家人表达了“无尽的慰问”。

密歇根地方检察官大卫·戈西卡在新闻发布会上宣布决定时说道：“不幸的是，这部伟大的侦探小说缺失了精彩的尾声。”

《我听说你是漆房子的》[①]是一部侦探故事，但这不是一部小说，而是基于对弗兰克·希兰一对一采访的实录，其中绝大部分都有录音为证。1991年，我在希兰的公寓对他进行了第一次采访。当时，在我和搭档的争取下，希兰刚刚获得保外就医的机会、提前获释不久。那次采访后，希兰立即对这种质询式的采访进行了重新考虑并叫停。他觉得自己说得太多了。我告诉他假如改变了主意，愿意继续接受采访，可以再联系我。

1999年，希兰的女儿们安排她们身体残疾的老父亲私下会见了费城圣·多萝西教堂的海尔杜佛主教。希兰见到了主教，对方赦免了希兰的罪行。这样，他辞世后就可以葬在天主教徒的墓园。弗兰克·希兰对我说：“我相信死后还有来世。假如有机会，我希望能够牢牢地把握住。我可不希望自绝后路。”

与主教会面之后，希兰联系了我。我应邀在他律师的办公室和他见了面。在会面中，希兰同意接受我的问询，该采访得以继续进行，并持续了四年时间。我过去曾是凶杀和死刑检察官、交叉讯问专业的讲师以及审讯专业的学生，并撰写过数篇关于美国高院忏悔排除规则的文章。我将这些经验都运用到了采访过程中。有一次，希兰对我说：“你比我遇到的任何警察都更难对付。”

我花了大量的时间和这个爱尔兰人四处闲逛，会见黑帮分子，

---

① 本书原标题为《我听说你是漆房子的》（*I Heard You Painted Houses*），中译本对标题进行了调整。书中作者引用原书名时仍保留原样。——编注

驱车去底特律寻找霍法失踪的现场，前往巴尔的摩寻找希兰的两次地下交易的现场，会见希兰的律师、家人和朋友，深度了解这个故事背后的男人。为了汲取素材，我打了无数电话、跑了无数地方搜集资料。

按照惯例，要想取得审讯的成功，第一条法则就是坚信受审对象真心想坦白，即使当他矢口否认和撒谎时也不例外。希兰就是这种情况。第二条法则是让受审对象时刻不停地说话，这对“爱尔兰人”来说从来都不是问题。语言滔滔不绝，真相自然彰显。

弗兰克·希兰身上的某一部分想把这个故事一吐为快，即便在他矢口否认、编造谎言的时候。1978 年，人们曾经争议过，希兰是否曾在酒精的刺激下通过电话向《美国运输工会》的作者斯蒂文·布里尔坦白了一切。联邦调查局相信希兰向布里尔坦白了真相，并向布里尔施压逼他交出录音带。《霍法战争》的作者丹·莫尔德在一篇文章中称，在一家酒店吃早饭时，布里尔曾亲口告诉他有希兰坦白的录音。但出于自我保护的需要并避免出庭作证，布里尔在《纽约时报》上聪明地公开否认了此事。

相应地，在整个艰巨的采访的大部分过程中，我都不遗余力地保护并保留希兰的权利，以防他的话构成法律认可的呈堂证供。

本书完稿后，弗兰克·希兰阅读并认可了所有章节。然后，他又通读了全文，对整篇手稿毫无异议。

2003 年 12 月 14 日，弗兰克·希兰与世长辞。在此六周前，在与疾病斗争的最后时刻，他在医院的病床上与我进行了最后一次录音采访。希兰告诉我说他做了告解，并从来访的牧师那里领了圣餐。这次，希兰特意没有使用任何保护性的法律语言，面对摄像机做出了“真相时刻”的告白。他将《我听说你是漆房子的》

举在胸前，站着讲完了书中所述的一切，尤其是他在 1975 年 7 月 30 日吉米·霍法失踪案中所扮演的角色。

第二天，也就是他的体力丧失殆尽的大约一周前，希兰要求我和他一起祈祷，我们一起说出主的祷告和万福玛利亚。

最终，弗兰克·希兰的言语被置于舆论的法庭，有待各位读者将其作为上世纪历史的一部分加以评判。

这个故事的线索就是弗兰克·希兰独特、引人入胜的生活。这个机智的爱尔兰人成长于一个虔诚的天主教家庭；在大萧条期间度过艰苦的童年；他也是一个在二战中经历战争考验的英雄；一个国际卡车司机兄弟会（IBT）① 的高层；一个被鲁迪·朱利安尼 ② 在反黑法 ③（RICO）诉讼中断言与黑帮执行委员会“联手行动”的人，是朱利安尼所掌握的 26 个黑帮匪首名单中仅有的两个非意大利人之一。名单上的人个个都声名显赫，不是博南诺、吉诺维斯、科隆博、卢切斯、芝加哥和密尔沃基家族的老大，就是各种大佬的副手；他还是一个被定罪的重刑犯，黑帮杀手，一个敢作敢当的传奇的家伙；一个膝下有四个女儿的父亲，一个深受爱戴的外祖父。

因为弗兰克·希兰复杂的一生充满着积极向上的动人时刻，

---

① 国际卡车司机兄弟会全称是 International Brotherhood of Teamsters，以下也称运输工会或美国运输工会。

② 鲁迪·朱利安尼（Rudy Giuliani，1944—　），美国律师、检察官、商人，出生于纽约州。朱良尼是共和党的温和派。最初担任联邦检察官，起诉了诸多高知名度的犯罪集团首脑。1994 年至 2001 年间任纽约市市长，任内致力于降低犯罪率、改善城市生活的品质。

③ 反黑法（RICO），全称是 The Racketeering Influenced and Corrupt Organization Act，我国多在介绍美国打击黑社会的文章中提及该法案，并将其翻译为美国“反犯罪组织侵蚀合法组织法”、“反欺诈与合谋法”或“诈骗、操纵和贿赂组织法”，有的干脆将其简译为“反黑法”。在本书中因为其特殊社会背景，沿用“反黑法”的译法。

他在硝烟弥漫的战场上冲锋陷阵、奋力杀敌；他对自己的孩子和亲人疼爱有加。作为护柩者，我抬着覆盖着美国国旗的绿色灵柩，送这个爱尔兰人走完了人生的最后一程，迈向了最终的安息地。

这是霍法悲剧最后的篇章，这个罪行伤害并困扰了所有与之相关的人，包括那些实施犯罪的人。但这个罪行对吉米·霍法的家人造成的伤害和困扰尤为严重，他们一直在努力使父亲的灵魂安息。

**作者手记：**本书中，弗兰克·希兰的话来自数百小时的访谈录音，并通过引号进行了标注。我撰写的某些部分和章节增添了部分关键细节和背景信息。

# 致 谢

我非常感激我聪慧美丽、才华横溢的太太南希，她对每一章都进行了反复修改和认真校对。我在纽约和费城写作该书时，南希体贴入微地承担起了所有繁杂的琐事，每天都给予我莫大的启发、鼓励和支持。每次南希陪我去拜访弗兰克·希兰的时候，他都特别开心，散发着年轻人的活力。我还要感谢我们的孩子特里普·韦尔、咪咪·韦尔和詹妮·露丝·勃兰特，感谢他们的鼓励和支持。

感谢我的母亲对我的宽容和鼓励，在 89 岁高龄的时候还亲自为我烹制可口的意大利菜，容忍我，当我在她位于曼哈顿的公寓里坐在电脑前奋战数周时，鼓励我。

感谢我的挚友、出版界的风云人物威廉·G. 汤普森，他在成书的过程中毫无保留地给予了我许多编辑方面的宝贵意见和建议。斯蒂芬·金和约翰·格里森姆的处女作都是经他之手出版的。

文学小组代理公司的好友弗兰克·威曼答应做我的经纪人，这让我受益良多。他一直为这个项目倾心倾力，将其视作一段可能会被淹没的历史。这本书的题目《我听说你是漆房子的》就来自他给我的建议。同时，在他的推动下，弗兰克·希兰在最后一次录音访谈中找准了叙述的方向。

我还要特别感谢斯提福兹出版社（Steerforth Press）的编辑克里斯汀·斯贝伯，他使我的遣词造句具有律师般严谨的风格。

当初，尼尔·拉辛建议我的经纪人联系斯提福兹出版社。没想到，永远在思考的出版人当即决定出版此书。感谢尼尔的建议，促成了我们与才华出众的契普·弗雷舍及其助手海尔加·施密特的愉快合作。

感谢作家丹·莫尔德、斯蒂文·布里尔、维克多·里赛尔以及乔纳森·奎特尼。是他们冒着生命的危险，以精湛的纪实手法揭开并保存了大量有关吉米·霍法及其失踪案的历史真相，还原了当时所处的历史背景。

感谢那些默默付出的联邦调查局探员、调查员、检方律师以及相关工作人员。没有他们，就没有我查阅的那诸多头条报道和新闻故事。

感谢我充满创造力的表兄卡迈恩·佐佐拉。每当写不下去的时候，他都会鼓励我专心写作。每当我词穷墨尽的时候，他都会给我明智的建议，反复给我打气："你只管写就是了。其余的自然会水到渠成。"

我还要感谢所有朋友和家人对本书的大力支持，感谢那些曾经给予我建议、鼓励和支持的朋友们，尤其要感谢马蒂·沙福兰、皮特·波什、史蒂夫·西蒙斯、里奥·穆雷、盖瑞·戈德史密斯、芭芭拉·潘娜、罗斯玛丽·科瓦尔斯基、杰夫·维纳、特雷西·贝、克里斯·迪卡鲁夫、简·米勒、提奥·甘德、莫里·沃德以及麦克·沃德。同时，还要特别感谢罗德·萨特克里夫。

感谢林恩·沙福兰给予我的所有建议，尤其是将现已故去的泰德·弗利介绍给我和南希。真的很感谢你，泰德。

感谢我的好友、获奖插画家、作家、艺术家乌里·舒尔维茨。从20年前开始，他就鼓励我专职从事写作。

最后，我还要将迟到的谢意，献给1957年我在史蒂文森高中读11年级时的英语老师埃德温·赫伯斯特，为他给予我的启迪。

# 1
# "他们没那个胆儿"

"我求老大拉塞尔·"麦吉"·布法里诺，让我给住在湖边别墅的吉米打电话。我是调停人，在那个危机四伏的时刻，我要做的就是尽量保证吉米别遭遇什么不测。

1975 年 7 月 27 日，星期日的下午，我联系了吉米。7 月 30 日，吉米就永远离开了我们。按行话讲，他就"去了澳洲"①，去了下面。我会想念我的朋友，直到有一天我们在来生相见。

当时，吉米住在底特律附近湖口镇的那座别墅里。我是在费城的公寓用家里的电话给他打的长途。遇到星期天有任务在身的时候，我通常会使用付费电话而不是家里的电话。用家里的电话说那种重要的事情，无异于引火上身。我可不是用一根指头造出来的，是爸爸用了真家伙把妈妈搞上的。

我站在厨房的电话旁，准备拨那个烂熟于心的号码。可是事先我得好好琢磨琢磨如何跟吉米谈这件事。在工会多年的谈判经验告诉我，在开口前最好先在心里打好腹稿。这个电话可不是那么随随便便说打就打的。

1971 年，吉米被尼克松特赦出狱后，开始谋划着如何夺回运输工会主席一职，人变得很难沟通。这在刚被放出来的人身上时

① "去了澳洲"（go to Australia），在黑帮俚语中是"走霉运毙命"的意思。

有发生。吉米简直是口无遮拦，丝毫不顾及场合。无论广播、报纸还是电视都是他宣战的阵地。每次开口讲话，他都会说自己将如何揭露黑帮，将他们从工会中赶出去。他甚至扬言拒绝黑帮使用养老金。我无法想象某些人会喜欢听到那样的话。吉米的回归意味着他们将失去手中的摇钱树。这些话出自吉米之口不免有些道貌岸然。要知道，当初将所谓的黑帮引入工会的正是他本人，而黑帮首先染指的恰恰就是养老金。吉米是在拉塞尔的引荐下，将我招募进工会。因而，我真的特别担心我朋友的处境。

我在拉塞尔吩咐打这个电话的九个月前，就开始惴惴不安了。吉米专程飞到费城，作为演讲嘉宾参加了在“拉丁赌场”举行的弗兰克·希兰感恩之夜。当时，有3000位好友和家人参加了这场活动。客人中不仅有费城市长、地区检察官、我的战友，还有歌手杰瑞·沃尔、排舞淘金舞女以及联邦调查局称之为“黑手党”的其他客人。吉米送给我一块镶钻的金表。吉米看着台上的客人说道：“我真是低估你的实力了。”如此的评价对我意义非凡，因为吉米·霍法是我遇到过的两个最伟大的人之一。

在上等肋骨牛排端上来前，趁我们合影的时候，有个不知名的家伙向吉米要1万美元做生意。他是吉米以前的狱友。吉米二话没说伸进口袋，给了他2000美元。这就是吉米，一个有求必应的人。

拉塞尔·布法里诺自然也在场，他是我曾遇到过的最伟大的两个人中的另一位。杰瑞·沃尔唱了拉塞尔最喜欢的歌《西班牙人的眼睛》。拉塞尔是布法里诺家族的老大，控制着宾夕法尼亚的上州以及纽约、新泽西和佛罗里达的大部分地区。布法里诺家族的总部不在纽约。故而，拉塞尔并不属纽约的五大家族之列。不过，在所有的问题上，五大家族都会征询他的意见。假如有任何重要的问题需要解决，他们都会交给拉塞尔。他在整个国家都备受尊敬。艾尔伯特·阿纳斯塔西亚在纽约理发店的椅子上被枪杀后，他们请拉塞尔担任该家族的代首领，直到一切水落石出。拉塞尔受到的尊敬无与伦比。他的势力范围极大。公众对他闻所未闻，但那些家族和联邦调查局对拉塞尔的势力一清二楚。

拉塞尔送给我一只金戒指，他一共只为三个人打造过这样的戒指——他本人、他的副手还有我。上面的金块足有 3 美元金币那么大，旁边镶嵌着钻石。拉塞尔是珠宝界和盗窃界的大亨。他是纽约珠宝一条街上的许多珠宝行的幕后合作伙伴。

吉米给我的金表至今还在我的手腕上，拉塞尔给我的戒指在疗养院我也从不离手。我另一只手上的戒指镶嵌的是我女儿们的诞生石。

吉米和拉塞尔很像，全身都是健硕的肌肉。他们俩个头都不高，即使在那个年代看来也不高。拉塞尔的身高大概有 5 英尺 8 英寸，吉米大约是 5 英尺 5 英寸。而我是 6 英尺 4 英寸的大块头，私下跟他们谈话时我只有弯腰才行。他们俩都是那种聪明绝顶的人，心理、生理都极其坚韧。但有一个重要的方面却大相径庭。拉塞尔为人低调、性情安静，即使是生气的时候说话也还是那么轻柔温和。吉米则不同，他没有一天不发脾气，而且特别喜欢抛头露面。

在我纪念晚宴的前一天晚上，拉塞尔和我与吉米坐在一起谈了谈。我们坐在百老汇埃迪酒吧的一张桌子旁，拉塞尔·布法里诺开门见山，告诉吉米·霍法应当停止竞选工会主席。他告诉吉米某些人对弗兰克·菲茨西蒙斯的表现极其满意。菲茨在吉米入狱期间接替了他的职位。这些人为何对菲茨满意，大家虽然口头上不说，但都心照不宣。有了怯懦的菲茨，他们就可以肆无忌惮地从工会养老金中不费吹灰之力地搞到巨额贷款。而吉米可没那么好说话。吉米在任的时候，虽然他们也能从工会养老金中获得贷款，但私底下吉米总能实现个人诉求。要想拿钱，就得看吉米的脸色。菲茨对这些人老是一副唯唯诺诺的样子，他所关心的不过是喝酒和打高尔夫。数十亿美元的养老金究竟有多少油水，自是不言自明。

拉塞尔说：“你竞选是为了什么？你又不缺钱？”

吉米答道：“这根本不是钱的问题。我就是不想让菲茨掌管工会。”

谈话结束后，当我准备送吉米回华威酒店时，拉塞尔把我拉到一边对我说：“和你的朋友谈谈。告诉他是怎么回事。”按我们的谈话方式，尽管那句话听起来没什么，但却无异于是死亡威胁。

在华威酒店我告诉吉米，假如他心意已决，最好身边多带些人。

“我得为家人着想。多给他们留点人。”

“反正，你千万别单独一人在街上。”

“让霍法害怕的人还没生出来呢。我要打败菲茨。这次选举我必须取胜。”

“吉米，你清楚这意味着什么，”我对他说，“麦吉亲口让我转告你的。”

“他们没那个胆儿。”吉米吼道，瞪着我的眼睛。

那天晚上晚些时候，以及第二天早餐时，吉米说了很多不着调的话。回头想想，那可能是紧张造成的。但我从未见过吉米面露畏惧，尽管拉塞尔那天和他的谈话足以令最勇敢的男人胆寒。

举办弗兰克·希兰感恩之夜的九个月后，我在费城家里的厨房拿着电话，吉米在电话的另一端，在湖口镇的别墅里。这一次，我希望吉米在还有时间的情况下能重新考虑夺回工会的想法。

“我和我的朋友准备开车去参加婚礼。”我说。

“我猜你们一定会去的。”吉米说道。

吉米知道“我的朋友”是拉塞尔，不过，谁也不会在电话里直呼其名。婚礼在底特律举行，是比尔·布法里诺女儿的婚礼。比尔与拉塞尔没有任何关系，但拉塞尔允许比尔对外说他们是表兄弟。那对比尔的事业大有帮助，他是底特律运输工会的律师。

比尔·布法里诺在格罗斯角有一幢别墅，别墅下面就是一条瀑布，一座小桥将房基分成两半。男人们站在一边谈事。女人们则站在靠近瀑布的另一边。很明显，一旦海伦·瑞迪唱起那首流行的《我是女人，听我的怒吼》，这些女人是不会关心男人们谈些什么的。

“我猜你不会参加这个婚礼。”我说道。

“乔不想让人盯着。”他说道。其实吉米根本没必要解释。据称，有一份联邦调查局的窃听录音被公开，其中有人谈到他的妻子约瑟芬在多年前曾与一名驻底特律的大兵托尼·西米尼有婚外情。

“啊，没人相信那些鬼话，吉米。我还以为你不去是出于安全考虑呢。”

“见他们的鬼，他们以为能吓着霍法啊！”

“大家越来越担心事情正在失控。”

“别想动我半根毫毛。记录的事我也交代妥当了。”

“你可千万不要掉以轻心，吉米。我的朋友都开始担心了。”

“你的朋友最近好吗？”吉米笑道，“很高兴他上周解决了麻烦。”

吉米指的是拉塞尔在布法罗摊上的一桩敲诈勒索案。“他一切都好，”我说，“是他让我给你的打电话。”

这两位值得尊敬的人都是我的朋友。他们彼此也很要好。在1950年代，通过拉塞尔的引荐，我结识了吉米。当时，我家里有三个女儿要养。

我丢掉了开卡车为福满多超市送肉的工作。我偷车上的牛肉和鸡肉卖给餐馆，还是被他们抓住了。我开始在运输工会大厅等白天的零活儿，顶替那些生病或请假的卡车司机。此外，我还在舞厅教跳舞，周五和周六晚上我在尼克松舞厅干保镖，那是个地下夜总会。

私底下，我还为拉塞尔办事，不是为了钱，纯粹是出于对他的敬重。我可不是什么职业杀手，就是个跑腿的，听个差啊，帮个忙啊什么的。当然，有什么事儿，拉塞尔也会帮我。

我看过《码头风云》那部影片。和马龙·白兰度相比，我觉得自己可以说是有过之而无不及。我曾跟拉塞尔说过希望进工会的事。后来，在费城南部的一间酒吧里，他安排我和从底特律打来电话的吉米·霍法通了电话。吉米对我说的第一句话就是：“我听说你是漆房子的。”油漆说的是开枪后溅到墙上或地板上的血迹。我告诉吉米：“我也会做点儿木匠活。”这句话指的是做棺材，意思是知道如何处理尸体。

自此之后，吉米安排我在国际卡车司机兄弟会工作，挣的钱比我其他所有工作，包括偷窃的收入加在一起还要多。我的手头阔绰起来。私下里也为吉米办办事，就像当初为拉塞尔做事一样。

“这么说，是他让你打的电话喽。你应该再多打几次嘛。”

吉米故作一副满不在乎的样子。他想从我口中探明拉塞尔为什么允许我打这个电话。“你过去可不是这样啊。”

“我也正想这样说呢。如果给你打了电话，我能怎么做呢？难道要我告诉老头子，说你还是不听他的劝？他不习惯有人不听他劝。”

“他会得永生的。”

“毫无疑问，他会在我们的坟墓上跳舞，”我说，“老头子非常注重饮食，自己做饭。他现在从不让我煎鸡蛋和香肠，因为有一次我差点儿用了黄油而不是橄榄油。”

“黄油？换作是我，也不会让你给我煎鸡蛋和香肠的。”

“你知道，吉米，他对吃多少也很在意。他总是说馅饼要分着吃。贪多嚼不烂会肚子疼。”

“我对你的朋友只有敬重，”吉米说，“我永远都不会伤害他。霍法被搞出工会，我必须有所行动，但我永远都不会伤害你的朋友。”

“我知道这一点，吉米，他也很敬重你。你白手起家，为普通人做了那么多好事。他和你一样，也很体恤弱者。这你是知道的。”

“请代我转告他。希望他永远记得，我对麦吉只有敬重。”只有屈指可数的几个人把拉塞尔称作麦吉。他的真名是罗萨里奥，但所有人都叫他拉塞尔，熟识点儿的人叫他拉塞。而只有最了解他的人才会叫他麦吉。

“就像我说的，吉米，这种敬重是相互的。”

“他们说，那是一场盛大的婚礼，”吉米说道，“意大利人从全国各地赶来参加。”

“是啊，那对我们是好事。吉米，我和我们的朋友谈过了，要利用这次机会解决这件事。这正是时候。所有人都来参加婚礼。他对此很受鼓舞。”

“是他的建议还是你的主意？”吉米顺势问道。

“是我提出的。我们的朋友对此表示认可。”

“那他是怎么说的？”

“我们的朋友同意了。他说，婚礼后咱们一起和吉米在湖边坐一坐、聊一聊。解决这件事。”

“他是个好人。麦吉一向如此。到湖边来，嗯？”吉米的声音听起来有点儿憋不住他著名的火爆脾气，但听得出他有所克制，“霍法一直都想把这该死的事儿解决掉，从第一天开始。”这些天来，吉米越来越多地称自己为霍法。

“这是和所有在城里参加婚礼的各方一起解决此事的最好时机，”我说道，“了结此事。”

“从第一天开始霍法就想把这该死的事儿解决掉。”他大声喊叫着，生怕湖口镇的那些人第一遍没有听清。

“吉米，我知道你心里明白，这事儿迟早都得解决，”我说，“不过这么着可不是办法。我知道你说了不少揭露这揭露那的事儿。我也知道你不是认真的。吉米·霍法绝不是叛徒，永远都不可能是，但还是有人担心。人们不知道你会怎样吹嘘。”

“我不是认真的？见他的鬼去吧。等到霍法东山再起插手工会档案的时候，我到底是不是在吹嘘，自然就会见分晓。”

以我在拉塞手下摸爬滚打以及在工会的经验，我自认为是听得出别人语气的。吉米的口吻明显透着股愠怒。提起吹嘘这件事似乎令他大发雷霆。在工会，吉米天生就是个谈判高手。此时此刻，他又强势起来，再次扬言要把工会档案抖搂出来。

“看看上个月那件事，吉米。芝加哥的那位先生。我敢肯定所有人都认为没人碰得了他，他自己恐怕也是这么想的。说话不负责任可能会伤害我们的某些重要朋友，这就是他的问题。”

吉米知道我说的“那位先生”就是他的好友、绰号叫“莫莫”的萨姆·詹卡纳①。这位芝加哥的大佬刚刚遭到暗杀。以前，我曾多次在他和吉米之间传“话”，捎口信。他们从不用书信联系。

詹卡纳被刺杀前在某些圈子里很有权势，在媒体界也享有盛誉。他的势力从芝加哥一直延伸至达拉斯。杰克·鲁比②也是“莫莫”帮派中的一分子。“莫莫”在哈瓦那有数家赌场，与弗兰克·辛纳屈在太浩湖③也开了家赌场。他和麦奎尔姐妹中的一位约会，她们是阿瑟·戈弗雷节目中的歌手。约翰·F. 肯尼迪的情妇朱迪斯·坎贝尔也是他的情人。当时正值肯尼迪任美国总统期间，他和弟弟鲍比简直把白宫当成了汽车旅馆的房间。约翰·肯尼迪赢得总统选举，其背后推手就是“莫莫”。因此，敢对“莫莫”下黑手的除了肯尼迪之外没有别人。过河拆桥的他在获选后竟然授意鲍比严打黑帮。

詹卡纳被杀的前一周，《时代周刊》爆料称，拉塞尔·布法里诺和萨姆·“莫莫”·詹卡纳曾和中情局一起参与 1961 年古巴的猪湾事件以及 1962 年暗杀卡斯特罗的行动。假如有什么事足以激怒拉塞尔·布法里诺的话，那就是看到自己的名字见诸报端。

美国参议院传唤詹卡纳，要他对中情局雇佣黑帮暗杀卡斯特罗的事实作证。距离出庭四天前，他在家里的厨房被人从身后袭击头部，然后脖子挨了六刀。这是典型的西西里风格，向世人昭

---

① 全名为萨尔瓦多雷·詹卡纳（Salvatore “Sam” Giancana，1908—1975），为芝加哥犯罪集团 1957 年到 1966 年的首脑。

② 杰克·鲁比（Jack Ruby），美国德克萨斯州达拉斯的一个夜总会老板，因刺杀肯尼迪遇刺案嫌犯李·哈维·奥斯瓦尔德而知名。1963 年 11 月 22 日，当时的美国总统约翰·肯尼迪遇刺，李·哈维·奥斯瓦尔德被认定为凶手，两天后杰克·鲁比刺杀了李·哈维·奥斯瓦尔德。

③ 太浩湖（Lake Tahoe），Tahoe 在印第安语中是“大湖”之意，位于美国加利福尼亚州与内华达州之间的高山湖泊，曾是 1960 年第八届美国斯阔谷冬奥会举办场地。

示他的口无遮拦。詹卡纳的死似乎是某个老朋友干的，和他的关系近到可以和他一起用橄榄油煎香肠。拉塞尔常和我说："宁错杀，不放过。"

"我们的芝加哥朋友可以伤害许多人，你我也不例外。"吉米吼道。我把听筒从耳边拿开，还是听得到他怒吼的声音："他当初就该自己保存好档案。卡斯特罗。达拉斯。可惜那位芝加哥的先生从来不留任何文字记录。他们知道霍法会去做这些事。假如我有什么不测的话，就等着那些档案公之于众吧。"

"我可不是什么'老好人'，吉米。所以我不想听什么'他们没那个胆儿'。我们芝加哥的朋友遭遇不测后，你该吸取教训啊。"

"你还是关心关心自己吧，我的爱尔兰朋友。在某些人看来，你和我走得太近了。你还记得我跟你说过什么吗？你要多加小心，身边留点人手。"

"吉米，你知道吗？是时候坐下来谈谈了。拉塞可是在帮你呀。"

"这倒是真的。"吉米表现得像个工会谈判家，做出了些许让步。

"太好了，"我见缝插针道，"我们周六开车去，大约十二点半到湖边。告诉乔别大惊小怪的。我们会留女人们单独在餐馆吃饭。"

"我十二点半恭候大驾。"吉米说道。我知道他会说到做到。拉塞和吉米都很看重时间。不守时就是不尊重的表现。吉米的底线是十五分钟，之后一切免谈。对方是再大的人物、再自以为是的人物都没有用。

"我给你备份爱尔兰大餐——一瓶健力士黑啤和博洛尼亚三明治。对了，还有，"吉米说，"就你们两个来。"吉米显然不是在询问，而是在提条件。“我可不想见那小子。”

“我明白，你不想和那家伙谈。”

和那小子谈？我一直知道吉米巴不得他快点死。那小子指的是托尼·普罗文扎诺，他绰号“普罗”，是个“完人”①，还是吉诺维斯家族布鲁克林的首领。普罗以前是霍法的人，但后来成了反对吉米夺回工会的工会派系头目。

普罗和吉米的交恶始于他们入狱期间的一场纷争，为此两人几乎在食堂大打出手。普罗入狱时，吉米拒绝帮助普罗通融联邦法律获得120万美元的养老金，而吉米尽管入狱，却获得了170万美元的养老金。

时隔数年，两人出狱后在迈阿密召开的运输工会大会上坐下来和谈，希望解决这场矛盾。可是，托尼·普罗却扬言要亲自挖出吉米的五脏六腑，还要让他断子绝孙。当时，吉米曾跟我提起，他希望征得拉塞尔的许可，让我干掉这小子。可普罗是黑手党，还是个首领，未经拉塞尔的同意谁也动不了他。后来就再没下文了，所以我猜那不过是吉米一时冲动的气话而已。假如是认真的话，他们决定的当天一定会通知我。这就是行规。第二天办事，头一天通知。

托尼·普罗掌管着泽西北部的运输工会分会。现在，当地的电视正在播放《黑道家族》。我喜欢他的两个兄弟。南兹和萨米都是好人。我从来都不喜欢普罗，他常常无缘无故地杀人。有一次，就是因为有个家伙比他的票数多他就把对方给做了。他们是票选的同一阵营。普罗的得票领先，竞选的是分会主席，而那个倒霉

① “完人”（made man），又称“好汉”、“荣誉的男人”，指黑手党家族成员。美国黑手党家族的入会仪式秘不可宣，继承自口述传统，传言包括点燃一张绘有圣像的卡片，尔后相互抛掷传递燃烧的碎片。入会者被称作made man，可接受家族的保护。

鬼是他的下属，竞选的是个次要部门的职位，具体是什么我忘了。托尼·普罗看到那家伙比他受欢迎，就让萨利·巴格斯和犹太黑帮的前拳击手K.O.康尼格斯伯格用尼龙绳勒死了他。这次谋杀最终留下了后患。在联邦调查局从嫌疑人内部入手，企图对我们这些霍法案的嫌犯提起公诉时，有人站出来指证了普罗的犯罪事实。普罗为这次谋杀付出了代价，被判终身监禁，死在了牢里。

“我发誓绝不见那小子，”吉米说，“去他妈的吧！”

“你这是为难我啊，吉米。我又不是诺贝尔和平奖的候选人。”

“帮霍法平了这件事，我来给你颁发和平奖。记着，就我们三个人。保重。”

令人满意的是，至少我们周六可以在湖边坐下来谈谈，就吉米、“拉塞和弗兰克”我们三个人。吉米家电话旁的那张黄色便条上赫然写着我俩的名字，任何人都看得到。

第二天是28号，星期一。我的第二任妻子艾琳，也就是我最小的四女儿康妮的母亲，一大早就和闺蜜通电话，讨论参加婚礼需要带的物品。就在这时我的电话响了。

“是吉米。”艾琳说道。

联邦调查局对所有这些长途电话往来都有记录。但我认为吉米在危言耸听时，是不会考虑这些记录的。人们对这些威胁的忍耐是有限度的。就算不是你的本意，你却会给最底下的人留下某种错误的印象。这些大佬竟然对谈论告密的人无动于衷，他们还算什么大佬呢？

“你和你的朋友什么时间过来？”吉米问道。

“星期二。”

“也就是明天。”

“嗯，大概在晚餐时间前后吧。”

“好的。过来时给我打电话。”

“我会的。”不管什么时候去底特律，我都会出于尊敬给吉米打个电话。

“周三下午我要见个人，”吉米说道，他顿了顿然后说，“和那小子。”

“谁？”

“就是那小子。”

“你不介意我问一下你为什么改变主意吧？”我感到一阵眩晕。

“反正我没什么好输的了，”吉米说，“麦吉希望霍法可以先尝试着了结这段恩怨。你们周六过来前，我不介意再做最后一次努力。”

“你最好带着家伙，”他明白我指的是枪，而不是和平奖，也不是调停人，“以防不测。”

“放心吧。霍法根本不需要带什么家伙。安排会面的是托尼·杰克。我们将在公共场所的一家餐厅碰面。就是电报大道上的那家红狐狸餐厅，那个地方你知道的。保重。”

安东尼·贾卡洛内是底特律黑帮成员，绰号“托尼·杰克”。他与吉米一家的关系非常近。但在这场会晤中，和“托尼·杰克”关系密切的并不只有吉米一人。托尼·普罗和“托尼·杰克”的妻子是表亲。这对意大利人而言是非同寻常的关系。

我能理解吉米为什么如此信任“托尼·杰克”。他人很好，2001年2月死于狱中。新闻大标题是：“闻名遐迩的美国黑帮分子将霍法之谜带入坟墓”。他本来可以透露一些内幕的。

很早之前就有风声，称在吉米遭遇迈阿密的失败后，“托尼·杰克”就一直筹划着安排他和托尼·普罗再坐下来和谈，希望他俩能够重归于好，但遭到了吉米的拒绝。现在吉米却突然改变了主意，同意见面，而且还是跟那个曾威胁说要亲手挖出他五脏六腑的普罗。

现在回头看来，也许吉米是想设局弄死普罗，抑或是指望普罗会认怂。到时候，“托尼·杰克”坐在一旁，就可以看到吉米是何等通情达理，而普罗是多么无耻混蛋。再或者，吉米也许是想在周六让拉塞尔知道，他对普罗可谓是仁至义尽了。现在，普罗必须滚蛋。

“设在公共餐厅的确是个好主意。或许这场婚礼真的可以将所有人重新撮合到一起，”我说道，“化干戈为玉帛，所有旧账一笔勾销。假如能帮上什么忙的话我会感觉更安心。”

“好啦，爱尔兰人。”他说，倒像是在安慰我似的，而迫不及待地问我何时到达底特律的其实是他。他一问我什么时候到，我就猜到了他的用意。“麻烦你开车跑一趟怎么样？周三下午两点，和我在餐厅会合。他们两点半到。”

“以防不测。不过你大可放心，我会随身带把家伙的。谈判的时候兴许用得上。”

随后，我立即给拉塞打了电话，告诉了他这个鼓舞人心的消息，而且我还是吉米的帮手。

从那之后，我反反复复想过无数遍，可就是记不起拉塞尔是否说过什么。”

## 2

# 后果很严重

“我妻子艾琳和我在周一晚上到达宾夕法尼亚州的金斯顿时，我们计划和拉塞及其妻子嘉丽共进晚餐。出席的还有嘉丽寡居多年的姐姐玛丽。晚上，艾琳和我就在拉塞参股的豪生酒店过夜。然后周二一早，我们五人再乘坐我那辆崭新的黑色林肯大陆车去底特律。（据联邦调查局称，这辆车来路不明。在他们想方设法给我这八名霍法案嫌疑人定罪时，这辆车给了他们口实。1981年我被判处工会诈骗罪锒铛入狱。）

路上的车程大约要十二个小时，因为拉塞尔不允许在车里抽烟。拉塞是在和“蓝眼睛”吉米打赌时把烟戒掉的。“蓝眼睛”吉米是迈耶·兰斯基的同党。1960年，拉塞和他乘同一条船离开古巴。当时，卡斯特罗将他们驱逐出境，并没收了他们的赌场。一夜之间，卡斯特罗让他们损失了100万美元。他们对卡斯特罗恨之入骨，尤其是拉塞尔和他两个亲密无间的朋友：一位是新奥尔良的老大卡洛斯·马塞洛；一位是佛罗里达的老大桑托·特拉菲坎特。卡斯特罗甚至把特拉菲坎特关进了监狱。我听说，为了把他从监狱里救出来离开古巴这鬼地方，萨姆·“莫莫”·詹卡纳不得不派杰克·鲁比去古巴散布了一些救济补助票。

盛怒之下，拉塞尔一根接一根地抽烟，在船上对卡斯特罗大加诅咒。于是，“蓝眼睛”吉米看到了和拉塞打赌的机会。他赌拉塞戒烟绝对超不过一年，赌金为2.5万美元。拉塞当即把烟扔到了船外，再也没吸过一根烟。甚至在一年的赌期结束后，他也没再吸过。“蓝眼睛”吉米只能认赌服输。

然而，车里的女士们可没和别人打过这种赌。我们一路上停停歇歇，让她们吸吸烟透透气，拖延了行进速度。（在孩提时代我从来都用不着就吸烟这项恶行向牧师忏悔。我从来都没有沾染上吸烟的习惯，不论是在硝烟弥漫的战争中，还是在安奇奥被困防空洞的那四个月里，当时打牌、祷告、吸烟是仅有的消遣。人的一生还是需要点骨气的。）

此外，拉塞尔也是我们行进缓慢的重要原因。一路上他无时无刻不在处理生意上的事——要么是吩咐手下具体如何行事，要么是沿途收款提现，都是些零零碎碎、七七八八的公事。

周一晚上，我和艾琳与拉塞尔、嘉丽还有玛丽在宾夕法尼亚旧福奇的布鲁提克餐厅共进晚餐。能入拉塞法眼的餐厅就那么几家，他很少在其他餐厅用餐。此外，他几乎都是亲自下厨，但大多数时候他都不吃自己做的菜。

要不是满头银发，你根本看不出拉塞是个年过古稀之人。拉塞精神矍铄。出生于西西里的他，说着一口地道的英语。他和嘉丽膝下无子，不知有多少次他都捏着我的脸颊说：“你要是意大利人就好了。”我的绰号“爱尔兰人”就是他给起的。以前，人们都习惯叫我“奇克”，即弗兰西斯科在意大利语里的简称——弗兰克。

晚餐时，我们吃了些小牛肉和撒有胡椒的海鲜意面，配菜是球花甘蓝和配有拉塞尔自制调味汁的美味沙拉。后来，我们又喝了几杯咖啡放松，里面掺着萨姆布卡酒。

然后，店主走了过来，对着拉塞耳语了几句。那时候还没有移动电话，拉塞不得不起身去接电话。回来时，他透着一副公事公办的样子，圆而轮廓分明的脸上洋溢着笑容，仿佛是强烈的阳光刺得他眯起了眼睛。他脸上的肌肉松弛下来，一只眼睛略显慵懒。假如你不了解他，一定会以为他是在眨眼或是陷入了微醺。透过那副宽大的眼镜，他用另一只眼睛深深地凝视我那碧蓝的双眼。

拉塞尔一开始什么都没说，似乎是一边盯着我的眼睛，一边考虑该如何开口。拉塞尔的声音听起来有些沙哑。一般来说，他越是生气，语气就越是柔和。在弗兰克·希兰感恩之夜晚宴的前一天晚上，他就曾柔声细语地奉劝吉米赶紧收手，别再为工会枉费心机了。

那天在餐桌上，拉塞尔的声音出奇的柔和，我不得不侧耳倾听才能明白他在说什么。他声音嘶哑地低语道："我们的计划有点小变化。明天不赶路了，星期三早上再走。"

这个消息犹如一道晴天霹雳。他们不希望我在星期三下午介入其中。他们要的是吉米陷入孤立无援的境地。

我依然对他侧过身躯。盼着拉塞尔对我透漏更多详情。只听不问。在他再次开口前，时间显得那么漫长，有种度日如年的感觉。"一切都太晚了。我们没必要在周六和你的朋友见面了。"

拉塞尔·布法里诺目光逼人地凝视着我。我坐直了身子，故作镇定，什么话也没有说。我必须如此，按规矩行事。一个错误的表情都有可能招来杀身之祸。

记得 10 月份的时候，我在费城的华威酒店规劝吉米回心转意时，他就警告过我要处处小心。他语重心长地说："……防人之心不可无……说不准你也会被别人干掉。"就在昨天，他又在电话里警告我说"在某些人看来"，我和他走得太近了。我端起咖啡和圣勃卡利口酒。咖啡的香气遮住了甘草汁的味道。于是，我又朝咖啡里加了些利口酒。

后来，我和艾琳回到了汽车旅馆。用不着别人提醒，我也知道，绝对不能给吉米打电话，连想都不要想。从这一刻起，无论真假，我必须当心有人监视我。拉塞尔是那家豪生酒店的股东。假如那晚我用了电话，我和艾琳很可能永远都别想第二天早晨从停车场走出来。那么，一定会有人认为我那是咎由自取，而可怜的艾琳只不过是在错误的时间和错误的爱尔兰人出现在了错误的地方。

吉米是不可能给我打电话的。为了防止联邦调查局窃听，出去的时候一般是不会和对方在电话里提你的落脚处。那时候还没有手机。因此，吉米在周二晚上也不可能接到我的电话，仅此而已。他就这样被蒙在了鼓里。他将独自应付周三的会议。我和我的那条枪是使不上什么劲儿了。

我一言不发地和女士们坐在一起。她们七嘴八舌地拉着家常。依我看，她们真该待在比尔·布法里诺的宅基靠近瀑布的那一侧。

我迅速梳理着头绪。我猜，一定是那天早上我给拉塞尔打电话说起吉米给我打电话的事后，拉塞尔跟某些重要人物通了电话，并告诉他们我将带着枪和吉米一起去那家餐厅。无论对错与否，我当时所能想到的就是，这些人致电拉塞尔，希望我们原地休息，留吉米一个人在那儿。

在致电拉塞尔之前，他们一定分析了形势。纽约、芝加哥和底特律的大人物肯定花了整整一天的工夫，商讨要不要让我陪着吉米一同出现在那里。那样的话，霍法最亲密的拥趸者之一将陪着他一起去见上帝。那样的话，不论那天晚上从百老汇的埃迪酒吧回来后，吉米在华威酒店向我吐露什么秘密，还是这些年来他对我诉说的一切，都将随我进入坟墓。最终，他们看在拉塞尔的面子上放了我一马。这可不是拉塞尔第一次救我的命了。

不管你多强硬，也不管你多么自以为是，他们随时都可以要你的小命。下手的通常都是你最好的朋友，走过来和你谈论赌球的工夫，就把你干掉了。詹卡纳就是个很好的例子，他在和一位值得信赖的老朋友做橄榄油煎蛋和香肠时送了命。

这时候，我的语气中绝不能透露出任何忧虑。但尽管如此，我还是无法自已。我凑到拉塞尔的耳边，尽力表现得不是为吉米求情。“恐怕事后会引起联邦调查局的大动作。”我尽量不让自己结巴，但很可能还是说得结结巴巴的。对此，他早就习惯了，我从小说话就这样。尽管我对吉米忠心不二，和他们一家的关系也很近，但我丝毫不担心拉塞尔会认为我这是在发表异议。我俯下身来摇了摇头。“你知道的，为防不测，吉米私藏了一批工会档案。事情一旦败露，局面将一发不可收拾。”

“你的朋友就是管不住自己那张嘴。”拉塞尔耸耸肩说。

“我是说，联邦调查局一旦发现他的尸体，将立即采取大规模行动。”

“不会有尸体的。”拉塞尔将右手的拇指摁在桌面上。他左手的拇指和食指在他年轻时就没有了。他捻动着拇指，似乎是要把什么东西在白色的桌布上碾碎。他的嘴里念叨着：“尘归尘，土归土。”

我靠了回去，抿了一口混合着利口酒的咖啡。“一切都无可挽回了，”我说着，又呷了一口，“好吧，我们星期三晚上赶到底特律。”

拉塞尔伸手捏了捏我的面颊，似乎猜透了我的心思。“我的爱尔兰人，我们尽力了。他这是不到黄河不死心。我们星期三晚上赶到底特律去。”

我把咖啡杯放回茶碟，拉塞尔把他温暖宽厚的手放到我的脖子上，压低声音说：“我们还有很多路要赶呢。我们得把她们在什么地方搁下，然后去办正事。”

当然，我心想，然后点了点头。从金斯顿到芝加哥的一路上都有拉塞尔的生意。我们得把她们放在路边的餐馆。我们办事的时候，她们可以吸吸烟、喝喝咖啡，打发闲暇时光。

拉塞尔朝我这边侧了侧身子，我也俯身凑了过去。他小声说：“到时，会有个飞行员等着你，迅速搭你飞到湖的另一边，去底特律办件小事。然后再飞回来，接上她们。她们甚至都不会注意到我们办事去了。然后我们就可以优哉游哉地走完剩下的路，欣赏沿途的风景，完全没必要着急。这就是我们的计划。”

## 3
# 另找个沙袋吧

“一路走来，又有谁知道我是经历了怎样的波折，才走到今天这一步的？在宾夕法尼亚一座煤矿小镇的意大利小餐馆里，我认真倾听着交给我的秘密任务。我无从选择，惟有奉命行事，在对付吉米·霍法的阴谋中扮演分派的角色。

我和那些在布鲁克林、底特律和芝加哥长大的意大利年轻人不同。他们从小就受到黑帮生活的耳濡目染。我出生在费城一个虔诚的爱尔兰天主教家庭。从欧洲战场回国前，我从没干过任何离谱的事，也从未因任何不轨的行为而受罚。

我出生的那个年代社会一片颓丧，不仅是对爱尔兰人如此，对所有人都是一样。据说，1929 年大萧条开始的时候我才 9 岁。在我的印象里，我们家向来都是穷得叮当响，不名一文。而且，可以说家家都是如此。

我初次尝到敌军炮火的苦头还要“拜赐于”新泽西的农场主。当时我还是个小屁孩。费城和新泽西州的卡姆登隔着宽阔的特拉华河遥相辉映。两座城市以前都是远近闻名的远洋港口，横亘在其间的是沃尔特·惠特曼大桥。今天，当你开车穿过卡姆登时，几乎看不到任何一块像胜利花园那么大的空地了，你很难想象在咆哮的 20 年代，当我还是个孩子时，那里是一望无际的农场，高耸的篱笆围墙拦在四周。与费城相比，新泽西相对偏远些，处处是一派宁谧的景象。

我的父亲汤姆·希兰会借一辆又大又老又笨的汽车，是门边带踏板的那种。在我很小的时候，他经常开车带我去卡姆登郊外的农田，把我放下车去弄点粮食和蔬菜回来。如今的卡姆登机场就是当年那片农田的所在地。

我们往往在天刚黑、还能看见路的时候出发。那个时候，农场主基本上都回家吃饭了。我趁机翻过篱笆，把战利品扔给父亲，全是些当季的粮食，比如玉米啦，西红柿啦，有什么拿什么。在那个年月，只有这样才能勉强度日，保证桌上有粮。

我们觉得，这种做法不过是分享大自然的馈赠而已。但农场主可不这么看。有时候，他们会在晚上端着枪守株待兔。一次有个农场主对我紧追不舍。我跳过篱笆的时候，屁股上挨了枪子。

我最早的儿时记忆之一，就是母亲玛丽从我的屁股上取出弹片。她不禁责问道："汤姆，我为什么总是从弗朗西斯的屁股上取出这些玩意儿?"父亲于是答道："孩子他妈，那是他还跑得不够快。"父亲总是这么称呼母亲。

我的体格继承了妈妈这边瑞典家族的血统。她的父亲是瑞典的矿工和铁路工，她哥哥是费城的一名医生，汉森医生。妈妈身高大约5英尺10英寸，体重从来没低过200磅。她每天都要吃一夸脱冰淇淋。我过去每晚都去冰淇淋店给她买。带着家里的碗，他们会给你盛很多冰淇淋。他们知道我肯定会来。妈妈喜欢做饭，还会做面包。到现在我还依然可以闻到她在煤炉上烤猪肉、煮泡菜、炖土豆的味道。她是个不善言辞的女人。我认为，做饭就是她表达爱的方式。

在当时而言，我的父母算是结婚晚的。母亲42岁才有的我，父亲当时43岁了。我是他们的长子。后来，他们又生了两个孩子。弟弟比我小十三个月，妹妹又比弟弟小十三个月。由于出生的时间相差无几，按照爱尔兰天主教徒的说法，我们就是所谓的双胞胎。

尽管母亲是瑞典人，父亲对我们的教养方式完全是爱尔兰风格。他的祖上住在都柏林的郊区。我从没见过爷爷奶奶还有外公外婆。那时候，人们不像今天这样善于表达感情。我印象中妈妈从没亲过我，我甚至也从没见过她曾亲过弟弟或是妹妹玛格丽特。不是所有人都有意要偏爱，但父亲最喜欢汤姆，母亲则最疼佩吉。我猜，我不仅块头大，而且又是长子，他们肯定期望我表现得比弟弟妹妹更加成熟些。在学校也是如此，老师和我说话时就仿佛我是个大孩子，老是指望我能明白他们所说的一切。

为了在现有条件上创造尽量舒适的生活，父母真是绞尽了脑汁。每个复活节，汤姆和佩吉都会有新衣服穿，而我却一无所有。当时，对我身边的天主教家庭而言，能在复活节穿一身新衣服绝对是件令人羡慕的大事。还记得有一年复活节，我向父亲抱怨从来没收到过复活节的礼物，他告诉我说："拿着汤姆的新帽子戴在你头上，然后站在窗前，这样邻居们就会以为你也有一顶新帽子了。"

在我的印象中，希兰家的孩子从来没有一件属于自己的玩具。有一年圣诞节，我们得到了一双可以共用的溜冰鞋。那是双铁制的溜冰鞋，可以调整尺寸。我们学会了面对贫穷。想要什么，就必须靠双手创造。我 7 岁时有了第一份工作，是帮一个家伙打扫地下室里的煤灰。假如我为了挣零花找到份剪草坪的活，一旦被父亲发现，他就会在街区等着。等我一拿到薪水，他就会大摇大摆地走过来拿走大部分的钱，只给我留点零头。

我们在许多不同的天主教社区住过，但基本上都是在同一个教区。通常，我们会在一个社区住上几个月，要赖拖欠房租。实在拖欠不下去了，就会溜之大吉，换所公寓。等又要交房租的时候，我们就会如法炮制。父亲做过钢铁工人，在摩天大楼上像莫霍克印第安人一样在横梁上走来走去。那是份高危工作，总是有人在作业期间坠楼身亡。他为费城本·富兰克林大桥的工程建设出过力。大萧条时期，那仅有的几座政府盖得起的高楼上也有他付出的汗水。他的身高比母亲矮两英寸，大概有5英尺8英寸，体重145磅左右。长期以来，他唯一能谋到的工作就是给宾夕法尼亚州达比市的圣母玛丽亚教堂做司事。与此同时，这座教堂还是所教会学校，父亲也是这里的门卫。

天主教是我们生活的重要组成部分，是不可或缺的信仰。假如说母亲有什么嗜好的话，那一定是宗教。我在天主教堂里度过了许多时光。为了成为牧师，父亲在一所神学院读了五年，最终他还是放弃了。他的两个妹妹都是修女。我知道，忏悔是赎罪的重要途径。如果你在去忏悔的路上，还没来得及向牧师倾诉你的过错就不幸死去，那么你将坠入地狱，永世不得超生。相反，假如你是在忏悔完所犯下的罪行后死在回家的路上，那么你就可以升入天堂。

我在七苦圣母教堂担任过祭台助手，后因偷喝圣酒被除名。我一点也不怪那个告发我的祭台助手。这算不上什么告密行为。奥麦利神父——信不信由你，他名字的确如此，就像平·克劳斯贝所扮演的那些牧师——发现酒没了，就告诉那个男孩说不管是谁，都不可能升天堂了。我猜，那个男孩肯定琢磨着上天堂的机会来了，于是就揭发了我。最糟糕的是，我根本不喜欢他们供奉的圣酒。

父亲酷爱啤酒。他过去常在地下酒吧拿我打赌。我们会去费城新区，在那里完全是陌生的面孔。他走进地下酒吧后就开始和别人打赌，说他有个十岁的孩子可以把十四五岁的孩子揍得满地找牙。他和别人打赌 25 美分，谁赢了可以拿来买啤酒喝，可我们这些孩子就不得不当着大人的面拳脚相向。要是我赢了，他就赏给我 10 美分。可要是输了，他就会狠狠地在我的后脑勺上来一下。不过还好，我很少输。

我们有段时间住在大部分是意大利人的社区。每天放学后，为了回家，必须要过五关斩六将。我小的时候学会了不少意大利语，这在后来的西西里和意大利战场上大有用场。那时，我学会了一口漂亮的意大利语。说实话，当初学的时候几乎都是为了和意大利女人搭讪。可谁承想，战争结束后，满口流利的意大利语倒是给我接触的人留下了深刻的印象。他们把这视为对他们的尊重。因此，他们更容易向我袒露心声，赋予了我充分的尊重和信任。

我的父亲托马斯·希兰是沙纳汉天主教俱乐部的业余拳手，拳风强悍，是个次中量级选手。战争结束多年后，我加入了这家俱乐部的橄榄球队。我小的时候，许多活动都是教堂组织的。那时候还远没有电视这回事。收音机都很少，电影更是贵得离谱。为了消遣，人们就常去观看教堂组织的比赛，或者参与其中。我父亲就经常在拳台上比赛。

他在家里也经常动粗。每当他认为我犯错的时候，就会甩给我一副拳击手套，但不允许我还手。父亲是招惹不得的。他先是一记直拳狠狠地击中我的面部，然后是勾拳和摆拳。作为一名钢铁工人，他很能打。我左躲右闪，尽力用拳套挡住雨点般的拳头。假如我胆敢还击，那我可真是傻到家了，迎接我的必将是一顿暴揍。他在家里只对我这么凶。不管小托马斯（是按他的名字起的名）犯了多大的错，也不会挨揍。

不过，说起来，汤姆也不像我那么会搞恶作剧。我本质上并不坏，但就是有点叛逆。记得有一次，在上七年级的时候。那时我上的是圣母玛利亚小学。我从冰箱里拿了块林堡干酪带到了学校。刚到学校的时候冷极了，需要等暖气上来才能热乎起来。冬天，我们都穿着毛衣和夹克上课。学校装的是水暖，供暖靠的是暖气片散发出来的热量。必须等暖气片热起来，教室才会感觉有点热气。我把林堡干酪粘在暖气片上。随着暖气片的升温，干酪渐渐软了起来，一股恶臭弥漫在教室里。于是，学校叫来我的父亲。他是学校的门卫。循着这股臭味，他发现了林堡干酪。有个同学当众揭发了我。老爸恶狠狠地警告我说回家要我好看。

回到家后我就等着他。我知道等待我的将是那副拳套和一顿痛揍。果不其然，进门后他就若无其事地说："你说吧，是先吃饭还是先挨揍？"我说："先吃饭。"我知道挨过揍是根本没心情吃饭的。那天晚上我结结实实地挨了一顿。不过，至少我胃里垫了点东西。

我小的时候落下了口吃的毛病。现在，说话快的时候还难免有些结巴。即便是今天，我都 83 岁了，还是没能摆脱这个毛病。小时候我可没少为这事打架。有些男孩不知道我拳脚功夫的厉害，就拿我寻开心，结果为此付出了惨重的代价。

我们这些孩子有时候打架纯粹是为了好玩。每周五的晚上，我们都会在街角举行拳击比赛，秉着游戏的精神，点到为止，没人会严重受伤。我们就是这么一点一点学会打架的，首先从学会挨打开始。我不是没有想过当一名拳击手，但我清楚永远也达不到乔·路易斯①那样的境界。要是你成不了冠军，拳击就是死路

① 乔·路易斯（Joe Louis，1914—1981），原名约瑟夫·路易士·巴罗，外号称"褐色轰炸机"，被认为是历史上最伟大的重量级拳击手之一，出生在美国斐特，并长期居住在底特律。乔·路易斯维持拳王头衔超过 11 年，并成功卫冕头衔 25 次之多。

一条。足球和棒球是现在孩子们喜欢的运动。我常常去看外孙们的足球比赛。可我们那时候，打架似乎是唯一的娱乐方式。现在想想，在未来的道路上这确实起到了不小的作用，不仅强健体魄，还使我们从中悟到了许多道理。后来，在国家需要军人的时候，我们不仅在身体上做好了准备，在意志上也磨练得无比坚强。

我八年级时从圣母玛利亚小学毕业。父亲在那儿工作，我必须处处小心。中学时我转到了一所公立学校，那里的氛围宽松了许多。我在达比中学读的是九年级。不过并没有念多久。一天早上集合的时候，校长站在主席台上领着我们合唱那首老歌《通往曼德勒之路》。每唱完一句，他都要挤眉弄眼，以示强调，滑稽得像个杂耍演员。那时，我的身高特别出众，他一眼就可以看到我。每次挤眼的时候，我就学着他的样子冲他使眼色。

解散后，他叫我到办公室等着。进门后，我坐到了他办公桌前的椅子上。他是个身材魁梧的家伙，个头和我一样高，不过论体重，我明显处于下风。他走进办公室，踱到了我身后，狠狠地在我后脑勺上来了一下。当年，父亲因为我输掉啤酒钱时，就老是这么对我。"你他妈的死胖子。"我边骂边从椅子上跳了起来把他撂翻在地。我把他的下巴打开了花，他们当场就把我开除了。

不用想都知道父亲回来后会怎么收拾我。我有大把时间去考虑该如何面对，但一拳打碎校长下巴的场景始终在我的脑海里挥之不去。要知道，他可是个成年人啊。

父亲进门时怒气冲天，狠狠地把拳套扔给我。我接住了拳套，但这次我又扔了回去，对他说："我可不是以前的我了。"当时，我 16 岁，马上就 17 岁了。"我不会冲你动手，"我说，"你是我父亲。不过，你最好另找个沙袋吧。"”

## 4

# “小埃及”大学

“于是，我参加了狂欢节。每年春天，费城的最大亮点非摄政巡回狂欢节莫属。岛屿大道附近的第72街到处都是搭设的帐篷。当年那里是一片无垠的草地，保持着印第安人当初的风貌。现如今，一家挨一家的汽车专卖行鳞次栉比，占据着这块地方。

虽说是大城市，离纽约又不远，但费城还是脱不了小城特质。根据宾夕法尼亚州的蓝法[①]规定，酒吧不许在周日营业，商店也必须关门停业，以保证做礼拜的时间。即使后来兴起了晚场的棒球赛，每逢周日，费城的费城人队和费城运动家队在夏伊布公园球场的比赛也必须在白天进行。当天体育场不允许使用灯光，许多比赛都因此而被取消。在禁酒时期，宾夕法尼亚的报纸上根本看不到类似发生在纽约的黑帮仇杀之类的新闻。而其实要是坐火车的话，这里距离纽约也不过数小时的车程而已。从这个意义上讲，对费城而言，狂欢节绝对是一场娱乐盛宴。

被达比中学开除后，我一直在打零工。譬如，在宾州鲜果行给杂货装袋。要是遇上好天气，我还偶尔搭顺风车去帕克森谷高尔夫球场做球童。那时，我还和家人住在一起，为了逃避房租我们还是要不停地搬来搬去。或许是这种经历在我的身上打上了不

---

① 美国殖民地时期清教徒社团颁行的蓝色法规。

安分的烙印。那年春天的狂欢节，这种不安分终于爆发了，就犹如一朵朵含苞待放的花蕾霎时纷纷吐芳争艳。

那时，弗朗西斯·“扬克”·奎恩是我最好的朋友。他比我大一岁，念完了中学。数年后，他又继续读了大学并入伍做了少尉。他在欧洲亲历过许多战斗，不过我从未在欧洲碰到过他。战争结束后，我们又变成沙纳汉天主教橄榄球俱乐部的队友，扬克司职四分卫。

一个温润的夜晚，我和扬克去狂欢节凑热闹。我们俩身上总共只有一美元，都没有固定的工作。一咬牙一跺脚，我们干脆跟着巡演团去了新英格兰，给他们干些力气活儿。整个青年时代，我一心梦想着能够走出费城，看看外面的世界。现在，我终于实现了这个梦想，而且还能挣到钱。

脱衣舞表演有个负责揽客的人，我就当那个人的助手。摄政巡演团有两位脱衣舞娘。她们的表演和 70 年代的性感热舞颇为相像。唯一的不同是她们穿得没那么暴露，留给观众的想象空间更多一些。在这两位舞娘中，有一个叫“小埃及”。她是个满头黑发的白种女人，穿得就像是从阿拉丁神灯里冒出来的。还有一位是尼罗河的“海王星”。她是个金发美女，身披一袭轻如蝉翼的蓝纱，仿佛是从碧海深处浮上来的。跳舞时她们俩轮流出场，在帐篷里的舞台上表演各种异国风情的舞蹈。揽客的人卖力地宣传，我则在一旁卖票和发票，票价是每位 50 美分。

摄政巡演纯粹是综艺娱乐活动，就像电视上的埃德·沙利文秀。里面有杂耍表演、杂技表演、飞刀表演、吞剑表演，还有可以赢丘比特娃娃的游戏和一支演奏马戏团歌曲的乐队。在那个年月，没人赌博，也没钱赌博。那时，正值大萧条的谷底期。尽管众说纷纭，但其实直到第二次世界大战爆发时，大萧条才算真正结束。反正，我们这些靠力气吃饭的人是不可能有钱赌博的。我们大多背井离乡、无依无靠，不过，大家都很正派，没人惹祸、捅娄子。

我和扬克常常帮着搭帐篷，摆座椅。赶往下一个地方演出时，我们就负责收帐篷、撤椅子。要是出了什么乱子，比如有客人打架斗殴，按照当地的法律，我们就得卷铺盖滚蛋。碰上生意好，观众反响热烈的时候，我们就会待上差不多十天的时间。反之，要是不挣钱，我们就会收拾行囊继续前行，寻找更好的机会。我们去过许多不同的地方演出，康涅狄格、佛蒙特、新罕布什尔以及波士顿郊外的许多小镇里都曾留下过我们的身影。

我们乘坐破旧的卡车和年久失修的汽车四处奔波，过着风餐露宿的生活。铺条毯子就是床，随时可以望见满天星光。我们可不是什么林林兄弟。表演的节目不过是像低级酒吧那种不入流的狂欢罢了。我猜你保准会问，你小时候不是经常随父母四处搬家，像沙漠里的游牧民族似的过着流浪的生活吗？难道还怕这点儿困难？

他们给的薪水不多但包吃住，伙食相当不错。炖牛肉的味道在空气中飘香四溢。不过，这可跟我妈妈的手艺没法比，她做的饭菜几乎无人能及。碰上下雨天，我们就在卡车下面席地而睡。我第一次喝威士忌就是在一个下雨天，躲在巡演卡车下面。说实话，我一点儿也不喜欢这酒的味道。上了战场后，我才养成了喝酒的习惯。第一次真正意义上的喝酒还是在西西里的卡塔尼亚。刚喝了一回，红酒就成了我的首选和毕生挚爱。

一天早上，我们在去往佛蒙特布拉特尔伯勒的路上停了下来。没想到下起了倾盆大雨，足足下了一整天，地上到处都是泥。那天，一位观众都没有，票卖不出去，自然也没有钱收。“小埃及”

看我无所事事地站在那里，冻得直冲两手哈气，就把我拉到旁边低声问我愿不愿意陪她和“海王星”在帐篷里过夜。我知道她们对我有意思，就欣然接受了邀请：“好啊，没问题。”那一晚，扬克不得不继续睡在卡车下面，而我将沉浸在甜蜜的温柔乡里。

演出结束后，我拿着毯子去了她们的化妆间，满屋子都是香水的味道。这座帐篷既是她们的化妆间，又是卧室。我进去的时候，“小埃及”正在床上休息，身下压着松软舒适的枕头。她对我说：“快把衣服脱了吧。那样会舒服些。瞧你，浑身都湿透了吧。”

当时我还是个 17 岁的毛头小子。我犹豫了片刻，不知道她是不是在逗我。她又问道：“以前碰过女人吗？”

我如实答道：“没有。”

“这么说今晚将是你的初夜喽？”“小埃及”哈哈大笑着说。她从床上爬起来，从头上脱下我的衬衫，我赤裸着上身傻站着。

“今晚有两个女人伺候你哟。”尼罗河的“海王星”在我身后搭话，肆无忌惮地大笑着。然后，她冲我吹了吹口哨。当时我肯定羞得满脸通红。

就在那晚，我失去了处男之身。多年来，我一直压抑着蠢蠢欲动的心。我不喜欢手淫。对教会而言，这是有伤风化的行为，而且我也是这么想的。我始终觉得这么做不大对头。

我的第一次献给了“小埃及”，她怎么说我就怎么做。随后，“海王星”招呼我到她的床上去，“小埃及”轻轻推了我一把。我上了床，进入她的身体后，她仿佛是在察“颜”观色。发现我瞪大眼睛的一刹那，“海王星”鼓励我道：“使劲干吧，小伙子，这会让你成为真正的男人。我的床上功夫可是极少有人能比的，你可要抓住机会哟。”哦，我的老天！她真有一套！我真是高估我的体力了。

一整晚的翻云覆雨弥补了许多逝去的时光。两个风情万种的床上老手忙乎得我马不停蹄。她们是欲火中烧的熟女，而我则是年轻力壮的小伙，这就是所谓的干柴烈火吧。第二天清晨，我就在想，长久以来，我是多么的无知啊！我的生活简直缺失得太多了！对我而言，“小埃及”和“海王星”就如同一所大学，是她们教会了我如何取悦女人。在那个年头，根本没有性教育的书。对性的了解仅止于邻近朋友的夸夸其谈。其实，他们懂的还没你多。

我在她们的帐篷里度过了无数个夜晚，多数都是和“小埃及”腻在一起，枕着她满头的长发，呼吸着香水的芬芳相拥而眠。而可怜的扬克，却只能睡在外面，忍受着寒冷和潮湿。我觉得，他从来都没原谅过我。（扬克是个好人，一生波澜不惊。他也是个守规矩的人，从没干过任何出格的事。可惜他不终天年，英年早逝。而当时我还在监狱里关着。我提出申请希望能够出席他的葬礼，但联邦调查局未予批准。后来，就连我弟弟、妹妹的葬礼他们也没有放行。扬克在西切斯特路开了家奥麦利餐厅。他在给狱中的我写信时说，等我刑满释放时，他要给我开个盛大的欢迎派对。但还没等到我出狱，可怜的扬克就因心脏病去世了。）

我们随着狂欢巡演团抵达缅因的时候，已是暮夏时节。一般在每年的9月份左右，摄政巡演团就会南下去佛罗里达，并在那里过冬。缅因的卡姆登是演出的最后一站。我们听说，在距这里大约40英里的地方有个伐木场正需要人手。于是，我和扬克就离开了巡演团，沿着泥泞的小路朝树林深处一路走去。我知道我会想念“小埃及”的。可是，收帐篷、装车的活也就这么一次了，往后就没什么可干的了。

那家伐木公司把我们俩都要了。他们安排扬克去厨房帮厨。看我是个大块头，就被派去拉双人锯。初来乍到，我很难胜任伐树的工作。所以，他们交给我的活，是将伐倒的大树处理成原木，锯掉树干上的枝枝杈杈。然后，推土机将原木推到河里，顺流而下漂到指定地点装车。整天锯木头可是个苦差事。那时，我的身高只有 6 英尺 1 英寸，体重差不多 175 磅。干了九个月后，我身上连一丁点脂肪都没有了。

晚上，我们睡在简易工棚里。屋里有架凸腹式的柴炉。我们每天吃的，你想都想不到，除了炖菜还是炖菜。一天拉锯下来，吃什么都是香的。

我们挣的少得可怜，可全攒了下来。不是不想花，而是没地方可花。我和扬克都不打牌。不然，我们的钱早就输光了。

每逢星期天，他们都玩一种野蛮的橄榄球比赛。我玩这个玩得比较多。从头至尾，我都没明白比赛的规则是什么，也许根本就没有什么规则也说不定。反正是撞得人仰马翻就对了。

每天晚上，只要不下雪，我们还会较量较量，用绳子围起一块类似拳击场的地方比赛拳击。没有拳套，索性就用绷带把手缠起来。大家最感兴趣的是十六七岁的大孩子和三十岁上下的成年人之间的比拼。自然而然地，我参加了许多比赛。这不禁使我想起，当年为了给父亲赢啤酒钱，我不得不和比我大的孩子捉对厮杀的场景。包括父亲在内，似乎我的对手永远都是比我年长的人。唯一的不同是这些伐木工比父亲出手更狠。我屡战屡败、屡败屡战，从中学到了不少招数。

我认为，搏击是人与生俱来的能力。洛基・马西安诺①的拳坛生涯也是在战后才开始的。那时，他都 26 岁了。不过，他天生就

---

① 洛基・马西安诺（Rocky Marciano，1923—1969）是 1952 年到 1956 年间的世界重量级拳王。生涯战绩 49 胜 0 败 0 平手（43 次 KO）。他是拳击史上唯一一位生涯全胜的世界重量级拳王。

是打拳的料。拳击需要调动全身的力量，但真正的发力点集中在前臂到手腕的部分，击倒对手全靠那里。实际上，在出拳的一刹那，你都可以听到啪啪的响声。在技术臻于完美时，那声音听起来就跟手枪的枪声似的。众所周知，乔·刘易斯的杀手锏是他的六寸拳。他只需6英寸的发力距离就可以一拳将对手击倒。诀窍就在于啪啪那两下。这就好比是用毛巾抽别人的屁股。胳膊并不使劲。

假如你再学个一招两式的，就可以纵横拳台了。据说，杰克·邓普西①13岁在科罗拉多的矿场里做童工时就学会了所有的拳击技法。在缅因州的深林里待了九个月后，我对此深信不疑。

第二年夏天，我们搭便车回了费城。突然发现，我们又多了一项新爱好——追女孩。我换了两三份工作，有活就干，后来在隆巴德第五街的帕尔斯坦玻璃公司做了学徒工。过去那里是南街附近的商业区，现在变成了青少年的购物天堂。我的目标是要成为一名玻璃工。我学会了如何给城里所有的高楼大厦安装玻璃。有时候，我会去商店帮他们给玻璃打磨出斜边。我学到了很多。和伐木相比，这活计简直太轻松了。结束了一天的工作，我还有大把的精力和扬克争抢邻近的女孩。

跟扬克比起来，跳舞是我的秘密武器。大部分大块头的家伙都笨手笨脚，但我不同。我有很强的节奏感，身体也极其灵活。我的手也很快，协调性也不错。那时，恰逢摇摆音乐和交际舞风靡全美，盛极一时。我一周连着六天晚上都去跳舞（星期天除外），每天去的都是不同的舞厅。要想学会跳舞你非得如此不可，

---

① 杰克·邓普西（Jack Dempsey），也别称作黑，美国职业拳击手，是1920年代的一个文化标志。在从1919年至1926年，登普西参加了世界重量级锦标赛。他的侵略性的风格和卓越的冲压能力使他成为历史上最为流行的拳击手之一。

边跳边学，边学边跳。步法都是一定的，不像今天完全是跟着感觉走。战后，我其中的一份工作就是舞厅的舞蹈教练。

1939年，19岁的我和舞伴罗珊妮·德·安杰利斯共同携手，在麦迪逊广场花园举办的满月舞会舞蹈大赛中从5000对舞者中脱颖而出，获得了狐步舞亚军。罗珊妮是个优雅的舞者。我和她的相识完全是机缘巧合。赛前，她的舞伴在排练中受伤了，而我的舞伴总是叫苦不迭。于是我们一拍即合，成为了搭档。满月是全美最大的舞蹈盛会，每年一届，由《纽约每日新闻》赞助举办。许多年后，我女儿们的舞蹈都是我教的。我教她们所有风格的舞蹈，甚至是探戈和伦巴。

我在帕尔斯坦的收入颇丰，每周差不多45美元，比我父亲在圣母玛利亚小学挣的还多。我从工资里拿出一部分作为食宿费贴补家用，这样我们就用不着搬来搬去了。我的妹妹佩吉还在念书，放学后则在大西洋和太平洋食品公司做码货员。我弟弟汤姆从家里搬了出去。退学后，他加入了民间资源保护队（CCC）。这是罗斯福在大萧条期间设立的一个民间组织，专为解决年轻人的就业问题。年轻人下放到遍布全国乡间的营地，在营地里从事资源保护计划。

除了交给父母的食宿费，剩下的大部分工资我都花在了舞厅里。可以和女孩约会的钱几乎寥寥无几。但没钱有没钱的办法，我和扬克从来都不乏寻欢作乐的点子。一天下午，我和一位年轻漂亮、长着雀斑的爱尔兰姑娘赤裸着在达比路边的小溪里洗澡，那个地方现在是菲茨杰拉德慈善医院。那条小溪距离路边差不多有100码。扬克蹑手蹑脚地溜了过来，卷走了我俩的衣服。接着，他爬到路边的小山上，大声冲着我们喊话，要那女孩从水里出来，穿好衣服跟他走。不然，就甭想拿回衣服。没办法，她无奈地跟着他走了。扬克花了25美分雇了个小孩看紧我的衣服。等他们的背影彻底消失后，这个孩子撂下衣服，转身就跑，连头也不敢回。

我敢肯定我后来报了一箭之仇，不过记不起来是什么事了。难道是我散布谣言说他搞大了一个素不相识的女孩的肚子？不是没有可能。或者是我偷偷点着了塞进他鞋里的火柴烫了他的脚？嗯，肯定是这样。这就是那时的我们，在一起不过是开开玩笑，搞搞恶作剧，浑浑噩噩地混日子罢了。像小混混似的在街边打架斗殴、争勇斗狠的生活成了不堪回首的往事。我们懂得了爱情，迷上了舞蹈。"小埃及"和尼罗河的"海王星"是我性教育的启蒙老师。在这座兄弟之爱城①，我将义无反顾地将这种教育传承下去，使无数含苞待放的少女从中受益。

我在青年时代过着放荡不羁、无忧无虑的生活。这种生活方式备受年轻人青睐，无需担负任何责任，你唯一要做的就是为后半生积攒美好的回忆。然而，我是个缺乏耐性的家伙，又不喜欢安于现状。不久，我就发现自己到了另一个半球。但那时，没人会再迁就我的耐性。我必须习惯军队的单调生活：匆匆赶路和原地待命。”

① 美国人通常称费城为Philly，也简称其为兄弟之爱城（city of brotherly love），因为费城全称（Philadephia）是由两个希腊单词Philos（爱）和adelphos（兄弟）组成的。

## 5

# 411天

“初次听到《男士无尾夜礼服》这首歌是在1941年。当时，我在科罗拉多当宪兵，为洛瑞机场的陆军航空队执行警卫任务。大部分人都觉得这首歌的名声大震要归功于格伦·米勒，而实际上真正功不可没的是厄斯金·霍金斯。他是位黑人乐队指挥，也是这首歌的创作者。在他的精彩演奏下，这首歌一炮走红。它就像一首主题曲，伴随着我度过了整个战争年代。战争结束后，我和玛丽的第一次约会，就是在费城的老厄尔剧院观看厄斯金·霍金斯的演出。后来，她嫁给了我，成了我的妻子。

1941年12月的一个寒夜，我在丹佛舞厅和着这首《男士无尾夜礼服》跳了一支吉特巴舞，赢得了舞蹈大赛冠军。凌晨4点，我就登上了一辆军列，开赴西海岸保卫加利福尼亚。日本人轰炸了珍珠港。那年，我刚刚21岁，身高6英尺2英寸。4年后，战争结束时，我在25岁生日的前一天退伍。我又长高了2英寸，达到6英尺4英寸。当时，我们都是些生瓜蛋子，有些人甚至还是尚未长成的孩子。时至今日，恐怕没人会记得这些。

在欧洲战场上，我始终是雷鸟师，也就是第45步兵师的一名步兵。有人说，一名老兵平均的实际战斗天数大约是80天。战争结束时，从部队得知，我的实际战斗天数竟长达411天。为此，我每月可以额外获得20美元的津贴。我是幸运的。真正的英雄马革裹尸，永远留在了异国他乡。他们中的有些人甚至只参加了一天的战斗就牺牲了。尽管我块头大、目标明显，参加过不计其数的战斗，但从没被德国兵的子弹和弹片击中过。有许多次，我在散兵坑里不停地祈求上帝的保佑，特别是在安奇奥被压制在防空洞时。不管别人对我的童年如何评价，但我的确从中学会了如何自我保护、险中求生。”

从弗兰克·希兰口中套出他的战斗经历是整个采访过程中最艰难的部分。足足用了两年的时间，他才扭转了思想，同意谈一谈那些战火连天的岁月。期间，出于种种原因，采访经历了时断时续的坎坷。最终，这场采访演变成了一场令人痛苦、令人紧张的梦魇——无论是对我这个态度谦恭的采访者，还是对他这个心不甘情不愿的受访者。

为了帮助我更加透彻地理解他的战斗经历，希兰特地找出了第45步兵师的官方《作战报告》。这份硬面装订的报告长达202页，在二战结束后的几个月内就得以出版。我从报告中和当事人那里了解的越多，真相也就越来越清晰，长期不懈的战斗造就了希兰冷血杀手的秉性。

根据这份报告，“第45师为了维护美国的历史遗产付出了惨重的代价：共有21899名战士阵亡”。一个整编师的人数是15000人。希兰每天都目睹着不停有人顶上来，有人被抬走。该报告称，该师创下了“511天连续作战”的骄人战绩。这意味着，残酷的厮杀整整持续了511个日日夜夜。在欧洲战场上，雷鸟师从战事爆发的第一天，一直浴血奋战到最后一天。

除了休息和康复之外，二等兵弗兰克·希兰的实际战斗天数为411天，经历了该师百分之八十以上的战斗。日复一日的激战以及对生死的不确定影响了希兰的后半生。同样的经历可能会对不同的人产生不同的影响。每个人都有着与众不同的人生轨迹和独一无二的人生经历。我还采访过其他一些老兵。这些人一想到那漫长的411天，都会不禁为之一惊，倒吸一口冷气。

“你的屁股是不是又痒痒了？”查理·“狄格西”·梅尔斯质问道。我比狄格西大两岁，个头比他高1英尺。我俩从小学起就是好哥们。“我做错什么了？你干吗这么凶，狄格斯？”我嬉皮笑脸地反问道。

“宪兵队的工作不好吗？又轻松又赚钱。你安分点会死啊！上战场，你他妈的一定是疯了。老实说，我以前就知道你脑子里缺根筋，可这回也太他妈离谱了。你以为打仗是闹着玩的吗？”

“我就是想见识见识动真格的。”我回答时浑身透着傻气。

“那你就等着瞧吧。”

忽然，一阵雷鸣般的巨响和呼啸的轰鸣划破长空。

“怎么回事？”

“你不是想见识见识动真格的吗？”他递给我一个铁锹，“拿着。”

“干什么用？”我问道。

“挖散兵坑啊？麻利点。西西里欢迎你。”

挖好后，查理手把手地给我传授经验。他告诉我，炮弹爆炸时弹片的飞行轨迹是向上的。遇到危险，你一定要趴下别动，避开飞行的弹片。否则，你会被截为两半。小时候，都是我罩着狄格西，可现在却反了过来。

那么，这一切究竟是怎么回事呢？我怎么会在1943年的时候手拿着铁锹出现在西西里呢？

1941年8月我应征入伍了。那时，战火几乎席卷了世界的各个角落，但我们还保持着中立，没有参战。

新兵的基础训练是在密西西比的比洛克西进行的。一天，有个操着一口南方口音的中士出言不逊，声称我们这些新兵蛋子都是些酒囊饭袋，不服就站出来比试比试。我朝前迈了一大步。结果，他命令我连续掏了5天厕所。他要了个花招，目的就是告诉我们官大一级压死人的道理。这是在为参战做准备。

基础训练结束后，部队瞧上了我，认定我是个宪兵的好坯子。他们根本不需要征询你的意见。而且，在开战前，宪兵是不可能转换岗位的。

珍珠港事件后，随着战事的升级，他们允许志愿参战的宪兵投入战斗。我喜欢天兵天将的感觉，于是毅然应征陆军空降兵，并被转到乔治亚的本宁堡陆军基地接受跳伞训练。我的身体状态很棒，严格的伞兵训练根本不在话下。我终于见识到真格的了。这令我欣喜万分。降落伞落地后，就要看你的本事了。一开始，我有些目中无人的感觉。可有一次在训练中，从塔台跳下的时候，我的右肩脱臼了，而且没有降落在指定的位置。这里是不允许犯错的。就这样，我被淘汰了。现在，我不得不服从分配，加入了步兵团，成了一名步兵。

与此同时，我无视一切权威和军事纪律，始终我行我素。在整个军事生涯中，我一再触犯军事禁令。入伍时我就是个二等兵，四年零两个月后退伍时我还是个二等兵。在战场上的英勇善战为我赢得过不少晋升的机会，可没过多久，我就会捅出娄子，被贬回原职。那时，我擅离职守的天数高达50天。绝大部分都是在喝酒泡妞，什么意大利女人、法国女人、德国女人，统统来者不拒。然而，一旦部队返回前线，我从不擅离职守。假若出现了这种情况，我劝你最好就别回来了。回来长官也会把你崩了，这跟敌人是不是德国鬼子没有任何关系。你这是严重的临阵脱逃。

在赴海外参战前，我驻扎在弗吉尼亚的帕特里克·亨利营。有一次，我和一个南方的中士顶了嘴，被下放到厨房巡逻队（KP）削土豆。我瞅准机会从军中福利社买了点泻药，一股脑儿倒进了巨大的咖啡壶。结果，所有人都拉得一塌糊涂，军官也未能幸免。倒霉的是，我是唯一一个没有向医务室请病假的人。在调用足够的手纸前，他们揪出了我。你能想象有哪个聪明的罪犯最终的下场是跪在厕所的地上擦地吗？

1943 年 7 月 14 日，终于到了扬帆起航的日子。我随着部队远赴北非的卡萨布兰卡，成了第 45 步兵师的一名步兵。尽管你无法选择所在的师，但只要还有空额，你可以自由选择连队。一个连大约有 120 人。在费城的时候，教堂张贴过一份通讯，详细注明了街坊邻居的小伙子所派驻的部队。我知道狄格西在雷鸟师。于是，我向上级申请加入他所在的连队，并获得了批准。这并不意味着我一定会被分在他所在的 32 个人组成的排或 8 个人组成的班。但就是那么巧，我们成了一个班的战友。”

1942 年秋天，在他们还在美国接受军事训练，尚未开拔时，乔治·S. 巴顿将军在马萨诸塞州登维斯堡一个剧院的舞台上，向第 45 步兵师的全体将士发表了演讲。当时，狄格西就在现场。巴顿将军告诉这群极易受鼓动的小伙子们，他在这场战争中，在第 45 步兵师肩负着特殊的使命。这些小伙子都是第一次离开家乡。而他们即将面对的则是如梦魇般的浴血奋战、客死沙场。

乔治·E. 马丁上校是第 45 步兵师指挥官的参谋长，据他回忆：

> ［巴顿将军］滔滔不绝地讲了很多，用词粗鄙，满口脏话……他讲到，有一次，英军计划从敌人后方包抄。没想到，身后竟有敌军偷袭。后来，英军在肃清敌人残部时，德国鬼子缴械投降了。巴顿将军继续说道，要是换做我们，坚决不接受投降，我们要杀光这些狗娘养的德国鬼子，一个都不留。
>
> 接着，他又告诉我们，第45步兵师有可能是美军中与敌人交火次数最多的部队。他希望德国人永远记住我们这个“杀手师团”。

据在场的一名军官称，在6月27日北非阿尔及尔的讲话中，巴顿将军再次告诉“杀手师团”的全体将士：

> ……我们的任务就是杀敌、杀敌、杀敌。现在杀的越多，以后杀的就越少。从长远来看，这对师团的前景将大有裨益……他还言之凿凿声称，战俘越多，耗费的粮食就越多。我们没必要在这些战俘身上耽误工夫。他还说，德国佬没一个好东西，死绝了最好。

另一位在场的军官回忆了巴顿在杀害平民问题上的立场：“对此，他是这么说的。假如敌对国家的市民执意不肯从战场附近撤离，我们就必须下狠心干掉他们，扫清障碍。”

“挖好散兵坑，狄格西告诉我发生了两起大丑闻。当时，所有人都对狙击手深恶痛绝。敌我双方提起狙击手简直是恨得牙根直痒痒。假如俘获的是狙击手，可以当场将其击毙。比斯卡里机场外有敌人的狙击手，射杀了一些美军。有40名左右的意大利士兵投降后，美军搞不清究竟谁是狙击手。于是，他们排成一排，被全部打死。还有一名中士从敌人后方抓了30名俘虏。当他们之间隔了一段距离时，他拿过一挺机枪，打死了所有人。这两起事件犹如从我头上呼啸而过的炮弹惊起了我一身的冷汗。我反复思忖着，假如投降的是我，是否会落得同样的下场呢？”

1943年8月，在西西里大获全胜后，巴顿将军在野外向第45步兵师做了最后一次演讲。他称赞全体将士："你们是美军历史上最优秀的部队之一。"明则是夸赞，实则是在借机鼓吹"杀手师团"的理念。他的演讲分明就是第45步兵师的作战方针和指导思想。他们不仅将其奉为圭臬，而且还实实在在地付诸于行动。

在发表这番演讲的时候，他的两位部下正面临军事法庭的谋杀审判。1943年7月14日，在攻占西西里比斯卡里机场的战役结束后，约翰·T.康普顿上尉命令手下的行刑队射杀了大约40名手无寸铁的战俘，其中两人是平民。在另一起事件中，也是在同一天的那场战役后，贺拉塞·T.韦斯特中士亲手用机枪打死了36名手无寸铁的战俘。

1943年7月15日，在这两起屠杀发生的第二天，巴顿在日记中写道：

> 布拉德利［奥玛尔将军］历来忠心耿耿。大约上午9点钟的时候，他情绪激动地赶过来向我报告说，第45师180团（希兰当时所在的团）的一名上尉教条式地照搬我的命令，凡是负隅顽抗、在离我们200码不到时仍未停止还击的敌人一律格杀勿论。更为离谱的是，他还冷血地枪杀了成排的战俘，

大概有50人左右。我告诉他，那很可能是有人在夸大其词罢了。但无论如何，一定要转告那个上尉拿出证据证明那些被枪杀的人是狙击手或者企图逃跑。不然，肯定会在媒体上引起轩然大波，也会激起民愤。

奥玛尔·布拉德利将军和巴顿的军衔一样。他没有按巴顿的话去做，也没有采取任何遮遮掩掩的态度。他的调查直接导致两名当事人被送上了军事法庭。

最终，约翰·T. 康普顿被宣判无罪，依据是他不过是在依命行事，执行巴顿对第45师的命令，无情地枪杀战俘而已。

贺拉塞·韦斯特在审判中采取了相同的辩护词。一位中尉为贺拉塞作证，称在入侵西西里的前夜，陆军中校威廉·H. 谢弗使用船上的扩音器，向士兵强调巴顿的指示：他们“不会接受任何战俘”。

然而，韦斯特中士可没那么幸运，谋杀罪名成立被判处终身监禁。为此，部队里炸开了锅，到处是一浪高过一浪的抗议和反对。这种区别对待是他们所不能接受的。迫于压力，韦斯特被立即释放，并且重返战场，此后一直是二等兵，直到战争结束。康普顿上尉无罪释放四个月后，在战斗中牺牲。当时，几个德国鬼子举着白旗佯装投降，他走过去时被敌人开枪打死。

有关那些发生在西西里的令人发指的暴行还有一些小道消息。斯坦利·P. 赫什森在其作品《巴顿将军：一个军人的一生》中援引了一位知名的英国报社记者的个人经历。这位记者亲眼见证了满满两车的大约60名战俘被枪杀的惨剧。然而，在巴顿承诺停止一切暴行后，他选择了沉默。后来，他将此事告诉了一位朋友。他的这位朋友一五一十地记下了这起血腥事件。这份备忘录称：“巴顿在登陆西西里前发表的那些嗜杀成性的演讲，以及下达命令时的不当言词，被美国军队尤其是第 45 师太过按字面意义理解并执行了。”

“那天晚些时候，狄格西又询问了一桩关于我的传言。这是离开美国后他从一位偶然碰上的好邻居那儿听说的。据谣传，我之所以参军全是扬克逼的。他搞大了别人的肚子，硬是把屎盆子扣到了我头上。你能想象吗，在世界的另一端，竟然还散布着有关我的谣言。我终于知道，原来，扬克在大学里依然是个爱开玩笑的家伙。”

## 6

# 做我该做的事

“对我来说，西西里的战斗最为轻松。意大利士兵很糟糕，而德国人把意大利人当作垫背的。有时候，我们进攻时，意大利人就那么笔直地站着，旁边放着整理好的手提箱。我在西西里期间，墨索里尼投降了。德国接管了意大利，继续发动战争。西西里人热情好客。把德国人赶走后，我去了卡塔尼亚，每一栋房子的晾衣绳上都挂着自制的意大利面条。战争结束后，拉塞尔·布法里诺知道我去过他的家乡时，感到很高兴。

我结识的第一个新朋友是我们班里的硬汉阿莱克斯·西格尔，他老家在布鲁克林的犹太区。我在西西里和他合了张影，手臂搭在他的肩上。仅仅一个月后，他就在萨勒诺登陆时被敌人猛烈的炮火打死了。

萨勒诺是那不勒斯下面的一个小镇，位于意大利西海岸。1943年9月，我们从登陆艇上跳入地中海，德军的炮弹在我们身边四处开花。在我参加过的三次抢滩战役中，萨勒诺登陆是最惨烈的一次。成功上岸的人要继续推进1000码左右，以确保占领滩头。每人背上都背着一把铁锹，开挖战壕。不管再苦再累，一听到敌军隆隆的炮火声，你都会奋不顾身地咬牙坚持。

敌人的大炮和机枪对着我们所处的位置狂轰滥炸、疯狂扫射。看见德国兵逼近时，你就开枪。时至今日，我还依稀记得，我一刻不停地扣动着扳机。扪心自问，我当初是他妈的搭错了哪根弦非要到这儿受这份罪。然而，在萨勒诺朝敌人开的第一枪我却始终毫无印象。

在敌人猛烈的火力下，我们差点儿丢了海滩。可是没有一个人后退。没有人不害怕，只是有些人不愿承认罢了。不过话说回来，承不承认有什么关系呢？该害怕还是会害怕。”

《作战报告》援引了一位亲历了这场战斗的另一个师的将军的话说：“第 45 师成功阻止了德国人把盟军赶到海里去的企图。”

“后来，我们的海军大炮给我们补充了重火力支援。德国人识相地撤到了远离射程的地方。这给我们争取了向前推进的宝贵时机。我们离开海滩后，成功与其他师部会合，一路朝北进发。

上级派什么任务，步兵就得遵照执行。抗令不遵者，格杀勿论。吉米·霍法没有服过兵役，不过那是事出有因的。上了战场，凡是以前一窍不通的一学就会。比如，你必须严格遵守各项规章制度。规章制度是神圣不可侵犯的。参战前，我根本不知道什么叫做服从命令听指挥。但在战场上，我不仅学会了服从上级安排，还学会了很多其他的东西。”

据《作战报告》称，在从萨勒诺一路向北朝韦纳夫罗推进的过程中，“复杂地形下的战斗令人身心疲惫、悲痛心酸”，“疾病和疲劳开始在部队蔓延”，希兰正是在那种境况下听从上级的调遣。在无尽的征战中，亚平宁山脉的广袤寒苦，加之还要面临德军在卡西诺山上的修道院里架设的枪炮，“冬季战役仿佛是一座人间地狱”。

“我们从那不勒斯继续北上向罗马进发。1943年11月，我们深入到意大利的丘陵地区。卡西诺山上的德军对我们展开了猛烈的炮火攻击。两个多月来，我们一直被牵制在那儿。卡西诺山顶有一座修道院，是德军的观察哨所。我们的一举一动都被他们尽收眼底。那是一座古老的修道院，有些宗派希望将其留存下来。后来，这所修道院被炸掉后，形势变得对我们更加不利。德国人可以利用这些断壁残垣自我保护。1944年1月，我们企图攻破敌人的防线，最终大败而归。在深夜的时候，我们偶尔会外出巡逻抓个德国佬回来打探敌情。而通常，我们能够不挨雨淋、不吃枪子就是老天保佑了。

那时，我学会了刻意不和太多人走得太近。和别人成了朋友，然后看着他们一个个离你而去从感情上是难以接受的。一个19岁大的孩子顶替进来，他的靴子还没来得及晾干就已经死了。遇到这种情况，你的心理会遭受重创。我和狄格西是亲密无间的朋友，我们的友情就是这么结束的。亲眼看着狄格西挨了两枪真的很痛苦。

接着，最惨烈的战役开始了。军方决定送我们中的一些人去那不勒斯的卡塞塔放松些时日。以前，那里是意大利的王宫。我们过了十来天轻松的日子，然后乘坐登陆艇启程前往安奇奥。这里是一座滨海之城，南面是卡西诺山的德军防线，北面是罗马。我们的意图是攻击德军侧翼，为主力部队攻破卡西诺山争取时机。”

盟军对卡西诺山那座修道院的进攻一次次无功而返，损失惨重，第45步兵师因此被迫从战场撤离，水陆两栖夹击安奇奥，在德军侧翼开辟新的战场。有关从卡西诺山前线撤走第45步兵师的做法，马克·克拉克将军写道："在过去的72天里，面对强大的敌军火力和极端的作战条件，第45步兵师始终连续作战，奋勇杀敌。"其中，克拉克将军还忆及了第45步兵师——二等兵弗兰克·希兰所在的师——在卡西诺山所遭受的"严寒、潮湿以及连续不断的炮击"。然而，克拉克有所不知的是，在他的命令下，第45步兵师刚下了卡西诺山这座刀山，却又跳进了安奇奥这片地狱般的火海。

“在战斗即将打响或者准备登陆前，你多少会有些紧张。战事一旦拉开，这种感觉自然会烟消云散。你根本没时间思考，只管做你该做的就行了。战斗结束后，紧张感会再次涌上心头。

我们在安奇奥海滩突袭了德军，俘获了数百名战俘。在我们从海滩继续向前推进的前一天，在整整24小时里，周围毫无动静。以前还从未出现过这样的情况。对此，负责指挥的将军认为这肯定是敌人诱敌深入的伎俩。于是，他决定稳妥行事，按兵不动，等待我军的坦克和炮兵部队登陆。这个决定严重延误了战机，给了德国人部署坦克、火炮以及筑造防御工事的时机。最终，敌人居高临下，逼得我们寸步难行，坦克和大炮根本无法登陆。”

正如温斯顿·丘吉尔所说的，尽管他实际传达的意思相反："现在真的是大难临头了……我们是加强了滩头堡的防御能力，但费了九牛二虎之力才赢得的战机就这样白白溜走了。"希特勒调集了大量的增援军队，使盟军陷入进退维谷的境地。他认将在安奇奥的滩头堡的盟军形容为"脓包"，并命令他的部队一举将其歼灭。

“接着，敌人的飞机和大炮对我们实施了狂轰滥炸。散兵坑根本没用，我们必须往深里挖。没办法，最后我们不得不钻进八英尺深的防空洞。那可是我们一锹一锹挖出来的。我们用梯子爬上爬下，在洞口铺了些木板和树枝，一方面可以防雨，另一方面可以缓解弹片的冲击力。

我们在里面足足待了四个月，终日听着没完没了的枪炮声。白天别指望出去，一露头就会被打死。不过，你还能去哪儿呢？夜里，你常常要冒险爬出去大小便或者倒掉钢盔里的粪便。白天实在憋不住的话，就必须拿钢盔当便盆。我们没别的可吃，只有罐头装的K口粮，根本没有现做的新鲜食物。德军轰炸了我们的补给船。闲来无事，我们就打牌、聊天，畅谈战后的生活。最重要的还是祈祷。不管你是谁或者多么自以为是，你都会祈祷。我默念万福玛利亚和圣父的次数多得数都数不清。你对天发誓，假如可以活着出去，从此将不再犯罪。你对天发誓，从此不再碰女人、不再酗酒、不再诅咒等等等等。凡是对祈祷有用的可以说是无所不用其极。

最恐怖的炮击都是在晚上开始的。我们将其戏称为“安奇奥快车”。那是一门巨型大炮，白天的时候被德国人小心地伪装起来，以防被我们的飞机发现。这门大炮平时都放在罗马郊外的铁轨上。夜幕降临后，我们的飞机都停飞了。这时，这个庞然大物才会被派上用场，调准方位后对我们实施一轮又一轮的猛轰。打过来的炮弹听上去就犹如一节货运车厢在我们头顶划破夜空。那炮声震耳欲聋，令人胆寒，声声巨响震颤着你的心房，令人心灰意冷。你不愿去想太多。也许就在离你不远的地方，你的战友被从天而降的炮弹不幸击中，化为炮灰，连运给家人的遗骸都没有。

而你，很有可能就是下一个牺牲品。

大家轮流在直径100码的范围内放哨，以便其他战友能眯一会儿。然而，在这艰苦的四个月中，几乎没有多少睡觉的时间。我找到了比通宵在外面放哨更好的地方。晚上总是更加恐怖。即使在晚上没有安奇奥快车的侵扰，常规火炮还是在一天到晚一刻不停地轰鸣着。这严重侵蚀着你的神经。为了不至于精神崩溃，你必须要保持内心足够坚强。在这种情况下，不受影响是不可能的，除非你是个十足的疯子。有两次，德国人朝我们的阵地发起了冲锋，企图将我们从海滩上逼退，但我们都挺了过来。”

据《作战报告》称，第45师将德军“肃清滩头堡”的企图“撕得粉碎”。在连续击退德军进攻的这段时间后，是“数月的坚守和等待”。在安奇奥，连续不断的轰炸导致6000多名盟军丧生。久攻不下的主力部队终于在5月突破了德军在卡西诺山的防线。到了月底，15万疲态百露却又欢欣雀跃的士兵从安奇奥的防空洞里爬了出来，与主力部队会合后南下朝罗马进发。与此同时，6月6日，盟军在诺曼底登陆，开辟了新的战线。

“在向罗马挺进的路上，没有遭遇任何的抵抗。罗马被称为是不设防的城市。这就意味着敌我双方谁也不会对其实施轰炸，但零星的轰炸还是有的。到罗马前，我从未见过街边的咖啡馆。我们在咖啡馆坐下来，吃着午饭，喝着红酒，体会到了久违的松弛感。在列队行进经过咖啡馆时，我也第一次看到了意大利金发女郎。我有过几次艳遇。钓到女人用不着费什么工夫。派发给我们的巧克力、奶酪和鸡蛋碎，这些就足够了。那时，她们一无所有。你不能按正常的道德标准去评判她们。与当地女人交往是违反规定的，但那又怎样呢？难道还能把我们送到作战部队去？

我们在意大利和德国人打了一阵子。1944 年 8 月 14 日，我们重新登上了登陆艇，执行代号为“龙骑兵行动”的计划，从法国南部登陆。上岸时，我们遇到了一些抵抗。其实，与其说是真正的抵抗，倒不如说是小股袭扰。但子弹就是子弹。挨两下还是很要命的。

在桑托罗佩斯下船冲向海滩时，我还以为自己中弹了。低头一看，发现军装被染成了红色。我声嘶力竭地呼叫卫生员。卡沃塔中尉是宾夕法尼亚黑泽尔顿人。他跑过来冲我喊道：“你这个死小子，那不是血，是红酒。赶紧给我爬起来继续往前冲。他们打中了你的水壶。”他真是个大好人。

我们终于打退了德国鬼子，进入了阿尔萨斯-洛林地区。这里一部分属于法国，一部分属于德国。我的好朋友波普是肯塔基人，绝对是个好兵。你无权评判某某是个胆小鬼。每个人的承受力都是有限的。在阿尔萨斯-洛林，我看见波普为了能够早日回家，抱着撞大运的态度从树后伸出了一条腿，想搞个“百万美元伤口”①。可他的运气太差了，偏偏遇上了激烈的战斗，没能保住那条腿。他活了下来，拖着剩下的一条腿回家了。

抓俘虏的时候，我还目睹了战友们情绪的失控。平时，那些德国佬对着我们疯狂地扫射，一股杀人不眨眼的劲儿，不知炸死了多少兄弟。可轮到我们有机会以牙还牙的时候，他们却主动投降了。有些人在对待俘虏时掺入了大量的个人情绪，原因各异，或许是语言不通，或许是被活捉后，德国大兵在被带回去的路上妄图逃跑。我所说的并不是什么大屠杀。我的意思是，假如是大

① “million-dollar wound”是美军俚语，指士兵在战争中故意让自己遭受严重、却不致命的伤害，以便自己能迅速逃离战场。

批的战俘，你肯定会带他们回去。可如果是不多的几个德国兵，那么支配权就在你个人手里了，而且你的战友也都是这么想的。中尉交给了我许多战俘，任我随意处置，而我不得不奉命行事。

在阿尔萨斯的一次交火中，狄格西在爬到半山腰时后背中了枪。卫生员抬着他下了山。仗打到这个节骨眼上，我几乎没什么感情可言了。不过，看到狄格西负伤，我还是有些情绪激动。我看见，他的枪就在他倒下的地方。部队规定，丢什么也不能丢枪。当时，我一定是气昏了头。在战友的火力掩护下，我爬了上去，捡回了狄格西的枪。下了山后，狄格西大骂了我一通："你真是疯了。你知不知道，为了这支该死的步枪差点儿丢了你的小命。"我答道："啊，德国佬不知道他们人数占优。"这是我第二次看见狄格西中弹。

在阿尔萨斯–洛林，我们听说德国人发动了绝地反攻，向北穿过比利时的森林，妄图阻止诺曼底登陆后盟军取得的迅猛势头。他们将这次反攻称为"突出部之役"①。德军集中兵力推进。盟军需要从南方战线调集兵力增援北方。我们连留了下来，承担了整个师在南方战线所负责的任务。换句话讲，我们这 120 人所肩负的是一个师，相当于 10000 至 15000 人所应承担的重任。

除了撤退，我们别无办法。1945 年元旦的前一天，我们整晚都在行军。我们看到阿尔萨斯的法国人拔掉了房子上的美国国旗，挂回了德国国旗。不久，援军到了，我们重整旗鼓，又回到了阿尔萨斯的德国控制区。

---

① 突出部之役（Battle of the Bulge 或 Ardennes Offensive，德语：Ardennenoffensive）指纳粹德国于二战末期在欧洲西线战场比利时瓦隆的阿登地区发动的攻势，"突出部"指的正是德军在战斗初始时在盟军防线制造出来的"凸痕"。同盟国开始依战役爆发所地称之为阿登战役或亚尔丁之役，是美国在二战所经历最血腥的一役。

从那里，我们一路打到了哈茨山。德国人占领了顶峰。一天晚上，我们截获了一队给山顶的德军运送热食的骡车。我们饱餐了一顿，将其余的抹上了大粪。我们没有找那些德国女人的麻烦。她们和我们的陆军妇女队差不多，负责给部队做饭。所以，就没再管她们。但赶骡子的是几个德国兵。我们既无意赶他们下山，又不可能带着他们继续前行。于是，我们发给他们每人一把铁锹，要他们“自掘坟墓”。你肯定在纳闷，为什么有人费劲地给自己挖坟呢？要我猜，这些人一定是还抱着侥幸心理。万一拿枪的人改变了主意呢？万一有援军打过来呢？抑或，他们是在表明配合的态度，希望死得痛快点儿？到了这个时候，我是不会过多考虑的，做了就是做了，没有什么为什么。

我们在哈茨山右转，沿着直线在德国境内一路南下，拿下了班贝格，又攻占了纽伦堡。纽伦堡几乎被夷为了平地。当初，这里曾经是希特勒召开党代会的地方。那些没有被炸毁的纳粹象征全都被统统捣毁了。

我们的目标是德国南部巴伐利亚的慕尼黑。希特勒就是在那儿依靠啤酒馆政变起家的。但我们中途停了下来，解放了达豪集中营。”

《作战报告》称，集中营里有“大约1000具尸体……为方便起见，毒气室和焚尸炉是挨着的。衣服、鞋子和尸体井然有序地堆放着”。

“我们对集中营里的滔天暴行不是没有过耳闻，但还是被眼前的一切和刺鼻的恶臭震惊了。其惨烈骇人无不深深烙印在脑海里。其血腥腐臭无不时时萦绕在记忆中。集中营的指挥官是名年纪轻轻的德国人，留着一头金发。他和他手下的所有军官全部被一辆吉普车带走了。远处传来了阵阵的枪炮声。我们迅速解决了剩下的德国兵，大约有 500 人。他们都是达豪集中营的看守。集中营里还有些尚有气力的幸存者。他们借了我们的枪，干了他们该干的事儿。开枪的时候没有一个人眨眼。

紧接着，我们继续南下攻占慕尼黑。大约又过了两周，欧洲战场结束了，德国宣布无条件投降。

这些年来，这段往事还时常勾起我的回忆，梦及惨烈的战争。只不过，这些梦和我战后的所作所为交织在了一起。

1945 年 10 月 24 日，我退役了。翻开日历，那天正好是我 25 岁生日的前一天。”

## ➤ 7 ➤

# 在美国醒来

“1945 年 10 月，我在法国恩典港的码头碰巧遇到了我的弟弟汤姆。战争结束了，我们都要坐船回费城，不过坐的不是一条船。汤姆见识过一些战争的场面。我打招呼说：“你好，汤姆。”他回答：“你好，弗兰克，你变啦！和我记忆中的样子不同了。”我明白他是什么意思。411 天的战斗使我经历了蜕变。从我的脸上抑或是从我的目光中，他发现了这种变化。

回想我弟弟在勒阿弗尔码头的那番话，我开始怀疑他是不是窥视着我的灵魂。我知道我不是以前的我了，身外之物对我而言可谓是如同粪土。我几乎经历了整场战争，别人对我再坏还能坏到什么份上呢？在海外的那段时光，我的内心某些地方变得坚固，从此再没有松弛过。我习惯了死亡，习惯了杀戮。不错，我会出去寻欢作乐。但即便如此，我还是懂得节制。而这绝不是因为胃痛或者其他什么原因，而是因为能够没有缺胳膊少腿地活着回来的确是我的幸运。不过话又说回来，假如当初没有志愿参战，我在战场上所目睹的一切还有我所做过的一切都将是一种空谈。我会继续留在美国当宪兵，踏着“男士无尾夜礼服”的步点跳着吉特巴舞。

从海外归来踏上陆地，放眼望去全是美国人。没有人穿军装，人人讲的都是英语。顿时，你的士气会为之大振。

回国后的前三个月，军队每月发给你100美元。那些没有参军的人似乎都有体面的工作，反倒是你要重新开始，弥补遗失的过往。我回到西费城和父母住在一起，回到帕尔斯坦玻璃公司继续从学徒做起。但战场那种风餐露宿、飘摇不定的生活使我无法应付这份固定工作。帕尔斯坦一家对我很好，但我受不了约束，做了几个月就不干了。

有无数个早晨，我从睡梦中醒来，惊讶地发现我竟然睡的是床。我整夜整夜地做噩梦，弄不清到底是在哪儿。我需要一段时间调整，始终不敢相信睡在床上这一事实。我在床上干什么呢？战争结束后，我一晚上至多睡三四个小时。

在那个年代，人们是不会谈论这些的。什么是战争综合征？更是没有这样的概念。但你知道你的心理出现了问题。你努力忘却那里的一切，但记忆却总是挥之不去。你在那里可谓是无恶不作，不是烧杀抢掠，就是烂醉如泥、拈花惹草。每时每刻，你的生命和躯体都面临危险，万不可掉以轻心。有无数次，你必须在瞬间做出决断，是做法官、陪审员还是行刑者。此外，你必须牢记两条：一是下了战场必须归队；二是战斗中必须服从直接命令。违反任何一条都有可能被处以极刑，甚至是立即执行。否则，你就会滥施淫威。在战场上，你失去了基本的道德操守，按照个人的意志行事。你披上了一层硬硬的外壳，仿佛时刻都冒着枪林弹雨，经历着生命中从未有过的恐惧。你必须完成一些任务，即使是有违个人的意愿，也没得选择。久而久之，你就麻木了，就如同是哪儿痒挠哪儿那么简单。

令人发指的场面比比皆是。集中营里，死尸像原木一样堆积如山；稚气未脱、虚报年龄的毛头士兵被炸得血肉模糊；还有横尸泥潭中的战友。想象一下你在殡仪馆看到一具尸体时是什么感受，而在那里是连绵不绝的死尸。

回到家后，我无数次地想到过死亡。又有谁不曾想过呢？可是我又想，有什么好担心的呢？你又控制不了。我猜，每个人的命数都是定好的。什么时候出生，什么时候死亡都是你所无法控制的。于是，“听天由命”就成了我的座右铭。我连战争都挺过来了，还有什么不能承受的呢？我对一切就这么释然了。反正，听天由命吧。

在海外期间，我简直是嗜酒如命。不夸张地说，我喝红酒就跟吉普车喝汽油一样。回国后，我丝毫没有收敛。我的两任太太都对此怨声载道。我时常跟人讲，1981 年，我被联邦调查局关进了监狱，反倒是救了我一命。大家都知道，一周是七天。但在入狱前，我一周喝八场。

回家后的第一年，我做过许多不同的工作。我在贝内特煤冰公司打零工。他们有活儿就通知我。我夏天送冰块——每个冰匣里装两块——那时，有电冰箱的家庭还不是很多。冬天，我给人运煤。有趣的是，我 7 岁时的第一份工作就是清理煤灰，而现在又干上了运煤的活儿。我在一家搬家公司干过一个月；在一家水泥厂一天到晚地堆放整袋的水泥；还做过建筑工人。有什么活干什么活，从没干过抢银行的事。我是瓦格纳舞厅的保镖，每周二、五、六的晚上还在那儿做交际舞教练。这份工作我一干就是十年。

我干过的工作太多了，好多都记不起来了。不过，有一份工作到现在我还记得，就是将新鲜出炉、热气腾腾的蓝莓馅料放到冰凉冰凉的铝传送带上。我用耙子扒拉的越多，蓝莓就越凉，好吃派就越爽口。监工老是嫌我不够卖力。他不耐烦地说：“你有点偷懒啊。”我装作一副没听见的样子。他接着说：“嘿，我跟你说话呢，小子。”我问他，你以为你在跟谁说话。他说：“我说你呢，小子。”他威胁说，如果我不加把劲，就把耙子戳到我屁股上去。我也毫不示弱，发誓要把那玩意插到他喉咙里去。他是个大块头的黑人，听到这儿冲着我就来了。我暴揍了他一顿，打得他不省人事，然后把他扔到了传送带上，塞得他满嘴都是蓝莓。那可够他喝一壶的。接着，警察就把我带走了。

这件事过后，我母亲去拜访了州参议员吉米·嘉吉。她有一些政治关系，她的一个哥哥是费城的医生，还有个哥哥在卡姆登，是玻璃工会的大人物，还是自由土地保有人，地位跟市议员差不多吧。我在帕尔斯坦的工作就是他安排的。一天早晨，我睡醒后，她跟我说她托参议员联系好了，安排我去宾夕法尼亚州警察局工作，体检过后立马上班。我的确心怀感激，可我对警察这行丝毫不感兴趣，所以也就没去拜访那位参议员向其表达我的敬意。数年后，我将这件事告诉了我的律师F.埃米特·菲茨帕特里克，他感叹道：“要是做了警察，你一定干得很出色！”我也不胜感慨：“是啊，一定富得流油。”像强奸、虐待儿童这种案子，我肯定不会心慈手软。此外，一切都可以庭外和解。

我试着做回战争前的自己，宽容、随和，但总是不得要领。会因为一点儿小事就发脾气，而且是暴跳如雷。喝酒对此有所帮助。我时常和那帮老朋友一起瞎混。打橄榄球也是个不错的方法。我是沙纳汉队的截锋和护锋。我的老朋友扬克·奎恩是四分卫。那时，橄榄球的头盔都是皮质的。我的头太大，根本找不到合适的，索性就戴着顶羊毛帽比赛。这可不是为了出风头，的确是没有办法的办法。实话实说，要不是生不逢时，没有赶上好时候，我肯定会考虑做一名职业橄榄球运动员。我不仅身材高大，而且肌肉结实、奔跑速度快、身手敏捷，是个懂得如何靠头脑打球的队员。如今，我的那帮队友大都相继离世，只剩下一位还活着了。

正如我所说的，我们的人生到了行将就木的时刻，只是不知道大限何时降临罢了。像所有的年轻人一样，那时的我们都以为自己可以永远年轻。

一天下午，我们一帮人去下城卖血，一品脱 10 美元，为的就是换点酒钱。在回来的途中，我们看到了一张狂欢节的广告，上面说和袋鼠坚持打三个回合不倒下，就可以赢 100 美元。这可比卖血强多了。我们转回头就去了狂欢节。

拳击场上有一只训练有素的袋鼠，戴着拳套。朋友们推选我上去和袋鼠较量。我心想，袋鼠的手臂那么短，待会儿一定可以打得它屁滚尿流。他们给我戴上拳套后，我开始挥动拳头，挑逗那只袋鼠。但我有所不知的是，袋鼠的下巴是耷拉着的。即便你狠狠击中了它们的头部，冲击力也到不了大脑，自然也就无法把它打晕。我一直在跟这只袋鼠兜圈子，没有动真格。毕竟，有谁会想去伤害一只袋鼠呢？但是，当我发现挥拳丝毫不起作用的时候，我使了一招右摆拳，结结实实地打了过去。袋鼠应声倒地的一刹那，我感觉后脑勺重重地挨了一下。过去，老爸就老打我后脑勺。我抖擞精神，一边回身继续猛击那只四处乱蹦的袋鼠，一边在纳闷，到底是哪个狗娘养的在我背面放冷枪。

你瞧，我又外行了，竟然不知道袋鼠还会用尾巴自卫。袋鼠被打倒的时候，会灵巧地用那条八英尺长的尾巴从后面抽你。我出拳越狠，它的尾巴反应就越快、抽打就越重。我一次也没有看见它尾巴上的小动作，也没有注意到尾巴上还有拳套。它有八英尺的击打范围，而我对此却一无所知。

实际上，我的注意力都被一位漂亮的爱尔兰姑娘勾走了。她坐在看台上，脸上洋溢着甜美的笑容。我在尽力炫耀讨好她。这位姑娘叫玛丽·莱迪。我在社区附近见过她，但从没和她搭过话。

不久之后，她就随了我的姓，成了弗朗西斯·J.希兰夫人。不过，那时，坐在第三排的她对此还毫不知情，只顾着和其他观众一起哈哈大笑。

在第一回合结束的间隙，我的朋友们笑得前仰后合。但我根本不知道他们在笑什么。第二回合开始了，局面还是老样子。唯一的不同是，我两次击倒了袋鼠。这对我这个新手着实不易。而我的后脑勺也结结实实地挨了两下。终日酗酒、卖血，再加上后脑勺又受了重击，我开始有点站不稳了。估计，在第三排的那位姑娘眼里，我也是出尽了洋相。

在第二和第三回合的间歇，我问朋友们到底是什么鬼情况。“究竟是谁在打我的头?”他们骗我说是裁判干的，还说他不喜欢爱尔兰人。我走过去警告裁判说，如果他再打我的后脑勺，我就要他好看。他说道：“过去继续打吧，菜鸟!”

第三回合的时候，我一只眼睛盯着袋鼠，另一只眼睛防着裁判。我真是有点气急了，狠狠地扁了袋鼠一顿。它的尾巴打得我头疼了三天。我转脸对着裁判一阵拳脚，把他撂翻在地。跟裁判一伙的人涌上拳台追着我打，我的朋友们见势跳了上去为我解围。警察费了很大劲才平息了这场群殴。

我被关在了莫科，那是位于摩亚门森大道第10街的一座监狱。我们都这么叫它。在那个年代，警察都是象征性地关你一段时间，然后再随随便便地把你放了，根本不需要走任何法律程序。他们通常不会殴打或虐待犯人，除非是你自找的。他们量刑定罪。感觉处罚得差不多了，就会把你放了。

我一放出来，就径直去了玛丽·莱迪家，敲门约她出去。我们相约一起去厄尔剧院看厄斯金·霍金斯的爵士乐演出。我们相处得特别开心。她是不折不扣的天主教徒。对此，我表示出了应有的尊重。她有一头深褐色的秀发，还有一张漂亮的脸蛋，可以说在我见过的爱尔兰人中无人能及。她的舞跳得棒极了。那天晚上，我就打定主意非她不娶。我无限憧憬着安定的生活。那种漂泊不定的感觉我简直是受够了。真的，这都是我的心里话。

人们常说，男人不坏女人不爱，还有什么异性相吸的道理。玛丽很爱我，但她的家人却瞧不上我，认为我是人们常说的爱尔兰穷小子。我想，他们肯定自认为是爱尔兰人的中产阶级。要不然，就是认定我城府太深，不适合他们的女儿。

玛丽每周日都去教堂，我也陪她一起去。我真是下了大功夫。1947 年，我们在七苦圣母教堂举行了婚礼。以前，我在这里当过祭台助手，因偷喝圣酒而被解职。我还是没有稳定的工作，有什么活干什么活，同时还继续兼着瓦格纳舞厅的工作。

我跑了四家信贷公司，每家借了 100 美元才凑够了结婚的钱。讨债人上门催债的时候，我苦口婆心地劝他们跟公司交代，就说我这个人没影了。可偏偏有个家伙的上司不买账，接管了我的案子。一天晚上，他去瓦格纳舞厅找我，不知道门口的保镖就是我本人。我嘱咐他跟着我去见希兰先生。到了洗手间，我回身就是一拳，接着对着他的下巴又是一拳。他立马就倒下了。我没有用脚踢他，也没有下狠手，让他知道知道希兰先生晚上没空理他就足够了。这次，他总算是识相了。

玛丽有份不错的工作，在费城药剂学院做秘书。刚开始的时候，我们根本付不起房租。于是，就像大多数朋友那样，我们和她的父母住在一起。我认为，有条件的话，能单过还是单过。婚礼那晚，我们在她父母家里办了喜宴。几杯酒下肚，我当众发誓，凡是她娘家的礼物我一概退回去。既然他们瞧不上我，我也不稀罕他们的什么狗屁礼物。大家可千万别学我犯浑。我这都是战争留下的臭毛病，沾火就着。

根据我的犯罪记录，我第一次真正意义上的犯事是在1947年的2月4日。有轨电车上有两个呆头呆脑的家伙不知是说了什么难听的话，还是白了我一眼。其实，这在当时根本不算事儿。我们三人下了车打了起来。警车靠边停下的时候，我还在狠狠教训这两个家伙呢。警察叫我们赶紧滚蛋。那俩人当然乐意了。可我就是不依不饶，顶撞警察说，不收拾了这两个混蛋，我哪儿也不去。接着，我就和三名警察干了起来。这一动手可不要紧，我竟然被指控犯了扰乱社会治安和拒捕罪。我顺势从兜里掏出了小刀。为了提高保释金的额度，他们又给我加了一条私藏凶器的罪行。要是真有意使用武器，谁会用小刀呢？我交了罚金，被判处缓刑。

我们攒了钱，不久就从玛丽的父母家搬了出来。我不停地在找能干的工作。我在巴德制造厂干过。那是家生产汽车零部件的加工厂。这是家黑心工厂，甚至说它是间肉铺都毫不为过。由于缺乏像样的安全生产标准，断手断指的事故时有发生。我可不想为了巴德这种无良企业丢了我的胳膊。干了没多久我就辞职了。不过，在从事工会工作后，这份工作倒是给我留下了深刻的印象。

怀着对工作如饥似渴的心情，我沿着吉拉德大道，试图在那些屠宰厂碰碰运气。我看见一位黑人拉着整扇整扇的后腿肉，装上给斯威夫特肉联公司送货的卡车。我过去问他工作的事。他就领着我去找了负责招工的人。一到那儿，负责人就问我干不干得了装车的活儿。我每周三天都去健身房，打沙袋、打梨球、练举重、打手球。再加上又是舞蹈教练，我拎后腿肉就跟拎扇排骨似的那么轻松。我顺利地拿到了那份工作。

这个黑人名叫巴迪·霍金斯，我们成了很好的朋友。巴迪每天的早餐是三杯老祖父威士忌外加双份的法式苹果派。巴迪介绍我认识了一位重量级拳击手达斯蒂·威尔金森。他曾经击败过拳击冠军杰西·乔·沃尔科特，打得他落花流水。达斯蒂人很好，我们结下了深厚的友谊。他的拳打得没得说，可就是不爱训练。达斯蒂是两家娱乐场所的保镖，一家是尼克松舞厅，这是间地下舞厅，还有一家是位于华莱士大道第十街的红公鸡酒吧。我常去酒吧找达斯蒂瞎混，酒水免费，随便喝。

有了固定的收入，身怀有孕的玛丽终于可以辞职了，房租也不再是问题了。于是，我们在上达比租了间房子。玛丽白天帮着房东太太照看女儿，我们只需付一半房租就可以了。

我的第一个女儿玛丽·安出生了，和她妈妈的生日是同一天。你知道，这简直是天大的好消息。我发誓，一定要尽我所能全力挣钱养家。天主教是不讲究节育的。凡是上帝赐予的小生命，我们都应该欣然接受。我们在家给安举行了美妙的洗礼。达斯蒂也参加了。这在 1948 年的费城可不是件寻常的事。要知道，费城人队是整个大工会中最后一支招募黑人球员的球队。

装车装了一段时间后，我终于得到了一份稳定的工会工作，是做福满多超市的卡车司机。那份工作我整整干了 10 年。基本上运送的都是后腿肉和鸡肉。达斯蒂给我传授了些赚外快的小窍门。比如，从货箱取出一些鸡肉，放进去相同重量的冰。然后开车送到红公鸡酒吧，达斯蒂负责销售，刚刚杀好的整鸡每只只卖 1 美元。卖鸡的钱，我们俩对半分。假如有 60 只鸡，我们每人可以赚 30 块。

一年多后，二女儿佩吉也降生了。靠着福满多超市的稳定工作、瓦格纳舞厅的兼职还有卖鸡挣的外快，希兰家的小日子眼看着一天天兴旺起来。还有玛丽的妈妈帮着带孩子。

有时候，晚上我会推了瓦格纳舞厅的事，去尼克松舞厅和达斯蒂一起干保镖。那些黑人女孩为了让男朋友吃醋老是和我打情骂俏。每次，我都得设法平复这些黑小子的激动情绪，防止他们胡来。一天，达斯蒂突发奇想，想到了一条生财之道。他跟我说，人们都开始怀疑我压根就不敢动他们一根手指头。于是，我们合计，再有人挑衅时，我就故意装怂，打退堂鼓。达斯蒂的任务是跟别人打赌，赌我可以打得对方屁滚尿流。等鱼上了钩，达斯蒂就会向我点头示意。然后，我就会全力把对方打倒。我不知道你是否有打倒别人的经历。据我的经验，最有效的击打位置是连接下巴和耳朵的关节处。如果打得又准又狠，人就会往前倒。在倒地的过程中，对手老是拽破我的衬衣。我跟尼克松舞厅谈妥了，每晚我都要换一件崭新的白衬衣，衬衣钱从我工资里扣。反正，打赌赢的钱，我和达斯蒂一人一半。但好景不长，没过多久就没人上当了。

1955 年，三女儿多洛雷丝出生了。我和玛丽每周日都去教堂做弥撒，孩子们也不例外。凡是教堂举行九日敬礼，玛丽都如期参加，而且圣餐都是她做的。玛丽是个尽职尽责的好妈妈，和我的母亲一样文静。她对女儿们的爱溢于言表。我可做不到这一点，从小就没人对我这样过。我跟女儿们在一起的时间还没有跟她们的孩子相处的时间多。女儿们都是玛丽一手带大的。她们从没因为操守问题给我添过任何麻烦。这可不是我教育得好，而是跟妈妈无微不至的关怀和以身作则的教育分不开。

过去，我常常带二女儿佩吉去约翰尼·芒克的俱乐部。玛丽·安则喜欢和母亲还有刚刚出生的多洛雷丝待在家里。约翰尼·芒克是这片首屈一指的人物，他家的菜品好吃极了。我们在新年前夕经常去那儿，尽管玛丽滴酒不沾。玛丽喜欢和孩子们一起野餐。我们常去的地方是杨柳林游乐园。我不怎么跟她们一起疯跑着玩。她们再小一点的时候，我倒是常带她们出去。我和佩吉的关系很好。不过，自从吉米失踪后，她就没再跟我说过半句话。

后来，我开始混迹于下城。这可以说是我人生的转折点。福满多超市的司机中，有一些是意大利人。他们带着我一起去下城的酒吧和餐厅。道上的人也常在这些场所消遣。由此，我置身到了一种截然不同的文化中。

回想起来，我心里真是有愧。虽说我不是随意打骂孩子的坏爸爸，可我越来越不把孩子们放在心上。玛丽是世界上少有的好女人，对我太宽容了。久而久之，我浸淫在那种文化中，养成了不回家的臭毛病。不过，我每周都会回去给家里送些钱。我好了，玛丽不就放心了吗？我真他妈的是个自私自利的混蛋。我无知地以为，给钱就是对她们好。我陪孩子们的时间少得可怜，欠妻子的也太多太多了。到了 1960 年代，这种情况有了一定改变。我娶了第二任太太艾琳，有了我的第四个女儿康妮。我还投奔了霍法，加入了运输工会。那时，有了稳定的收入，多了几分沧桑，我也更加顾家了。有了一定的地位，就不需要常常在外面东奔西跑了。

我记得 50 年代的时候和玛丽一起去电影院看了《码头风云》。当时，我就在想，跟马龙·白兰度扮演的角色相比，我几乎是有过之而无不及。总有一天，我会进工会工作的。在福满多超市工作那会儿，运输工会给我提供了很好的工作保障。除非是抓到你偷窃，否则，他们无权解雇你。换句话说，他们解雇你的条件是，除了抓到你偷窃之外，还要有足够的证据才行。”

# 8
# 拉塞尔·布法里诺

1957年，黑帮浮出了水面。尽管有些始料未及，但终究还是露出了他们的真面目。1957年之前，有判断力的人可以分清美国到底有没有有组织的黑帮机构存在。数年来，联邦调查局局长J. 埃德加·胡佛一直都对外保证，美国没有这样的组织。故而，他部署了联邦调查局最强大的资源去调查可疑的共产主义分子。但1957年黑帮事件浮出水面，搞得胡佛措手不及，不得不亲手过问此事。该组织被称为“La Cosa Nostra”，意思是“我们的事业”。这种称呼在政府的监听磁带中出现过。

令人感到讽刺的是，一向刻意保持低调的拉塞尔·布法里诺和这起曝光事件有着直接的关系。1957年11月，拉塞尔出面组织了一次著名的会议，全美各地的教父齐聚在纽约的阿帕拉契[①]。召开此次会议的目的是为了解决教父艾尔伯特·阿纳斯塔西亚被杀而可能酿成的血腥事件。1957年10月，艾尔伯特在纽约喜来登公园酒店被枪杀。当时，他坐在理发椅上，脸上还盖着热毛巾。

阿帕拉契会议对黑帮而言可谓是得不偿失。当地警方对该地区的黑帮活动颇为敏感，在开会时突袭了会场。此事发生在美国高等法院对有关搜查和抓捕的法律实施修订前。美国最有权势的

---

① 指1957年11月的美国黑手党首领秘密会议，会上决定允许另外两个家族（费城犯罪家族和底特律合伙企业）的头领进入委员会。

58位黑帮分子被围捕。另有大约50人从树林里仓皇而逃。

1957年，公众对有组织的犯罪有了深入的了解。美国参议院麦克莱伦委员会对有组织的犯罪行为举行了听证会。电视上每天都对全美国直播相关的庭审情况，这比报纸所能传达的更加直观。这些都是很难缠的黑帮分子，戴着钻石尾戒，和律师进行着眼神交流，然后转动椅子面向参议员及其顾问鲍比·肯尼迪，嗓音粗哑地用第五修正案回应着每个问题。其中，大部分问题都涉及对谋杀，滥施酷刑以及其他主要犯罪罪行的指控。这种回应成为了50年代美国文化的一部分。“参议员，基于律师的建议，我满怀尊敬地谢绝回答该问题，因为这可能暗示我有罪。”当然，对公众而言，这就是认罪。

只要拉塞尔·布法里诺不发话，黑帮委员会是不可能做出任何重大裁定的。然而，谁能想到，在阿帕拉契会议和麦克莱伦委员会举办听证会之前，公众竟然对他一无所知。布法里诺一向不事张扬，不像阿尔·卡彭[①]和戴伯·堂之流那么喜欢故弄玄虚。他几乎和普通的意大利移民没什么分别。

布法里诺1903年出生于西西里的罗萨里奥。在阿帕拉契会议和那次听证会之后的几年里，美国司法部差点儿就将他和他的亲信、新奥尔良的犯罪头目卡洛斯·马塞洛驱逐出境了。当时，他们机票都买好了，而且还做好了携款出境的准备。可布法里诺硬生生逃过了一劫，在法庭上推翻了所有对他不利的指控。

为了不重蹈覆辙，联邦调查局干脆在新奥尔良的街道上直接逮捕了卡洛斯，不由分说地将其塞进飞往危地马拉的飞机。卡洛

---

① 阿尔·卡彭，黑帮教父，被称为“芝加哥王”，1925—1931年掌权，卡彭时代的黑手党徒风衣下藏着冲锋枪，火拼时用手榴弹开路，强硬残忍的作风令其他黑帮胆寒。

斯的出生证明显示危地马拉是他的出生地。联邦调查局认为他没有美国公民应有的权利。为此，马塞洛暴跳如雷，怒气冲冲地飞回美国，当庭推翻了欲将其驱逐出境的所有指控。

面对政府的施压，布法里诺依然我行我素，生意也是如日中天。根据宾夕法尼亚有组织犯罪委员会 1980 年的一份报告《有组织犯罪的十年》，当时，“不再有什么马加蒂诺和吉诺维斯犯罪家族了。现在对他们发号施令、一手遮天的是拉塞尔 · 布法里诺”。

据宾夕法尼亚有组织犯罪委员会声称，布法里诺是美国政府最大的军火供应商麦迪科工业背后的合作伙伴。他暗地里还对拉斯维加斯的赌场感兴趣。而且，古巴独裁者富尔亨西奥 · 巴蒂斯塔也和他有着不清不楚的关系。1959 年，菲德尔 · 卡斯特罗将其政权推翻。在巴斯蒂塔的荫护下，布法里诺在哈瓦那附近经营着一家赛马场和一家大赌场。随后，在卡斯特罗清除黑帮时期，布法里诺赔了许多钱和不动产，其中就包括那家赛马场和赌场。

1975 年 6 月，据《时代》杂志报道，布法里诺曾卷入一场中央情报局和黑帮联手刺杀卡斯特罗的神秘阴谋。报道刊登时，正值参议院丘奇委员会有关中央情报局与有组织犯罪之间关系的听证会；一周后，山姆 ·“莫莫”· 詹卡纳在芝加哥遇刺；一个月后，吉米 · 霍法在底特律失踪。参议员弗兰克 · 丘奇领导的委员会最终给出的结论是，就在 1961 年 4 月的猪湾事件爆发前不久，布法里诺参与了用毒药丸刺杀卡斯特罗的阴谋行动。

整个 70 年代，布法里诺曾三次逃脱了对他的有组织犯罪的指控，被无罪开释。最后一次涉及的是一桩联邦敲诈案。仅仅时隔五天后，吉米 · 霍法就不知去向了。1975 年 7 月 25 日，《布法罗晚报》的报道称：“布法里诺与中央情报局策划的猪湾事件休戚相关。他说，‘一切都如我所预料的一样’。” 当天，据纽约罗彻斯特的《民主纪事报》报道，“当被问及何时隐退江湖时，布法里诺如是说，‘我倒是乐于金盆洗手，可他们不干。要知道，我得付律师费啊’”。

拉塞尔·布法里诺有组织犯罪的势力范围极其庞大。他的触角延伸到除费城外的整个宾夕法尼亚，还包括布法罗在内的纽约上州。此外，他还对佛罗里达、加拿大、纽约市的部分城区以及新泽西北部的部分地区垂涎欲滴。不过，他权力的真正体现还是源自各大黑帮家族对他的顶礼膜拜。而且，他的妻子卡罗莱娜·希安德拉，即人们所熟知的嘉丽，和黑帮的希安德拉家族不无关系。虽然该家族从未有人荣升至教父的尊位，他们在美国黑帮的早期还称得上风云人物。

布法里诺的至交或许是费城的犯罪头子安吉罗·布鲁诺。执法部门将布法里诺称为“安静的堂·罗萨里奥”；而布鲁诺的绰号“温顺的堂”也是缘于他低调的领袖风范。和布法里诺家族一样，布鲁诺犯罪家族从不触碰毒品生意。1980 年，布鲁诺的老式做派引来了杀身之祸。他的手下在贪婪的驱使下将其杀害。他的去世导致家族内部陷入无休无止的混乱。他的接班人菲利普·“鸡人”·泰斯塔在继任一年后被炸上了天。随后的继任者尼克德莫斯·“小尼基”·斯加福遭到副手和侄子的出卖，因谋杀所获的刑期足够他在监狱里待几辈子。小尼基的继任者约翰·斯坦法也是因谋杀罪被判五次终身监禁。弗兰克·希兰每年都会收到斯坦法从莱文沃思监狱寄来的圣诞贺卡。约翰·斯坦法的接班人拉尔夫·纳塔莱是有史以来第一位倒戈为政府线人、指证同伙的黑帮老大。故而，弗兰克·希兰将费城称为“背叛之城”。不同的是，拉塞尔·布法里诺可是个长寿的人。直到 1994 年，他才寿终正寝，在疗养院无疾而终，享年 90 岁。生前，他始终一手遮天，牢牢控制着“家族”的大权。死后，也没有任何关于家族内讧的消息传出。

弗兰克·希兰曾坦言，在所有的犯罪头目中，拉塞尔·布法里诺举止做派和为人处世最神似马龙·白兰度在《教父》中所塑造的形象。

在一份调查报告中，美国参议院负责有组织犯罪的麦克莱伦委员会称布法里诺“是美国黑帮史上最冷酷、最有权势的头目之一”。

1999年夏天，在宾夕法尼亚上州的州际公路上，有一对夫妇和他们的儿子搭我的车。他们的车中途抛锚了，需要赶到休息区去。这家的男主人退休前是位警察局长。他所管辖的小镇恰恰就是布法里诺以前住过的地方，而且他的妻子嘉丽至今还住在那里。在告诉他我以前是名检察官后，我就问他是否可以给我讲讲布法里诺的事。这位退休的老警察局长先是笑了笑，然后告诉我说：“不管在别处如何，他都不会在我们的镇上胡来。他是个老派的人，彬彬有礼，是个十足的绅士。从他所住的房子和所开的车，你绝对想不到他其实是个富可敌国的大佬。”

## ◄ 9 ►

# 帕尔玛火腿面包和自酿红酒

“和布法里诺认识那天彻底改变了我的人生。仅仅是被道上的人看到和他在一起就足以在生死攸关之际保全我的性命。不管怎么说，认识布法里诺以及陪伴在他左右都让我迅速融入了下城文化。而这一点，仅凭我个人的力量是很难实现的。在战后的日子里，除了结婚生女，认识布法里诺无疑是我人生中的大事件。

大约在50年代中期，好像是1955年吧，当时我还开着冷藏车为福满多超市拉肉。在去雪城的途中，我的发动机忽然在纽约的恩迪科特发生了故障。于是，我把车停在路边的卡车休息站，然后打开了引擎罩。这时，这个上了年纪的小个子意大利人走过来说：“要搭把手吗，孩子？”我说，当然。他这儿敲敲那儿打打，我想是在捣鼓化油器吧。他用的是他自己的工具。修车的时候，我用意大利语和他闲聊了几句。不管是用什么方法吧，他最终修好了我的发动机。听到发动机嗡嗡作响，我从驾驶室爬下来，和他握手并表达了谢意。握手时，可以感觉到他的手是多么有力。从我们俩热情温暖的握手中，你可以体会到什么是一见如故、一拍即合。

后来，当我们结为故交时，他坦言说，初次见面时他就喜欢我举手投足的样子。而我也告诉他，他的身上有种与众不同的东西。也许因为他是卡车休息站老板的缘故，抑或是整条路都是他的？我也说不清，但肯定不止这些。拉塞尔有种惟有从冠军或赢家身上才能看到的自信。不过他依然表现得谦恭有礼。当你每周六去教堂忏悔时，你肯定清楚地知道要去找哪位牧师。你所期望的肯定是个公平公正又不会令你难堪的牧师。拉塞尔就是这样的人。记得初次见面和他握手时，我两眼注视着他。当时我根本不知道他是谁，也不知道会不会再次见到他。不过，他的确改变了我的人生。

大概就是在这个时期，我和一帮住在费城南部、同在超市共事的意大利人开始混迹于下城，出入于华盛顿大道第 5 街的波切俱乐部。他们都是我的新朋友。后来，我们又从第 5 街转移到第 10 街的友好休息室。这家店的老板叫约翰，绰号叫斯基尼 · 雷泽。起初，我对约翰一无所知。不过，我的那些朋友依靠约翰投了些小钱。譬如，一个小餐馆的女招待借了 100 美元，她要分十周还清，每周付 12 美元。假如她中间有一周还不了那么多，她就先还 2 美元。不过那周的 12 美元还要算在她头上，追加在最终要还的总账上。假如她最后还是无法按时还钱，就要按利滚利来算。欠款中的那 2 美元行话叫“抽头”[①]，是“高额利息”的简称。这就是人们所熟知的高利贷。

我这帮意大利朋友如法炮制赚了些钱。有一次，在友好休息室，他们将我引荐给斯基尼 · 雷泽。于是，我也走上了这条道路。这简直就是天上掉馅儿饼，不费吹灰之力钱就到手了，不过是为些毫无信用凭证的人提供服务而已。在信用卡还未诞生的时代，人们在入不敷出的时候不得不诉诸这种方式解燃眉之急。不过，严格来说，放高利贷是违法的，可以被定罪。

---

① 抽头（vig）是后半句所说的高额利息（vigorish）的简称。

我天生是个放高利贷的高手，因为我已经在白塔汉堡店为乔伊·麦克格雷尔兜售橄榄球彩票赚钱。乔伊是爱尔兰人，浑身都是肌肉，以前是名拳击手。他是我常去的运输工会 107 分会的组织者。我这帮意大利朋友都是从我这儿买的彩票。我从不下注赌彩票，不过是玩玩罢了，因为万一要是有人赚大了，我可吃不消。一般我都是从麦克格雷尔赌彩票赚的钱中吃回扣。不久，我就开始在下城的酒吧里兜售彩票。像斯基尼·雷泽这种赌博经纪人是不会在乎我在酒吧里卖橄榄球彩票的。他们对这种小打小闹根本不屑一顾。不过话说回来，卖彩票在那时毕竟是违法的。我猜大概现在也是如此。

不难看出，斯基尼·雷泽是个成功人士。他的经营之道——博彩业和放高利贷是他的副业——以及别人在和他聊天时所表现出的毕恭毕敬都足以证明他的成功。他颇有当官的架势，其他人都得对他俯首帖耳。然而，我这帮意大利朋友根本不把他当回事儿。有哪个黑帮老大会用细刀片——即斯基尼·雷泽①——这种不入流的绰号呢？

约翰过去开过一家活鸡店。里面放着整整齐齐码好的鸡笼，供上门买鸡的意大利女士挑选。她们挑好后，约翰就会拿把笔直的剃刀割断鸡的喉咙。这些女士们提着杀好的鸡，再回家去毛、烹制，为晚餐献上一道美味佳肴。这就是约翰的绰号的来历。

斯基尼·雷泽深受顾客的欢迎，极富幽默感。他无论见谁都喊“妈妈”，而且喊得还特别亲切。当然，与今天所使用的“妈妈”含义大不相同。他身形清瘦颀长，大约有 6 英尺 1 英寸，酷似一把笔直的细剃刀。他尤其善待弱者。有谁犯了错，往往可以

① 斯吉尼·雷泽（Skinny Razor）这个绰号的字面意思是细刀片。

获得从轻发落，除非这个错误真的很“严重”。假如谁有不端的行为，他可以给你改过自新的机会，但他永远也不会重用你。

时至今日，令人难以置信的是，人们竟然不知道那时候有黑帮组织的存在。对阿尔·卡彭这种以个人身份统领黑帮集团的黑帮分子我们也许并不陌生。可是，要谈到几乎插手一切事务的全国性的黑手党，恐怕了解的人就不多了。就连我这个万事通也是毫无耳闻。和别人一样，我绝没想到隔壁的那个赌博经纪人原来还和珠宝大盗、卡车劫匪、工会头头以及政治家有关联。我绝没想到世界上还有这种庞大的组织，直至我对他们的文化有了深入的了解，才渐渐发现背后的真相。从某种程度上讲，这就像是天天接触石棉的码头工人却对石棉的危害一无所知。这不是人们不知道，而是他们根本不想让你知道。

和我在超市共事的这帮意大利人也是如此。不错，他们依靠斯基尼·雷泽赚钱，可他们根本不知道这个被他们称为斯基尼·雷泽的家伙究竟有多大的来头。

喝光一整瓶自酿的红酒后，我向超市的兄弟们大吹特吹了一通，讲我是如何与达斯蒂做成那笔鸡肉生意的。而他们则告诉我这里面其实有更多的油水。卡车装好后腿肉后，所在养殖场的经理会在货厢的锁上加上铝封，这时车才能开走。到达超市后，店面经理开启铝封，然后由你把后腿肉装进超市的冷库。问题是，铝封一旦开启，就无法复原，所以在运输途中就无从搞鬼。有权开启铝封的，只有店面经理。然而，在寒冷刺骨的天气，养殖场经理往往会偷懒，让你代劳给货厢加上铝封。这时，你可以将铝封偷偷藏起来，将车上的五扇后腿肉送到在一间小餐馆等你的人，由他负责去饭店把肉卖掉，和你分钱。把五扇后腿肉交给那个在小餐馆等你的人后，你就可以给货厢的锁加封了。等你回到超市，铝封自然是完好无损的。店面经理启封后，也丝毫看不出任何破绽。然后，你就装出一副老好人的样子，告诉屠夫你帮他把肉放进冰柜里。进去后你会发现右边的横杆上挂着后腿肉。你从上面取下五扇，挂在左边的横杆上。这样，加上车上剩下的二十扇后腿肉，你就刚好凑齐本该送来的二十五扇后腿肉。店面经理清点完毕后，就会签字确认的。从存货清单上，他们会发现数目不对，可他们永远也发现不了是哪个环节出了问题，应该由谁来承担责任。养殖场经理也绝不会承认是他亲手将铝封交给你，让你在大冷天替他这个懒虫代劳给货厢的锁加封的。

理论上确实如此。可现实是，几乎所有人都紧盯着这笔生意。每个人都从中揩了油水。

二战前，我所拥有的一切都是依靠个人奋斗挣来的。二战期间，你学会了获取你所渴望的一切，学会了获取一切不用你为之承担罪责的东西。而你不懂的是还有很多其他值得占有的东西。于是，你一如既往地酗酒、玩女人。假若需要辆车，你也会毫不犹豫地占为己有。二战后，无论何时何地，尽情去占有你所能占有的一切，似乎是天经地义的。这就是那个年代，卖一品脱血也就值 10 美元。

有一天，我简直是昏了头了。在送货去往大西洋城的途中，我将整整一车肉都卖了。在将所有的肉都转交给那个负责卖肉的家伙后，我给货厢的锁加上铝封。结果，到大西洋城后，店面经理启开铝封发现车里的肉不翼而飞。我也一脸迷茫。也许是装车的伙计忘了装货了？店面经理问我，你开车的时候难道没觉得比平时轻吗？我说我还以为是我的车劲头足呢。这场风波过后，福满多超市在所有的店面都挂上了告示牌提示经理们对我多加防范。不过，正如我刚才所说，没有几个经理是干净的。

告示牌对我毫无作用。不错，他们知道东西是从我手里丢的，可他们找不到任何证据。他们知道是我干的，可不知道我是如何下手的。按照合同，店面经理无权解雇卡车司机，除非他们有充足的理由。可他们什么证据也没有。因此，盗窃也就无法成为充足的理由。何况，我在老老实实干活的时候，还是很卖命的。

1956年11月5日，他们决定靠手中的牌试试运气，指控我在州际贸易中犯有盗窃罪。我的律师希望我在抗辩中揭发同案犯。不过我心知肚明，所有同案犯都是政府设计好在该案中准备指控我的污点证人。要是我锒铛入狱，这些证人也别想在外面逍遥；要是拿下了我，谁也别想好过。政府的目的就是想让我揪出这些同案犯，然后再把我放了。于是，我就放话给这些污点证人，要是他们够朋友，我谁也不会出卖。他们需要做的就是守口如瓶，装作什么都不知道。与此同时，我不失时机地溜进了超市办公室，卷走了超市所有对不上账的记录，其中就有我送肉这件事。

就这样，无一例外地，所有的污点证人都没有站出来指证我。在我的指使下，我的律师向政府递交了福满多超市所有遗失货物的详细清单。政府以我盗窃物证为由驳回了这份清单。我辩解道，不知道是谁偷了清单之后放在了我的信箱里。法官当庭驳回此案，并忿忿地说，要是超市的库存都是他的，还不如卖掉了省心。最终，超市通过我的律师向我开出了条件。假如我愿意主动辞职，他们愿意给我2.5万美元。他们的条件被我一口回绝了。我告诉他们，没有工资，我可活不了。

我们在下城开了庆功宴。可以看得出来，斯基尼·雷泽还有坐在他旁边的人都很欣赏我的义气，没有出卖任何人。在他们眼里，不出卖朋友比赢得这场官司的意义要大得多。

从这段时期开始，我经常混迹在下城，去第9街的罗马别墅餐厅吃晚餐。一天晚上，我发现有个人很面熟，他就是那个在卡车休息站帮我修车的老人。我走过去向他深施一礼。他邀请我和他的朋友一起坐坐。他的朋友碰巧是安吉罗·布鲁诺。稍后我才发现，原来安吉罗·布鲁诺不仅是斯基尼的老板，还是整个费城的黑帮老大。而且，他还是整个下城背后的合作伙伴。这间罗马别墅餐厅也有他的份儿。

和他们喝了杯红酒后，拉塞尔对我说，他之所以常来费城，就是为了买点儿帕尔玛火腿面包。这是一种用帕尔玛熏火腿和意大利干酪烘制而成的面包。切成片像吃三明治一样那么吃，看起来像三明治，可又不是三明治。我还以为他说这话是认真的呢。在下一次送货的途中经过他家时，我就给他捎了整整一打这种面包。这说明了我是多么有心。而他的确是位彬彬有礼的绅士。

随后，我开始在下城不同的场合拜望拉塞尔。陪着他的始终是他的朋友安吉罗·布鲁诺。无论何时顺路经过他家，我都会给他带去罗塞利香肠。他说过，这也是他来费城的目的之一。我渐渐发现，我给他带去的帕尔玛火腿面包和罗塞利香肠越多，在费城见到他的机会就越频繁。每次，他都会邀请我一同坐下喝红酒、用面包蘸红酒吃。当他得知我在战时去过他出生的地方——西西里的卡塔尼亚时，兴奋得欣喜若狂。我跟他聊在卡塔尼亚的所见所闻。譬如，你总是可以在星期日看到室外晾晒的通心粉，就像是晾衣服一样。有时，他会邀请我和他一起用餐，偶尔会说几句意大利语。实际上，他从我这儿还买过一张两美元的橄榄球彩票，还和我打过牌。不过，这纯粹是出于社交的需要。

不久，我和福满多超市永久合作的计划就泡了汤。他们雇了环球侦探事务所在一家可疑的餐厅盯梢。他们抓住了负责销赃的那家伙。他不是超市的员工，是个在斯基尼下城的地盘上鬼混的家伙。他开的那辆提货卡车装着我交给他的肉。这一次，他们还是没有抓住我的任何把柄，谁敢说这些肉就是我车上的而不是别的车上的呢？他们对我的怀疑不过是一厢情愿的臆测罢了。然而，他们知道就是我干的，所以过来跟我谈，假如我主动辞职，他们就会放那家伙一码。我说辞职可以，先把那25000美元拿来。他们捧腹大笑，吃准了我是不会眼睁睁看着那家伙倒霉的。算他们狠。于是，我卷着铺盖回家了。

在那之后，我又在罗马别墅餐厅碰见了拉塞尔。听了这件事后，他夸我做得对。他表扬我说，那家伙还要养妻子和孩子，你算是使他免除了牢狱之灾。可其实，我也是有老婆和孩子的人，现在连饭碗也没有了。

我不得不在工会等零活。碰巧有哪位司机生病了，我才可以为公司送送货。感觉就像是《码头风云》中的码头工人，时而有活干，时而没活，时刻期盼着能有份稳定的工作。虽然还可以在舞厅混口饭吃，可福满多超市这条线却就此断了。丧失了这条线，我很难再跟着斯基尼放高利贷、跟着乔伊卖彩票了。

失业意味着我有更多时间在下城晃荡，时不时弄点钱花。超市的那帮意大利朋友老是吹嘘，在健身房锻炼时，我可以卧推重达400磅的杠铃，还可以连续直推重达275磅的杠铃，一点儿都不带打晃儿的。一天，艾迪·瑞奇找到我。他是个外围投注买手，问我想不想挣点儿钱。他想找我帮他摆平事端。他给了我点儿钱让我去泽西城。有个家伙老是骚扰他亲戚的女朋友。他还给了我一把枪，叮嘱我只是吓唬吓唬那家伙。这就是那个年代，枪是吓唬人用的。不像现在，二话不说，上来就是一枪。在那个年代，要的就是今天的账。不像现在，新账老账一块儿算。现在的黑帮多半是吸毒的，这让他们容易冲动行事。吸毒扰乱了他们的思维。

超过半数的人都在吸毒，甚至有些大佬也不例外。

我去了泽西城，警告那家伙别吃着碗里的还看着锅里的。我告诉他是谁派我来的，让他放规矩点。是的，这是那个年代的说法。我还告诉他想找乐子去别处找去。立马我就看出来，这个叫罗密欧的家伙不想找麻烦，所以也就省得我再亮出枪来。看来，他是个明白人。

交了这趟差，上门的人逐渐多了起来。有时候就是上门帮人讨债。有一次，斯基尼·雷泽派我去大西洋城，抓个没有按时还息的家伙回来。我遵命行事，去了大西洋城，抓到了那家伙。为了逼他上车，我亮出了家伙。到了友好休息室的时候，他吓得直接尿裤子了。斯基尼瞥了他两眼，让他回去拿钱。这家伙说他不知道该怎么回大西洋城，斯基尼告诉他乘大巴去。

毫无疑问，我在业内现在是小有名气了，不仅精明能干，而且值得信赖，甘愿为朋友两肋插刀，从福满多辞职的义举还不断赢得人们的夸赞。这件事至少证明我是个顶天立地的男人。于是，人们开始称呼我“奇克”，也就是弗兰克，是意大利语里的弗朗西斯科的简称。他们开始邀请我到塔斯克大道第 10 街的墨西拿俱乐部，这是一家惟有会员才允许入内的餐厅。在那里，你可以品尝到最顶级的香肠和辣椒。你可以在那里打牌，在里面闲逛，根本不用担心邻桌会有闲杂人等干扰。现在，这家餐厅还在，这里仍然有整个费城南部最顶级的香肠和辣椒。

有好几次，在周三的时候，我碰见拉塞尔，他总是让我回家去接太太，然后和他还有他的夫人嘉丽在罗马别墅餐厅共进晚餐。周三晚上是例行的太太时间，没人会在这天晚上和他的 *cumare*①，

---

① 在意大利俚语中是情妇的意思。

他的情妇（随便你选择哪种称呼）成双入对。所有人都确切地知道周三晚上是不属于情妇的。这就像是一种不成文的规定。不知道在多少个周三，我和玛丽都会和拉塞尔夫妇共度美妙的夜晚。

自然而然的，我开始在工会找不到活儿的时候溜达到下城去。那里很是惬意。啜饮着杯里的红酒，在那里泡的时间越来越长，有时甚至是夜不归宿。周日晚上，我常去新泽西樱桃山的“拉丁区”。这是一家奢华的夜总会。在那儿，你可以见到平时在下城闲逛的所有人。弗兰克·辛纳屈还有其他的大明星都在这里消遣。我带玛丽去过那儿一次。不过，她觉得和这些人在一起不自在。况且，我还失业着呢，老是请保姆我们可吃不消。玛丽点上蜡烛，祈祷我早日找到份安稳的工作。每周六，我常和达斯蒂在尼克松舞厅鬼混到很晚，周日早上自然起得也很迟。玛丽就一个人带着孩子去教堂做弥撒。

有一次，拉塞尔从上州打电话给我，让我开车送他去个地方。他几乎到处都有生意，从纽约州的恩迪科特到布法罗，从宾夕法尼亚州的斯克兰顿到匹兹堡，另外还有泽西城北部和纽约市。白天打电话给我去接他的时候，他好像知道我的行踪似的。我很享受和他在一起的时光，从没伸手要过一分钱。他很清楚，经常和他一起抛头露面对我是大有裨益的。而直到 1957 年 11 月，我才切身体会到这种好处有多大。当时，他吩咐我开车载他穿越纽约上州的州界去阿帕拉契。他告诉我，在阿帕拉契办完事后，他要先去宾夕法尼亚的伊利，然后去布法罗。他说他已经安排好了去伊利、布法罗以及回金斯顿的车。到达阿帕拉契的那栋房子后，他就下了车。我没有发现有什么不对劲的。

第二天的阿帕拉契会议是美国有史以来最盛大的意大利黑帮聚会。突然，警方逮捕了大约 50 名来自全国各地的黑帮分子，其中就有我的新朋友拉塞尔·布法里诺。一连几天，关于这的深度报道都是报纸的头版头条。同时，这起事件也成了电视媒体的头号话题。黑帮不仅存在，还存在于全国的各个角落。这些黑帮分子各有各的地盘。如今，我终于明白了为什么他总是让我开车送他到不同的地方，为什么他在私宅、酒吧和餐厅谈生意时让我在车里等他。因为不管是什么生意，他们都必须亲临现场，一手交钱一手交货，从不用电话交易和银行转账。论地位，布法里诺的地位和阿尔·卡彭一样高，可能还要高。可现在出了这种事，我真是想不通。

我仔细阅读了报纸上的每篇报道。一些人穿着真丝西服，还有一些人穿着便装，比如拉塞尔。他们都是集权力与地位于一身的大人物。每个人身上都背着可资炫耀的大案要案。什么电车斗殴引发的袭警啊，从福满多超市搞点儿肉啊，根本不值一提。布法里诺和布鲁诺的生意伙伴无一不是罪大恶极，谋杀、贩毒、组织卖淫、拦路抢劫，简直无恶不作。高利贷、赌博，还有工会诈骗是他们擅长的大手笔。以前，拉塞尔来费城可绝不仅仅是为了帕尔玛火腿面包和香喷喷的罗塞利香肠，即便是新鲜出炉的热腾腾的香肠也没那么大的魅力。他和布鲁诺有生意上的往来，是他们自己的那种生意。

布法里诺是这行里最有头有脸的人物之一。我则是他的朋友。别人经常看到我和他在一起。我和他一起喝红酒，认识他的太太。他也认识我的太太，时常询问起我孩子的情况。我们聊天时说意大利语。我时常给他捎些帕尔玛火腿面包和香肠。他也礼尚往来，送给我很多他家自酿的红酒。我们一起用面包蘸着红酒吃。我开车送他去过许多不同的地方，就连去参加阿帕拉契会议也是我送他去的。

可自从这件事纷纷登上各大报纸的头版头条后，我有段时间没在下城见过他了。他也没再打来电话叫我开车送他出行。我猜，他一定是在躲避风头。于是，我开始在报纸上关注政府想要将他驱逐到什么地方。要知道，他从西西里来到美国时还是个出生仅40天、尚在襁褓中的婴儿。驱逐出境的诉讼和上诉程序将持续长达15年的时间。可每时每刻，布法里诺都在为这件烦心事牵肠挂肚。最终，他的上诉失败了。他收拾好行李，也买好了机票，做好了随时出境的准备。在最后的紧要关头，我为他推荐了一位和意大利政府打过交道的律师。有钱能使鬼推磨，他搞定了这件事。意大利政府拒绝接受拉塞尔。没办法，美国政府只好让他留下。拉塞尔在这件事上对我感激不尽。可当初看报纸的时候，谁能够想象将拉塞尔·布法里诺从国境线上拉回来的竟是我这么个名不见经传的小人物呢。

还有件事是不得不提的。在下城，人们当时纷纷传言，布法里诺就是阿帕拉契会议的召集人。一个月前，纽约的黑帮老大艾尔伯特·阿纳斯塔西亚在理发店的椅子上惨遭暗杀，召开这次会议就是为了避免帮派间的火并。布法里诺，这个在恩迪科特帮我修好了卡车的修车老手，在我的心目中的形象日渐高大起来。怎么说呢？和见电影明星或者名人的感觉差不多吧。尽管拉塞尔刻意保持低调，可他仍旧是个家喻户晓的人物。凡是有幸一睹其尊荣的人都琢磨着如何往自己脸上贴金。

一天，在波切俱乐部，有个自称维斯珀斯·狄塔里奥的家伙坐了过来，给我买了杯红酒。我以前见过他，但谈不上了解。虽然他和斯基尼都姓狄塔里奥，却没有半点儿亲戚关系。他在斯基尼手下放高利贷，比我和我的朋友们玩得大多了。他的贷款对象主要是餐厅和合法生意人，而不是白塔汉堡店的女招待。维斯珀斯约我在梅尔罗斯餐厅见面。我如约而至。在那儿，你可别指望见到下城人。赶着看费城人队比赛的人才会在这种地方随便划拉两口。说实话，这儿的苹果派做得不赖，抹着一层热乎乎的香草味糖浆。维斯珀斯坐了下来，问我对1万美元感不感兴趣。我让他接着说。”

## ➤ 10 ➤

# 直奔下城

“维斯珀斯是意大利人，身材矮小，30岁出头。在费城，到处都能见到他这样的人，整天为讨口饭吃而奔忙。这个维斯珀斯可不是那个被炸死在汽车里的维斯珀斯。对于后者，我有所耳闻，但并不相识。

那时候，我对什么是“完人”一无所知。其实，这是黑帮的一种特殊身份。在仪式上取得该身份后，就没人敢轻易碰你了。老大只要不点头，就没人敢取你的性命。不管到哪儿，都可以享受到特殊的尊重。这就是圈内人所享有的特权。不过这种特权仅仅适用于意大利人。随着我和拉塞尔的关系越来越近，我的地位也超过了“完人”。他曾亲口对我说：“你和我在一起，就没人敢碰你。”至今我还能感觉到他的脸颊紧紧地贴着我的脸颊，对我说：“你要是意大利人就好了。”

假如那时我就知道什么是“完人”，我敢肯定维斯珀斯离“完人”还差十万八千里呢。他在下城到处闲逛，有什么就做什么。他认识所有人，比我在下城的资历老。每个星期天的晚上，他都陪着斯基尼·雷泽和他的太太闲坐在拉丁赌场。阿帕拉契会议之后，我知道了斯基尼的底细。他是安吉罗的副手，是整个费城的二号人物。

维斯珀斯吓唬人的地方是他和斯基尼都姓狄塔里奥。我敢肯定，他希望人们误以为他是约翰·“斯基尼·雷泽”·狄塔里奥的亲信。他希望借此提高个人的地位，以便看起来像个“完人”。

要命的是，他的口臭极其严重。你一定会以为他的胃里种满了奇臭无比的大蒜。就算吃再多的口香糖和薄荷糖也无济于事。所以，他总是低声说话。他一张嘴，就没人敢大口吸气。碰到和斯基尼夫妇一起闲坐在拉丁赌场的时候，他往往出于尊重识相地尽量少开口。

吃了点儿东西后——有维斯珀斯坐在对面，这可不是件容易的事儿，我们俩离开了梅尔罗斯餐厅，绕着所在的街区散步。他解释说，他贷款给了一家亚麻织品供销公司。他以前从没贷过这么多钱。这次，他是真下了血本了。可眼看着钱就要泡汤了。

照常理讲，亚麻织品供销的买卖是有利可图的。他们给餐厅、宾馆供应新的亚麻织品。打比方说吧，它们其实就是个大洗衣房。他们先将亚麻织品回收，经过洗、烫，再将焕然一新的织品送回餐厅和宾馆，简直就和印钱差不多。

但是，这家供销公司眼下碰上了困难期，在和特拉华州凯迪拉克亚麻织品服务社的竞争中丢掉了大批的合同。假如不能扭转颓势，维斯珀斯的钱就要打水漂了。目前，这家公司唯一能支付得起的就是“抽头”，甚至有时连“抽头”也不能保证按时交付。最令维斯珀斯头疼的是，他害怕血本无归。

我不知道这跟我有什么关系，在一旁静静地听着。难道他是想让我开车到特拉华州拿枪逼债不成？再说了，这点活儿哪用得了 1 万美元。特拉华州离费城南部也就 30 英里左右。不管怎么说，那时的 1 万美元好歹也差不多值现在的 5 万美元，甚至还要更多。

他拿出 2000 美元递给我。

“你这是什么意思?”我问道。

“去搞垮那家凯迪拉克亚麻织品服务社。我不管你用什么手段，是炸也好，是烧也好。总之，让这些狗娘养的给我滚得远远的。这样一来，那家供销公司不仅可以拿回合同，我也可以拿回我的钱。我希望这家什么狗屁凯迪拉克从此倒闭。记住，我要的不是它一蹶不振，更不是轻微受创，而是永远消失，关门大吉。我要的是干脆利索一招致命，让它永世不得翻身。让他妈的找保险公司索赔吧——这些犹太佬儿，往往都会买保险的——得让他们长点儿教训，离我的顾客远点儿。”

“没 1 万块我可不干。”

“放心。那家服务社一关张，我立马付给你那 8000 块。我可不希望看到它在两三个星期后重操旧业。那样，我还得再掏 1 万块。”

“我什么时候拿到剩下的钱?”

“这就要看你了，奇克。你下手越狠，他们完蛋的消息就会越快传到我耳朵里。我要你把这些狗娘养的犹太女洗衣工统统烧死。你上过战场，应该不会不明白怎么做吧。”

“听起来不错。钱也不算少。我先去摸摸底，然后再决定怎么干。”

“奇克，你也算是久经沙场了。听着，我把你从梅尔罗斯餐厅叫出来谈这事儿就是要避开别人。天知地知你知我知。你明白我的意思吗?”

“当然。”

“这事儿你得单干，可千万不能找帮手。我对你的名声早有耳闻，不乱讲话，是个孤胆英雄。这就是我为什么这么下本儿的原因。搁这事儿，1 万块可真不是小数。其实，花一两千就可以搞定的。所以，千万别跟任何人提起这事儿，斯基尼也不行。你听明白了吗？你要是说出去一个字儿，你的名声就彻底毁了。听明白了吗？”

“维斯珀斯，别这么紧张好不好。要是信不过我，找别人好了。”

“奇克，我不是这个意思。只不过以前没和你打过交道，仅此而已。天知地知你知我知。你要是有什么要谈的，咱们还约在这儿谈。但在下城，和往常一样，见面打个招呼就行了。”

那天夜里，我径直回了家。我拿着 2000 美元，给了玛丽 1500 块照顾孩子。我告诉她，这是我用 4 美元赢的。赌博经纪人的赔率是 1 赔 600，不过还得刨去每下 1 美元的注所含的 100 块小费。通常，赌博经纪人都会自动扣除小费这部分。她对我心怀感激。而且她也清楚我留了 500 美元在身上。对于钱，我是什么时候有，什么时候给玛丽。她也习惯了我不定时地给她些数目不等的现金。

第二天一大早，我驱车前往凯迪拉克亚麻织品服务社踩点。我绕着服务社所在的街区转了好几圈，然后把车停在了马路对面，走过去迅速地窥探了一下厂房的内部情况。那时，像这种地方是没有防盗警报和保安的。关键是里面没什么可偷的。你根本不用担心有什么流浪汉或者瘾君子会入室盗窃。这活儿的确需要下不少功夫，不过看在钱的份上还是值得干的。要知道，这可不是开车到泽西城唬人的那种几百美元的小差使。

夜里，我又驱车来到厂房，摸了摸天黑后的虚实。一回到家，我就琢磨着如何制定计划。第二天，我又实地考察了一遍，开着车缓慢地从这家服务社门前过了好几次。我觉得还是纵火最直接有效，可以马上拿到那另外的 8000 块。于是，我决定使用大量的煤油，使火焰迅速蔓延，确保在消防员扑灭大火前烧毁整座厂房。

第二天，我走进友好休息室时，斯基尼对我说后面有人想找我谈谈。斯基尼跟着我朝里屋走去。进去以后，我发现里面空无一人。我转身就想往外走，可斯基尼挡住了我的去路。他关上门，交叉着双臂站在那儿。

“你他妈的跑到凯迪拉克服务社去干什么？”他质问道。

“想弄点儿钱。就是这么回事儿。”

“我再问你一遍，去干什么？”

“有个家伙雇我去的。”

“那家伙是谁？”

“怎么了？”

“我欣赏你，奇克。安吉罗也欣赏你，不过你得解释清楚。他们看见一辆挂宾夕法尼亚牌照的蓝色福特像是你的。他们还看到一个混蛋大块头从车里下来。那他妈的就是你。事情就是这么简单。好了，我就说这么多。刚才你没有矢口否认，这很好。安吉罗现在要见你。”

去见安吉罗的路上，我边走边想，这他妈是见什么鬼了？维斯珀斯到底要的什么鬼？

我走进罗马别墅餐厅。安吉罗坐在靠墙角的那张桌子旁，他身边还坐着个人，那正是拉塞尔。现在我真得严肃地好好考虑考虑了。我究竟惹上了什么麻烦？我还有没有脱身的机会？这些人都是说一不二的黑帮大佬。阿帕拉契会议后，有关他们的文字俯拾皆是。他们今天可不是以朋友的身份坐在这里的。正如我所说的，在拉塞尔身边鞍前马后混了这么些时日，可不是白混的。我知道什么时候事情不对头了。照目前的态势看，一定是出了什么大事。我算是遇上大麻烦了。这架势俨然就是一场军事审判，而且是审判临阵脱逃的那种大场面，喝酒、开小差的审讯可跟这没法比。

或许，当初跟那帮福满多超市的意大利兄弟们在下城混的时候，我还是个狗屁不通的毛头小子。不过，在阿帕拉契会议和参议院的听证会成为银幕焦点后，我逐渐领悟到，你永远不能让这些人失望。

后来我才发现，前厅除了酒吧招待外，整个餐厅一个客人也没有，安静得连酒吧招待从吧台出来的声音我都可以听到。所有的声响都被放大了，就好像你挤在登陆艇上，严阵以待地准备抢滩。在这种场合，你所有的感官突然敏锐了起来。前厅的脚步声真真切切地抵达了我的耳膜，我还可以听到酒吧招待关门、悬挂歇业招牌的动静。门落锁的一刹那，一声巨响在我耳边回荡。

安吉罗让我坐下。

我在他手指的椅子上一坐定，安吉罗就开口了。“好吧，我们开诚布公地谈谈吧。”

“我的目的是要搞垮那个凯迪拉克服务社。”

“谁指使你干的？”

“维斯珀斯。不是那个被炸上天的可怜虫。”

“维斯珀斯？他不会糊涂到这种地步吧。”

“我就是为了钱。”我望着拉塞尔。他的脸上面无表情。

“你知道凯迪拉克是谁的买卖吗？”

“是的。是一些经营洗衣生意的犹太佬。”

“那你知道凯迪拉克的股东是谁吗？”

“不知道。”

“我可是知道。”

“你知道是谁？”

“很遗憾，我清楚得很。我不光知道是谁，还可以坦率地告诉你我就是那儿的股东。”

我吓得差点尿裤子，赶忙辩解道：“布鲁诺先生，我事先真的对此一无所知。真不知道。”

“难道你行动前都不问问是谁的地盘吗？”

“我还以为维斯珀斯摸清底细了。”

“那他没告诉你这是犹太黑帮的地盘？”

“不，他只字未提。他只告诉我说是一些犹太佬的生意。当时我就想可能就是些做洗衣生意的犹太佬。”

“他还告诉了你什么？”

“他要我保守秘密，不要找搭档。就是这些。”

“我敢拿我的性命担保，他不让你告诉别人就是为了让你一个人充坏人。”

“那我需不需要把钱退给他？”

“别担心。他再也用不着钱了。”

“我真的很抱歉预先没有摸清底细。我保证不会再发生这种事了。”

“但愿你不再犯错了。要不是看在拉塞的面子上，我才不会跟你费口舌呢。恐怕你早就被犹太佬干掉了。你以为他们是什么，是软柿子吗？他们可他妈的没那么蠢。不是随便什么人都可以闯入他们的地盘的，尤其是丝毫不了解他们底细的人。”

“我郑重地请求您的宽恕。拉塞尔，我也要诚挚地感谢您。我保证绝不会再出这种事了。”当时，我不知道是否应该称呼他为布法里诺先生。我习惯了喊他拉塞尔，觉得称呼他布法里诺先生实在有点儿太做作，太虚情假意。称呼安吉罗“布鲁诺先生”已经够难堪的了。

拉塞尔点了点头，语调柔和地说："别太放在心上。这个维斯珀斯一心想篡班夺权。我太了解这种野心勃勃的人了。他们什么都想独吞，还是嫉妒别人往上爬的混蛋。我猜，他看见你和我坐在一起，陪我喝酒、用餐，还和我们的太太坐在一起，一定是怀恨在心。现在，你澄清了一切，做了你应该做的。你在这儿，好好听安吉罗的话。他知道该怎么办。"

拉塞尔站了起来，从桌子旁走开了。接着，我听见酒吧招待打开了门。他走了出去。

安吉罗问我："除了你和维斯珀斯，还有其他人参与吗？"

"据我所知，没有。这件事我谁也没透露。"

"很好。这很好。这个该死的维斯珀斯是要置你于死地啊，年轻人。现在就看你怎么做了。"

我点了点头说："干什么都行。"

安吉罗压低声音说："明天上午前把这事给我解决了。这是你唯一的机会，明白吗[①]？"

我点了点头说："明白。"

"放手去干吧。"

他的话再直白不过了。即便没有宾夕法尼亚大学的文凭，也不妨碍你明白这话的意思。这就好像是上司命令你去敌人后方抓几个德国鬼子，然后"抓紧回来"，你就必须服从指挥、遵命行事。许多事是身不由己的。

我给维斯珀斯打了电话，约他晚上出来谈谈并告诉了他见面的地点。第二天一大早，报纸的头版头条赫然登着维斯珀斯横尸街头的照片。他是被点32口径的手枪近距离击中的。警察习惯将

---

① 此处拉塞尔用的是在美国的西西里人惯用的词，Capish（意大利词根是 tu capisci）意为"明白"，一般用于只有两人的场合，多见于美国黑帮电影。

这种手枪称为女士手枪。点32手枪易于操作，后坐力小，甚至比点38手枪的后坐力还小。其弱点是口径较小，杀伤力远不如点38手枪大。不过，假如你选的位置合适，照样可以一枪毙命。这种手枪的好处是消音效果好，比点38手枪的声音略小，比点45手枪的声音小得多。有时候，为了在大中午驱散那些好事者，惊天动地的枪声也未尝不可；可在午夜时分，你就会希望枪声越小越好。毕竟，惊醒熟睡中的人对你有什么好处呢？

报纸上说，没有任何持枪行凶者的个人资料，也没有目击证人。倒在血泊中的维斯珀斯倒是真的不需要还钱给他了。从那以后，我的点32手枪就不见了。这还是艾迪·瑞奇为了让我去泽西城吓唬罗密欧给我的那把枪。一定是流落到了某个不为人知的角落。

那天上午，我就坐在那儿看报纸，什么也没干，坐了足足有一个多小时。我整个上午都在后怕，“横尸街头的那个人差点就是我”。

要不是拉塞尔，倒霉的人必定是我。维斯珀斯的计划天衣无缝。而我甚至都不知道凯迪拉克服务社的背后是犹太黑帮，还幼稚地以为是些普通的犹太人。他将我顶在前头，做他的垫背。犹太黑帮知道是我在厂房周围鬼鬼祟祟地转悠。出事后，必定会来取我的小命。而坐享其成的是维斯珀斯，既达到了烧毁厂房的目的，又不用付我那剩下的8000块。

毋庸置疑的是，无论是事发前还是事发后，本来我是铁定要去见上帝的。要不是拉塞尔的缘故，我必死无疑，也就不可能在这儿滔滔不绝地回忆往事。我的命是拉塞尔给的，而这仅仅是个开始。

维斯珀斯对行规一清二楚。可他却坏了规矩。事情就是这么简单。

我终于抬起了屁股，溜达到了友好休息室。可以看得出来，坐在斯基尼·雷泽旁边的那些人都对我心生崇敬。斯基尼请我喝了好几杯。然后，我又去了罗马别墅餐厅，向安吉罗汇报了事情的前后。他听上去很满意，还留我在餐厅吃了晚餐，警告我以后再和人打交道时长点心眼。他对我说，维斯珀斯不光精明，还很贪婪。

这时，有两个人走进了餐厅，在我们身旁坐了下来。安吉罗介绍我认识了卡比·霍夫曼和伍迪·韦斯曼。他们两位是犹太黑帮的成员，和安吉罗共同经营着凯迪拉克服务社。他们彬彬有礼、个性爽朗，都拿我当朋友。安吉罗和他们走后，我独坐在前厅的酒吧。昨天那个锁门的酒吧招待怎么也不肯收我酒钱。就连女招待都看出了人们对我的敬仰，一个劲儿在我跟前卖弄风骚。我给了她们数目可观的小费。

回顾从遭受安吉罗和拉塞尔的质疑，到又一次拜见安吉罗这跌宕起伏的 24 小时，尤其是在与维斯珀斯在街边做了个了断后，我不回家的次数越来越多。或者说，我回家的次数越来越少。再后来，干脆就不回家了。

跨过那条禁区的界线，进入新的文化后，我的生活不再有周六的忏悔，周日我甚至也不再陪玛丽去教堂做弥撒了。一切都变了。以前，我不过是下城的游魂；而现在，我是真的活在这里。我在一个糟糕的时期抛弃了我的女儿们。这是我有生以来犯下的最大错误。无论何时都不该抛弃老婆和孩子。

我在斯基尼家附近的街角弄了间房子，把衣服搬了过去。现在，虽然我还在运输工会大厅当司机，还干着舞厅的工作，可越来越多的活儿都是在下城。我一路狂奔，融入了下城的文化。”

# 11
# 吉米

1950年代中期至1970年代中期是吉米·霍法从鼎盛时期走向死亡的20年。无疑，今天的人是很难体会到吉米·霍法在当时是多么名扬天下抑或臭名昭著。

在他如日中天的时期，他是全美国最有权势的劳工领袖。可是，在普通民众对劳工领袖毫无概念的今天，说这些又有什么意义呢？工会冲突？血腥的劳工大战？人们一概不知。今天最接近于劳工大战的，就是一位遭受威胁的棒球运动员罢赛引发的一系列问题。比如，美国职业棒球大工会的赛季是否会缩短？是否会举行世界系列赛？然而，就在二战后的头两年——那时，弗兰克·希兰还在寻找安稳的工作，结了婚，多达8000起的罢工席卷了美国的48个州。平均来算，每年发生在每个州的罢工高达160余次。个人罢工更是波及了全国的各个角落。

今天，吉米·霍法的名声主要在于他是美国历史上最著名的失踪案件的受害者。在长达20年的时间里，吉米·霍法在美国人心目中的辨识度极高，就如同今天的托尼·索普拉诺①。绝大多数美国人仅凭声音就可以断定是不是吉米·霍法。1955至1965年间，霍法的知名度和猫王不相上下；而1965至1975年间，他的名望

---

① 美国HBO电视台制作的有关美国新泽西州北部黑手党家族的电视剧《黑道家族》（*The Sopranos*）中的主人公。

和披头士乐队不分伯仲。

带领“草莓小子”的那场成功罢工使吉米·霍法首次在工会中声名鹊起。他对这些人的处境可谓是感同身受。1932年，19岁的吉米·霍法在底特律做卡车装卸工，在装卸月台上为克罗格食品公司搬运新鲜水果和蔬菜，一小时32美分。其中的20美分存在账户里，可以用于购买克罗格食品店里的日用杂货。但是，只有在有活儿干的时候，这些工人才可以拿满32美分。而且每天下午4点半还得报到，上12个小时的班，不准离开月台一步。没有货物可装卸的时候，是不计薪水的，这些工人们就这么无所事事地干坐着。是年春天，在一个酷热难耐的下午，从佛罗里达运来的一车新鲜草莓到了。由此，美国历史上最著名的工会领袖的事业开始了。

霍法发出了行动的信号。这些后来被称为“草莓小子”的工人们全都拒绝将从佛罗里达运来的草莓搬进冷藏车。条件是，食品公司必须承认他们的工会组织并答应改善他们的工作条件。他们的具体诉求包括在12个小时的上班时间内，必须保证月台装卸工至少能够拿到4个小时的薪水。为了避免成箱的草莓在大热天烂掉，克罗格食品公司最终妥协了，答应了年轻的吉米·霍法提出的所有要求，还给了这个新成立的只有一家企业的工会组织一年的包租期。

吉米·霍法出生于1913年的情人节，比弗兰克·希兰年长7岁。然而，他们两人都是在大萧条时期步入成年的。当时，公司管理层占据着绝对的主动权，普通劳动者都是在他们手里混口饭吃。吉米·霍法的父亲是一名煤矿工人，在他7岁的时候就去世了。他的母亲靠在汽车工厂上班养家糊口。为帮助母亲补贴家用，小霍法在14岁时就辍学工作了。

在那个年月，霍法和“草莓小子”在1932年所取得的胜利是极其罕见的。一战老兵的遭遇淋漓尽致地说明了劳工阶层在大萧条时代的软弱和无能。1932年，成千上万的一战老兵不再相信政府的鬼话，纷纷走上华盛顿的街头示威游行。他们声称，如今他们的日子已过不下去了，拿不到退休金，就绝不离开国家广场。实际上，这笔退休金直到1945年才得以兑现。赫伯特·胡佛总统当即下令，派道格拉塞·麦克阿瑟将军以武力驱散这些闹事者。麦克阿瑟威风地骑在雪白的高头大马上，指挥着军队和坦克，还向这群人投掷了催泪瓦斯。老兵们纷纷惨叫着四散奔逃。美国的军队向手无寸铁的一战老兵们开了枪，打死两人，打伤数人。而就在14年前结束的那场所谓拯救民主的战争中，这些老兵还曾浴血奋战、奋勇杀敌。

第二年，克罗格拒绝就新的合同谈判。霍法的胜利就这么夭折了。不过，凭着他和“草莓小子”并肩战斗的魄力，霍法被招募为底特律运输工会299分会的组织者。在那儿，霍法的职责是鼓励人们加入工会，齐心协力地通过组织提高他们及其家人的生活水平。底特律是美国汽车工业的发源地。作为汽车工业的首席代言人，亨利·福特对劳工运动的立场是鲜明的，“工会是世界上最糟糕的东西”。

为了打倒可恶的工会，公司认为可以不择手段。随之，大小企业不惜雇用暴徒打压、残害罢工者和工会组织者。

工会成立后，罢工是其谈判时唯一的筹码。假如参加罢工的人数不够，罢工就会以失败而告终。在霍法崛起的年代，工作的机会极其抢手。管理层可以轻而易举地找到愿意取代罢工工人的“工贼”。假如工会罢工者将“工贼”拦在警戒线外禁止他们上工，这些暴徒就会以武力强行开出一条路。底特律的西西里黑帮分子桑托·皮洛尼就曾向当地的企业管理层提供过肌肉健壮的打手。皮洛尼派打手们提着警棍破坏底特律的罢工。警察要么袖手旁观，要么帮着破坏罢工。

正如霍法所说："如果没有亲身经历过，是难以形容密歇根州，尤其是底特律所发生的静坐罢工、暴乱和殴打是何等惨烈。"他还在其他场合谈道："我在299分会担任工会代表头一年，我的头皮撕开了一条长长的口子，缝针不下6次。那一年，我被警察和破坏罢工者打了不下24次。"

不过，话得分两头说。诸如运输工会这样的工会组织也时常雇用打手，不惜使用爆炸、纵火、殴打和谋杀等恐怖手段。冲突和暴力也不限于劳工和管理层双方。敌对的工会组织争夺会员也时有暴力冲突发生。可悲的是，暴力的对象总是指向那些极力主张工会民主改革的普通会员。

霍法在工会兴起的时期与全国各地黑帮组织的结盟如今是有据可考的不争史实。然而，在1950年代，还很少有人了解该情况。

1956年5月，《纽约新闻报》[①]的调查记者维克多·里赛尔在他的广播节目中报道了有关反对霍法领导的运输工会的新闻。在该节目中，里赛尔指责了工会的犯罪行为。节目播出的当晚，里赛尔从时代广场附近的百老汇林迪餐厅走了出来。便道上有个暴徒向他走了过来，朝他脸上泼了一杯硫酸。里赛尔的双目失明了。不久，真相浮出了水面，原来是霍法的盟友、工会诈骗犯约翰·迪奥加迪（人称约翰尼·迪奥）指使人干的。迪奥因而被指控犯有教唆罪。可是，在得知泼硫酸者被杀的消息后，其他几位

---

① 《纽约新闻报》是一份于1937年至1966年间出版的报纸，由赫斯特集团旗下的《纽约美国人》和《纽约晚报》两份报纸合并产生。

目击证人都拒绝配合办案。指控只得撤销。

双目失明的维克多戴着墨镜出现在电视上、依然勇气可嘉地疾呼推行工会改革的画面震怒了全国。参议院立即作出回应，针对工会运动中诈骗者的不良影响举行了电视全程直播的听证会，即人们所熟知的麦克莱伦委员会听证会，得名于这次听证会的主席、来自阿肯色州的参议员约翰·L. 麦克莱伦。后来的总统竞选人，亚利桑那州参议员巴里·戈德华特和马萨诸塞州参议员约翰·F. 肯尼迪都是该委员会委员。委员会的首席顾问和审讯官是后来美国总统的弟弟，美国未来的司法部长鲍比·肯尼迪。由于其在委员会中咄咄逼人的表现，鲍比成了吉米·霍法的死对头。

约翰尼·迪奥对每个问题都引用第五修正案予以回应，其中亦包括他是否会见过吉米·霍法。碍于自己在工会中的地位，吉米·霍法在没有主动放弃其职务的情况下无法引用第五修正案。他回答问题时总是含糊其辞、模棱两可，或者干脆就说想不起来了。在面对他和约翰尼·迪奥对话的窃听录音时，霍法依旧想不起是否曾说过请约翰尼帮忙的话。霍法在回答鲍比·肯尼迪有关录音带的问题时称："据我回忆所及，我必须好好回想回想。可我就是什么也不记得了。"

假如普通民众知道霍法在得知里赛尔失明的消息后对他的下属说了什么的话，必定会激起更大的民愤。霍法的原话是这么说的："维克多·里赛尔这个狗杂种。不就是泼了点儿硫酸吗？竟然没有泼到他那双该死的会打字的手上，简直糟糕透了。"

在被鲍比·肯尼迪问及那用于商业投资的 2 万美元是从何而来的时候，霍法答道："是从个人手里来的。"在被要求列举出这些人的名字时，霍法回答说："此时此地，我对我所借过的那笔钱数一无所知。不过，我是有借款清单的，而且我还主动要求过核对这份清单。我从事商业投资的钱都是从我的借款中来的。”

好吧，这就是他给出的解释。

鲍比·肯尼迪将吉米·霍法称为是“就权势而言仅次于美国总统的人”。

霍法在1950年代成名后，他的神秘感部分源于他在电视上表现出的那种胆大妄为、反叛的硬汉形象。用现在的话讲，他是个反主流原则的人。当时，霍法在民众心目中的形象就如同现在的重金属乐队。今天，没有哪位公众人物可以和霍法相提并论。他以不可一世的姿态挑战精英企业和政府制度，捍卫劳工阶层的利益。

1957年10月14日，就在阿帕拉契会议召开的一个月前，吉米·霍法当选为国际卡车司机兄弟会主席。当时，电视还是个新生事物。他却时常以明星嘉宾的身份出现在《与媒体见面》等新闻谈话节目中。他走到哪儿，话筒就追到哪儿。要是霍法开新闻发布会，一定会吸引到世界的各大媒体。

吉米·霍法信奉的人生哲学有两条。他几乎天天都在向别人传授他的人生哲学，口传心授或是身体力行。其中，第一条是“目的”，第二条是“手段”。“目的”是他在工会信守的哲学。他常说：“美国天天都在剥削工人阶级。”“手段”则是他的第二条人生哲学，可以归纳为他在一次私人聚会上对鲍比·肯尼迪说的那句话：“以其人之道还治其人之身。但我下手更狠。”一言以蔽之，吉米·霍法认为，在他工会的带领下，为达到改善美国工人阶级生活的“目的”是可以不择“手段”的。

他在工会中的大受欢迎反映了工人阶级希望通过霍法获得实惠的意愿。譬如薪金、休假、津贴、医保以及福利等等。恰如霍法在他自称毫无印象的这段窃听录音中对约翰尼·迪奥所说的：“……满足了劳工，就可以高枕无忧了。”

也许怀着满腔热情希望改善劳工阶层及其家人生活现状的人还有许多许多，可霍法却是能够使其成为现实的那个人。他的拥趸弗兰克·希兰如是说：“在劳工的问题上，吉米·霍法是个观念超前的人。他的人生惟有两件要事：一是工会，一是家庭。信不信由你，虽然工会是他毕生的事业，他人生的第一要义还是他的妻子和儿女。对他而言，工会帮助的不仅是那些男人，还有他们的家人。时至今日，人们才开始谈论家庭价值。所以，在这点上，霍法也是时代的先锋。可以说，这两件事是他人生的全部。”

吉米·霍法曾满怀热忱地告诉弗兰克·希兰：“假如你拥有了一切，爱尔兰人，永远都不要忘了，那是卡车司机带给你的。这是我们伟大事业的玄机所在。”“拥有了一切”指的是吃的、穿的、药品、建筑材料、家庭和工业能源，涵盖了生活的方方面面。一次全国性的卡车司机罢工可以导致一场饥荒，甚至是国家破产。所以，鲍比·肯尼迪称吉米·霍法的运输工会是“仅次于美国政府最有权势的机构……在霍法先生的操控下，变成了邪恶的阴谋”。约翰·L. 麦克莱伦参议员的评价更加鞭辟入里。他称“霍法先生领导下的运输工会”是“美国的强权组织，其所拥有的权力比人民、比政府大得多”。

1957 年，运输工会的前任主席、霍法的导师戴维·贝克退位，他收受了运输工会西部总会高达 37 万美元的贿赂给其儿子修建豪宅而锒铛入狱。戴维下台后，新任主席吉米·霍法掌握了绝对的权力。人们常说，所有的权力都是腐败的温床，而绝对的权力则是腐败的代名词。假如此言不虚，那么，霍法为达目的，的确对与他结盟的那些人所犯下的罪行毫无愧疚。

有一次，霍法对一位电视观众郑重地谈道：“既然你谈到了暴徒和黑帮的问题，其实最早起用这帮人的都是那些雇主。假如你所在的社区存在非法势力，你就必须雇这帮人，用暴力解决问题，否则遭殃的人必定是你。所以，在这种需要将分散的力量组织起来的行业中，为了保护你所在的工会，具备一定的抵抗力是不可或缺的。”

霍法所说的“抵抗力”指的是与最有权势的教父结盟。这些教父所领导的、新近浮出水面的阿帕拉契黑帮拥有秘密又交错的组织网络。他们将整个美国划分为24个有组织犯罪区域，以军事化的等级划分管理着他们的组织（又称家族）。教父是整个家族的“老板”，相当于部队中的将军；“副手”和“顾问”相当于高级军官；“头目”相当于上尉；而“小卒”作为士兵要服从上级的命令。另外，还有像弗兰克·希兰这样的非正式成员。他们具有一定的地位，但不能在意大利家族的军事化等级中取得相应的头衔。

从历史记录看，霍法无疑清楚地知道，绝大多数黑帮分子对他的理想是不屑一顾的。约翰尼·迪奥本人就拥有一家没有加入工会的女装店。许多黑帮分子都将工会视为协助他们实施犯罪、协助他们积累财富和权力的工具。

与此同时，在对工会会员的演讲中，霍法警告他的卡车司机兄弟们：“所有这些关于诈骗和犯罪的谎言都是掩盖真相的幌子，其目的就是为了诱使你退回到以前，那样，他们就可以像对待破卡车一样把你扔进垃圾堆。”

在《内部敌人》一书中，鲍比·肯尼迪回忆了他作为麦克莱伦听证会首席顾问时的经历和个人观察。他写道：“我们面见并审讯了几位臭名昭著的黑帮分子和诈骗犯。但是最神似老阿尔·卡彭财团的还是吉米·霍法和他的几位工会内外的副手。”

20世纪福克斯公司授权将鲍比的书改编成电影剧本，由著名作家、《码头风云》的作者巴德·舒尔伯格操刀完成。但是，电影公司最终放弃了这项计划。随后，哥伦比亚电影公司表达了承接该计划的兴趣，最终也不了了之。1972年，鲍比·肯尼迪的首席助理沃尔特·谢里丹写了一本关于霍法的书。在给这本书写的序言中，舒尔伯格解释了两家电影公司为何放弃拍摄该片的原因："一名劳工暴徒走进［20世纪福克斯公司］新老板的办公室威胁说，要是敢拍这部影片，［运输工会］的司机将拒绝运送电影拷贝到电影院。就算通过其他途径把电影拷贝送到了电影院，他们也会用臭气弹把观众熏跑。"

哥伦比亚电影公司收到的恐吓信印证了20世纪福克斯公司所受到的威胁。这封信是运输工会的律师比尔·布法里诺寄来的。当时，他还是霍法的私人律师。舒尔伯格在序言中也提到了这封信："这封信开门见山地指出，在摆明利害后，20世纪福克斯公司明智地放弃了拍摄计划。布法里诺胸有成竹地认为，哥伦比亚电影公司也会做出明智的选择。"

## 12

## “我听说你是漆房子的”

“我从骨子里就不是个安分的人。回首我的一生，只要双腿还能活动，我就像个吉普赛人，在不停地流浪。

不在工会大厅等活的日子里，我不再背负任何责任，这给了我四处云游的自由。只要可以在下城找到活儿干，我就懒得费事儿跑到工会大厅去等开车的活计。随着我的名声越来越大，下城的零活儿就越来越多。我自食其力，每周都去玛丽那儿给母女几个送点生活费，具体给多少取决于我当周的收入。在下城的每一桩生意都是现金交易，就连舞厅给的也是现金。

假如哪天找到的是卡车司机的活儿，就别想赚现金的事儿了。那车你顶多开一天，怎么下手捞钱呢？你起码需要更多的时间开车到不同的地方搭建你的交易体系，比如，在福满多超市偷后腿肉时就是这样。因此，在下城泡吧就是为了多多益善的现钞。

我从斯基尼和他的人那儿摸清了门路。他们就像是这行里的老兵，而我就是应征入伍的菜鸟。在人们眼里，我似乎和安吉罗的人走得更近。但其实我是拉塞尔的人。之所以和安吉罗的人碰面更多，那是因为他们在下城，而拉塞尔大多数时间都在上州。安吉罗说我是他借给拉塞尔的人，实则却完全相反，是拉塞尔把我借给了安吉罗才对。拉塞尔认为，跟着安吉罗的人在下城混可以学得更多、挣得更多。这对我大有裨益。一天，拉塞尔称呼我是他的爱尔兰人。一夜之间，下城的所有伙计都不再叫我奇克，开始叫我爱尔兰人。

维斯珀斯的那场风波过去之后，我开始随身带枪，以备不时之需。开车的时候，我就把枪放在仪表板上方的手套箱里。一天夜里大约两点，我开车从尼克松舞厅回家。等红灯时，我在春园街的街角停了下来。路灯碎了，四周黑漆漆的。当时，街上就我一个人，还开着车窗。这时，过来个年轻的黑鬼，拿着枪在我鼻子底下晃悠。我猜，肯定是他打碎了灯泡，熄灭了路灯。他身后还站着个帮手，看不清他到底带没带枪。拿枪的那家伙让我掏出钱包。我告诉他："没问题，不过钱包放在仪表板上的杂物箱里。"我劝他"冷静点儿"，"年轻人，别冲动"，说着，我把手伸进了杂物箱里，够着了那把短管的点 38 手枪。我宽厚的肩膀挡住了那家伙的视线，他根本看不到我手里的枪。我转过脸来的时候，他还是没有看到我拿着把枪。我的大手遮住了枪身，而且我转身的动作非常快，就像打拳击时那只袋鼠的尾巴那样敏捷。他伸过手来准备接钱包的时候，我瞄准他的膝盖就是一枪。还没等他俯身逃跑，我又朝他的另一个膝盖开了一枪。开车离开时，我从后视镜里看到他满地打滚。他的同伴沿着春园街飞快地逃走了。我敢肯定，他的同伴绝不是找帮手去了。而且，我还敢打包票，在地上打滚儿的那家伙以后是没机会跑了。从今往后，他每走一步都肯定会感觉到膝盖里的弹片，都肯定会想起我。

为安全起见，我扔了那把点 38 手枪。如果要在车里或家里留枪，最好是没用过的新枪。那样，你就永远不会受到怀疑。倘若留的是把用过的枪，你怎么知道有没有人以前用它干过什么坏事呢。所以，要留就留新枪，这是我的经验之谈。

我在放高利贷方面的胆子越来越大，贷款的数额越来越多。

人们知道在哪儿能找到我，从我这儿借高利贷。我不需要开卡车了。当初借10美元给白塔汉堡店的女招待的日子也一去不复返了。

有个家伙借了我的钱后，老是躲着我。不还“抽头”不说，连半个子儿的影儿我也没见着。一天晚上，有个兄弟来友好休息室告诉我说他看到我要找的那家伙在哈里·“驼背”·里科贝内的酒吧“去年休息室”里。我在哈里的酒吧揪住他时他正在那儿打牌。他解释说，他妈妈去世了，他把本来要还给我的钱都拿去操办葬礼了。我感觉这家伙不是什么好东西，就跑到“友好休息室”找到斯基尼·雷泽，告诉他在哈里那儿找到了那家伙。斯基尼问道：“你拿到钱了吗？”我回答说：“还没有。”他接着就说：“你别说话。让我猜猜。他肯定是说他妈去世了，是不是？”我惊讶道：“我的老天。你肯定偷听我们说话了。”斯基尼接着又说：“他说这话都他妈说十年了。”

我感觉我这个新手被人涮了，而且还是个拿他妈说事儿的东西。我忿忿地回到哈里酒吧，命令那个赖账的家伙立刻给我从牌桌上滚下来。他个头儿跟我相当，不过块头比我大。他站起来朝我就是一拳，不过我先发制人，将他掀翻在地，牌桌和椅子倒的倒、飞的飞。他提了把椅子就过来了。我抢过椅子，朝他砸了过去，揍得他满脸是血、躺在地板上不省人事。

突然，哈里冲了进来，看着眼前的一切，暴跳如雷。他是个驼背，不过可不是个好惹的家伙。他是黑帮分子，和安吉罗的地位差不多。他对我大吼大叫，怪我砸毁了他的酒吧，还用那家伙的血弄脏了酒吧的地板。我告诉他，一切损失都算在我头上。他说不是钱的事儿。搞砸了酒吧分明是没把他看在眼里。我应该把那家伙拖到外面的街上揍，而不是在酒吧里。我跟哈里不是很熟，就解释说是那家伙先动手的。我还解释说，那家伙欠了我的钱，连利息都不还。哈里说："这个废物点心还有胆子在街面上继续借钱？谁的钱他不欠？"我答道："借钱的时候，我对此一无所知。"于是，驼背的哈里朝倒在地上的那家伙走去，揪起他的头发，朝他脸上狠揍起来。

回到友好休息室时，斯基尼·雷泽劝我别开什么卡车了。"我的老天，你竟然没事做？你真应该干点儿正事。"他说他们得提携提携我。我可不应该整天在外面耍嘴皮子。我应该继续往上爬，和那些大人物为伍。这事他跟我提了好多次。有一次，我跟他说我喜欢《码头风云》那部电影，我不在乎从工会的基层做起。我喜欢工会组织者乔伊·麦克格雷尔和工会代表们运筹帷幄，为工会成员、为卡车司机造福。斯基尼一定是告诉了安吉罗，安吉罗又告诉了拉塞尔。随后不久，每次和拉塞尔坐着蘸红酒吃面包时，他都会给我些建议。比如，他会说："我的爱尔兰人，你开卡车真是屈才了。"

又有一次，有个家伙搞到一大堆劫获的珠宝，可没见他拿出一分钱。你很清楚，这种事你干过一次，就很难收手。很多人都是如此，不知道实话实说，不知道欠债还钱、诚实本分。蒙混过关就像嚼口香糖一样是他们的习惯。对有些人来说，是酗酒和赌博影响了他们的判断。我不知道这家伙是否有类似的问题。我也不知道他的问题在哪儿。可我就是知道他有问题。

上头派我给他捎话表明来意。我知道，早有人找过他。可他每次都编造不同的借口。在下城，他们告诉我要和他搞好关系。于是，我就开始和他一起瞎混。一天晚上，我们俩在哈里森大道第 63 街的海沃福德餐厅。八点半的时候，我和他道了别。他在那儿继续等人。

那天晚上，他被人在他家的地下室用点 357 麦林手枪打死了。那时，我住在市行大道。警察破门而入，把我扭回警局审问。在最高法院尚未修订法律前，他们是有权这么做的。看看现在，那些谋杀老婆和女友的家伙在外面逍遥法外，却没人敢把他们带回局里，甚至连他们的名字都不敢问。可是那时就是这样，只要他们乐意，想什么时候抓你就什么时候抓你。他们让你坐在审讯室，不停向你提出问题。这是真正的严刑逼供。

他们在我的寓所搜到了一把点 357 麦林手枪。关键是，这把枪从没开过火。海沃福德的目击证人说我和死者在一起时不停大吵大嚷地问女招待时间。他们说我在八点半起身离开的时候又问了一次时间。

按照他们的说法，这是我有意在给女招待留下我不在犯罪现场的印象。这样，就没人指认那天晚上那家伙被杀时我有在场的嫌疑。他们还告诉我，他们在他家通向地下室的扶手上发现了我的指纹。于是，我告诉他们，在案发的前一天我去他那儿借了张婴儿床，我的指纹在他家的地下室里到处都可以找到，因为婴儿床就放在地下室里。我和他的朋友关系还有犯罪现场的指纹真是帮了我大忙了。他们问我有没有什么要交待的。我直截了当地告诉他们："我什么也没干，没什么可交待的。"他们要求我测谎。我提醒他们，我可不是吃素的。我还毕恭毕敬地告诉他们，应该测谎的是他们，他们应该测测到底有没有私吞赃物。这在那时候可是经常发生的。

摸清了门路，我渐渐发现，老板和头目出于稳妥和安全的考虑派去的杀手往往都是受害人的朋友。有一点是很容易理解的，那就是开枪的人有机会和被害人独处，而且是近距离接触。还有一点我稍加点拨你就明白了。假如在你的房子里、车里或者身上找到了对你不利的证据，那么，你和被害人是朋友，就可以轻易找到很多脱罪的解释。

以警方在汽车里发现的吉米·霍法的头发为例。“托尼·杰克”及其家人和吉米的关系非常熟。吉米的头发掉在他们家人的衣服上是很正常的事情。然后他们再把头发带到孩子的车里也不是说不通。也有可能是吉米之前曾经坐过这辆车。或者还有一种可能就是吉米的头发是查克·奥布莱恩带到这辆车里的。反正，除了那天接吉米·霍法用的是这辆车之外，还有一百万种其他可能。

总之，在案发前一天，我去他家拿了婴儿床。警方认为，我这是去考察地形，探听地下室的虚实，或许就是为了留扇窗户或者留道门以便脱身。这起案件最终不了了之。他们绞尽脑汁也没能抓住我的把柄。

一个人连一大堆劫获的珠宝都敢独吞，你是难以预料他能做出什么来的。而且，你很难保证假如有人逼他，他不会供出什么。留着他迟早是个祸害。在秩序井然的组织机构中，这就如同是叛国通敌。即使政府也会处决那些叛国的人。这种错误是“不可饶恕的”，尤其是在已经给他无数次改过自新机会的情况下。这家伙就是个很好的例证。有规矩，就得按规矩来。就这么简单。

现在，我已经走进了这个特殊的文化圈。作为拉塞尔和安吉罗的朋友，我受到了别人的尊敬。这种文化已深深烙印在我心中。我和玛丽都是天主教徒。我们并没有离婚，各过各的。我可以随心所欲选择我想要的生活。

金灯餐厅和尼克松舞厅隔街相望。一年夏天，从阵亡将士纪念日到劳动节期间，这家餐厅请了 44 个女招待，我与其中的 39

个都上过床。从“小埃及”和尼罗河的“海王星”身上，我学会了如何与女人调情。口口相传的力量可真大。她们每个人都想体验体验我的床上功夫。女人发现我风流倜傥。我也喜欢这种感觉带给我的快感。这和单身与否毫无关系，而是自我在作祟。与她们的风流浪荡根本没有爱情。不过是因为酒精和自我膨胀，而这两者哪一样都可以要你的小命。

他们派我去但丁地狱夜总会干件事。这家夜总会的老板叫杰克·罗宾森。他当初在盘下这家夜总会时向约瑟夫·米拉托以高息借了不少钱。我的任务就是留意钱的进项，确保赚的钱最后都进了收银机，没有流到酒吧招待的腰包里。此外，我还需要帮助夜总会维持秩序，以防顾客做出出格的事来。

乔伊·麦克格雷尔手下有个叫杰·法伦的家伙。他是运输工会 107 分会的组织者，是个大嗓门。他常到夜总会来，而且老是喝得醉醺醺的。看他喝得差不多了，我就吩咐酒吧招待不要再给他倒酒了。一天晚上，法伦居然掏出枪来指着别的顾客。我立马过去撂倒了他，然后把他从地上提起来扔到了街上，并警告他别再让我在夜总会看见他。他被剥夺了在这里找乐子的权利。只要我在，他就别想踏入这里一步。

我时常想起斯基尼对我说过的话，每当这时，我就越来越讨厌法伦这样的渣子和但丁地狱的工作。从某种程度上讲，这份工作的确不错。起码，我不用过那种循规蹈矩的乏味生活。不过，干得时间久了，觉得和军队没什么差别。除了匆匆赶路就是原地待命，除了战斗就是无尽的无聊。有时，我就会想象在工会工作的情景，拿着稳定的薪水，还有升迁的机会。那样，我每周就可以给玛丽更多的生活费。至少，每周可以给她固定数目的钱，让她旱涝保收，不至于饥一顿饱一顿。而且，我还不用老是待在酒吧里，说不定还能少喝点儿酒呢。

拉塞尔一找我谈别让我开卡车的事，我就毫不掩饰地告诉他希望去工会工作的想法。他就问我："那你为什么不去呢，爱尔兰人?"

我答道："这事我问过。就是我给他卖橄榄球彩票的那个乔伊·麦克格雷尔。他是运输工会107分会的组织者。他跟我说没职缺了。然后我就跟他说，我认识个工会组织者，让我从地狱夜总会给扔出去过，他们应该把他开除。麦克格雷尔说这没用，想进来的人都排成长龙了。他告诉我这事必须得上面有人才行。你得有拉比给你作担保。除了麦克格雷尔，我还认识一个工会的人，他是我那儿的工会代表。他可没什么资源可帮我的。即便有，他也要先为个人考虑。他还想当组织者呢。"

拉塞尔用西西里方言聊了两句恶劣的天气。大意是说，"谁也无法预知天气的走向。只有老天爷知道"。

一天下午，在去地狱夜总会上班前，我走进了友好休息室。斯基尼·雷泽跟我说："拉塞尔今晚会来。他让你八点前到这儿。到时，会有电话打进来找他。他想让你跟什么人谈谈。"我不知道拉塞尔有什么事找我，也不知道他想让我跟什么人谈谈，不过我知道肯定是要紧事。

大约七点半的时候，我到了友好休息室。拉塞尔正在外面和别人谈着什么。他让我先进去，来电话时再出来喊他。八点整，酒吧的电话铃响了，是斯基尼接的。我赶忙从桌旁站起来去喊拉塞。可拉塞已经进来了。他肯定是在外面听到了电话铃响。我在离电话不远的一张桌子旁坐了下来。只听斯基尼对对方说："最近好吗？太好了。家人怎么样？是的，托您的福，我们一切都好。

哦，安吉罗也很好。上周，医生给他做了个全面的体检。托您的福，他身体好着呢。我把听筒给麦吉。您也要保重啊。”斯基尼把听筒交给了拉塞。

拉塞拿着听筒，但没说话。他将电话拿到了我这张桌子，坐了下来，在桌子上放了一个信封。

“我把跟你提过的那位朋友找来了。他就坐在我身边。他一定可以在工会干得不错的。我想让他见见你这个工会主席，让你把把关。”拉塞尔转过头来对我说：“向吉米·霍法问好。”于是把电话交到了我手上。

我接过电话，简直不敢相信吉米·霍法打来电话是要和我讲话。“您好！”我说，“很高兴见到您。”

吉米·霍法连招呼都没打，直奔主题而去。接着，我听到了吉米·霍法跟我说的第一句话。

“我听说你是漆房子的。”吉米说道。

“是，是，是的。我也会做，做点儿木匠活儿。”简直丢人死了。我居然结巴了起来。

“这正是我想听到的。我听说你是我的弟兄。”

“是的，”我尽量言简意赅，长话短说，“107 分会。从 1947 年开始的。”

“我们的朋友对你评价极高。”

“谢谢。”

“他可不是个容易取悦的人。”

“我只是尽我所能。”我说。

“离开了团结，工会运动是搞不下去的。可以说，团结是工会运动的精髓和关键所在。所以，我们必须为之奋斗。现在，大公司在向我们发难，资助一些小派别企图破坏工会的团结。就在此时此刻，大公司作为美国劳工联合会—产业工会联合会（以下简称‘劳联—产联’）某些咄咄逼人的分会背后的推手，企图从我们眼皮底下篡夺我的大本营底特律和其他地方的分会。大公司还和政府联手处处与我们作对，让我们在公众和工会会员面前丢丑，为工会的团结埋下了隐患。目前，我们到了比工会历史上，甚至是比整个美国劳工斗争史上任何时候都需要团结的关键时刻。你愿意加入我们的斗争吗？”

“我愿意效劳。”

“你希望成为历史的一部分吗？”

“是的，我愿意。”

“那你明天就从底特律开始，好吗？”

“没问题。”

“明天到 299 分会，去比尔·伊萨贝尔和萨姆·博特温那儿报到。他们在国际卡车司机兄弟会负责公共关系。”

挂断电话，我在想，他可真是个演说家。我甚至一度以为他是巴顿将军。

“拉塞，”我说，“这个惊喜太大了。离圣诞节还早着呢，而且我的生日也没到呢。”

“别担心。他需要你，你也需要他，这是两全其美的事。我可真舍不得你走。我希望他别留你在底特律待太长时间。”

“我也舍不得您。我跟他说明天到底特律报到。恐怕我现在就得开车上路了。”

“别急着走，”拉塞说，他递给我那只他坐下时放在桌上的信封，“来，把它打开。”

里面是一张飞往底特律的机票和一沓 100 美元的现钞。

我突然放声大笑起来，坐在那儿止不住地大笑。“我真不知道该说什么，”我说道，“从来没人对我这么好过。我永远也不会忘记您为我所做的一切。”

“这都是你应得的，爱尔兰人。谁也没给过你什么。这是你靠本事挣来的。走吧，一起吃饭去，再见见安吉罗。”

“那但丁地狱那边怎么办呢?”我问道，“今晚是我的班。”

“斯基尼·雷泽都安排好了。放心吧。在你去底特律期间，有人顶你的班。去机场，不用叫出租。安吉罗安排人明早去接你。在吉米·霍法那儿可千万别迟到。他可不像我在时间观念上这么仁慈。”

我又大笑了起来。我可真怕拉塞会认为我这是疯了。不过，我真的觉得这一切很有趣。我也说不出来是为什么。我猜，也许我是为拉塞对我这么关照而感到局促不安吧。”

# ◄ 13 ►

# 他们的降落伞不够大

通过长途电话面试弗兰克·希兰时，吉米·霍法正在度过一段集功成名就和臭名昭著于一身的时期。在年近 60 岁时，霍法磕磕绊绊地通过了麦克莱伦委员会听证会。他成为了美国运输工会的主席，并从好几个刑事起诉中脱身。

对吉米·霍法的未来及其仕途履历更为意义重大的是，他在 1955 年创立的养老基金，定期汇款至卡车司机们的退休账户。在中部各州退休基金创立之前，许多卡车司机几乎没有退休后的社会保障。

“吉米知道怎么利用自己的性情。当他顺利开展基金业务时我并不在，但是比尔·伊萨贝尔告诉我，吉米在卡车公司会议上大发雷霆，用尽一切手段威胁参会人员。他想要用特定的方式成立并掌控此基金。他之所以想成立基金，是因为这样一来经他许可的人就能从此基金里借钱。千万不要误会，基金经理会向贷款人收取利息，这些贷款如同对基金的投资，会得到保障。但是，吉米只用自己的方法成立这个基金，所以，他能将钱借给特定的人。因为需要用钱的人还都没有退休，而公司一直按小时按人头往基金里存钱，不一会儿基金就越滚越大。当我到时，基金里已有 2 亿美金了。到我退休时，就能达到 10 亿了。不用我说，你也应该知道这些钱里有多少油水了吧。”

由霍法创立的运输工会养老基金，几乎立即成为国家犯罪集团黑手党的贷款来源。因为有自己的私人银行，这种犯罪垄断迅速成长并繁荣。

资助运输工会的企业，特别是哈瓦那和拉斯维加斯的赌场，使那些教父企业家们的梦想实现了。对于他们而言，天空才是界限，他们想要的越来越多。当 1975 年吉米·霍法消失时，亚特兰特城正要开放赌博合法化。

“吉米的做法是暗地里得到中间人报酬。他通过批准贷款暗地里拿回扣。他帮助过一些黑手党朋友，比如黑帮老大拉塞尔·布法里诺，或是新奥尔良大老板卡洛斯·马塞洛、佛罗里达的桑图·特拉菲坎特、芝加哥的山姆·杰安卡纳、新泽西的托尼·普罗文扎诺，或是吉米的老朋友、来自纽约的约翰尼·迪奥。他们还会再带客人来。这些大老板会收取客户贷款的百分之十作为佣金，并和吉米一起分这些钱。吉米和许多我们的朋友做这类买卖，但都是按他的条款。退休基金就成了会下金蛋的鹅。吉米和瑞德·多尔夫曼走得很近，1939 年，西部废品处理者工会的主席被人杀掉，瑞德就成了这个工会的主席。他们说和工会中的其他人一样，多尔夫曼身边有杰克·鲁比，也正是这个杰克·鲁比击败了李·哈维·奥斯瓦尔德。多尔夫曼和鲁比的老板萨姆·“莫莫”·詹卡纳、乔伊·格里姆科以及其他芝加哥意大利人的利益捆绑在一起。此外，多尔夫曼和一些诸如约翰尼·迪奥的人都非常偏爱东海岸。

多尔夫曼有个继子叫艾伦·多尔夫曼。吉米让多尔夫曼和艾伦负责工会的保险单，并派艾伦去招募养老基金贷款。艾伦是太平洋战争的英雄。他是个顽强的犹太人，一个海军，非常坦率正直。艾伦和多尔夫曼曾在一场国会听证会中多达135次援引第五修正案。艾伦·多尔夫曼很有名望，他得到佣金后和吉米分摊，当然数目不多。吉米一直过着衣食无虞的生活，和贝克以及后来的那些人比，有人也许会说吉米把公司的印章带回了家里。”

但是，吉米·霍法至少有两个使他担忧的商业秘密。这两个秘密企业的合伙人都是霍法亲密的运输工会的盟友欧文·伯特·布伦南。布伦南是底特律卡车工会的主席，有暴力被捕的记录，其中包括四次轰炸公司卡车和大楼。布伦南把吉米称为他的“智囊”。

霍法和布伦南成立了一家叫“测试车队”的拖车公司，两人各自以妻子的中间名命名了这家公司。“测试车队”只有一个合同，合作方是凯迪拉克汽车运输船，这艘船和运输工会的独立自有车辆业主有矛盾。这组卡车司机举行了未经认可的自发罢工。吉米因工会团结的崩塌非常生气，他下令司机们回去工作。因为吉米的照顾，凯迪拉克汽车运输船终止了和那些独立的运输工会司机的租约，迫使他们中的很多人失业，并将搬运业务转移到“测试车队”公司。这种变动帮助霍法的妻子约瑟芬·坡茨瓦克和布伦南的妻子爱丽丝·约翰，在十年里获得15.5万美金的红利，而她们一分钟也没在“测试车队”公司工作过。

霍法和布伦南还投资了一家在佛罗里达从事土地开发的公司“太阳谷”，并抵押了工会中无息的40万美金来进一步投资。当吉米投资这些交易时，他完全不知道自己将成为一个全球知名人物，将要接受公众监督并回答关于过往罪证的问题，尽管在他看来，那些都没什么大不了的。

吉米因为担心麦克莱伦委员将会发现他的很多小秘密，包括那只好比会下金蛋的鹅的养老基金，于是开始着力转移委员会在自己身上的注意力。

这个成立于1957年的委员会，其目标为当时运输工会的主席戴维·贝克。用鲍比·肯尼迪的得力助手沃尔特·谢里丹的话来说，霍法给肯尼迪提供了贝克不法行为的证据。谢里丹在他1972年《吉米·霍法的浮沉》一书中写道："他主导贝克的一位律师将贝克的信息提供给肯尼迪。"

谢里丹先生的这句话简单却很有胆量。这本书出版时，霍法还活着，而且因为刚出狱几乎没有盟友，鲍比·肯尼迪却已经去世四年了。如果肯尼迪还活着，如果任何一个人读出了那句话的隐含意义，一定会进行全面的道德调查。基于这些事实，肯尼迪可能因共犯关系被关进监狱，因为其允许贝克的律师违反对客户的道德约束，代表霍法秘密地背叛贝克。

谢里丹还说霍法"还让此律师安排其与肯尼迪会面，他在会面中提出和委员会合作"。

当1972年谢里丹的书出版时，霍法的教父朋友能不注意到这两句话吗？退一步说，对于诸如像布法力诺、特拉菲坎特、马尔塞洛、普罗文扎诺诺以及杰克龙这类无情的朋友而言，成为叛徒是种严重的角色失败，背叛盟友是个严重的错误，这种人将再也得不到信任，且这种过失是不能原谅的。谢里丹的书出现在书店时，恰逢霍法出狱重新回到底特律的街道上。此书为霍法贴上了"叛徒"的标签，霍法在他争夺运输工会主席的席位时才得知此标签，并公开威胁将曝光犯罪团伙在菲茨西蒙斯的卡车司机基金的势力。不过这些都发生在多年之后了。在1950年代末期，他将自己的工会兄弟戴维·贝克推进虎口的不择手段之举其实是个双赢战略。委员会将注意力都放在贝克身上，使得霍法的“测试车队”和“太阳谷”逃过一劫，霍法也不再理贝克了。

“吉米想要控制他的周围。他不喝酒，所以只要他在，别人也都不喝酒。他不抽烟，没有人会在他身边抽烟。有时候他会被激怒。他会不耐烦，会做那些让你想起孩子抓水痘的事。但你却只能听着，不能告诉他会留下麻子。”

吉米·霍法变得不耐烦，并执着于尽可能多地发现关于麦克莱伦委员会内部运作的信息。

1957年2月，霍法联系了一位叫约翰·切斯特的纽约律师。切斯特曾在海军和特工处工作过。担任律师的同时，还附带开展调查业务。霍法告诉切斯特委员会正在招聘调查员，如果他能得到委员会的工作并将内部运作报告给他，将得到每月2000美金，一年2.4万美金的现金回报。霍法给了切斯特1000美金的定金，作为他得到工作用的开销。然而，因为霍法急于求成，没有好好调查切斯特，后者其实是个诚实且爱国的纽约调查员，切斯特马上报告了霍法的贿赂计划。

鲍比·肯尼迪给了切斯特一份年薪5000美金的委员会的工作。美国联邦调查局安装了麦克风和照相机。切斯特告知霍法他有一只装着委员会敏感文件的信封，若要拿到此信封，他需要另外的现金付款。两人在华盛顿杜邦圈附近相约见面，切斯特把信封交给了吉米·霍法。这时，联邦调查局的调查员冲了进来，抓住了正拿着信封的吉米·霍法并当场逮捕了他。

1957年6月，霍法在华盛顿受审，他被指控贿赂麦克莱伦委员会调查员，以获取委员会内部运营的信息。

陪审团由8名黑人和4名白人陪审员组成。霍法和他富有传奇色彩的律师爱德华·贝内特·威廉斯在陪审团选择环节只打动了白人陪审员。霍法让一位黑人女律师专门从加利福尼亚飞来，坐在律师席上。他安排了一家名为《美国黑人》的报纸发布了一则赞颂霍法拥护“黑人种族”的广告，刊登了一张霍法由黑人和白人组成的律师团队照，霍法将报纸发给了每一位年轻黑人。最后霍法在芝加哥的黑社会朋友瑞德·多尔夫曼将富有传奇色彩的拳击冠军乔·路易斯从底特律派来。吉米·霍法和乔·路易斯在陪审团前像老朋友一样相互拥抱。乔·路易斯停留了几天，并出席了几天的开庭。

约翰·切斯特出庭时，爱德华·贝内特·威廉姆斯问他是否正式调查过全国有色人种协进会。切斯特否认了，却为后来的事埋下了伏笔。

霍法被无罪释放了。

爱德华·贝内特·威廉姆斯将一个扎着丝带的盒子寄给了鲍比·肯尼迪，里面装着为肯尼迪从国会大厦跳下来准备的玩具降落伞。

“吉米在审判前从未见过乔·路易斯，这事只有陪审团不知情。但他捍卫人权的坚定立场却是真的。只是每次只要赢了审判，他都会觉得自己无往不胜。毫无疑问，他对鲍比恨之入骨。我曾听见他在电梯里当着鲍比的面叫他被宠坏的臭小子，并想和他动手，是我把他拉住的。吉米好几次和我说他们认错了兄弟。他也恨着他的兄弟杰克。吉米称他们为无所事事的年轻富豪。”

在《内部敌人》一书中，鲍比·肯尼迪断言，当时失业并负债累累的乔·路易斯在审判结束后，立即获得了一份唱片公司的高薪工作，拿到200万美金的运输工会养老基金贷款。他之后和审判中认识的、来自加利福尼亚的黑人律师结了婚。当鲍比·肯尼迪的得力干将兼主力调查员沃尔特·谢里丹想要替麦克莱伦委员采访乔·路易斯关于唱片公司工作的事时，他拒绝合作并向肯尼迪喊话："让他从国会大厦跳下来吧。"

但是肯尼迪还是期待着自己能笑到最后。

霍法对周围情况的控制欲招致了联邦政府的起诉，因为他让约翰尼·迪奥的一个朋友非法窃听卡车驾驶员工会办公室，以确保没有人像他背叛贝克那样背叛自己，给麦克莱伦委员提供情报。霍法在窃听事件中的共谋者是欧文·伯特·布鲁南，也是他在"测试车队"和"太阳谷"公司的拍档，这人在两家公司里都有潜在的法律问题。

除了悬而未决的窃听起诉，鲍比·肯尼迪还指控霍法在华盛顿作伪证，当着麦克莱伦委员会的面在证词中就窃听事件撒谎。

那时，霍法头顶这两件诉讼，运输工会长久以来和世界最大的劳工组织美国劳联–产联保持着密切联系。1957年9月，美国劳联—产联的伦理委员会指控大卫·贝克和吉米·霍法"利用职权谋取私利"，还进一步指控霍法"勾结、赞助并支持臭名昭著的劳动勒索者"。

尽管霍法正受到两项联邦起诉，美国运输工会仍推选他为新一届主席。

在时局紧张的日子里，主席并不是由大众选出的，而是由每五年举行一次的国际大会代表精心挑选出来的。为了确保结果合法，采取的是无记名投票方式。在任命仪式上，霍法发言："让我们‘埋葬’分歧吧。”

究竟有多少人因为与霍法意见不同而被他及其手下“埋葬”了呢？将来又有多少人的房子会被粉刷呢？

我们都心知肚明，随着霍法被任命为主席，他将更有能力帮助他的黑手党朋友们。1957年，绰号叫“普罗”的安东尼·普罗文扎诺还是霍法的铁哥们，同时是新泽西560分会的主席，这个分会是全国最大的分会之一。这一情况直到1970年才发生了变化。霍法很快给了安东尼·普罗第二份工作：任命他为新泽西73联合委员会的主席，手下有10万名成员。1959年，政府设立个监控小组来监督运输工会。尽管这样，1961年霍法又给了他的盟友第三份工作：运输工会国际副总裁，这让他拥有了更大的权力。同年，普罗文扎诺和560分会的改革派的成员安东尼·卡斯特里图“埋葬了分歧”，他把安东尼打死后埋在了纽约北部的农场里。

1957年，霍法宣誓就职后的第十天，美国劳联-产联把运输工会踢了出去，说只有他们摆脱了吉米·霍法和他手下的腐败控制，才能重新回归到产业工会联合会。

1957年11月15日，公众知道了阿帕拉契会议的事。和埃德加·胡佛的声明相反，出现了一个国家犯罪集团。这个集团就像个独立的国家，其首都为纽约。

十天后，一个纽约的联邦陪审团指控霍法和布伦南窃听。因为陪审团的意见僵持，立刻又选了一组新的陪审团。第二次审讯中，一名陪审员报告有人贿赂，他马上被要求退出，让另一人顶替了他。这次陪审团认定吉米·霍法无罪。

被击垮的鲍比·肯尼迪仍然指控霍法作伪证，但只持续了一小段时间。因为伪证的证据是约翰尼·迪奥和吉米·霍法之间对话的窃听录音，而这段录音被批准根据纽约法律来审判，按照当时现行的纽约法律规定，此段录音属合法的电话交谈记录。对倒霉的鲍比而言，这只是沃伦法院扩大其对国家和当地警察控制时代的开始。美国最高法院裁定，这样的政府窃听是违宪的，窃听获得的任何证据都是“毒树之果”。于是，没有确凿的证据证明霍法有罪，伪证的指控就这样消除了。

“我在这一切发生的时候加入了工会工作，就在吉米·霍法成为主席之后。窃听审判后，每个人都说他们没有一个足够大的降落伞来拯救从国会大厦跳下的鲍比·肯尼迪。”

## 14

# 不戴面具的枪手

“我飞去底特律，到特朗布尔大道上的299分会报到。那是吉米的根据地，就在老虎体育场的后街上。299分会有个推动成立底特律出租车司机工会的组织。工会大楼正对面就是个很大的出租车停车场，当我的车停到299分会时，看到工会纠察员就在马路对面。我清楚地意识到自己属于这里。能成为299分会的一个组织者，我非常高兴。如果我能做好这里的工作，他们就会让我成为费城107分会的组织者，即便他们需要为我创造一个额外的职位。我有了出人头地的机会。

我已着眼于某一天能成为一个国际卡车司机兄弟会的组织者。那是个非常高的职位，将会走出国家办公室，飞往任何需要的地方。你将得到很多很多好处，并且是既合法又利己。如果不是吉米后来发生了那些事，我现在已经是个兄弟会的组织者了。

我在底特律跟着比尔·伊莎贝尔和山姆·波特温。他们是公关团队，但实际上山姆把比尔当做团队的老大。比尔身高5英尺8英寸，因擅长使用“糖果”出名——不是那种你吃的糖果，而是你用来把东西炸飞的——炸药。他对炸弹非常精通，总是随身携带。他生于爱尔兰，但口音听上去像美国人。他是卡车司机出身，一步步做到今天的位置。比尔常驻圣路易斯，是当地的组织者，而且是圣路易斯联合委员会的组织者，这个委员会是由一位叫哈罗德·吉本斯的优秀工会组织者领导的。吉米 1967 年入会时，本应提名这位哈罗德·吉本斯替代自己的位置，而非弗兰克·菲茨西蒙斯。

山姆来自华盛顿，比比尔更高更胖也更年轻，比我大一点。我当时大约 37 岁。我觉得山姆应该是大学毕业后就加入了工会工作。他们和吉米的关系都非常铁。

出租车司机工会大约有八位组织者。我们每个早晨集合，然后去某个地方纠察、发放传单。比尔和山姆认为这是负责公关的人要做的事情。有时我们会在工会大楼对面的出租车停车场里纠察，有时会在城市的出租车停车点上张贴信息纠察条，比如大型会议中心可可大厅或者华纳酒店。

你要一直跟着出租车司机们，向他们解释入会的好处并让他们在工会卡片上签字。如果百分之三十的司机签了名，劳动法就允许你发起一场选举，决定这些工人是否需要成立工会。但比尔教过我，除非拿到百分之五十的工人的签名，否则不要要求选举，因为低于百分之五十注定要输掉选举。他还告诉我：如果真的获得了选举的权利，其他工会可能介入，并从你手中抢走劳动成果。如果他们有百分之十的签名卡，就会介入选举并可能打败你的工会，让你竹篮子打水一场空。我们曾经被踢出美国劳联-产联，一直以来，我们都担心他们的工会会打入我们的选举，阻挠并偷走我们选举结果，或是调走我们的选票，让谁都赢不了。那是个互相残杀的时代，你不知道去信任谁，只顾拉拢出租车司机在卡片上签名。因为种种原因，那时底特律有许多女同性恋出租车司机，她们想和男人被一视同仁，你就必须尊重这点，否则别想得到签名。

即使司机们签了名，也不意味着他们就一定要在之后的选举中把票投给工会，因为选举都受监督，并且是无记名投票，所以司机们可能仅仅因为想摆脱你才签名，却按照自己的意愿投票，你对此也无能为力！

我当时住在假日酒店，工会替我付住宿费并给我饭费和零花钱，还付给我薪水。

那时赚钱非常轻松，底特律的生活和费城很像，都非常精彩，一分一秒也不觉得无聊。比尔和山姆都是大酒鬼，所以我们经常一起喝酒。

他们告诉我"工会"这个词意义非凡。每个人都要联合起来，向着同一个方向努力，不然工人的日子就不会得到改善。看一个工会多强，其实只要看看其中最弱的人有多强。一旦工会中有不和，雇员就会觉察到并且钻空子。一旦容忍这种不和及反叛势力存在，你就会渐渐失去工会。所以说，一个工会只能有一个老大，老大可以有很多帮手，但是绝不能同时让九个人去单独经营工会，这样做的话，下面的雇员就会做私下交易来瓦解工会。当工会土崩瓦解时，雇主也会开除掉最强的工会成员，让工会彻底失败。

比尔告诉我："反对势力就像战争中的纳粹通敌者们，就像挪威和法国那样，吉米·霍法绝不会姑息反对势力。他倾尽全力每天起早摸黑才创造了如今的工会。看看我们现在的生活多好！造反者什么都没给过我们，而吉米却为我们赢来了养老金，还有你住院时足够照顾你全家的医疗费用。他正在极力争取'主运费协议'，这样全国的司机都能同工同酬。吉米为我们争取到什么，那些美国劳联–产联中的好事者就会跟风，也为他们的会员争取相同的利益，之后又抱怨吉米的策略太粗枝大叶。我告诉你，如果身处战场，就该知道该做些什么才能走到下一步，以及怎样消除前进路上的阻碍。"

一天晚上，我们三个一块儿出去，比尔开车带我们去一家意大利餐馆，那时我只在新岗位上待了几周时间。我坐在后座，比尔从后视镜里看着我说："我们从吉米那里听说你会刷墙。"

我没有回答，只是点了点头，心想：好吧，时候到了。远离市中心的那种文化，进入一种新工作，也不过如此。

"我们在芝加哥有些业务需要处理。那里有个朋友叫乔伊·格里姆科，他管理着那里的 777 分会，海滨那也有他的车。你听说过他吗？"

我依旧没有回答，只是摇了摇头。几周之后，拉塞尔告诉我乔伊·格里姆科过去叫朱塞佩·普里马维拉，一直跟着阿尔·卡彭，在芝加哥来头很大。他有几起因谋杀而被逮捕的案底。在麦克莱伦委员会听证会上，他对每个提问都援引第五修正案，包括问他是否认识吉米·霍法的问题。

比尔说："我们想让你飞去芝加哥，因为那里有个人需要处理，你到机场后会有人来接你。"

不要问我要处理谁或是怎么处理，因为我既不知道也不想和他们谈论。只是一个需要解决的问题，我就为他们处理掉。现在看来像是我一辈子都是在做这些事，如果你把我爸让我去打其他男孩，赢了就给我买啤酒的事一样也算上的话。

毫无疑问，他们需要派个那人不认识的人去，因为街上只要出现他认识的人都是被他欺负过的，他会格外小心。那个人一定不会在意街上某个长得像爱尔兰人的人。他们还想让那人死在人行道上，让大家知道他得到了应有的报应。

任何时候你在报上读到蒙面枪手的报道，尽可放心这个枪手根本没蒙面。街上的目击者总是说枪手蒙着脸，这样枪手那边的人就知道目击者什么都没看到，他也因此不需要担心什么。

我过去就习惯整天飞来飞去，现在我正坐在飞机上准备突袭芝加哥了。我可能只在芝加哥待一个小时，他们帮我准备好了一切，等我处理完那人后就会坐上车扬长而去。他们还会安排其他人坐在被撞毁的车上，如果警车来抓我他们可以挡道。我的车会直接把我送回机场。

当看见机场时我放松了，我知道他们有时会让“牛仔们”替他们干活，一旦成功，也会对“牛仔们”格外照顾，当然，“牛仔们”牺牲了也在所不惜。拉塞尔曾经告诉过我黑手党首卡洛斯·马塞洛很喜欢去西西里招募那些失去父母的孤儿们，再把他们从加拿大偷渡过来，比如从和底特律隔水相对的温莎。那些西西里的战后孤儿们会认为只要完成了任务，就能待在美国，还可能混口饭吃。他们“刷墙”后就会被车带去别的地方，然后他们的家会被“刷墙”，而西西里也没有人会想念他们。因为他们是孤儿，没有家人，就不会有家族仇杀，这一现象在西西里很普遍。

我在车上想到了卡洛斯·马塞洛和他的孤儿们，一路上我都面对这司机。他身材矮小，如果他的手有一秒钟离开方向盘，我都会立马杀了他。我飞回了底特律，比尔和山姆在机场等我，我们一起去吃了晚饭。比尔给了我一个信封，我又还给了他。我说：“就当我帮了朋友个忙。”拉塞尔教了我很多，比如不要贬低自己。他曾告诉我：“如果你帮朋友个忙，那他以后也会帮你忙。”

比尔和山姆借此机会评估了我的工作，他们向吉米·霍法推荐我去工作，这样一来，我又有了学习的好机会。

我们飞去了芝加哥，住在厄齐沃特海滩酒店。工会在酒店18层预留着一个套间，有两个房间，每个房间里有两张床。山姆和比尔住一间，我住在另一间。第二晚，我被介绍给了乔伊·格里姆科。比尔告诉我乔伊负责芝加哥所有地方分会的重大事务，而不只是他的队伍，今后可能派我跟着他。

再后来的一晚，吉米·霍法到了芝加哥，我在酒店对面的乔·斯坦因店里和他见了面。吉米·霍法风度翩翩，他是个很有魅力的男人，也是个很好的聆听者。他问我女儿的情况，并告诉我工会被踢出劳联—产联的原因，就是联合会的头目害怕惹怒了那个被宠坏了的小孩鲍比·肯尼迪，他们会因此被调查，甚至落得像吉米一样最后被指控的结局。重重压力之下，这个人看上去却十分轻松，是个让人愿意和他并肩作战的人。

我向服务生点了瓶基安蒂酒，比尔在桌子下面踢了我下并摇了摇头。我坚持自己的主张，喝了我要的酒。但我发现，之后只要我一拿起酒杯，比尔的脸上就会出现紧张的神情。比尔和山姆一直喝姜味汽水。比尔后来告诉我，晚餐之前他向吉米推荐了我，想让我留下良好的第一印象。

饭桌上，比尔对吉米说的话让我终生难忘。他说："我从来没见过一个人，能像这个爱尔兰人一样，笔直走在人群中却不碰到任何一个人。每个人都自动给他让路，就像摩西分开红海那般。"

吉米看着我说："我觉得你应该在芝加哥再待一阵子。"

芝加哥是个怎样的城市？就是如果你在这里赚不到钱，那么你在任何地方都不会赚到钱。他们把尸体就丢在路边，如果你带着狗，那么你的狗也得死。

他们派我去西塞罗见乔伊·格里姆科帮他解决个问题。我在那迷路了，走进了一个酒吧。西塞罗是以前阿尔·卡彭拥有的小镇。我一走进酒吧问路，就被20个面相狰狞的男子包围住了，每个人都拿着家伙。我感觉自己应该是找对地方了。我告诉他们我要找个朋友，他们让我先坐下，要打电话确认。乔伊·格里姆科来酒吧接我，并把我接到了本应和他碰头的酒吧。

格里姆科面临的问题是，一个货运承运人拒绝加入工会，并且不愿雇用一个被工会辞退的工会管事。这些让乔伊在手下面前没面子，他想让我帮他处理此事。我告诉他没人需要为此事去刷谁的墙。我让他给我一箱那种装在老式罐子里的可口可乐，再给我一个他的手下，我们就能把此事处理好。我来到了货运公司对面的桥上，只要有一辆卡车从他们公司驶出、开入桥下时，我们就把可乐瓶扔到卡车顶上，发出类似爆炸的响声，那些卡车就撞上了桥墩，却完全不知道发生了什么。最后，司机们拒绝将车开出院子，货运公司又重新雇用了那个工会管事，但他却没拿到欠付工资。早知道我该用两箱可乐了。

我晚上住在滨水酒店，吉米·霍法从底特律的家中过来时，多数情况下我会和他住一间。我和山姆还有比尔会在西瓜中切个洞倒进酒，这样吉米就不知道我们在喝酒。吉米会说："你们真是爱吃西瓜啊。"一天晚上，吉米本不应该过来，我把一加仑的酒放在窗边冷却。吉米进来时我已睡着，他进来的声音把我吵醒了。他问："窗口是什么?"，我回答"是月亮吧，吉米。"山姆和比尔说我在吉米这里侥幸逃脱的次数比任何人都多。

吉米每天早上都是第一个起床的。7点整吃早餐，那时你最好已经起床了，不然就没早餐吃。他的儿子小吉米也会来滨水酒店。他是个好孩子，很尊敬爸爸。吉米很自豪他的儿子马上就要去法学院上学了。他现在是运输工会的主席。

我和很多重要人物见了面。萨姆·"莫莫"·詹卡纳会来滨水酒店。起初，我只会在吉米的房间里欢迎他，他们谈公事了我就会走开。那段时间，报纸上经常出现詹卡纳约会名流的新闻。在公众曝光度方面，他和拉塞尔截然相反。

后来，吉米了解我的工作能力后，不管他谈什么事，我都会待在房间里。有一段时间，詹卡纳会带着一个叫杰克·鲁比的达拉斯人。我见过杰克几次，吉米的孩子也在滨水酒店见过他。鲁比是跟着詹卡纳和瑞德·多尔夫曼混的。有一次我们都出去吃饭了，鲁比带着一个从达拉斯带来的金发妞见詹卡纳。毫无疑问，吉米·霍法并不是刚认识杰克·鲁比，而是早就认识他了，而且不是通过詹卡纳，而同样是通过瑞德·多尔夫曼。”

1978年9月，《霍法战争》的作者丹·莫尔德录了一段和吉米的儿子詹姆斯·霍法的对话。莫尔德在他精心研究和论证的作品后记中提及吉米·霍法和他的诸多战争：“我提醒（小吉米·霍法）他曾告诉过我他父亲和杰克·鲁比的关系时，吉米确认有过此事。为了保护自己，我在詹姆斯·霍法不知情的情况下录下了我俩的对话。”

“吉米和萨姆·詹卡纳之间热聊的话题之一就是参议员约翰·肯尼迪即将到来的总统选举。对这件事两人之间有分歧。肯尼迪的老爸曾向詹卡纳承诺自己能控制住鲍比，假如杰克当权的话没人需要再担心鲍比了。在禁酒时期，肯尼迪的老爸跟着意大利人贩卖私酒挣了大钱。他从加拿大运来酒，然后分发给意大利人。多年以来，他和意大利人维持着这种交易，后来他的触角伸向很多合法业务，比如为和他有染的电影明星葛洛丽亚·斯旺森融资拍电影。

萨姆·詹卡纳将会帮约翰·肯尼迪抗击尼克松，詹卡纳的好兄弟弗兰克·辛纳屈以及整个好莱坞都站在肯尼迪一边。詹卡纳说他将帮肯尼迪拿下伊利诺伊州。吉米不相信，想说服他放弃。

吉米告诉他没人能控制鲍比，因为他是个疯子。吉米说人们在麦克莱伦委员会听证会期间去找肯尼迪的老爸，但他对两个百万身家的儿子都束手无策。

詹卡纳告诉吉米，肯尼迪将会帮助他们把卡斯特罗赶出古巴，这样他们就能赢回赌场。吉米说在麦克莱伦委员会听证会之后还相信肯尼迪兄弟俩的话，真是疯了。吉米说尼克松还是会打败肯尼迪，尼克松才是那个会在古巴帮他们的人。詹卡纳说古巴发生的一切都是在艾森豪威尔和尼克松管理下发生的，共和党人有什么好的？能听到这些话可真不简单。因为没过几年阿帕拉契就告诉全世界有黑手党这么个组织。他们在这里讨论芝加哥的黑帮队伍能否帮助总统竞选。无论你在哪里长大，应该都知道当地的选举其实是内定的，费城还有其他地方的选举都是内定的。但是黑手党参与选举却意义非凡，与此相关的高层对话在我眼前真实发生着。

结果运输工会成了1960年总统选举中唯一支持尼克松的工会。现在，历史频道对此已直言不讳了。肯尼迪赢得选举的原因之一就是萨姆·詹卡纳靠着死人的虚假选票为他赢下了伊利诺伊州，那些人的名字被从墓碑上抹掉了。

我知道古巴对我东部的朋友以及他们在古巴的朋友们有多重要。当卡斯特罗刚开始驱赶开赌场的人，并没收他们的赌场、兄弟、房子、银行存款以及他们在古巴拥有的一切时，拉塞尔就带着我去了古巴。我从没见过拉塞尔如此抓狂，他上次如此抓狂还是去看他佛罗里达的朋友、被共产党抓捕并关在监狱的桑托·特拉菲坎特，当时我还不在他身边。我听到谣言说萨姆·詹卡纳不得不把杰克·鲁比送去古巴，花钱把桑托救出来。

那段时间，我在工会的地位又提升了，经常往返费城107分会和芝加哥777分会去见比尔、山姆和乔伊·格里姆科。我不再走纠察线或逼着工人们签名，而是负责管理纠察员，确保他们出现。他们管我叫纠察线的“肌肉”，因为我要确保纠察线井然有序。如果有罢工的人没出现或是拉长了他的工作时间，我保证他那天一个子也得不到。

费城107分会是全国第四大分会，总是有很多问题。它太过庞大，很难管理。美国参议院调查过其腐败问题，所以分会主席雷蒙德·科恩一直都如坐针毡。107分会里一直存在派系之争。乔伊·麦克格雷尔有一帮壮汉，他想尽一切办法挑拨关系最后自己接管分会。我也不支持雷蒙德·科恩，他想要铁腕管理，对工人很不尊重。每月我都要通过拿走他的车或是他的报销单等方式来让他收敛点。他在公开场合大力支持吉米·霍法，所以他向吉米抱怨了我的所作所为。

但科恩不知道的是，其实是霍法下命令让比尔和山姆鼓励我这么做的。科恩在国际工会里地位很高，他是三个理事之一。但他只在公开场合支持吉米，吉米要推进一件事时，他又会在内部抵制。举个例子：他反对吉米推进全国卡车司机合同，就是“主运费协议”，那可是吉米最大的梦想。科恩就是个大笑话，最后被指控挪用公款，工会终于摆脱了他。

吉米在波多黎各有个叫弗兰克·查韦斯的忠实支持者。然而，弗兰克又是个麻烦制造者。他很容易激动，也就是他在约翰·肯尼迪被刺杀的当天从波多黎各的分会里写信给鲍比·肯尼迪。他在信中说，为了纪念鲍比·肯尼迪对吉米·霍法做过的一切坏事，他的波多黎各分会将给李·哈维·奥斯瓦尔德的坟墓献花，永不间断。那还是会让你不寒而栗。让逝者安息吧，你尊敬逝者，特别是李·哈维·奥斯瓦尔德。他是战争中的英雄，在鱼雷艇事故中保卫了自己人。鲍比虽是个混蛋，但是他刚刚失去了兄弟，他一定已经知道所有一切都与自己相关，一切都是他的错。

弗兰克·查维斯在波多黎各和大保罗·霍尔的海员国际工会有一起管辖权争议。保罗·霍尔是劳联—产联的人，他们想代表码头上的司机们，这些司机因为在码头上，所以能运走船上的货物。但是也因为他们是司机，弗兰克·查韦斯想要他们加入运输工会。霍法和霍尔彼此憎恨对方。保罗·霍尔是把运输工会赶出劳联—产联的人之一，如今吉米·霍法相信，霍尔正想方设法打击自己和运输工会。这将会是一场血腥的战争，每一方都有各自的队伍。

一天晚上，我接到吉米从费城打来的电话，让我第二天早晨飞波多黎各去处理点事，再飞芝加哥去处理点事，晚上 8 点在旧金山的费尔蒙酒店和吉米见面。

只有电影或漫画书里才会直接说让你去做掉某人，这里所有人只会说他们想让你把事情处理掉。他们会说随便你用什么方式，只要处理掉就行。你到了那儿，会有人把一切安排好，只要做完你该做的，然后回到指派你来的人那里向他报告，以防他们可能还会有什么指示。就像战斗中你夜间巡逻后回来报告一样，报告完就能回家了。

一天时间里，我飞到波多黎各处理了两件事，又飞到芝加哥处理了一件事，然后飞到旧金山，在一家酒吧里喝了几杯红酒，因为我知道去费尔蒙见吉米、向他报告的时候不会有东西喝。我在八点整时走进吉米的酒店，他冲我大叫，说我让他久等了。

我说："我准时到的，吉米，现在正好八点。"

吉米说："就不能更早吗。"”

同一年，过了一段时间，约翰·肯尼迪以微弱优势当选总统。他上任的第一件事就是任命自己的弟弟为美国司法部长，这样鲍比就掌管了司法部、所有美国的律师、联邦调查局和联邦调查局局长埃德加·胡佛。鲍比·肯尼迪做的第一件事就是打压那些帮助他哥哥当选的人。美国历史上第一次出现司法部长指派他的办公室根除犯罪组织的事儿。

为此，鲍比·肯尼迪在司法部里成立了一个律师和调查员小组，他在麦克莱伦委员会听证会上让得力助手沃尔特·谢里丹掌管这个队伍。鲍比还亲自挑选队伍成员，他们处理的事十分有限，却有个十分微妙的名字，叫“缉拿霍法小组”。

> “一切，我是说一切的一切，都是那时候种下的果子。”

# 15
# 送一个信封表达敬意

“在费城107分会工作时，我会时不时回到老达比社区我父母住的地方。只有在这里，我才能够因为自己是一名爱尔兰天主教徒而高兴，因为杰克·肯尼迪[①]马上要做美国总统了。在老达比社区，我旧时的同伴扬克·奎恩他们谈到约翰·肯尼迪这个爱尔兰裔总统还是很高兴的。他是美国历史上第一位信仰天主教的爱尔兰裔总统，更不用说在二战期间也曾和我们一样英勇战斗。在我童年时，只有一名爱尔兰裔天主教徒政治家，他的名字叫艾尔·史密斯，来自纽约，也曾竞选过总统。“我宁愿不做总统，也要做正确的事。”这一名言就出自他口。只是当时，美国人都担心艾尔·史密斯作为一个天主教徒，会听从教皇的命令。据说，这就是他竞选失败的原因。

毫无疑问，和吉米·霍法待在一起，我是不会说一句杰克·肯尼迪好话的。在杰克·肯尼迪任命鲍比·肯尼迪担任司法部长后，我更是不会在他面前提及杰克·肯尼迪的名字。早在肯尼迪宣布竞选总统前，吉米·霍法就知道这会对自己不利，不过吉米和拉塞尔还有其他人都只是将杰克·肯尼迪的竞选，视作老约瑟夫·肯尼迪对于老朋友的无耻攻击。吉米早就预测到针对他

---

① 杰克（Jack）是约翰（John）的昵称。

的司法行动定会越来越糟糕。

吉米曾这样说："鲍比这个黄鼠狼很清楚他能当上司法部长全靠他的哥哥。没有哥哥，他什么都不是。鲍比早就对（司法部长）这一职务垂涎欲滴了。他们两兄弟都是最虚伪的伪君子。我们芝加哥的朋友肯定是吃错了药，才会去追捧好莱坞那个明星还有弗兰克·辛纳屈那个歌手。我试着劝过詹卡纳。他们真应该被称作'鼠帮'，全是一群一无是处的老鼠。"

拉塞尔本人不怎么喜欢弗兰克·辛纳屈，也不喜欢那个好莱坞明星。拉塞尔不会容忍辛纳屈在他面前多嘴多舌、自作聪明。辛纳屈在拉塞尔面前从来都是规规矩矩的。一天晚上在亚特兰大城的伍佰俱乐部，我听见拉塞尔对辛纳屈说："快坐下，不然我就把你舌头扯出来塞进你的屁股里。"辛纳屈酒品不好，一喝醉酒就变成了混蛋，他会穿上一件猩猩服，然后找人打架，因为他知道肯定会有人劝架。而我如果喝醉了就想唱歌跳舞。我想辛纳屈也许觉得自己已经是个歌手和舞蹈家了吧。

比尔·伊莎贝尔告诉我，吉米在遭遇鲍比·肯尼迪挡道之后，就性情大变了。这就像一个老故事中讲到的追逐白鲸的人。只不过，鲍比和吉米都是追逐白鲸的人，同时又都是被对方追逐的那头白鲸。事实上，吉米确实喜欢深海钓鱼。国际卡车司机兄弟会在迈阿密海滩专门为吉米准备了一条 40 英尺长的船，有一个全职船长，以及可供 6 个人睡觉的床铺。有一次，吉米邀请我和他一起深海垂钓，我对他说："我不喜欢走远。"

1961 年的某个晚上，我和拉塞尔一起在费城用餐。我知道那是复活节前夕，因为每个复活节和圣诞节的前夕，人们一般都会在聚会上给某个老板一个信封表达敬意。拉塞尔这一年为我做了很多事，圣诞节前我在聚会上已给过他一个信封，不过复活节的信封还没有给。事实上，当时也许是圣诞节那场聚会刚刚过去几周吧。次年，拉塞尔就不要我的信封了。相反，他开始送我礼物——比如珠宝。

在这一晚，我和拉塞尔在考斯小意大利餐厅吃饭，拉塞尔告诉我肯尼迪总统计划对古巴采取行动。之前，我多次为吉米和詹卡纳传信——口信，已经猜测到古巴会有事情发生了。

拉塞尔告诉我，在禁酒令期间，老肯尼迪从美国的每一瓶苏格兰威士忌酒中都能赚一美元。他告诉我老肯尼迪能够控制他的总统儿子，让他帮忙对付古巴，终止麦克莱伦听证会，不再让政府压着大家。

现在回想起来，我觉得老肯尼迪一定让肯尼迪总统对古巴采取行动，以偿还山姆·詹卡纳帮他竞选的人情。古巴行动就是他们父子表达敬意的信封。肯尼迪表面上会显得在帮助他们收回在古巴的赌场、赛马场和其他产业。在古巴，他们的业务还包括捕虾船以及其他合法产业。

拉塞尔患有白内障，不喜欢开车。如果他需要到很远的地方，而我正好在东部的话，我还是会开车送他，因为我自由时间很多。107 分会并不总是有事情让我做。那时的我更像是 107 分会的救火员，等着火灾发生随时扑救。在芝加哥和费城，似乎总是有“火灾”发生，而数月之后，107 分会也开始发热了。

拉塞尔一坐进我的林肯车，就睡着了。他的睡眠很好，这是被训练出来的，睡觉对他来说就像是良药，中午他也总是午休一会儿。他也让我这样做，不过我做不到。战争结束以来，我晚上一般只能睡三四个小时。战争让我学会睡得更少，因为战争期间经常得突然醒来，跳下床就跑。拉塞尔在我离费城赛马场不远的公寓过夜时，我们通常看比赛到晚上 11 点，他就回房间睡觉了。

而我却要再听听广播，喝点酒，读会儿书，直到凌晨两点再睡觉。

有一天晚上，拉塞尔让我开车送他到底特律。他坐进车里，我还没有将车倒出来，他就睡着了。我的车上有一个民用波段无线电，我一直听着路障和警察的消息。夜晚很安静，车子以 90 到 100 码的速度飞驰。等拉塞尔睁开眼睛，我们已经到了底特律。他看了看自己的手表说："下次，我要坐飞机了。"

拉塞尔喜欢让我开车到西部的匹茨堡地区拜访新肯辛顿的密友凯利·曼纳里诺。他们两个会一起做番茄汁，不过他们称之为"肉汤"，两人一做就是一天，有时还会做一整晚。如果你吃了拉塞尔做的饭菜，就必须吃凯利做的，最后会吃撑。拉塞尔很擅长做熏火腿肉汁，凯利做得也不赖。他们就像是搞一场竞赛。不过最后胜出的往往都是家酿的美酒和休闲放松。他们两人都很幽默，总是拿对方烹制的食物开玩笑。拉塞尔对待我就像儿子一样。他和嘉丽没有孩子。我也不知道我算不算他儿子。不过我知道他一直喜欢我待在他身边，要不是这样我早就死了，现在也不能安稳地坐在这儿。

我只见过拉塞尔动过一次情，那是 1980 年凯利得癌症时，就是我在费城第一次被审判前。6 个月之内，凯利瘦到不足 100 磅，拉塞尔一看到他就放声大哭。

凯利有一家糖果厂，生产表面涂有巧克力、里面填充有可可豆和花生黄油牛奶糖的复活节鸡蛋。我在服刑时，常常送这种复活节鸡蛋给我律师的太太。

凯利弟兄和迈耶·兰斯基是哈瓦那圣苏锡赌场的合伙人。人们提到所谓的黑帮就会想到黑手党或是意大利人，其实意大利黑手党只是黑帮的一部分，除此之外还有犹太帮和其他黑帮，不过他们都是一回事。凯利、拉塞尔和兰斯基关系密切，兰斯基很受人尊重。

绰号“蓝眼睛吉米”的文森特·阿洛，那个在逃出古巴的船上打赌拉塞尔戒不掉烟的家伙，就是兰斯基的同伙。“蓝眼睛”吉米是意大利人，是兰斯基最好的朋友，他们之间的关系就像凯利和拉塞尔一样铁。

我是在佛罗里达州好莱坞市[1]的黄金海岸酒吧被介绍给兰斯基的。当时我到酒吧同拉塞尔见面，而兰斯基离开桌子，我甚至没有同他说话。不过我后来入狱，我弟弟得了癌症，弗吉尼亚的医生不愿意给他用吗啡止痛，拉塞尔从狱中给兰斯基打电话，兰斯基找了一个医生帮忙减轻我弟弟的痛苦。兰斯基、凯利兄弟和拉塞尔在古巴都损失惨重。

拉塞尔和凯利之间有很多交易。他们俩和安吉罗一样，都坚决反对毒品。他们的地盘上没有毒品。凯利、安吉罗和拉塞尔心肠都很好。拉塞尔对他周围的穷人百般照顾，感恩节和圣诞节或是他们有任何需要时，拉塞尔会送给他们食物，冬天则会送给他们煤供他们取暖。凯利也是这样。

我曾经常开车载着拉塞尔到佛罗里达好莱坞的黄金海岸酒吧同人会面。遇到急事，我们也会坐飞机去，不过通常我们都是驱车前往。这个酒吧是拉塞尔家族的，来自全国不同地方的人都去那里见面，那里有佛罗里达最好的石蟹。拉塞尔每年都会去那里很多次，同来自佛罗里达的圣·特拉菲坎特和来自新奥尔良的卡洛斯·马塞洛会面。我在那儿见过特拉菲坎特的律师弗兰克·拉加诺。他们将拉加诺借给吉米帮他打官司，这些官司都是鲍比·肯尼迪和“缉拿霍法小组”搞出来的。

---

① 美国佛罗里达州布劳沃德县的一个城市，位于佛罗里达半岛东部，面临大西洋。

我在那里也见过马塞洛的飞行员戴夫·菲利。后来听人说他是一个同性恋，不过他即便是的话当时也没有挑逗我。我见他的时候，他还留着头发。人们说，后来他变得古里古怪，走到哪儿都手提着化妆品盒子。我能感觉到他痛恨卡斯特罗，同佛罗里达州反卡斯特罗的那帮古巴人关系密切。

在黄金海岸酒吧见过戴夫·菲利数周后的一个早晨，我在费城分会接到吉米·霍法的电话，他让我去核查下我们商量过的事情。他的意思是让我去常用的一个收费电话那里等他的电话。我赶到收费电话那里，电话响了，我听到吉米问："是你吗？"我说："是的。"

他说："我同你的朋友谈过了，他让我转告你，明天带上一辆安全的重型卡车去巴尔的摩城外东方大道上的哈利·C.坎贝尔水泥厂。你会找到的，带上人帮你开车，不要忘了给你的朋友打电话。"

我挂断电话，用收费电话给拉塞尔打了电话，说我接到了那个人的电话，拉塞尔说了声好，我们就挂断了电话。

我开车到费城的迈尔斯通托运公司见菲尔·迈尔斯通。他过去欠了一大笔钱还不上，就通过帮忙的方式来偿还，比如付给我工资，我却不用干活。他以前是走私酒的，是个好人。他不是内奸，从他那里搞到一辆卡车很安全。菲尔最后因为贿赂一位美国国税局的职员而锒铛入狱。

菲尔交给我一辆卡车，我又让一个年轻人杰克·弗林给我开车。（1995年，我因违反假释在监狱服刑时，年轻的杰克坐在自己车中心脏病发作去世了，我打了一个电话，为他的女朋友争取到了工会的死亡抚恤金。）我们开着迈尔斯通托运公司的卡车到了巴尔的摩，驶进了坎贝尔水泥厂。最近我又去了那里一次，发现现在厂子名字改成了班萨尔，房子多了好几栋，不过那座老石头建筑仍然还在。1961年，那里有一小段飞机起落跑道。跑道上停着一架小飞机，我在黄金海岸酒吧遇到的马塞洛的飞行员戴夫·菲利从飞机上下来，走到我带来的重型卡车前，指挥我们将卡车倒到几辆军用卡车旁边。突然间，一帮军人从一栋房子里走了出来，开始从他们军用卡车中卸下军装、武器、弹药装到我们的卡车上。

戴夫·菲利告诉我这些军用物资是从马里兰国民警卫队调过来的。他给了我这些装备的证明文件，以防中途被人拦截。他让我们将这些装备运到佛罗里达橙县的一个没落的高尔夫球场，就在杰克逊维尔城外。他说一个大耳朵名叫亨特的家伙会在那里接应我们。

我们沿着老13号公路往前行驶。我以前曾经为佛罗里达的美食节运过咖啡，回程则运一些橘子。我过去常停下来吃辣椒热狗，这在北方是吃不到的。我们开了21个小时才到达目的地，我把装备交接给亨特和一些反对卡斯特罗的古巴人。杰克·弗林待在佛罗里达，等着把卡车再开回去，我则飞回了费城。亨特后来上电视了，他就是参与策划了水门事件的霍华德·亨特[①]，不过反正他当时已和中央情报局有染。亨特的耳朵后来做了手术，因为我再次见到他时，他的耳朵紧贴着脑袋。

我开车到金士顿向拉塞尔汇报了这件事，他告诉我说古巴会有大事发生，这也是吉米让我开卡车到佛罗里达的原因所在。他对我说吉米·霍法对肯尼迪兄弟没有成见，吉米在这件事上配合是出于对山姆·詹卡纳和拉塞尔的敬意，因为从共产主义者手

---

① 霍华德·亨特（E.Howard Hunter，1918—2007），1949年至1970年供职于中央情报局，是尼克松在白宫“水管工团队”的一员，专门处理总统的政务信息泄露的问题。

中夺回古巴对大家都有好处，即便这样做的结果对肯尼迪兄弟也有利。

然后，那年4月，我在电视上听到肯尼迪总统搞砸了从猪湾入侵对付卡斯特罗的事情。在最后一刻，肯尼迪决定放弃派美国空军支援登陆的步兵。我本来认为肯尼迪打过仗，不应该这么外行。没有空中支援，派陆军登陆是行不通的。反对卡斯特罗的古巴人甚至未能将舰船靠岸炮轰岸上的滩头堡，入侵的士兵就全成了呆头鹅。那些没有被当场打死的人都被共产党抓获了，鬼才晓得那帮人的结局如何。

肯尼迪兄弟估计连只有一辆车的葬礼也会搞砸吧，我想。

我飞到黄金海岸，同拉塞尔一起面见了圣·特拉菲坎特等人。我从来没有听过任何一个人，包括拉塞尔在内，提及他们同肯尼迪政府一起密谋用毒药或是子弹暗杀卡斯特罗，不过十年后这些消息却见诸报端。他们常说黑帮分子只会自己动手。也许他们觉得卡斯特罗和他们是一类人。卡斯特罗也是一个老板，也有一批手下和自己的地盘。卡斯特罗侵入了他们的地盘，抢走了他们的财产把他们踢了出来。没有哪一个老板能容忍这种事。

我确信在黄金海岸酒吧聚会的人中有几个人认为老肯尼迪和他们是自己人。因此，从某种意义上说，他们将老肯尼迪的儿子杰克和鲍比也视为自己一伙。”

1975年夏，美国参议院召开了闭门听证会，调查黑帮分子卷入猪湾入侵事件和阴谋用毒药暗杀卡斯特罗的情况。参议院设立的调查委员会由爱达荷州的参议员弗兰克·丘奇担任主席，后来这个委员会也被称为丘奇委员会。在1975年的这次听证会上，中情局令人震惊地向丘奇委员会承认了黑帮参与猪湾事件，和同中情局一起刺杀卡斯特罗的密谋。这个密谋被称作“猫鼬计划”。

在去丘奇委员会作证的前几天，萨姆·詹卡纳被刺杀了。他永远无法作证了。不过詹卡纳的助理出面作证。英俊而精悍的约翰尼·罗赛利最终在闭门听证会上宣誓作证。之后仅仅过了数月，约翰尼·罗赛利也被刺杀了，他的尸体被塞进了一个油桶里。

在丘奇委员会即将结束听证时，《时代周刊》在 1975 年 6 月 9 日报道称，拉塞尔·布法里诺和萨姆·詹卡纳都是猪湾入侵事件和刺杀卡斯特罗事件中同中情局有干系的黑帮头子。

通过自己的独立调查和中情局的坦白交代，丘奇委员会最后起草了法案，禁止中情局插手主权国家的事务。这项法案被通过了。丘奇委员会的工作，他们的调查结果以及他们对中情局的司法改革在 9·11 事件后引起了巨大争议，一些专家觉得丘奇委员会对于中情局的活动限制得太过了。

“不管古巴情况如何，工会的事情还是要处理。大约在 1961 年 7 月，吉米任命我担任在佛罗里达州迈阿密海滩多维尔宾馆举办的运输工会大会的警卫官。工会大会每五年举办一次，选举工会官员并处理一些其他事宜。这次大会我听到的最好消息，就是报销的额度大幅增加了。我从小就很穷，觉得报销账目是顶好的东西。

1961 年是我第一次参加大会。雷蒙德·科恩不想让我参加，不过这是吉米的意思，科恩也没有办法。作为警卫官之一，我的任务主要是核查每个与会人员的证件。劳联—产联想派探子进入，联邦调查局当然也想混进去。不过他们没有给我造成很大麻烦。他们试图进入，在被赶走后，就待在周边企图从远处偷听、窥探。现在回想起来，也许劳联—产联和联邦调查局早已经在大会会场中装好了窃听器。他们试图从前门进入，是想让我们觉得已经把他们堵在了外面。

对我来说，报社的摄影记者们才是大麻烦。你把他们从开幕式推走，他们又会带着自己闪闪发光的镁光灯试图偷偷溜进去。其中有一个家伙真的把我激怒了。

我对分派到门口执勤的警察说："我觉得我需要一个外科医生，你能通过无线电呼叫吗？"

"外科医生？"那个警察问我，"你要医生干什么？"

"不是医生，"我说，"我需要一个外科医生来做个手术，将这个摄影师的摄像机从他的屁股上取下来，不然下次这个相机再晃动就会爆炸了。"

那个警察听后也忍不住哈哈大笑。

我猜，大约是在 1961 年的那次大会前一个月左右，吉米的好朋友欧文·伯特·布伦南因心脏病去世了。一些人认为布伦南是因为鲍比·肯尼迪调查他同吉米·霍法的交易忧虑而死的。

因为伙伴布伦南的去世，吉米得重新选定一个副主席。候选人有两名，其中之一是弗兰克·菲茨西蒙斯，另一个是克罗格罢工中的"草莓小子"鲍勃·霍姆斯，吉米通过掷硬币的方式选择了前者。后来，这次掷硬币的结果使得菲茨在吉米入狱后接替了吉米的职务。鲍勃·霍姆斯对霍法忠心耿耿。他最初是一名英国矿工，参加过吉米在克罗格公司的码头和草莓有关的首次罢工。鲍勃·霍姆斯绝不会背叛吉米，做出菲茨后来做的事情。我想如果吉米按照自己的直觉，而不是通过掷硬币的方式来决定事情的话，我现在就会以国际卡车司机兄弟会召集人的身份光荣退休了。

在大会上，吉米掌握着麦克风的开关，如果听到了不想听的内容，他就把麦克风直接关掉说：“伙计，你违反了会议议程，闭嘴吧。”就是在这个大会上，吉米说了这样的名言：“我也许有毛病，不过从来不犯错。”

吉米提名了菲茨，菲茨在 1961 年大会上当选了副主席。菲茨拿起麦克风一直在吹捧吉米·霍法。这实际上是在向霍法“宣誓效忠”，不过我们都知道后来结果如何。

另一个副主席的职务，霍法也选好了人，他提名了新泽西的那个“小个头”，绰号叫“普罗”的安东尼·普罗文扎诺，最后代表们也投票通过了。我们都知道后来结果如何。”

弗兰克·“爱尔兰人”·希兰，大约摄于 1970 年。感谢弗兰克·希兰提供照片。

弗兰克·希兰（左）和他的战友阿莱克斯·西格尔，拍摄这张照片后的一个月，西格尔在萨勒诺登陆中身亡。照片由弗兰克·希兰提供。

弗兰克·希兰与好哥们查理·“狄格西”·梅尔斯一起庆祝二战结束。照片由弗兰克·希兰提供。

希兰（左上）在底特律首度工作时和共事的运输工会组织者合影。照片由弗兰克·希兰提供。

1961 年，运输工会大会，迈阿密海滩，佛罗里达。希兰（右）和这次大会的其他警卫官。照片由弗兰克·希兰提供。

在 1958 年麦克莱伦委员会的一次会议上，吉米·霍法对宿敌鲍比·肯尼迪做出挑衅的姿态。©Bettmann/Corbis

在一次设计好的突击圈套中，参议院调查员约翰·切斯特正将一些机密文件塞给霍法，后者为这些机要信息付了 2000 美元。©Bettmann/Corbis

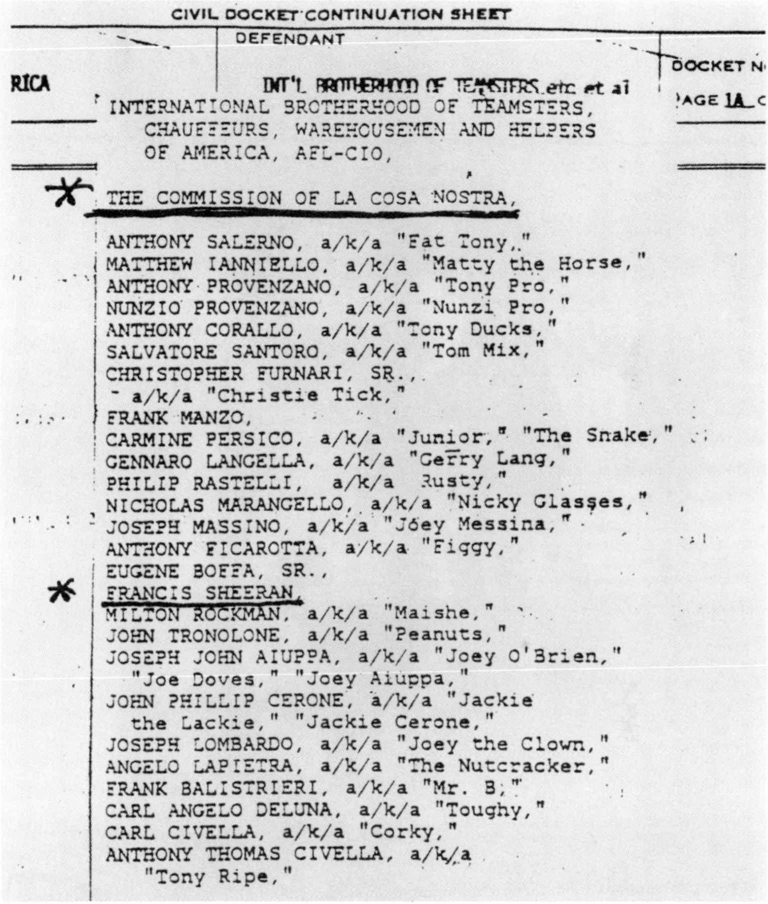

CIVIL DOCKET CONTINUATION SHEET

DEFENDANT

RICA

INT'L BROTHERHOOD OF TEAMSTERS etc et al

DOCKET N

PAGE 1A

INTERNATIONAL BROTHERHOOD OF TEAMSTERS,
CHAUFFEURS, WAREHOUSEMEN AND HELPERS
OF AMERICA, AFL-CIO,

* THE COMMISSION OF LA COSA NOSTRA,

ANTHONY SALERNO, a/k/a "Fat Tony,"
MATTHEW IANNIELLO, a/k/a "Matty the Horse,"
ANTHONY PROVENZANO, a/k/a "Tony Pro,"
NUNZIO PROVENZANO, a/k/a "Nunzi Pro,"
ANTHONY CORALLO, a/k/a "Tony Ducks,"
SALVATORE SANTORO, a/k/a "Tom Mix,"
CHRISTOPHER FURNARI, SR.,
a/k/a "Christie Tick,"
FRANK MANZO,
CARMINE PERSICO, a/k/a "Junior," "The Snake,"
GENNARO LANGELLA, a/k/a "Gerry Lang,"
PHILIP RASTELLI, a/k/a "Rusty,"
NICHOLAS MARANGELLO, a/k/a "Nicky Glasses,"
JOSEPH MASSINO, a/k/a "Joey Messina,"
ANTHONY FICAROTTA, a/k/a "Figgy,"
EUGENE BOFFA, SR.,
* FRANCIS SHEERAN,
MILTON ROCKMAN, a/k/a "Maishe,"
JOHN TRONOLONE, a/k/a "Peanuts,"
JOSEPH JOHN AIUPPA, a/k/a "Joey O'Brien,"
"Joe Doves," "Joey Aiuppa,"
JOHN PHILLIP CERONE, a/k/a "Jackie
the Lackie," "Jackie Cerone,"
JOSEPH LOMBARDO, a/k/a "Joey the Clown,"
ANGELO LAPIETRA, a/k/a "The Nutcracker,"
FRANK BALISTRIERI, a/k/a "Mr. B,"
CARL ANGELO DELUNA, a/k/a "Toughy,"
CARL CIVELLA, a/k/a "Corky,"
ANTHONY THOMAS CIVELLA, a/k/a
"Tony Ripe,"

美国联邦检查官鲁迪·朱利安尼针对黑帮提起的《反黑法》诉讼文件的首页，标明希兰是黑帮匪首名单中仅有的两个非意大利人之一。

1967 年，杰米·霍法在和押送他去路易斯堡监狱的司法官告别。

234

# Richard Nixon

## President of the United States of America

To all to whom these presents shall come, Greeting:

Whereas James R. Hoffa, also known as James Riddle Hoffa, was convicted in the United States District Court for the Eastern District of Tennessee on an indictment (No. 11,989) charging violation of Section 1503, Title 18, United States Code, and on March twelfth, 1964, was sentenced to serve eight years' imprisonment and to pay a fine of ten thousand dollars ($10,000); and

WHEREAS the said James R. Hoffa was convicted in the United States District Court for the Northern District of Illinois on an indictment charging violation of Sections 371, 1341 and 1343, Title 18, United States Code, and on July fourteenth, 1969, was sentenced to serve five years' imprisonment consecutive to the aforesaid sentence imposed by the United States District Court for the Eastern District of Tennessee and to pay a fine of ten thousand dollars ($10,000); and

WHEREAS the aforesaid convictions were affirmed on appeal; and

WHEREAS the said James R. Hoffa paid the aforesaid fines and was committed to the United States Penitentiary, Lewisburg, Pennsylvania, on March seventh, 1967, and will be eligible for release therefrom with credit for statutory good time on November twenty-eighth, 1975; and

WHEREAS it has been made to appear that the ends of justice do not require that the aforesaid sentences be served in their entirety:

尼克松给霍法的总统特赦令文件首页。

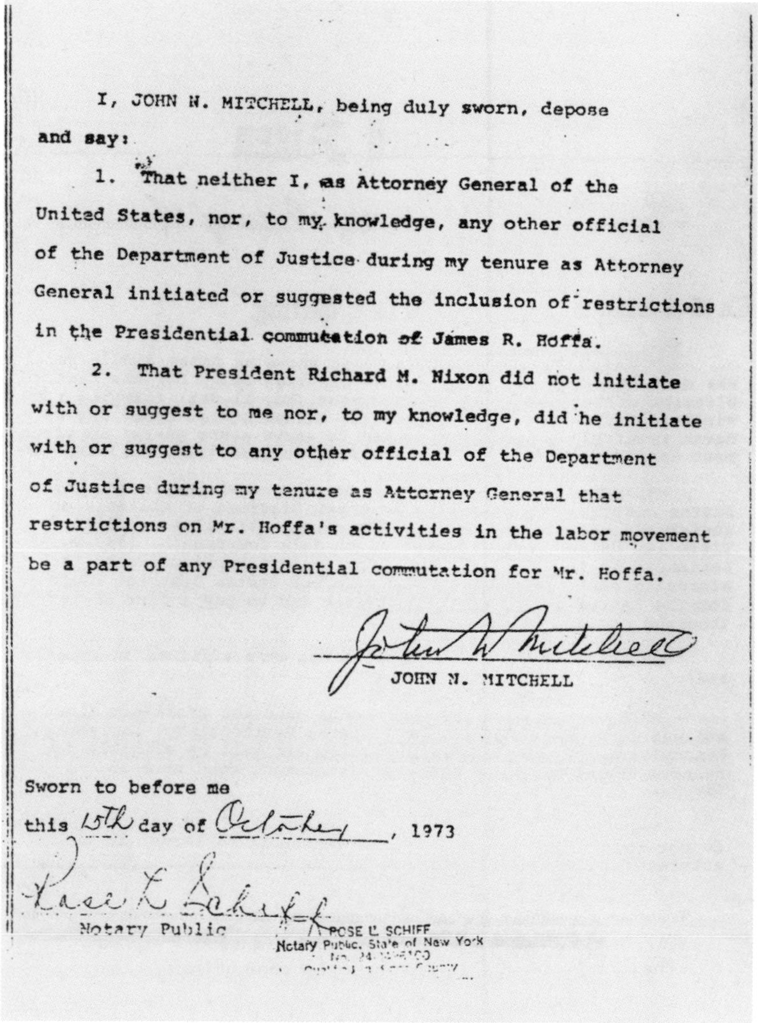

I, JOHN N. MITCHELL, being duly sworn, depose and say:

1. That neither I, as Attorney General of the United States, nor, to my knowledge, any other official of the Department of Justice during my tenure as Attorney General initiated or suggested the inclusion of restrictions in the Presidential commutation of James R. Hoffa.

2. That President Richard M. Nixon did not initiate with or suggest to me nor, to my knowledge, did he initiate with or suggest to any other official of the Department of Justice during my tenure as Attorney General that restrictions on Mr. Hoffa's activities in the labor movement be a part of any Presidential commutation for Mr. Hoffa.

John N. Mitchell

JOHN N. MITCHELL

Sworn to before me

this 15th day of October, 1973

Rose L. Schiff

Notary Public

ROSE L. SCHIFF

Notary Public, State of New York

约翰·米切尔声援霍法要求解除尼克松总统特赦的限制条款的宣誓书。

弗兰克·希兰："我永远都会是霍法的人，直到他们用铁锹砸我的脸，偷走了我的袖扣。"希兰的袖扣是拉塞尔·布法里诺赠送给他的礼物。照片由弗兰克·希兰提供。

弗兰克·希兰感恩之夜，1974。市民弗兰克·里佐（与希兰握手者），屋顶工人工会主席约翰·麦卡洛（右二）和民权运动领袖塞西尔·B. 摩尔（后排右一）都出席了晚宴。照片由弗兰克·希兰提供。

拉塞尔·布法里诺，大约拍摄于1968年。
©Bettmann/Corbis

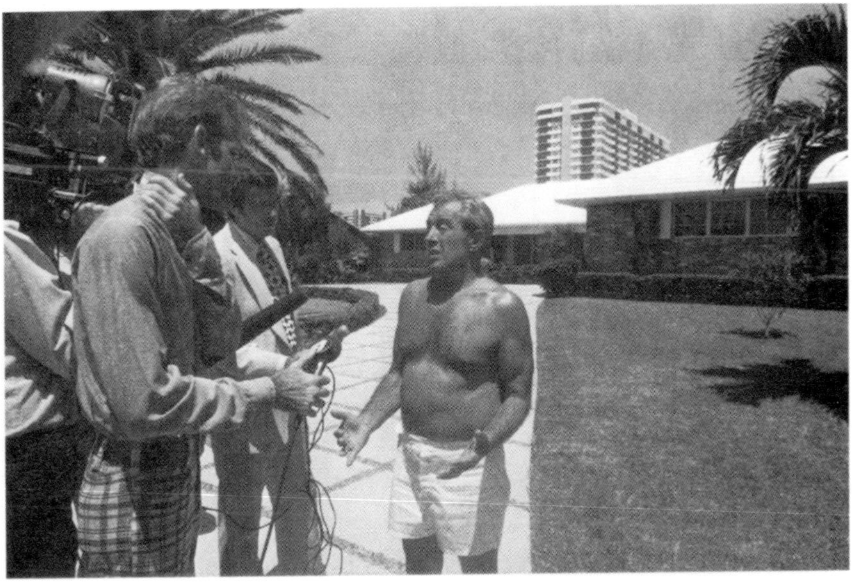

1975 年 8 月 5 日，安东尼·“托尼·普罗”·普罗文扎诺在维苏威会议后的第二天会见新闻记者。©Bettmann/Corbis

1975 年 12 月，萨尔·“萨利·巴格斯”·布里古格里奥为“霍法失踪案”在大陪审团前作证后。©AP/Wide World Photos

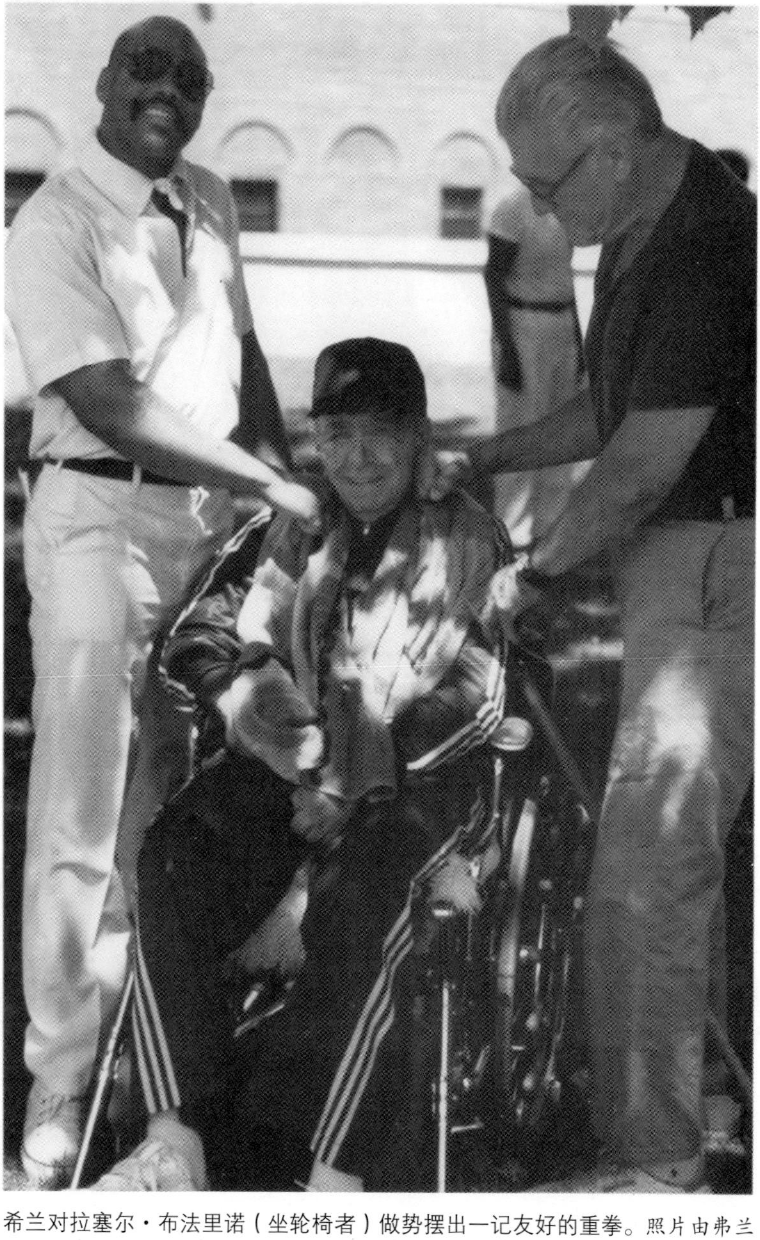

希兰对拉塞尔·布法里诺（坐轮椅者）做势摆出一记友好的重拳。照片由弗兰克·希兰提供。

希兰指着原马楚斯红狐狸餐厅的入口。外后视镜里就是霍法用来联络妻子的公用电话。照片由查尔斯·勃兰特提供。

杰米·霍法 1975 年 7 月 30 日走进的那栋房子。照片由查尔斯·勃兰特提供。

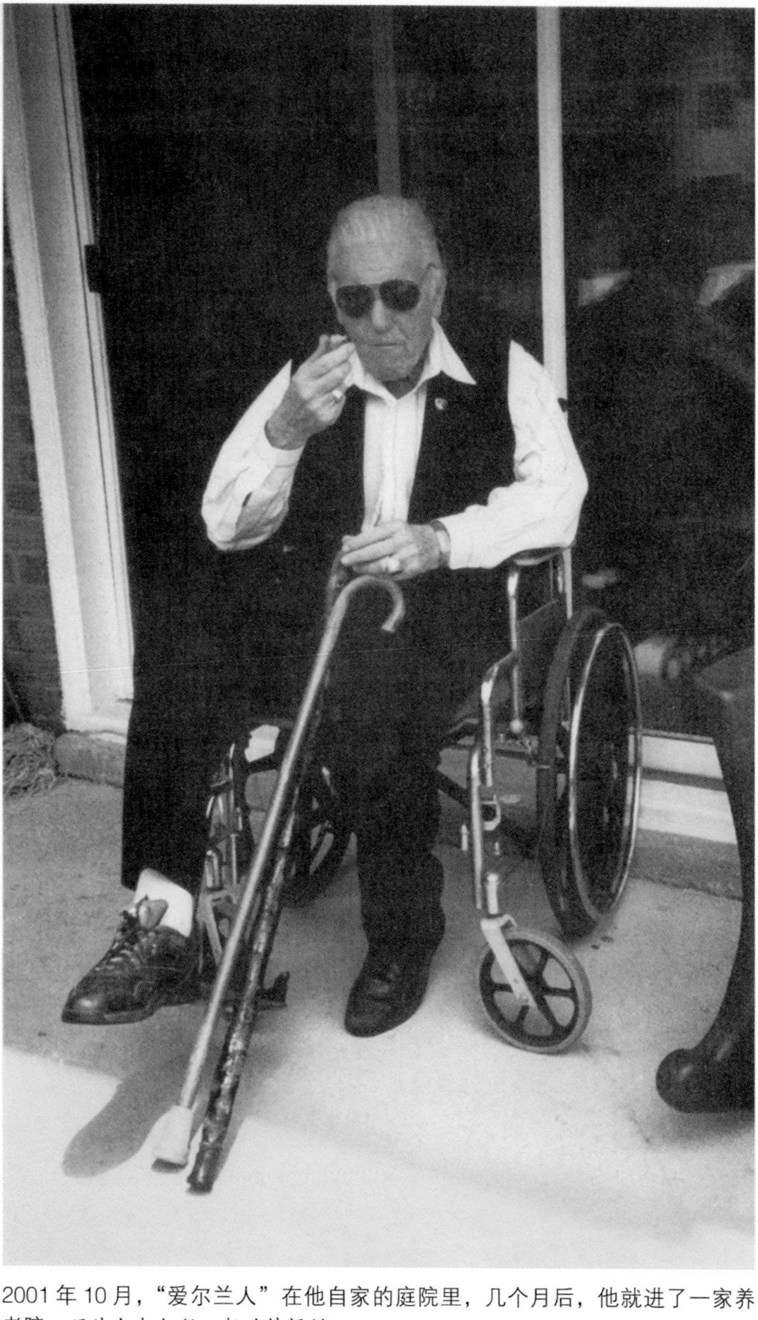

2001 年 10 月，“爱尔兰人”在他自家的庭院里，几个月后，他就进了一家养老院。照片由查尔斯·勃兰特提供。

# 16
## 给他们一个小警告

“在大会开始前，吉米派我去了芝加哥，大会一结束，又把我派回了芝加哥，在乔·科伦波手下做事。一群反叛分子试图从乔·科伦波属下的一个出租车分会中独立出来。大家都知道反叛团体的背后是保罗·霍尔的海员工会和劳联—产联，一旦这个分会独立后就会被他们兼并。这个分会就是国际卡车司机兄弟会777分会。反叛团体的头目是多米尼克·阿巴塔，他已经征集到了足够多的支持，有权推行一场选举了。

我想这些反叛分子想脱离乔·科伦波也是有理由的。不过乔·科伦波在芝加哥有15家出租车分会，几个运输工会分会以及暗中控制的其他工会。他可不想777分会开个不好的先例。即便最终会失去这个分会，他也会让他们的脱离过程异常痛苦，付出惨重代价，从而警示其他分会。

乔·科伦波比吉米的个头还低，不过健壮有力。大家说他有5英尺4英寸，不过这指的是他年轻的时候，人们老年时会变矮。我是6英尺4英寸高，不过现在我可不愿再量身高了。科伦波鹰眼鹰鼻，早年就已多次遭到谋杀罪的指控了。他说话的方式会让你想起阿尔·卡彭。

乔是个吃货，玩金拉米牌很有一手。吉米·霍法和他玩牌会把裤子都输掉的。吉米玩金拉米牌会气得撕掉六副牌的。乔从我手中买足球彩票一起玩。芝加哥有一群很不错的人，乔·科伦波就是其中最好的一个，很受人尊敬。在芝加哥很难弄清楚谁才是老板，因为大家都是同进退，相处很融洽。很多老前辈在来芝加哥之前总是怀念在布鲁克林的光辉岁月。

不仅是乔，他们都喜欢在芝加哥吃饭。芝加哥那帮人比拉塞尔、凯利和安吉罗还要喜欢吃。他们喜欢在自己名下的芝加哥蒸汽浴室吃东西，那里没有外人干涉。他们会把蒸汽浴室关门，然后就把食物和酒摆在浴室休息室的大桌子上。食物主要有小牛肉、鸡肉、烤肠、肉圆、蔬菜、沙拉，还有几种汤，新鲜水果、奶酪，以及数不尽的意大利点心，不仅仅是奶油馅儿煎饼。大家会穿上浴袍，就像是在海滩度假一样吃喝，抽雪茄。在玩牌中间，他们也许会收到消息。接着就又开吃，中间会谈点黄段子或是讲讲笑话。有时也会有人中途起身，到一边商量点事情。再然后他们就会泡在浴池中，蒸一蒸，把刚吞进去的食物和酒精挥发掉。出来后就又容光焕发，这种场景值得一看，常让我想起电影中的罗马浴室。

出租车司机很难被组织起来，更不要说反叛团体还征集到了足够多的支持要脱会。我们已经失去了底特律的阵地，那时没有其他工会组织同我们对抗，只有女同性恋出租车司机同我们作对。出租车司机除了开出租外往往还有其他的事情做，比如追追女孩子或是送送货什么的。他们还会为那些下班后的低俗酒吧和某些餐厅招徕客人。在那个时候，其中的某些人甚至会抢劫珠宝。他们不想同老板作对，因为老板往往对他们做的事情睁一只眼闭一只眼。再说了他们中的大多数人只是临时做这个罢了。

不过吉米希望在芝加哥击败保罗·霍尔，于是我们就来了。

一天早晨，科伦波的一个探子回来报告多米尼克·阿巴塔和自己几个手下正在某个地方。当时还没有警察24小时“保护”

他。科伦波告诉我："去给他们一个小警告。"意思是不要带枪，因为只是去警告一下。这是一个打手的活儿。我带上两个吉米从费城派来的打手，赶到了阿巴塔待的地方。我们越过拴着锁链的篱笆，来到了一座煤渣砖砌成的房子前，突然，50个人从房子里向我们冲了过来。和我一起来的那两个家伙掉头就跑。我站在那里没有动。那群人走到了我面前。我说："我知道你是谁。如果你冲着我来的话最好把我杀死，不然我肯定会回来把你干掉的。"

阿巴塔盯着我看了看说："我们也知道你是谁。"

我说："派出你们最厉害的两个人，我和他们打一架，也许我可以干倒三个，不过我不确定。"

阿巴塔说："算了，你可以走了。你很有种。不过我希望你下次不要站错队了。"

回到滨水酒店，见到吉米时，我愤怒欲狂："在我见到他们两个之前，你最好将这两个胆小鬼用飞机送回费城。"之后我再也没有见到这两个家伙。

当我告诉吉米事情经过后，吉米说："你这个爱尔兰小子，你有可能会被丢进粪桶，粘上一身黄屎的。"

第二天早晨，我也去找了科伦波，去质问他的情报。这就像在战争时期，一个侦察兵回来报告说前方有一个班的德国兵，结果赶到那儿却发现是一个团的德国兵，肯定会被打残的。我对乔说："下次让我去警告别人，最好先请你弄清楚你想让我一次打多少人。"

这年夏天最大的事，是劫持贴有反叛团体或海员工会标志的出租车。如果出租车司机在停靠点停下来喝咖啡，再出来时就会发现他的车不见了。他的车可能因为电线短路被发动，或者他把钥匙留在车上了。我们会将他的出租车开到密歇根湖，正好经过湖边的警车。然后下车，车子则一直冲进密歇根湖中。接着，接应的车会开过来，然后从警车旁边经过时，我们会递给警察一个装有钱的纸袋子。之所以加上一个袋子，是确保没有别人看到袋子里装着的五张 20 元面值的美钞。你告诉警察车闸坏了，或是说车没油了，警察听后哈哈大笑，你就可以寻找下一辆推进湖中的车了。

这不是和企业管理层的争斗。这是两个工会之间的掐戏。阿巴塔领导的反叛团体于 1961 年夏天赢得了芝加哥的选举。

更糟糕的是，就在阿巴塔占据了那个出租车分会后，他们召开了劳联—产联的一次大会。在大会上，保罗·霍尔拿起麦克风，称吉米·霍法是“工贼”。接着，霍尔代表海员工会接纳了阿巴塔领导的反叛团体，将他们并入了劳联—产联。保罗·霍尔很有种，从他的眼神就可以看出他是一个斗士。他这种人你可能会与他争斗，不过要等上几天才能再次鼓足勇气与他斗一场。

之后，吉米宣战了。或者应该说，是劳联—产联方面公开宣战，而不是吉米。要知道如果没有劳联—产联执行委员会的全体成员支持，保罗·霍尔是不会到芝加哥来的，他本人也是执行委员会成员之一。芝加哥出租车事件将会演变成大火拼。

吉米派我去做几件必须做的事情。其中一件是在密歇根州的弗林特，另一件事是在密歇根州的卡拉马祖。尽管这两件事都是在密歇根，不过我却觉得这两件事都同芝加哥的出租车事件或保罗·霍尔有关。要知道海员工会也有自己的杀手队。

在反叛团体被霍尔接纳后，霍尔就同阿巴塔在芝加哥的汉密尔顿酒店进行了庆祝。乔·科伦波在酒店门口设置了警戒线，几十个卡车工会的人开始在外边鼓噪大呼“不公平”。其中一个人冲进了酒店对着霍尔和阿巴塔破口大骂。保护阿巴塔的警察要他离开，他打了其中一个警察，随后警察将他逮捕带到外边，阿巴塔和霍尔紧随而出。而这一切都是科伦波计划好的，故意诱骗他们离开酒店，然后科伦波安排的人一拥而上对着警察和其他两人拳脚相加，等警车来时，大家才一哄而散。

在芝加哥事件的进行过程中，我飞回了费城过周末，来到了“但丁地狱”酒吧。我在酒吧中见到了杰·法伦，就是那个因为之前对着一名顾客开枪被我教训过的人。我问酒保发生了什么事，他耸耸肩告诉我说酒吧老板杰克·罗宾森让法伦回到了酒吧。法伦因为对着“但丁地狱”酒吧的顾客开枪被禁止入内，而酒吧老板让他回到酒吧肯定是想谋划什么事情。我知道事情不对劲了，可以说这是直觉。其实我知道法伦是麦克格雷尔的手下，我曾卖给麦克格雷尔足球彩票，麦克格雷尔让法伦待在这儿可不是因为他能说会道。

我马上道别，回到了我租来过周末的房间。凌晨两点钟，我从广播上听到“但丁地狱”酒吧发生了两起处决式凶杀。杰克·罗宾森的妻子朱迪斯和他的“会计”约翰·马利托被枪杀，而罗宾森则被一个不知道哪里冒出来的袭击者伤了胳膊。我赶快穿上了衣服。

“上帝啊，”我想，“也不知道重案组会敲响希兰妻子的哪个孩子的门呢。”

我可不想在审讯室的强光灯下待一个晚上，于是为了谨慎起见，连夜搬到了一个汽车旅馆过夜，周一一大早就回到了芝加哥。我给当地检察官办公室的一个熟人打电话询问情况，他告诉我楼下的房东太太十点钟时听到楼上有动静，觉得是我回来了，凌晨两点钟又听到有人下楼走出了房子。她告诉重案组，早晨她醒来时发现她夜里九点放在我门口的、为我准备的意大利面和肉圆被人吃掉了。重案组听到房东太太的说法感到兴奋异常，因为他们觉得这次算是抓到我了。这个熟人偷偷向我透露，应验尸官的要求，我会被传唤回去，重案组已经在对我立案调查。

不过在验尸之前，警察已经集中了多名目击证人，包括杰·法伦、杰克·罗宾森等。警方将这些人安置在一个大房间里，然后开始对他们分别询问。他们把当晚在酒吧，现在仍在费城的所有人都尽可能地找来了。杰·法伦坐在那儿，没有引起什么人注意。他听到警察一直在向所有人询问我的情况。最后，他跳起来说："你们怎么一直抓着弗兰克·希兰不放？这件事是我做的。"

原来是杰克·罗宾森想娶一个金发美女，雇用了杰·法伦杀他的妻子朱迪斯，也是他让法伦杀了向他放高利贷的约翰·马利托，这样他就可以不用还钱了。当法伦上楼时，罗宾森想将他杀死，然后说是法伦准备抢劫酒吧打死了他的妻子和朋友。不过，虽然法伦很蠢，他还是比杰克·罗宾森要聪明一些。法伦猜测杰克·罗宾森会在楼上等着对付他，就在上楼前将酒吧的灯都关了，最后逃走时伤了罗宾森的胳膊。

朱迪斯相貌姣好，是个好女人。罗宾森只要提出离婚就好了。我对马利托不太了解，不过他看起来也是一个好人。如果罗宾森不让法伦把马利托杀掉，而是向他再借点钱的话，他也是会借的。

罗宾森和法伦这两只"臭虫"都因此事被判了终身监禁。重案组也没有再打电话从芝加哥把我传召回去。

在这个时期，每次到费城，我都会和一位女士约会，她叫艾琳，后来成了我第二任妻子。她比我年轻，我们相爱了。她想有一个家庭，我找到妻子玛丽向她坦白了一切，玛丽同意和我离婚。艾琳和我很快结婚，第二年我们有了女儿康妮。有了艾琳，一切都不一样了，我不再东跑西颠了，也不再卖足球彩票了，中间我被勒索过几回，还被罚了款，我也厌倦了和法伦的朋友麦克格雷尔这样的人做交易。我不再需要以前那种内城喧嚣的生活了。即便是对运输工会的事务，我也不再那么上心了。我不再和比尔·伊莎贝尔和山姆·波特温从底特律过桥去加拿大的温莎了。在美国在 1960 年代开放以前，温莎是个万物汇聚的小镇，那里的生活丰富多彩。不过现在我新婚燕尔，对这些只是一个看客。也许我这是受吉米·霍法的影响吧。在同艾琳一起的时候，我在工会中身兼数职，收入很稳定，虽然之后这样做就违法了。我的小女儿康妮不缺钱花，不过我的其他几个女儿在金钱上就没那么富裕了。

玛丽是个好女人，也是一个虔诚的天主教徒。离婚时，我很不好受，她却对自己说我们两个合不来。对着玛丽，你不能讲下流笑话。今天我的一个女儿去州养老院看望得了老年痴呆症的玛丽后，大哭着回来了，我也感到很不好受。

同一年，我们和阿巴塔在芝加哥发生了很多纠纷，费城的 107 分会也开始躁动起来。那里出现了一个反叛团体，他们称自己为“呼声”，意指“运输工会 107 分会的呼声”。他们想复制阿巴塔在芝加哥做成的事情，吉米怀疑也是保罗·霍尔和劳联—产联在背后支持鼓动。

保罗·霍尔将一队打手带到了费城，让他们驻扎在俄勒冈大道和第四大街上的国际海员工会大厅。吉米让我从芝加哥带了一队人也赶回了费城。他们用一把好锁将海员工会大厅锁了起来。我藏在人行道旁边的篱笆后面，向里偷瞄。大厅靠近第四大街的一面是玻璃墙，可以看到海员工会大厅的休息室里排满了一排排的双层单人床。

我从 107 分会的空地上搞来了一辆厢式货车，里面装了八九个人。我给每人发了一顶白帽子，告诫他们：“不要丢了帽子，不然我可不认识你是哪头儿的。”我指派一个人负责将卡车开走，其他人则徒步离开。早上六点半，我把车开到了第四大街，右转到了人行道旁的小树林。我开着卡车越过人行道的路肩，越过篱笆，直接冲进了玻璃窗户内。玻璃被撞飞了。霍尔手下的打手们还在睡觉，还没有从床上爬起来就被我们一顿痛殴。他们还睡得迷迷糊糊，当然不是我们的对手。警察赶来时，卡车已经被顺利开走，余下的我们也作鸟兽散。

这只是一个警告。我们没有想给任何人造成重伤。我们让治安官候在一侧，如果有人被抓，就给他送交保金，不过那次没有人被抓到。有一次同“呼声”作战，一天之内我被抓了 26 次。我被抓走，交了保金，就又冲到警戒线同“呼声”那帮人混战起来。

在 107 分会，我们仍然组织车辆、申诉仲裁，完成工会的其他工作。有一次，我试图将霍恩和哈达特饭店收归我们在费城的工会组织管理。我们已经吸收了林顿饭店，不过他们抱怨说由于竞争对手霍恩和哈达特饭店不用帮忙支付工会工资和福利，因而他们处于不利地位。因此，我们努力让霍恩和哈达特饭店加入我们，不过毫无进展。他们中的很多人是郊区的家庭主妇，一贯反对工会。有一天，我在两个裤腿上都绑着绳子、手拿着绳子的一头走进了霍恩和哈达特饭店。走到饭店正中央时，我拉开了绳子，从两只裤腿中跳出来一群白耗子。我上初中的孙女布列塔尼这样描述当时的场景：“这些耗子跑过一个女人的意大利面，那个女人尖叫起来，又有耗子钻进女侍者的裤子，她也尖叫起来。他忍不住大笑起来，却忘了逃跑，被抓住了。”是的，我告诉布列塔尼和她的小弟弟杰克我被抓住了，我对霍恩和哈达特饭店的人说，我对自己做的事情很抱歉，下次再也不这样做了。

吉米·霍法更关注费城的事态。他让我在那里待的时间越来越长。费城又冒出了两个反叛团体。两个团体之间也内斗不休。其中一个反叛团体是由乔伊·麦克格雷尔建立的，不过是非法的。这个团体没有名字，也许有名字只是我不知道。他手下的打手想取代雷蒙德·科恩偷偷从雇主那里领黑钱。每月雇主向科恩支付一大笔钱，科恩则要保证工人们不闹事。如果雇主不给他钱，那雇主就会麻烦不断。可怜的工人们只是爪牙罢了。麦格里尔想将这一切据为己有。1966年，吉米·霍法把特拉华州威明顿分会交给我负责时，那里的雇主都很尊重我，因为我从不私底下收钱。另一个反叛团体名叫“改善委员会”。这个组织没有“呼声”那么激进，不是由打手组成的，而是由一些头脑聪明些的人组建的。我们与诡计多端的保罗·霍尔、几个反叛团体，还有高高在上的雷蒙德·科恩在博爱之城（费城）斗智斗勇，硝烟弥漫。

“呼声”强力推动了107分会的选举。为了赢得支持，我们在一个租来的大厅中举行集会，吉米·霍法将在集会上向工会成员讲述他即将为工人们争取到的好处和福利。吉米·霍法到达会场时，警察想让霍法从后门直接登台，而不要穿过过道从正面登台。过道两旁站满了“呼声”反叛团体的成员，他们手举着木头手柄标语牌，而这些手柄也可以作为（打人的）木棍。

吉米才不会搞什么狗屁的后面上台。他对警察说：“霍法是不会走后门的。过道两旁站的都是我们工会成员，我也不要警察护送登台，只要爱尔兰人陪我就够了。”我陪着吉米·霍法穿过过道，过道两旁没有人大声喧哗。远处的人群中有人发出嘘声，不过在两旁没有什么人冒犯。吉米很善于演讲，对他们讲的都是大实话：诚实地说，他为工会成员做了很多好事，他需要工会内部团结稳定，这样大家的日子才会越过越好。并不是每个人都认可他的观点，但之前反对他的人参加完集会后开始对他肃然起敬。我们赢得了那次选举，也许只是比对方多了几百票，但我们赢了。“呼声”反叛团体并没有消失，不过经此一役也消沉了。这次雷蒙德·科恩差点失败，需要霍法来拯救他，经过了这次耻辱，科恩也变得好相处起来。

最令人印象深刻的是，吉米作演讲时，他正在田纳西州纳什维尔被起诉。由于吉米和伯特·布伦南成立了一家名叫“测试车队”的拖车公司，并把公司放在了他们妻子的名下，这违反了塔夫脱–哈特莱法①。他被指控和过世的伯特·布伦南一起攫取了“2加2”，这是一个俚语，意指20万美金。不过那天对着107分会会员演讲时，他看起来是那么风轻云淡并且无忧无虑。吉米·霍法有钢铁般的意志，胆气过人。不过，他再努力也无法一次干好一千件事。

吉米那时绝对是引人注目。他卷入运输工会在全国的多起斗争，主要是对付反叛团体。同时，他还试图签署有史以来第一份主运费协议。这份协议卡车司机们已经盼了25年，吉米发现货运公司在利用反叛团体来反对主运费协议。同时，鲍比·肯尼迪在13个州组建陪审团来指控吉米。尽管如此，不管是晚上十一点还是凌晨一点，每天晚上吉米干完活就睡觉，头一沾上枕头就立马睡着，就像有人把他打昏了一样。这一点他比拉塞尔还要强。不用闹钟，他会准时在早上五点起床。跟着吉米做事，你没有太多机会待在家中慢慢舔舐自己伤口的。”

① 美国在劳资关系方面的联邦基本法律。正式名称是《劳资关系法》。因由参议员R. A. 塔夫脱和众议员F. A. 哈特莱提出而得名。1947年由国会通过，是美国历史上典型的反劳工立法。它限制工人参加工会的权利，不准工会要求同厂的工人加入同一工会；禁止全国性同业工人的集体谈判等，大大削弱了美国劳工运动此前的成果。

## ◄ 17 ►

# 只是一个笑话罢了

1962年夏天的一个夜晚，暴怒的吉米问一个身材壮硕的运输工会头头他是否懂得用塑料炸弹。两个人当时站在位于华盛顿的运输工会总部“大理石皇宫”霍法办公室的窗前，据那人回忆，霍法对他说：“我得对那狗娘养的鲍比·肯尼迪做点什么。必须除去他。”霍法接着又谈到了干掉鲍比·肯尼迪是多么容易，因为鲍比·肯尼迪不曾有任何个人安全措施，即便在家里也没有安保人员，还常常开着敞篷车一个人到处跑。

这个同霍法谈话的人叫爱德华·格雷迪·帕廷，时任路易斯安那州巴吞鲁日的运输工会第5分会主席。当时由于涉嫌绑架正处于取保候审期，案子是由他手下一个卡车司机的家庭监护权纠纷引起的。帕廷还被起诉挪用1659美金的工会基金用作私用。帕廷长相粗豪，是个大块头，年轻时犯过多次案。正是因为帕廷的长相、他的犯罪记录前科，再加上他来自路易斯安那州，是卡洛斯·马塞洛的老乡，霍法误以为他肯定是一个“漆房子的”。不过在霍法做出这番评论并软硬兼施让帕廷干这件事之前，他从未问过帕廷这个问题。帕廷解释说：“霍法总是以为我来自路易斯安那，就一定是马塞洛的人。”

帕廷随后将这番话报告给了以谢里丹为首的“缉拿霍法小组”。“这件事简直难以置信。”谢里丹在书中这样写道。听到这件事，谢里丹让联邦调查局对帕廷进行了测谎，帕廷明显通过了（测谎）。谢里丹就向鲍比·肯尼迪这位司法部长通报了他面临的人身威胁。

之后不久在一次华盛顿私人宴会上，约翰·肯尼迪总统向记者本·布莱德利透露，霍法正在阴谋策划刺杀他的弟弟鲍比·肯尼迪。肯尼迪总统很可能觉得将这件事泄露给有很大影响力的本·布莱德利并发表出来，就能阻止霍法真正地将这个威胁付诸实施。本·布莱德利后来担任《华盛顿邮报》主编，在水门事件期间，靠内线匿名揭发，将尼克松总统赶下了台，由此而名声大噪。在私人日记中，布莱德利提及当晚“总统（说这番话时）明显是很严肃的”。在自传中，布莱德利提到，当他接近鲍比·肯尼迪求证暗杀威胁的真实性时，鲍比恳请他不要刊发这件事，因为这会吓跑鲍比正在监察的有组织犯罪的潜在目击证人。当时，鲍比·肯尼迪正在牵头推进美国有史以来最大规模的打击有组织犯罪运动。布莱德利（听后）就放弃了。

霍法的“测试车队公司案”因违反了塔夫脱-哈特莱法案，计划于 1962 年 10 月 22 日被起诉。“缉拿霍法小组”后来否认他们鼓励帕廷出席那次审判、当霍法随从的做法违反了霍法的宪法权利。不管出于何种动机，帕廷赶到了纳什维尔。做了霍法套间门口的一名警卫。不过，谢里丹也承认他曾将录音设备提供给帕廷，让他将每一次同霍法的电话都录下来。谢里丹承认曾指示帕廷到纳什维尔后留意一切试图贿赂陪审团的行为。

之前，鲍比·肯尼迪已经发起过三次对霍法的诉讼，但至今仍一无所获。这些诉讼中，怀疑有贿赂陪审团的行为。“测试车队公司案”只是行为不端罢了，而贿赂陪审团，如果一旦被发现，则会是重罪。

“测试车队公司案”的指控包括将一个拖车公司放在了霍法妻子以及已故的欧文·布伦南的妻子名下。这些事发生于五年多前，麦克莱伦委员会和司法部已经全面调查过。在对陪审团的开庭陈述中，检察官查理·谢弗说“测试车队”是“一个大规模计划的一部分，通过这个计划，霍法就能一直不断地从雇主那里拿到钱”。政府的说法是基于这样一个事实，即“测试车队”公司是在霍法解决了一次大罢工之后建立的，霍法的解决方案对雇主有利，而新开的“测试车队”公司的业务对象就是这名雇主。

霍法对此是这样解释的：他的律师曾经建议布伦南、霍法以及他们的妻子，他们的妻子有权拥有公司，如果一旦麦克莱伦委员会质疑这样做的合法性，她们可以从公司退出。吉米·霍法的律师已经准备好为他作证，并确认他们于1948年就向他提出了这条法律建议。

“测试车队”案是塔夫脱–哈特莱法案通过十天后爆发的，律师们无前例可循。再加上霍法已准备好证明这场罢工是工会中的反叛团体组织的，他和雇主一起解决罢工是为了避免雇主会对运输工会进行“非常重大的诉讼”。

对于霍法来说，这个案子是鲍比·肯尼迪公报私仇，这种陈词滥调都拿出来，可见肯尼迪的“缉拿霍法小组”是多么地歇斯底里。“缉拿霍法小组”之前已经从全国各地组织了13次大陪审团试图定霍法的罪，但都以失败告终。

吉米·霍法尽可能地找了一些法律精英为他辩护。他的首席律师是纳什维尔当地最棒的律师汤米·奥斯本。汤米·奥斯本虽然年轻，却已经在最高法院代理过重新分配议席案，并最终确定了“一人一票”的原则。纳什维尔还集中了工会自身的律师比尔·布法隆以及圣·特拉菲坎特以及卡洛斯·马塞洛的律师弗兰克·拉加诺。

审判的法官是威廉·E.米勒，他德高望重、公正无私，对双方肯定会不偏不倚。

吉米·霍法将律师总部放在了和联邦法院一条街的安德鲁·杰克逊豪华酒店，他在法庭上有律师，宾馆里也有律师作为自己的法律智囊。后方的律师是作为顾问和研究人员。此外，法庭和宾馆他都安排了很多工会的同盟以及朋友为案子忙前忙后，其中就有霍法的"养子"查克·奥布莱恩，以及帮霍法掌管工会养老金的前海军军官艾伦·多尔夫曼。纳什维尔本地也安排了一些非法律方面的随从，用来在选定陪审团期间打探及观察陪审员的相关消息。当时还没有专业的陪审团顾问。

也许更准确地说，很多在纳什维尔安德鲁·杰克逊酒店的霍法支持者都是多种使命在身，而不是身负单纯一项使命。

在此后的两个月，法庭上同时上演着两场戏。第一场戏就是审判本身：传召证人，质询证人，律师辩论，提出反对、动议，宣判，休庭，兼职律师以及宣誓等。不过审判结果其实只是二级影片，另一场戏才是真正的重头戏。在另一场大戏中，公然贿赂陪审团，同时内部还有一个叫做爱德华·格雷迪·帕廷的内奸，在事情暴露后将一切细节都告诉了"缉拿霍法小组"。正是贿赂陪审团的案子最后使霍法锒铛入狱。

有这么好的辩护团队精心准备，带头的是令人尊敬且很能干的汤米·奥斯本，还有比尔·布法隆和弗兰克·拉加诺从旁协助，法官公正无私，那么吉米·霍法为何要欺骗呢？他为何将一个行为不端的罪名变成了一个重罪？

"这完全是因为吉米太自负了。除了胁迫之类的事，吉米还从未犯过什么案子，就连行为不端的案底他也不想留。他想让自己的记录清清白白。他不想由于鲍比·肯尼迪就让自己留下犯罪的污点。

要知道，鲍比·肯尼迪做司法部长前，联邦调查局基本上无视所谓的有组织犯罪。在阿帕拉契会议前，我首次和这帮人混在一起时，甚至没有意识到我卷入的是什么事端。自从禁酒令结束数年后，所谓的暴徒只需要应付当地警察就够了，很多警察受贿。当时我们大家对联邦调查局都不在意。接着就有了阿帕拉契会议和麦克莱伦听证会，联邦政府开始对付我们。鲍比·肯尼迪上位，一切都成了噩梦。突然之间，原本平安无事的很多人都被起诉了。开始有人被关进监狱，有人被驱逐出境。形势突然紧张起来。

1962 年末，在纳什维尔开审的“测试车队公司案”期间，吉米开始公开同鲍比作对，这是鲍比·肯尼迪当上司法部长来面临的最大挑战。”

1962 年 2 月 22 日，刚刚当上两天司法部长的鲍比·肯尼迪，就命令联邦政府的 27 个机构，包括美国国税局开始收集美国黑帮分子和有组织犯罪的信息。

在“测试车队公司案”开审前，美国国税局局长写道：“司法部长要求我们对一些大骗子的税收问题优先重点调查。”这些骗子被一一指出，他们会受到“饱和式的调查”。国税局局长的话表明国家开始动真格了：“各种手段都可以用，包括电子设备和其他科技装备。”

约翰尼·罗塞利成了国税局的第一个目标。他在好莱坞和拉斯维加斯过着奢华的生活，却没有工作或任何经济来源。之前的司法部长的做法让他从没意识到自己会受到政府打击。罗塞利告诉洛杉矶前市长的弟弟："他们一直在调查我，威胁别人，寻找对手或是朋友。"让罗塞利尤为愤怒的是，他怀疑鲍比·肯尼迪知道他曾同中央情报局合作对付过卡斯特罗。罗塞利说："我帮助政府，帮助国家，结果这个狗娘养的却来对付我。"

大约在同一时期，美国国税局对卡洛斯·马塞洛征收了83.5万美元的欠缴税款及罚金。马塞洛当时正在应付驱逐出境以及伪造自己出生证明的伪证指控。拉塞尔·布法里诺也在应付驱逐出境。

在纳什维尔审判前，鲍比·肯尼迪就像一个将军巡查军队那样周游全国，督促自己的部门集中力量对付有组织犯罪。他为联邦调查局和司法部列了一个有组织犯罪的目标清单，进行重点打击。这个名单越来越长。同时他也游说国会通过法律让联邦调查局可以更容易窃听这些目标，在法庭上使用监听装置，有权任意豁免合作的证人。

"古巴导弹危机"第二天，"测试车队公司案"开始挑选陪审员。鲍比·肯尼迪没有待在纳什维尔，而是站在他总统哥哥身边，共同对付苏联总理赫鲁晓夫。肯尼迪总统命令所有载有进攻性核武器前往古巴的苏联船只必须返回苏联，否则美国海军就会开火。全世界处于核战争边缘。

正如谢里丹写的那样："凌晨我入睡前想到了核战争的现实威胁，霍法和我或许有可能在纳什维尔一起死去。"

谢里丹没有等到核战争，第二天一觉醒来却等来了贿赂陪审团的第一个证据。一名保险经纪人是陪审团成员之一，他向米勒法官报告说他的一个邻居周末和他见了面，给了他一捆百元美钞，共1万美金，要求他如果被选入陪审团，则要在投票时选择被告无罪。霍法选择保险经纪人是有道理的，保险行业经常容易受到诈骗的侵害，一般来说，为罪犯辩护的律师碰到保险经纪人做陪审员就死定了，他们会立马受到后者的致命打击。这样一来，如果陪审团中有保险经纪人，政府当然是不会将之从陪审团中去除的。

米勒法官迫使这名预期陪审员交待了他这名邻居的名字，之后就免去了他担任陪审员的职责。

接着，几个预期陪审员都透露有一个名叫阿伦自称是《纳什维尔旗帜报》记者的人给他们打电话，询问他们对于霍法的看法。而《纳什维尔旗帜报》并没有一个叫阿伦的记者。有人非法刺探这些陪审员中有没有对霍法抱有好感的。所有这些被接触过的陪审员都被剔除出了陪审团。

在陪审团选定，审判开始后，帕廷向沃尔特·谢里丹汇报运输工会纳什维尔分会的主席试图贿赂田纳西州高速公路巡警的妻子。这名巡警的妻子正是陪审团的成员。谢里丹随后调查了陪审员的信息，发现了这名巡警妻子的名字。探员跟踪这名工会领袖到了一个荒僻路段，那名州巡警在他的巡逻车上等着。探员看到两个人坐进巡逻车里开始交谈。

掌握了这个信息后，政府检察官并未泄露消息来源，而是请求法官将这名巡警的妻子剔除出陪审团，米勒法官为此召开了听证会。政府检察官召唤了跟踪分会主席的探员。据谢里丹介绍，吉米·霍法迅速向那人晃了晃五个手指头，那人会意以美国宪法第五条修正案为由拒绝回答问题。接着，那名州巡警被带到了法庭上，开始也是全盘否认，后来在米勒法官的询问下，承认那名工会头头许诺给他升职以换取他将来帮个忙。那名巡警声称工会头头并未讲明将来要他帮什么忙。

米勒法官将这名巡警的妻子从陪审团中去除，又重新换了一名陪审员。当天晚上，那名巡警的妻子在家中向记者哭诉她并不知道自己为何被剔除出了陪审团。

比尔·布法隆律师代表汤米·奥斯本，弗兰克·拉加诺和团队其他成员说："没有贿赂的情况。如果真有的话，那也是鲍比·肯尼迪办公室的人员做的。"

年轻的汤米·奥斯本律师接手的这个案子和以前他在美国最高法院打的议席分配的案子全然不同。那场官司让他有望成为纳什维尔律师协会副会长，也让他拿到了霍法的案子。如果他能让霍法无罪释放，那么他就会因这个案子闻名全国，然而，如果他卷入了被曝光出来的一系列事件，那就会毁了他的事业。

一名在奥斯本手下兼职做私家侦探的纳什维尔警官对"缉拿霍法小组"报告说，奥斯本告诉他自己正与一名陪审员达成土地开发的交易。"缉拿霍法小组"觉得这难以置信，同时他们手头很忙，就将这个信息暂时存储下来留待后用。

第三重打击来自于一个黑人陪审员，他的儿子通过一个黑人业务代理同霍法的工会签订了一份合同，并被送了1万美元的贿赂款。根据政府准备好的让帕廷签名的一份证词，在选定陪审团开庭之前，工会已经私下付给了这名黑人陪审员5000美元。帕廷在其中一名证词中说霍法有一天这样告诉他："我已经把那个黑人陪审员拿下了。我的一个商业代理，拉里·坎贝尔在开庭之前先赶到纳什维尔搞定了这件事。"米勒法官拒绝让辩方过目这份密封好的证词，他本人读过后罢免了这名陪审员的资格，用另一个陪审员代替。到这时，虽不知道帕廷的变节，辩护方也肯定审判开始前，政府方面就一直在对他们进行监听。

“比尔·伊莎贝尔给我打电话说他们在纳什维尔需要我，我就开车去了。在电话中，他说可能会有一些抗议者，要我去那儿防止有人对吉米不利。这就是他在电话中说的，因为那时大家都知道所有的通话都被监听了。这就像科幻小说。他们真正想让我做的是坐在法庭上，让陪审员可以看到我的存在，从而警告那些已被他们收买的陪审员不要轻举妄动。虽然没有人直白地告诉我，不过他们告诉我同陪审员不时对对眼光，我就知道他们的意思了。

我住进了安德鲁·杰克逊酒店，不过我并未参与其中。他们那里已经乱成一锅粥了。我记得那个宾馆的南方炸鸡很是不错。在那里能再看到山姆和比尔真的很不错。我记得在宾馆中看到过帕廷，不过却想不起来了。他当时就坐在弗兰克·拉加诺旁边，拉加诺自己根本不知道他同一个内奸坐在一起。想象一下，现在要是政府在你的律师办公室安插一个内奸会怎样？霍法他们订的宾馆房间就是律师办公室，而帕廷这个内奸就同这些律师待在一起。

当然没有什么抗议者。不过那个地方还是布满了联邦调查局的探员。直到有一天，比尔·伊莎贝尔让我来这里的理由几乎弄假成真了。当时我正同山姆和比尔聊天，一个傻子进了法庭。当时正是休庭时间，这个身穿雨衣的年轻人走到法庭前面站在吉米的后面，掏出了一把枪。我听到枪响后，第一时间就看到控辩双方的律师像钻进掩体一样立马钻到了桌子下面。这个疯子用枪打中了霍法。不过他用的是看起来和真枪一样的霰弹枪，这种枪用来打松鼠和兔子用的。吉米的后背被击中多处，不过万幸吉米穿着厚衣服。吉米冲向那个傻子，重重给了他一拳。查克·奥布莱恩扑向那个傻子，将他摔倒在地。查理身手矫捷，把那个傻了狠狠打了一顿。警官终于赶到了现场，其中一名警官用枪柄猛击这个傻子，不过查理还是不停地揍这个家伙。要不是吉米和警官将他拉开，他肯定会杀了那家伙的。

我对比尔·伊莎贝尔说，下次再提到有什么失控的抗议者时要小心了。那个傻子声称是上帝告诉他要杀了霍法。我想每个人背后都有一个老板吧。

枪击案发生时，陪审团并未在场，不过辩方还是申请审判无效。他们指出那个穿着雨衣出现在法庭上的疯子说明，纳什维尔居民由于受到政府围绕此案进行的反霍法宣传的鼓动，都来反对霍法。而这一切都是鲍比·肯尼迪和他的手下推动的。我觉得这样说很有道理，不过被法官驳回了。

比尔·伊莎贝尔说霍法曾经说过："看到一个持刀的人，你得拔腿就跑，看到一个持枪的人，则要向前逼近。"对此我不敢苟同。我想得看情况而定。如果能够吓住那个持枪人的话这样做是对的，因为他没料到你会逼向他。吉米在这种情况下的做法是对的。不过，如果逼向一个没有被吓住的枪手，离得越近，你就越容易被击中。很多时候，你只有被砍中时才能看到刀，最好还是做个唱诗班少年最安全。

吉米说警察会"搜查每个人"。这种说法是对的，我就被搜查了。警察对当时在法庭的所有人进行了搜身。吉米说那个人可以接近到他身后绝不是巧合。很可能是政府想用一个傻子把他干掉。只是这个傻子傻得够可以的，居然没有用真枪。吉米知道某些人为了某些事会专门找傻子做。在纳什维尔审判的同年，山姆·詹卡纳的朋友弗兰克·辛纳屈在所有的电影院中放映电影《谍网迷魂》，这部大片中讲到共产党用一个傻子来刺杀一名总统候选人。

不过在现实生活中，不管是在美国还是在西西里，如果用傻子干完事，傻子通常会被处理掉，有时甚至是当场灭口。就像数年后，“疯子”乔伊·盖洛就用一个傻子干掉了布鲁克林科伦波家族的族长乔·科伦波。在中央公园附近的哥伦布圆环广场参加一场意裔美国人人权工会的集会时，乔·科伦波被连击三枪。很显然，这个傻子的一举一动都经过详细地策划和排练。他被精确示范他将如何被护送进一辆车内，然后被带到安全地带。很自然的，在这个傻子完成了自己的工作、射杀了科伦波之后，会有特定的人直接让他倒在人行道上。

拉塞尔因为这件事——用一个傻子对付科伦波——永远没有原谅“疯子”乔伊·盖洛。可怜的乔·科伦波陷入了昏迷，当了多年的植物人后才死去。用傻子也是有问题的，傻子往往不够精确，可能会带来很多痛苦。就像那个枪击乔治·华莱士①造成华莱士瘫痪的傻子。再比如那个枪击里根和他的新闻秘书的那个叫布雷迪的傻帽。”

纳什维尔的审判持续了四十二天。陪审团在圣诞节的前四天，出去商议判决结果。在陪审团商议时，谢里丹仍然担心政府没有将所有被收买的陪审员清除出去。也许有一两个被收买的陪审员没有当着帕廷的面提到过。

陪审团被隔离，他们商议三天后，由于商谈一直陷入僵局，米勒法官将陪审团解散了。不过，在陪审员仍然就座，尚未离开陪审团席时，米勒法官转身对整个法庭作了如下评论：

> 从选择陪审团的最开始，已经有迹象表明有人与预期的陪审员进行了非正当联系。第一年，我就签署命令组建另一

① 乔治·华莱士（George Wallace），美国政治家、律师，曾四次出任亚拉巴马州州长。在1960年代的民权运动期间，华莱士作为保守派的代表声名鹊起。

个大陪审团，全面调查干扰陪审员或预期陪审员的人，对他们以正当理由提起诉讼。如果任由人肆无忌惮地通过不正当或非法手段来破坏，那么我们的陪审团制度就只是一个笑话罢了。我不会让人玷污我们的陪审团制度，法庭不会对那些无耻的行为视而不见。

而吉米·霍法则在平安夜对着那些电视观众说："说陪审团受贿被收买的人都是……令人不齿的。"

# 18
# 现在也只不过是一名律师

“1963年，吉米·霍法告诉我，他想在年底前搞定一项主运费协议。这一年，霍法遭遇了很多困扰，不过到年底这个目标还是达成了。依照该协议，卡车司机的时薪增加了45美分。同时养老金也大幅增加。现在从运输工会分会退休的人每月可以拿到3400美元养老金，再加上社会保险，基本可以做到衣食无忧了。这一切都是霍法当年在自身困难重重的情况下达成的。主运费协议一经签署，霍法就让我成为了工会国家谈判委员会成员之一。

自从大萧条时期起，卡车司机们就一直盼望能够有一个主运费协议。有了这样一个协议，全国的卡车司机就能够享受同等时薪、同等福利和同等养老金了。主协议最大的优势在于，只需要一个协议就可以进行谈判，运输公司不必在全国同工会一个个签订合同，而是由管理层谈判委员会同工会国家谈判委员会进行谈判，达成一个协议就可以了。如果不能达成协议，需要罢工的话，将会是全国所有的卡车司机罢工，虽然我们从来不需要这么做。吉米还从来没有发动过全国性的大罢工。不过，管理层和政府肯定担心出现这种事情，在这种情况下，吉米还能让他们签署协议，尤为难能可贵。他必须让全国所有的货运公司和工会的各个分会都同意才成。有了这样一个主协议，货运公司就无法再对我们分化瓦解了，而像雷蒙德·科恩这样的工会内奸就不能再暗箱操作，搞什么黄色劳工协议（工会领导人为自肥而与雇主私下签订的于工人不利的合同）了。科恩就是这种货色。

这就是吉米要让我们坚决同工会的造反派们斗争，有时还要采取必要措施的原因了。吉米需要一个团结稳固的工会，而费城分会就是吉米需要严厉打击的刺头。首先，科恩拒绝交权。其次“呼声”和其他叛乱团体仍然很活跃。货运公司老板们利用了107分会的混乱局势。他们甚至连地区协议都不愿签署，因为他们知道科恩是不会罢工的。吉米通过威胁在他们费城总部门口罢工围堵，才迫使他们不得不就范。”

1963年，纳什维尔的陪审团在搜集贿赂陪审团证据时，吉米谈到了费城的货运公司：“他们要么与我们共存，要么就准备着在所有地方与我们作对吧。”

霍法同时也谈到了叛乱团体“呼声”的问题，他认为这个叛乱团体的背后是劳联—产联以及鲍比·肯尼迪：“我们必须让他们转变思想，同我们想法保持一致。”

接着，霍法又谈起了纳什维尔正在进行的司法程序：“鲍比·肯尼迪在这个国家搞了很多事情。有23名副司法部长在他授意下组成一个小组专门针对我。”

除了那些在纳什维尔安德鲁·杰克逊酒店霍法的随从之外，爱德华·帕廷也被纳什维尔大陪审团召唤上庭。像霍法一样，他拒绝做危害自己的证词。比尔·布法隆让他把说的话记在一张卡片上，带进了陪审室。政府方面计划将帕廷的叛变掩盖起来，再加上那个高速巡警也开始交代，似乎控告霍法贿赂陪审团是大有希望的。

吉米·霍法在费城的华威酒店待了十四周，为4月即将到来的同“呼声”的竞选做准备。在前几月举行的一次选举中，在有着1.1万名成员的分会，“呼声”组织仅仅以600票的微弱差距惜败。选举被搁置，因为选举过程中充斥着反“呼声”的暴力活动。这次霍法没有再诉诸暴力，而是在竞选中极力解释，他为运输工会提出的方案会带来的工资和养老金大幅增加的情况。1963年4月的选举中，霍法领导的运输工会再次击败了“呼声”，从而将运输工会的第四大分会重新收归囊中。霍法承诺“既往不咎”。与选举中击败“呼声”同样重要的是，科恩在主运费协议上对霍法表现得忠心耿耿。

1963年5月9日，吉米·霍法在纳什维尔被指控贿赂陪审团。对此，在申请无罪辩护前，霍法举办了一场新闻发布会控诉鲍比·肯尼迪：“（他）同我有私怨，试图通过在媒体上瞎编乱造就给我定罪……当然我是无辜的。诉状中提到了十名陪审员，而我只认识其中的三位。”

同年6月4日，科恩被认定贪污工会基金，现在要实现主运费协议的梦想彻底没有了障碍。科恩在被罢免107分会负责人的职位后，被投入大狱。科恩再也不能私下破坏霍法同费城货运公司之间的谈判了。

在科恩被定罪的同一天下午，芝加哥的一个大陪审团也起诉霍法利用中部州养老金谋取私利。霍法的最大罪状是用工会基金的40万美金做无息抵押，为佛罗里达州的太阳谷土地开发项目搞到了个人贷款。霍法被指控可以秘密获得此项目收益的百分之二十二。霍法否认自己从中秘密获利。

“科恩进监狱不久，我就同霍法赶到了弗吉尼亚州阿灵顿的一家汽车旅馆，准备同货运公司管理层进行一次谈判。我找了一些大学生，付给他们每人50美元，让他们将所有的公共厕所和电梯都占住。然后我就在其中一个咖啡壶中下了泻药。我们工会自己参加谈判的人用另一个咖啡壶。货运公司管理层则有一半人用下了药的咖啡壶。很快，一个家伙冲进谈判室的卫生间就再也不肯出来了。其他几个人疯了般地在宾馆中寻找没有占用的卫生间。事后因为要休息、换洗衣服，这几个人都没能参加谈判，我成功地将他们的谈判人员减少了。同少部分人谈判要简单得多。尽管吉米身上背负着那么大的压力，回到我们自己房间时，他还是忍不住放声大笑。

在那年夏天和秋天，我很少见到吉米。吉米为了应对官司，天天和他的律师们待在一起。第一个官司，就是后来所谓的“贿赂陪审团案”，计划于10月在纳什维尔开庭。届时我也会到大奥普里剧院[①]。涉及太阳谷项目的芝加哥养老金案则将于1964年春开庭审理，我会尽量找理由去芝加哥的。

律师弗兰克·拉加诺在一本书以及历史频道中都提到，吉米·霍法曾让他给桑托·特拉菲坎特和卡洛斯·马塞洛带话——“吻”下约翰·肯尼迪总统。他说当时他们正在吉米位于华盛顿的办公室中为案子做准备。我个人不相信吉米会让人传递这种话。”

1994年，弗兰克·拉加诺写了一本回忆录，名字倒是名副其实——《黑帮律师》。在这本回忆录中，拉加诺称1963年初曾听到过吉米·霍法、乔·科伦波和比尔·布法隆之间的一场对话，当时，纳什维尔和芝加哥的两个案子的陪审员已经选定，只是起诉书还没有送达。霍法同他们两个玩金拉米牌时说：“要是傻瓜出

① 田纳西州纳什维尔的大剧院。

事了你说会怎样?”(霍法总是将他的头号敌人鲍比·肯尼迪称作“傻瓜”。①)

他们三个一致同意，如果“傻瓜”出了事，杰克（肯尼迪总统）就会放狗咬人了。但如果杰克出事了，副总统林登·约翰逊就会登上总统的宝座，而约翰逊痛恨鲍比·肯尼迪可不是什么秘密。大家一致认为，林登会免去鲍比·肯尼迪的司法部长职务。据拉加诺回忆，当时霍法说：“他肯定会这样做。他和我一样恨傻瓜。”

数月之后的1963年7月23日，星期二，也就是约翰·肯尼迪被刺杀前四个月，拉加诺声称因收到了五六月的起诉书同霍法见面讨论。霍法愤怒欲狂。据拉加诺说，霍法对他说：“得采取措施了。现在你的朋友和卡洛斯一起铲除约翰·肯尼迪那个狗娘养的时候到了。必须得动手了，一定把我的话带到。不要再磨磨蹭蹭啦，我们时间不多——必须得采取措施了。”

“好吧，在我看来，弗兰克·拉加诺他们对帕廷一无所知。吉米很清楚纳什维尔审判中他们中间被安插了一个内鬼。我知道凡是在安德鲁·杰克逊酒店出现的人都是吉米的怀疑对象。吉米当时刚刚认识弗兰克·拉加诺。拉加诺可不像比尔·布法隆那样和吉米相知相交多年，后两者之间已建立了相互尊重和信任。吉米有一架私人飞机，如果他要传递如此重大的消息，他会直接飞到佛罗里达。吉米在迈阿密海滩有一个很棒的处所。吉米当然也知道如何通过电话安排一次会面。我就是通过事先安排好的电话同吉米见面的。不过不要误会我的意思。弗兰克·拉加诺是个好

① 杰米将鲍比·肯尼迪的名字 Bobby 故意改成 Booby（傻瓜）。

人，桑托·特拉菲坎特和卡洛斯·马塞洛都还是很信任这个律师的。如果拉加诺说他记得事情就是这样的，我想我也只能尽量相信。不过现在说的事情，只要是个头脑正常的人都不会像他口中的吉米那样说话。如果吉米给拉加诺说了，拉加诺再同那些人讲了，那些人会怀疑吉米是不是脑子糊涂了，口无遮拦地告诉拉加诺这种事，更不要说听到这些话的都是些什么地位的人了。卡洛斯曾在自己的办公室中挂有一个标语，上面写着："三人难守秘密，除非两人死去。"

1963年真是多事之秋。有小道消息说联邦调查局成功策反了一个叫约瑟夫·瓦拉齐的"士兵"。瓦拉齐是第一个叛变的"士兵"，来自于纽约的吉诺维斯家族。这是教父之祖卢西亚诺和迈耶·兰斯基等其他几位大佬共同缔造的家族。瓦拉齐从未接触到什么大人物。我从未听说过他，更没有通过拉塞尔见过这个人。如果我没搞错的话，拉塞尔自己也是发生这件事后才听说过这个人的。不过这个瓦拉齐知道的"老故事"可不少。他知道很多杀人内幕。他提到维多·吉诺维斯如何为了霸占一个人的妻子将那个人从房顶上扔下去，后来他果然同那人的妻子结了婚。他熟知各个（意大利黑手党）家族是如何组织运作的。

瓦拉齐天生就是一个卑鄙的毒贩，他的老板维多·吉诺维斯和他一起被关在联邦监狱时，就因为怀疑他是一个告密者准备亲手将他干掉。宁错杀，不放过。

瓦拉齐最后怀疑一个无辜的狱友要杀他而把那人干掉了，之后他就把自己所知的一切都宣扬出去了。他讲了他是如何被吸收进组织的，他还讲了一些意大利黑手党家族的秘密，这些秘密就连我都不清楚。他甚至把一些细节都讲了出去，比如卡洛斯不允许其他家族的人未经他的许可来到新奥尔良，即便是狂欢节也不行。卡洛斯十分谨慎，从不侥幸从事，把一切都看得很紧。

在吉米的贿赂陪审团案开庭数周前，鲍比·肯尼迪在麦克莱伦委员会的一次听证会上让瓦拉齐在电视上露面了。这就像战争中的宣传战，找演员宣传战争债券那样。只是这次的演员换成了瓦拉齐，而不是鲍勃·霍普[①]。大家可以想象，瓦拉齐听证会的宣传过后，对有组织犯罪的打击会变本加厉。全国各地的澡堂或是私人的意大利俱乐部里都有电视播放。”

1963年9月，也就是吉米·霍法的贿赂陪审团案开庭前一个月左右，约瑟夫·瓦拉齐站在麦克莱伦委员会面前，面对电视镜头向公众揭露了很多细节，这被鲍比·肯尼迪称作“美国有组织犯罪史上最大的情报突破”。

瓦拉齐的身份转变，从下层的“枪手”到囚犯到媒体热点人物再到鲍比·肯尼迪树立的典型，这始于1962年夏天他被关进亚特兰大州立监狱。瓦拉齐当时因为贩毒和他的老板维多·吉诺维斯一起在监狱服刑。让瓦拉齐尴尬的是，联邦毒品调查局的探员经常来探监，给人印象是他已经和政府合作了。这样做是为了引起吉诺维斯对瓦拉齐的猜疑。这让瓦拉齐产生了对死亡的恐惧，迫使他就范。在霍法失踪后，联邦调查局也在谢里丹身上用过这种诡计，只是没有成功。不过这次在瓦拉齐和吉诺维斯身上这个反间计奏效了。

据瓦拉齐后来的证词，维多·吉诺维斯走到瓦拉齐的身边，声调和缓而意味深长地对他说：“你知道的，有时一筐苹果中有一个苹果有点瘀伤了……也许只是伤了，并没有全坏掉……为了不

---

① 鲍勃·霍普（Bob Hope），美国喜剧和电影演员。原名莱斯利·汤斯·霍普。第二次世界大战中和战后多次进行慰问军队的演出。

影响到其他苹果，我也会将这个坏苹果处理掉。”

当瓦拉齐在一个狱友接近他时用一个铅管将对方弄死时，这个反间计就成功了。为了从死刑减为无期徒刑，瓦拉齐就叛变了，这使得霍法和他的朋友更恨鲍比·肯尼迪了。

1963年麦克莱伦委员会对瓦拉齐进行听证前，麦克莱伦参议员让鲍比·肯尼迪先出来作证。鲍比·肯尼迪对麦克莱伦委员会和电视前的广大观众说：“从瓦拉齐那里得到的情报显示……美国黑手党是由一个委员会领导的，这个组织内各个大城市的头头都对这个委员会负责……现在我们已经知道该委员会中的活跃分子是哪些人了。”

“瓦拉齐听证会刚刚结束，吉米的律师就得到了贿赂陪审团案延迟到1964年1月审理的通知。之后由于纳什维尔发生的事情以及其他种种原因，法官决定把审理地点也改到查塔努加。我们都得去查塔努过新年啦。”

1963年11月8日，那名在纳什维尔“测试车队公司案”中举报汤米·奥斯本的警察，又向“缉拿霍法小组”举报，汤米·奥斯本试图贿赂1964年1月开庭那个案子中的一名陪审团成员。这一次，“缉拿霍法小组”搞到了录音，并把录音交给了主审该案的米勒法官。

米勒法官将汤米·奥斯本叫进他的房间，对他讲一名纳什维尔的警察指控奥斯本诱惑预期陪审员，并试图用1万美金换取他的无罪表决。这个人如果确定当了陪审员就可以先拿到5000美元，如果陪审团最后陷入僵局，他就可以再拿到5000美元。最初，奥斯本否认了该指控。接着，米勒法官就告诉奥斯本这个警察已经向“缉拿霍法小组”做了汇报，并已将奥斯本和他之间的谈话秘密录了音。法院据此就可以剥夺他的律师资格。奥斯本将这个情况汇报给了比尔·布法隆和弗兰克·拉加诺。之后，奥斯本承认录音带中是他的声音，不过声辩这是那个警察的主意，奥斯本没有打算采纳这个点子。也就是说，奥斯本只是吹嘘而已，徒装强硬。最后，奥斯本被认定有罪，被判了短期监禁。出狱之后，绝望之下，奥斯本于1970年饮弹自杀。只不过在1963年底，霍法的这名首席律师还不知道他是否会因为更多的贿赂陪审团的罪行而被剥夺律师资格。

考虑到纳什维尔已经乌烟瘴气，法官采纳了辩护方的请求，将案子改在查塔努加审理。

“一天早晨，1963年11月22日的前些天，我接到吉米的电话，他让我到收费电话旁等他的电话。我到那里后，吉米只在电话中对我说了一句：“去见你的朋友。”

我开车到拉塞尔那里，拉塞尔打开门告诉我说：“去找布鲁克林的朋友。他们有东西要你带到巴尔的摩。”拉塞尔之前可不是这样。在这个事情上他表现得和往日很不同。

我掉头把车开到了布鲁克林的蒙特饭店。吉诺维斯家族的人经常在此活动。这是纽约最早的意大利餐馆，位于南布鲁克林，距郭瓦纳斯运河很近，饭店的食物很好吃。在饭店左边有自己的停车场。我停好车，走进饭店的吧台。托尼·普罗从桌旁站起身，走到后面拿了一个行李袋递给我说：“去坎贝尔那里，上次你坐卡车去过的。我们的飞行员朋友在那里等着要这东西呢。”

不需要天天玩枪，也知道行李袋里放了三支来福枪。我知道这是来福枪，不过我不知道是什么型号。

我到那里时，卡洛斯的飞行员戴夫·菲利和蒙特饭店吉诺维斯家族的一个人在等着我。他现在不在人世了，不过他是个好人，没必要把他的名字说出来。他说："你朋友怎么样？"我说："他还不错。"他说："你带了我们需要的东西吗？"由于拉塞尔之前语气的暗示，我就没有下车，交给了他钥匙。他打开箱子，拿到行李袋，道别后我就回家了。”

在蒙特饭店进行这一系列交接时，普罗文扎诺就1963年6月13日被判劳动诈骗罪一案提起了上诉。他的中间人和共同被告——前哈德逊县检察官迈克尔·康姆纳尔也同时被定罪。1963年6月的判罪，最终让普罗文扎诺在路易斯堡监狱服刑四年半，由于他的行为违反了劳动法，获释后，五年内将不得参与工会事务。在审判期间，《纽约邮报》作家默里·肯普顿确认普罗文扎诺是"美国工资最高的工会官员"。当时，他在运输工会中有三个职务，挣的钱比吉米·霍法和美国总统还要多。

显而易见，鲍比·肯尼迪正是普罗文扎诺劳动诈骗罪的最大幕后推手，也是他将这件事曝光给了媒体。普罗文扎诺指责司法部长不择手段地派出调查员询问他的朋友和邻居，尤其令人无法原谅的是，竟然询问他的孩子们。《纽约时报》报道说普罗文扎诺骂鲍比·肯尼迪的话"实在下流得很，电视无法播出，记者也无法直接引述写出来"。

1963年11月20日，纳什维尔，米勒法官剥夺了汤米·奥斯本的律师资格。

两天后，约翰·肯尼迪总统在达拉斯遇刺身亡。

鲍比·肯尼迪在他哥哥遇刺之后，给一些人打了电话，其中一个就是打给谢里丹，谈到了他心中怀疑的杀死他哥哥的凶手。

鲍比·肯尼迪让谢里丹调查吉米·霍法是否卷入了这件事。

“特拉华州威明顿的工会大厅当时距离火车站很近。现在仍然是费城107分会的一部分。我在那儿有些工会事务要处理，中间要在几个卡车货运站停留。进入工会大厅时，我从广播中听到了肯尼迪被枪击的消息。刚刚听到发生在达拉斯的这件大事时，我和其他人一样很困扰。我不喜欢肯尼迪，不过我和他也无私怨，他有一个不错的家庭。早在鲁比杀死奥斯瓦尔德之前，我就想到了这个事情是否和蒙特饭店那档子事有关。不用我说，你也知道，这种事问谁也问不出来的。”

威明顿的所有旗帜都降了半旗，肯尼迪总统被刺杀的消息传开后，政府内外工作的人都被赶回家了。当吉米·霍法听说来自圣路易斯的运输工会副主席哈罗德·吉本斯将工会总部的旗帜也降了半旗并将工会大门关闭后，勃然大怒。

“吉米永远无法原谅哈罗德·吉本斯将工会的旗帜降了一半。我对吉米说：“他又能怎么做呢？所有的建筑物都降了半旗。”吉米听不进去我的话。后来，吉米入狱时，我建议吉米让哈罗德·吉本斯负责日常事务，而不要用菲茨。再没有像哈罗德·吉本斯那样一心为工会服务的人了。吉米听后只是对我说了句：“去他妈的。””

约翰·肯尼迪下葬之日，人们都因美国最高统帅的陨落而伤感，吉米·霍法却在纳什维尔的电视上炮轰政府构陷汤米·奥斯本，剥夺了后者的律师资格。霍法说：“这是对正义的扭曲，政府、地方官员，以及一些法官一起构陷他，使我失去了一名有能力的辩护律师。”

接着，隐晦地提到这场庄严肃穆、催人断肠的葬礼时，吉米·霍法幸灾乐祸地面对纳什维尔的电视观众说：“鲍比·肯尼迪现在也只不过是一名律师罢了。”

# ◄ 19 ►

# 收买国家的灵魂

早在1963年12月9日——距离他的兄长被刺仅仅17天——鲍比·肯尼迪已同小亚瑟M.施莱辛格谈到了黑帮涉案的可能性。作为一名历史学家、前哈佛大学教授、普利策奖获得者，施莱辛格曾担任过肯尼迪总统的特别助手。在他的两卷本传记《鲍比·肯尼迪和他的时代》中，施莱辛格提到12月9日晚，他和鲍比·肯尼迪待在一起时，“我问起了奥斯瓦尔德，也许这样问很不得体。他（鲍比·肯尼迪）说奥斯瓦尔德肯定有罪，问题在于他是自己作案，还是大阴谋的一个环节，是受卡斯特罗指使还是受黑帮指使”。

沃伦委员会[①]1964年的报告发布两年之后，鲍比·肯尼迪这样告诉他的哥哥杰克（约翰·肯尼迪总统）的前白宫助手理查德·古德温：“我从未想过这是古巴人干的，如果有人指使，一定是有组织犯罪。不过我现在无能为力，目前无能为力！”

在鲍比·肯尼迪向他的朋友和前白宫助理说这番话时，他对于有组织犯罪的内部游戏了解了不少，比全国其他的“外人”都

---

① 沃伦委员会的正式名称为J. F. 肯尼迪总统被刺事件的总统委员会。由美国总统林登·约翰逊指定，沃伦委员会成立于1963年11月29日，负责调查1963年11月22日J. F. 肯尼迪在达拉斯被刺和刺客李·哈维·奥斯瓦尔德被杰克·鲁比被击毙的原委。因主席为时任美国最高法院首席法官厄尔·沃伦而得名。

了解得多。鲍比·肯尼迪肯定了解到，除非是帮派战争，黑帮头子从来不会干掉另一个黑帮头子的“二老板”，这样做会招致激烈的报复。要想达到预期的效果，黑帮头子们以前通常——目前仍然是——直接干掉黑帮头子本人。在国际层面上，这叫做政权更迭。对于意大利黑手党来说，这只是遵从了西西里岛一条箴言的教导，即“杀狗断头莫断尾”。

肯尼迪在达拉斯遇刺的当天，鲍比·肯尼迪正在华盛顿主持一场针对有组织犯罪的会议，出席会议的是他手下的联邦检察官。他们从美国各州的检察官办公室赶到司法部参加这次重要会议。会议的主题是详细部署下一阶段如何打击有组织犯罪。

在会议第二天的午歇时，鲍比·肯尼迪听到了从达拉斯传来的噩耗。

正如司法部刑事庭有组织犯罪部门主管威廉·亨德利所说的那样：“子弹击中杰克·肯尼迪（肯尼迪总统）脑袋的那一刻，一切都结束了。就在那一刻，有组织犯罪就注定要终结了。”

鲍比·肯尼迪一直致力于揭露并消除美国有组织犯罪。对于他来说，这是一场个人运动，同时他也让他的同事和有组织犯罪的敌人将之视为一场个人运动。鲍比·肯尼迪在这场运动中引入了激烈的竞争。

在长达六年的打击有组织犯罪运动的头三年里，鲍比一直作为麦克莱伦委员会的首席顾问。在这三年中，他拷问、讥讽、嘲弄了美国很多睚眦必报的恶棍。在某次这样的拷问中，鲍比盯着萨姆·詹卡纳说：“你就是接手卡彭黑帮的帮派头号枪手。”鲍比·肯尼迪询问这位弗兰克·辛纳屈在加州涅瓦河赌场的合伙人，是否将敌人的尸体塞入行李箱中处理掉。詹卡纳对此一笑置之，并引用了宪法第五修正案拒绝回答，肯尼迪嗤笑道：“詹卡纳先生，我想只有小姑娘才会咯咯笑。”

鲍比·肯尼迪问这番话时，他肯定知道萨姆·詹卡纳在杀人时的残暴是多么臭名昭著。1958 年，萨姆·詹卡纳命令手下人将格斯·戈林鲍姆夫妇残杀于凤凰城的家中。他们受到残酷折磨后，被割喉而死。格斯·戈林鲍姆是迈耶·兰斯基的助手。毕斯·西格尔被谋杀后，戈林鲍姆接替了毕斯·西格尔成为拉斯维加斯火烈鸟酒店和赌场的总经理。在遇刺前，戈林鲍姆还是萨姆·詹卡纳旗下位于拉斯维加斯里维埃拉酒店和赌场的总经理。詹卡纳怀疑戈林鲍姆偷钱。通过残杀格斯·戈林鲍姆及其无辜的夫人，詹卡纳为的是杀鸡儆猴，警告手下人要守规矩。

1961 年，詹卡纳再次向手下发出警告。威廉·杰克逊是詹卡纳手下一个放高利贷的，体重 300 磅。杰克逊被怀疑是政府密探。他被带到了一个肉品加工厂，挂在 6 英尺长的肉勾上，一连被折磨了两天。在这两天中，杰克逊遭受了痛击、割刺、灼烧、枪击膝盖以及用电牛棒击打等各种酷刑才死去，整个过程被拍了照。詹卡纳犯罪王国的所有手下，不管来自芝加哥、拉斯维加斯、达拉斯、好莱坞还是凤凰城，都被要求观看这些照片。

担任麦克莱伦委员会的顾问三年后，鲍比·肯尼迪创作了一本畅销书，总结了自己长达三年无畏的斗争生涯。在这本书中，鲍比·肯尼迪十分详细地向广大民众揭露了有组织犯罪活动，直接点名道姓地指出他们的种种恶行。这本书名叫《内部敌人》。

在接下来三年针对有组织犯罪的斗争中，鲍比·肯尼迪的身份是国家执法层面的最高长官——他是国家司法部长，联邦调查局局长埃德加·胡佛都要亲自向他汇报。鲍比·肯尼迪列出一个黑帮分子的名单，全部将他们关进了监狱。鲍比·肯尼迪拓展运用线人和监听的手段。几乎每天，他都向全美特别是联邦调查局局长胡佛讲述有组织犯罪的存在、消除有组织犯罪的必要性以及如何运用联邦政府手中前所未有的权力来完成这一目标。

达拉斯事件后，鲍比·肯尼迪的权力变成了无根之萍。他的哥哥和最好的朋友死了，他将不能再用司法部长的显赫权力来应对霍法以及霍法朋友将来可能的犯罪行为。

不过，对于霍法过去的罪行，由于正被起诉，鲍比·肯尼迪作为美国司法部长还是有权处理的。

不管如何，鲍比·肯尼迪成功地同继任的林登·约翰逊总统消除了分歧，在霍法案子结案前一直留任司法部长。“缉拿霍法小组”仍然完整，主管和首席策略师仍然大权在握。吉米·霍法的两场官司都放在了1964年春审判。“贿赂陪审团案”1月20日在查塔努加开审，“太阳谷养老金案”于1964年4月27日开庭。“缉拿霍法小组”期望通过连续两场官司成功将霍法关进监狱。

“大约在1月中旬，我和霍法在芝加哥准备最终签署有史以来第一份主运费协议。我当时为运输工会工作，芝加哥那天出席的代表较多。那时，运输工会有四个区（也称作会议），每个区都有一名副主席，当时四个副主席都在场。这份协议对于工人运动来说创造了新的历史。每个分会仍然享有自主权，可以独立处理分会内部的事务，可以在全国主运费协议的基础上，为自己的利益或是管理的特殊需要签订补充协议。分会在某些事情上可以为自己争取到更好的条件，不过“主运费协议”的条件是底线。不幸的是，之后仍然有欺骗工人的情况，纽约因给予工人的工资往往低于“国家劳资协议”的标准而臭名昭著。尽管有国家劳资协议的存在，还是要倚仗各分会的领导才能争取到相应的权利。托尼·普罗手下的人就从未给他举办过“感恩之夜”的活动。他所在工会的很多人拿不到工资或是没有工作，而普罗本人可以通过暗箱操作拿到钱。

签署主运费协议四天后，吉米又回到了查塔努加的隐身之所，当时已经开始进入陪审团选定环节。庭审开始后，我也来到了查塔努加，同比尔·伊莎贝尔和山姆·波特温坐在一起。他们又请了一个律师接替那个被开除的律师，也为其他几个共同被告请了律师。艾伦·多尔夫曼负责管理养老基金，也是其中一个被告，他的罪名是协助吉米贿赂陪审团。查克·奥布莱恩和吉米待在一起，当然是防备人群中再有哪个傻蛋携带枪支。

啊，天哪，查塔努加法庭人真多啊！法庭上人头攒动，我在那里待了几天后才被告知用不到我，于是我就离开了查塔努加回去工作了。我离开田纳西州的时候，大家都觉得政府手中有对某些人不利的证据，不过政府应该没有证人可以证明吉米卷入了这件事。大家已经准备给鲍比·肯尼迪提供更多替罪羊。他们还不知道帕廷的存在。政府将帕廷作为突如其来的证人留在了最后。”

法律并未规定政府的证人需要事先说明。爱德华·格雷迪·帕廷一直被藏在田纳西州“瞭望山”上的一个小木屋中。随着政府检察官詹姆斯·尼尔传唤一名对霍法同案犯不利的证人，纳什维尔审判期间所有做过坏事的人都一一被控诉，查塔努加“贿赂陪审团案”开始审理了，法庭上，霍法面带热忱的微笑，自信满满。

就这样，一直审判了三个月，霍法似乎已胜利在望了，此时政府让他们的终极证人出场了。爱德华·格雷迪·帕廷刚一走进法庭，立马就引爆了全场。很快辩护方律师就开始大呼不公平，提出了排除帕廷做任何证言的申请。政府被指责在霍法辩护团队中安插内奸，这种做法侵犯了宪法赋予霍法的律师协助权。如果这点得到了证明，那么帕廷向陪审团作出的证词必须被排除，而霍法则可以胜利者的身份再次走出法庭。

政府则辩称帕廷不是公诉方安插的，他是自愿出庭的。帕廷也没有向公诉方告密，他汇报的对象是前联邦调查局特工沃尔特·谢里丹。谢里丹只是指导他留意贿赂陪审团的证据。随后，帕廷将这些证据汇报给了谢里丹，谢里丹汇报给了公诉方，公诉方又汇报给了法官。帕廷从未向谢里丹提及他在纳什维尔听到的有关“测试车队公司案”本身或是霍法在该案中的任何辩护信息。

对于辩护方的申请进行了四小时的听证，最后法官接受了政府方面的意见，爱德华·格雷迪·帕廷被允许出庭作证。陪审团又再次回到了法庭，吉米·霍法怒视帕廷，不过帕廷没有被吓倒。帕廷开始将霍法同具体的贿赂陪审团的事例联系起来，他向陪审团说明了大嘴巴的霍法在贿赂陪审团之前或者过程中，对帕廷提及了试图贿赂陪审团的事实。随着帕廷的讲述，大家慢慢听明白了霍法就是在幕后操纵在纳什维尔贿赂陪审团的人。

在法庭休息时，霍法气得举起法庭被告席上的一把椅子摔向了帕廷。

帕廷为政府方面作证，接着辩护方律师开始盘问帕廷。盘问一直持续了将近五天，帕廷非但没有崩溃，反而越来越精神了。有次，一名辩护方律师指责帕廷是在背诵、排练证词，帕廷马上反驳：“如果我是事先排练好的话，你听到的证词就会多多了，我其实还忘掉了一些细节呢。”

帕廷刚刚出庭作证的那天晚上，有人朝帕廷的生意代理人和好朋友的家中开了枪。

在帕廷作证的间隙，每当他们相遇时，吉米·霍法都会大声咒骂谢里丹。有一次，霍法对谢里丹说他听说谢里丹得了癌症（事实并非如此），他想知道，“癌症发作要多久”。还有一次，霍法对谢里丹说：“你一点种都没有。”他开始在公开场合对自己的律师咆哮。记者们曾经听到他对自己的律师们大吼大叫：“我不管你们是否要熬通宵。”一名律师被霍法的这种做法刺激得情绪爆发了，他对着法官大吼，最后被判定藐视法庭。在其中一次休息时，霍法威胁检察官詹姆斯·尼尔：“尼尔，我后半生都不会放过你的，你不可能永远在政府部门工作。”

帕廷作证完毕后，轮到霍法作证了，不过这时霍法已经变得草木皆兵了。他不知道政府手中是否有他和帕廷在纳什维尔的对话录音。事实上，他认为政府手中是有这样的录音带的。正是基于此点，很多对他不利的言论，他都无法直接否认。他回答时顾左右而言他，不敢直接矢口否认。

不幸的是，这些言论都是从之前那些受贿的陪审员传出去的，无论如何狡辩都于事无补。要想打动陪审团，霍法只能明确无误地否认他曾对帕廷讲过类似的话，不过由于担心曾被录音，霍法不敢这么做。在查塔努加法庭上，他和以前那个总是咄咄逼人的霍法简直判若两人。

之后，辩护方的辩护更加无力。很显然，对于政府方面突然抛出帕廷这个出乎意料的证人，霍法和他的律师团队都没有做好准备。

弗兰克·菲茨西蒙斯向陪审团证实他曾派遣黑人商业代理拉里·坎贝尔去纳什维尔处理工会组织事宜。这个无力的证词似乎是想暗示坎贝尔当时不曾在场，不可能去贿赂陪审员，从而来驳斥帕廷援引霍法的话的证词：“陪审团中的黑人陪审员我已经拿下了。我手下的一个商业代理，拉里·坎贝尔在开庭之前就来到纳什维尔处理这件事。”

辩方又叫了另一名辩护证人出庭作证说帕廷是个瘾君子。这个证据很明显站不住脚，后被公诉方抓住用来反击。公诉方请两位毒品专家和戒毒医生检查了帕廷，结果没有迹象表明帕廷当时或是曾经吸食过麻醉毒品。

绝望之下，辩护方开始歇斯底里，他们提出了一个无效审判的动议，理由是政府方面对辩护方进行了电子监控和人为监控。电子监控专家的证词以及联邦调查局监视的照片被用来支撑这一动议。只是这些照片中，只有一张照片中出现了联邦调查局密探的身影，他在照片中只是骑摩托经过而已。其他照片中的人都是些想抓拍到霍法这个名人被告的查塔努加普通市民。在其中一场针对动议的辩论中，辩方律师雅克·希弗叫嚣要和检察官詹姆斯·尼尔决斗：“你再说一遍试试，不论比什么，在哪比，我都奉陪到底，我倒要看看谁会先被吓尿。”最后，法官裁定基于联邦调查局对辩护团队关于监视的无效判决动议“完全没有法律依据”。

接着，辩护方又提出了一个无效判决的动议，这次的理由是陪审团无意间听到了辩方律师雅克·希弗大声谈论一个辩护关键点，一些陪审员听到了希弗狂暴的挑衅言辞。在上述事件发生时，陪审团被隔离在陪审团休息室。如果不是希弗的嗓门过大，陪审团也不能听到希弗说的是什么。为了支持己方的动议，辩护方提出希弗在法庭上大声辩护之时，辩方律师弗兰克·拉加诺曾离开辩护席到陪审团休息室门口，检验陪审团是否能够听到希弗的辩论。法官对此提出异议，他指出拉加诺的做法损害了陪审团的尊严。他应当像法官在整个庭审过程中一直做的那样，要求他的伙伴声音放低，而不是拿这个来作为无效判决的证据。

在最后陈词时，政府检察官詹姆斯·尼尔面对陪审员称纳什维尔发生的事情是“人类有史以来对陪审团法律体系最严重的践踏”。至于他的明星证人证词是否真实，尼尔的解释十分简洁：“政府方面之所以认为帕廷的言论真实，是因为政府已经证实了帕廷所说的正在发生的事情，他所说的会发生的事情，果然都发生了。”

詹姆斯·哈格蒂——霍法的首席辩护律师称这是“这是肮脏、龌龊的陷害”。哈格蒂最后打出了鲍比牌。哈格蒂提起鲍比·肯尼迪时用的词汇刻意让人联想到种族歧视，企图激起南方人对于鲍比·肯尼迪的偏见。他指责鲍比·肯尼迪在司法部大权独揽。在表达了对德高望重的黑人民主领袖马丁·路德·金的敬意后，哈格蒂又把矛头对向了坐在法庭旁听席后排的谢里丹，认为他是对霍法“恶毒污蔑的总工程师，是鲍比·肯尼迪的忠实走狗”。

在另一次辩论总结中，辩方再次言语攻击了鲍比·肯尼迪和“刽子手谢里丹”。

陪审团并未被欺骗。艾伦·多尔夫曼——太平洋战争期间的海军老兵，因在贿赂陪审团中扮演的角色不大，而被判无罪。吉米·霍法和其他三个参与贿赂陪审团的人被判有罪。在另外两起审判中，两名霍法的代言人也被判有罪。

1964 年 3 月 12 日法庭宣判，雅克·希弗因藐视法庭被判 60 日监禁。律师弗兰克·拉加诺因站在陪审团休息室门口偷听陪审员谈话而被通报批评。

霍法的三名共同被告分别被判刑三年。在另一次审判中，帮助霍法行贿陪审员的手下被判刑五年。而纳什维尔的律师汤米·奥斯本因帮助他的客户贿赂律师，越过了红线，被判刑三年半。

吉米·霍法，整个事件的总设计师、唯一可能的受益者，则被判刑八年。

法官弗兰克·W. 威尔逊在判词中这样写道：

> 霍法先生，本廷判决你……（在贿赂陪审团事件中）有罪。你在法官已告知你他获知有人贿赂陪审员的情况下，还我行我素……如此明目张胆触犯法律的行径在本法庭闻所未闻。所有站在法庭上等待宣判的被告……都侵犯了他人的财产权或者个人权益。
>
> ……你们事实上是在收买我们国家的灵魂。

## 20

# 霍法喜剧团

“帕廷要是死了对吉米他们可不利。吉米还需要他活着签署一份证词呢。他们需要帕廷作证，说他在此前庭审中所作出的对霍法不利的证词都是谎言，是按着鲍比·肯尼迪的“缉拿霍法小组”那帮人的教唆作出的。帕廷得说他之所以此前会作伪证，不是因为吉米威胁说要暗杀鲍比·肯尼迪，而是因为他自己身上还背负着一件绑架案。关于吉米收买陪审员的事儿，帕廷这样作证对吉米最有利。帕廷知道，只要他与他们虚与委蛇，就没有人会动他。帕廷交给吉米律师的证词都是无效的证词证言。直到最后，也未能让帕廷作出自己构陷吉米入狱的证词。从他口中掏出的关于构陷吉米的证词完全和案件无关，全是诸如“帕廷，我的孩子，这是查塔努加火车吗?”之类的废话。”

霍法需要让帕廷再活上很久的另一个原因在于，在他获得假释或者总统特赦之前，这是他唯一翻盘的机会。在他的自传中，吉米·霍法在1971年3月27日提到帕廷交给吉米的律师一份证词，一份大约“二十九页的坦白书”。只凭从霍法自传中的说法，每个懂行的人都可以清楚看出，这份材料可说不上是帕廷对自己和政府构陷吉米入狱的“坦白书”。不管这东西是什么吧，帕廷还是用这份东西从霍法阵营换取了丰厚的回报。他得以和奥迪·墨菲[1]一起做一笔利益可观的大生意。奥迪·墨菲是著名的电影明星，也是一名“精心包装的二战英雄”。

墨菲仍然饱受战争创伤的困扰，噩梦不断，生活一度陷入谷底。1968年他申请破产，1970年他因“意图谋杀袭击”的罪名被指控，最后被判无罪。尽管如此，在像帕廷这样的南方佬的眼中，墨菲这个来自田纳西州、经过精心包装过的二战大兵仍然是星光熠熠。吉米在自传中厚颜无耻地写道：奥迪·墨菲和帕廷的生意要想赚钱，还得吉米·霍法的帮忙才行。帕廷作证后不久，吉米就写道：“参议员乔治·墨菲亲自将（证词）带给司法部长约翰·米切尔，而奥迪·墨菲则把证词带给了尼克松总统。”

“我没有单独或是与吉米一起见过奥迪·墨菲，二战中在国外作战时也相互不认识。当时我们虽然参加了同一次战役，但隶属于不同的师。他像我一样，战后极度酗酒。我听说他和吉米之间有生意往来，不过具体什么生意我就不得而知了。墨菲死于一场小飞机坠机事故。吉米曾一度做过煤炭生意，但我觉得奥迪·墨菲应该没有干过这行。

1964年春天，费城“呼声”组织威胁说如果再在吉米的案子上花钱，他们就会起诉国际卡车司机兄弟会。查塔努加收买陪审员的案子已经花了50多万美元。现在“芝加哥太阳谷案”又来了。这个案子败诉的风险很大，因此必定会有更大的花销。芝加哥的案子要历时好几个月。吉米在芝加哥的谢尔曼酒店包下了一个楼层，聘请了十几名律师，这些律师都是要收费的，同时聘请了全日制的大厨为他们随时做饭。这些可都是要钱的。

---

① 奥迪·墨菲（Audie Murphy，1926—1971），是一位在二战中表现非常杰出的美国大兵，在战后参演过44部电影，同时也是乡村音乐作词人。

吉米告诉运输工会执行委员会，不用担心“呼声”的指控。吉米说工会的律师，爱德华·贝内特·威廉姆斯告诉他工会为这些账单埋单是完全合法的。因贿赂麦克莱伦委员会而在华盛顿受审的那个案子，吉米就是让爱德华·贝内特·威廉姆斯为自己辩护的。那次，在庭审中，他们让乔·路易斯出庭作证从而赢了那场官司，庭审后他们送给了鲍比·肯尼迪一只降落伞对他加以嘲讽。因为威廉姆斯在该案中表现出色，吉米让他负责运输工会的法律业务作为奖励，因此他觉得威廉姆斯会帮他圆谎。运输工会为此向威廉姆斯求证，威廉姆斯说他从未向吉米说过这番话，同时说依照工会章程，在吉米被定为有罪后再用工会的钱为他的诉讼费用买单是违法的。

我认为，不管何时如果我的案子胜诉了，我都会得到补偿；但是如果我败诉了，那么诉讼费用就需要我自理了。或者我可以这样说，有人会因此拿到好处，而我拿到了红包。在我败诉的两个案子中，我确实从私人那儿收了相当一笔钱来弥补诉讼费用。但是如果败诉，这些钱其实是不够弥补花费的。

查塔努加的案子，吉米被判了八年，宣判后一个月左右，芝加哥案也开始审理了。当时我碰巧在芝加哥，就旁听了庭审，中间休息的时候，我站在法庭的过道上为吉米祈祷。我看到一大帮人走出来，大多数都是卡车司机，没有一个黑帮分子，连乔伊·科伦波也没有出席。我和巴尼·贝克交谈。贝克高 6 英尺 6 寸，体重 350 磅，饭量很大。你可能想不到，他还是一个中量级拳击手。乔·路易斯在华盛顿出庭作证这件事据说和他有关，吉米很喜欢他。他卖领带，总是有各种各样的领带卖。巴尼很有胆量，乐于助人，是个好打手。沃伦委员会的报告中有对他的调查，因为沃伦委员会发现在达拉斯事件发生前几日他曾和杰克·鲁比通过几次电话。

比尔·布法隆旁听了这次审判，而弗兰克·拉加诺则为同案的另一位被告辩护。吉米通常不听从律师的建议，而只是告诉他们他想要做什么。吉米记性超好，两周前庭审中证人的证言他都能记得一清二楚，比律师记的笔记还清楚。要是律师说了吉米不想听的内容，吉米就会说："好吧，你搞定这件事。"然而，站在法庭的过道上，我突然觉得吉米这次应该多听听律师的建议。

吉米让我回头和他在工会办公室会面。在芝加哥办公室，他直截了当地警告来自东部的朋友，帕廷不能有事儿。吉米告诉我芝加哥的案子有对他很有利的证据，目前他们还在让帕廷就查塔努加案做出对吉米有利的证言。

同时，他们还找到了芝加哥的一个名叫罗兰·利博纳蒂的国会议员帮忙。我从来没见过那个人，但听说过他。他和萨姆·詹卡纳是一伙儿的。后来，报纸爆出，詹卡纳的女婿安东尼·蒂斯奇正是在利博纳蒂手下工作。他们指使利博纳蒂申请国会对鲍比·肯尼迪展开调查，理由是鲍比·肯尼迪通过非法窃听、监控以及在纳什维尔安德鲁·杰克逊酒店的霍法的房间里安插帕廷这个眼线等手段侵害了霍法的宪法权利。霍法期望借此打一个漂亮的翻身仗，让"傻瓜"在国会听证会上理屈词穷。吉米宣称他手头有鲍比·肯尼迪和著名影星玛丽莲·梦露鬼混的录音带。约翰尼·罗塞利和詹卡纳在梦露的房间里偷偷装了窃听器。他虽然从来没有当着我的面播放过那卷录音带，但我觉得他本来是打算放这个带子的，如果对鲍比的国会听证会召开的话他就会放的。

我离开芝加哥，回到了寻欢作乐的费城，向朋友们传达了吉米放出的不要动帕廷的话。在107分会，我们仍在和反叛团体以及美国劳联—产联的其他分支组织争斗。在特拉华大街我们有一家酒吧，用来换衬衫。警察来酒吧找一个穿着绿色衬衫家伙。我则换好了一件蓝色衬衫镇定自若地坐在酒吧喝酒。我会对着警察出示我的账单。单单看账单，好像我是一直待在酒吧里喝酒，只是警察绝对猜不到我一个钟头就能把那些酒全喝光。”

吉米·霍法和七个同案犯于1964年4月27日在芝加哥被审判，这距霍法因查塔努加案子被判八年监禁只隔了五周。像查塔努加案一样，在选定陪审团的日子到来之前，陪审员的身份对原告和被告双方都是保密的。

选定陪审员没有出什么意外。随后，政府就对霍法提起养老金诈骗的公诉。检方提供的证据包括长达十三周费神劳力收集的证人证言，以及多达1.5万份文件证据供陪审团审查。从任何意义来讲，这个案子都算得上是全国大案了。

养老金诈骗案主要涉及佛罗里达州的一块土地开发项目。这块土地本来是用作房产开发的。工会的卡车司机可以通过认筹股份的方式来投资这个项目，然后开发成养老院或者度假村。这块地就是后来众所周知的“太阳谷”。包括吉米·霍法在内的卡车司机都认筹了股份，然而开发商还没有来得及开发这块地就去世了。“太阳谷”项目于1958年破产，司机们认筹的股份变得一文不值。

对吉米·霍法而言更加不幸的是，“太阳谷”项目破产前，为了给开发商修建道路和其他基础设施的贷款担保，霍法在佛罗里达的一家银行开了一个40万美元的无息账户，而这笔钱是从他掌管的底特律分会养老金中直接挪用的。随着“太阳谷”项目的破产，银行没收了40万美元的抵押金。霍法要想赎回这40万抵押金，就得偿还银行开发商死前欠银行的50万美金。

据公诉方陈诉，为了筹措这50万美金的银行欠款，霍法1958

年到1960年肆意用养老金放贷。他联合七位同案犯开始拆东墙补西墙，将养老金借给一些高风险项目，从中收取回扣和佣金，并用部分钱来偿还佛罗里达银行50万美金的欠款。到1960年，欠款终于还清了，同时霍法在偿还299分会40万美金的同时还付了4.2万美元的利息。

按照检方的说法，霍法的这一系列运作被认定为养老金诈骗。无论是鼓动工会司机投资“太阳谷”项目，用299分会养老金抵押贷款，还是挪用总工会养老金的钱填补299分会的空缺，这一系列活动霍法个人都从中谋取了私利。检方认为，霍法从中谋私利的意图可以从一份他签发的文件看出来。检方举证，霍法和“太阳谷”项目开发商曾签署一份秘密的信托协议，协议规定，“太阳谷”项目开发完成后产生的利润，霍法可以从中分到百分之二十二。

吉米·霍法的辩护策略非常简单：他准备否定这份文件是他本人亲自签署的。“太阳谷”项目的开发商——欧文·伯特·布伦南已经去世了，无法指认这份秘密的信托协议上的签字是霍法本人所为。也许是布伦南自己冒用霍法的签名想私吞这百分之二十二的利润，再或者是开发商想冒用签名借霍法的名头取信其他投资人，因为霍法掌控着巨额的工会养老金，是项目的坚实后盾。

据公诉人举证，为了偿还银行贷款，吉米于1958年到1960年间各种挪用公款谋取私利，这其中包括迈阿密的贷款额达330万美元的埃弗哥莱德酒店大厦建设项目，吉米从中吃了33万美元的回扣。另有一笔65万美元的款项贷给了布莱克建筑公司。然而，这个公司是不存在的，公司的所谓老总塞西尔·布莱克只是一个每周挣125美元的普通工人，这笔钱他一个子儿也没见到。

芝加哥的案子令吉米尤其气愤的是，在他看来，自己在1958年到1960年间所做的事情纯属自卫，无可指责。这些款项挪用行为都是麦克莱伦委员会听证期间鲍比·肯尼迪直接逼迫的结果，那笔作为银行抵押的40万美金的无息存款也是鲍比·肯尼迪此举的连带消极后果。

芝加哥案控方主要证人是联邦调查局的一位笔迹专家，他作证信托协议上“J. R. 霍法”的签名与霍法的其他签名笔迹相同。

不出所料，霍法立场强硬，坚决否定信托协议上是他本人签名。不过，大家没有料到的是，霍法更进一步否定自己曾用过“J. R. 霍法”的签名。吉米发誓说，在法律文件上，他签署的名字都是“詹姆斯·R. 霍法”。

对此，控方没有什么意料之外的证人，于是就从小山般的文件中寻找“意料之外”的证据。在法庭质询阶段，控方询问吉米·霍法是否亲自出租了迈阿密海滩上的一个阁楼。霍法确信，出租阁楼是合法的工会花费，于是就坦然承认了。接着，控方问他是否亲自签署了租约，他也承认了。这时，控方将租约递给了霍法，让他确认租约上签名的真实性。让他倍感沮丧的是，他在这份租约上的签名是“J. R. 霍法”。

对于芝加哥案，沃尔特·谢里丹的看法可谓一针见血：“霍法为了自己的利益滥用了工会基金，为了使自己摆脱困境，又继续挪用了工会成员的养老金。”就这样，慢慢地，霍法从他的工会兄弟那里卷走了40万美金，为了在案发之前补上这个缺口，他又从工会兄弟那里卷走了50万美金。

1964年7月26日，陪审团很快裁定吉米·霍法和他的七位手下犯了养老金诈骗罪。1964年8月17日，吉米·霍法被追加了五年刑期，此前，因为查塔努加案，他已被判了八年监禁。

吉米·霍法不幸被判入狱十三年仅过去一周，同年8月25日，鲍比·肯尼迪就宣布辞去司法部长职务，竞选纽约州参议员。沃尔特·谢里丹也同时从司法部辞职，为他助选。

“吉米·霍法习惯了胜利，你很难想象他就这样接连输给了鲍比·肯尼迪，他一定不会就此罢休。

不过，在田纳西州面临第一次审判时，他就将那些原本轻微的处罚最后演变成了重刑。尽管一再被抓获，他永远会手拿现金去贿赂陪审员。他就像一只被一再被敲头，却死不悔改的袋鼠。

我们的一些朋友质疑对吉米的判决，大嘴地说出了一个他几乎没有听过的名字爱德华·帕廷。在这个世上，如果你想要对方信任你，就必须管好自己的嘴巴，不然别人不会尊重你的。

后来，我从哈罗德·吉本斯那里听说，自从芝加哥的案子之后，不管签署什么东西，吉米总会小心翼翼地签上“詹姆斯·R.霍法”。”

在鲍比·肯尼迪宣布参选参议员之前，他花了三年时间一直盯着吉米·霍法和他的运输工会。经过三年的努力，一共有201名工会领导人被起诉，其中126位被宣判有罪。

多亏了鲍比·肯尼迪，暴徒们开始受到公众的严密监督，再在饭店之类的公众场所聚会就会被抓捕。1966年9月22日，一群暴徒在纽约皇后区的斯特拉饭店集会，就被警方悉数逮捕。这群人中就有卡洛斯·马塞洛、桑托·特拉菲坎特、乔·科伦波和卡罗·甘比诺等大佬，他们被一一收监、审讯，最后无罪获释。一个月之后，这群人再次在斯特拉饭店集会，不过这次他们学乖了，带上了自己的律师，弗兰克·拉加诺。

鲍比·肯尼迪对于有组织犯罪的严打运动，特别是他所设计的工作方法——收集情报、锁定目标、同线人交易、雇人监听，将不同政府部门甚至是竞争部门之间的信息汇总等——为联邦政府打击有组织犯罪活动树立了样板。今天，不会再有人质疑有组织犯罪的存在，也不会有人质疑联邦政府和联邦调查局为消灭有组织犯罪所做的努力。多亏了鲍比·肯尼迪，有组织犯罪活动不再被视为地方警察的问题。也许有组织犯罪的头头已经被消灭了，不过，下面的狗腿子还在。鲍比·肯尼迪对于有组织犯罪以及运输工会的那些暴徒的权力造成了不可逆的削弱。

“吉米·霍法本人对钱毫不在意，他总是大把往外派钱，不过，他的确对权力很在意。不管是否身在监狱，他都不会放权。首先，他会尽最大努力不入狱。如果一旦入狱了，在想尽办法出狱的同时，他还会在狱中对工会遥控指挥。只要出狱，他就会把所有的权力都收归己有。我会帮他做这些事情。”

1965年，辩护方提请重新审判查塔努加案，理由是陪审员在上次庭审期间招妓。霍法方面声称政府执法官给陪审员安排妓女陪侍，引诱他们站在政府一边。辩护方有四名查塔努加的妓女的证词为证。其中一名叫玛丽·曼迪的妓女还声称查塔努加案的法官曾告诉过他要不择手段地“缉拿霍法”。大家可以想象，这样法律的“证词”在神圣的司法厅堂上会引发怎样的哄堂大笑。法官对此一笑了之，置之不理。政府起诉了其中一名妓女，最后她被判犯了伪证罪。玛丽·曼迪立马就撤回了自己的证言。

在1966年迈阿密海滩的运输工会大会上，吉米·霍法修订了运输工会的“宪法”，设定了一个新职位——常务副主席。常务副主席在主席入狱的情况下可以全权负责工会的运作管理。霍法把准备好的傀儡——弗兰克·菲茨西蒙斯安插到了这个职位上，并把他的年薪从7.5万美元提高到10万美元，和当年美国总统的薪金相同。同时，霍法又增加了一条规定，即工会主席如果入狱薪水照付。

之所以霍法入狱还要拿薪水，霍法是这样给工会代表解释的：自己入狱就像出于健康目的旅行了一段时间一样，也好比去深海捕鱼产生的花费。霍法还要求大会代表们通过决议支付他之前的所有诉讼费用，不管他是否胜诉，这笔钱在大会开始前已累计高达127.768万美元。对于他将来所有的诉讼费用，霍法也让工会代表通过决议完全由工会报销。

同时，霍法的查塔努加案上诉到了美国最高法院。最高法院之所以同意开审，是基于霍法的律师协助权这一新型的宪法权利，以及这一权利可能因帕廷出现在安德鲁·杰克逊酒店而受到了侵害。当时正值"刑法革命"（1961—1971）时期，之前罪犯没有任何权利，现在罪犯的权利正在被引入。霍法的诉讼申请由约瑟夫·A.法内利——一个能力出众、经验丰富的律师代理，他刚刚加入霍法的律师团队。沃尔特·谢里丹在法庭口头辩论之后这样写道："（公诉方）对于审判程序没有把握。"

尽管霍法是起诉方，霍法的"喜剧剧团"还是决定采取强硬措施对付最高法院法官威廉·布伦南。对于这次"即兴表演"般的上诉，沃尔特·谢里丹这样写道："一个运输工会的头头接触了最高法院法官威廉·布伦南的弟弟。布伦南的弟弟有一家啤酒厂，该头头警告布伦南的弟弟，如果布伦南在霍法的案子上判决不合他们的意，那么这个酿酒厂就得永远关门大吉了。"

面对霍法的强硬措施，最高法院还是判决吉米·霍法败诉。

布伦南和大多数人的意见相同，这份多数意见书是由大法官波特·斯图尔特撰写的。而首席法官厄尔·沃伦则撰写了不同意见书，投票反对对霍法定罪。沃伦认为政府部门秘密使用帕廷这个污点证人“是对联邦法律公正性的玷污”。

波特·斯图尔特法官发布多数意见书仅仅过去九天，该法官就收到了一封旧日同窗密友为霍法声辩的信。这封信是威廉·勒布写的，威廉·勒布是新罕布什尔的一份大报《曼彻斯特工会导报》的出版人。在信中，威廉·勒布向自己的挚友透露说，一名匿名的政府高官向他保证说鲍比·肯尼迪迫切想缉拿霍法，以至于采取了非法窃听的手段。只不过威廉·勒布在信中没有提另一件重要的事：运输工会已允诺向他提供巨额贷款，这份贷款随后他拿到了。如果证明霍法的律师唆使威廉·勒布写了这封信，那么他们可能会面临职业伦理诉讼，不过这个事情后来没人追究。

霍法的律师团队提请对波特·斯图尔特的意见进行重新听证，这样的提议一般法庭不会采纳，即便有名人的不合时宜的信件也没用。

重新听证会悬而未决之时，霍法的“喜剧剧团”又向最高法院提出了一项在法律界从未出现过的请求：“因政府窃听、监听或其他侵犯行为提请减刑。”自由职业的窃听专家，绰号叫“大麻”的本杰明·尼克尔斯为该请求提供了证词。在证词中，尼克尔斯声称“贿赂陪审团案”开审前在查塔努加曾与沃尔特·谢里丹会面，谢里丹雇佣他在陪审团房间的电话上安装了窃听装置。不过，霍法的新法律请求有一个小小的问题，在查塔努加或是全国其他地方，陪审员的房间里是没有电话的。

这场闹剧于1967年下午三点半终于结束了，吉米·霍法因贿赂陪审团被判决有罪三年零三天之后，终于被关进了宾尼法尼亚州的路易斯堡联邦监狱。1967 年 3 月 17 日,《生活》杂志登载了一篇图片故事，标题是《33298 号囚犯——詹姆斯·里德尔·霍法——在冰凉的长路上昂首阔步》。其中一幅图片上有一颗爱心图形，中间是霍法的照片，在爱心外围有几个字“永远想你”。多年来，沃尔特·谢里丹司法部的大门上一直贴着这幅爱心图片。2 月 14 日，情人节，同时也是吉米·霍法的生日。这篇文章提出了这样的疑问:“这意味着霍法在大工会权力的终结——或只是暂停掌权？目前，大多数人都是支持霍法重掌大权的。”

## ◄ 21 ►

# 他竟然挂了我的电话

1967年3月7日霍法入狱，对此《生活》杂志发出了这样的疑问："这意味着霍法在工会权力的终结——或只是暂停掌权？"工会最高领袖的权力移交给菲茨西蒙斯只是名义上的移交，还是风向真的开始变了？弗兰克·希兰这个运输工会领袖以及霍法的"头号手下"，身处1967年费城工会争斗和暴力的前线，分明感受到了空气中弥漫的刺骨寒意。

"在吉米入狱前一天晚上，我开车一路从特拉华州的威明顿驱车到华盛顿看望他。吉米给我2.5万美元让我交给为约翰尼·沙利文和其他两名工会成员辩护的律师。他们被控于1964年在107分会大厅射杀了约翰·戈里和他的女朋友丽塔。戈里为工会反叛团体"呼声"工作，联邦调查局将他的被击杀的原因归结为背叛。至于那个女孩儿，只不过是在错误的时间和错误的人待在了错误的地方——只是无辜被害罢了。

戈里为"呼声"那帮人工作倒是没错，不过要是因为这个的话，那么被杀的就不会是戈里这种小角色了。查理·迈尔斯会是第一个被射杀的，而绝对轮不到戈里。迈尔斯是"呼声"的头头，戈里在"呼声"狗屁不是。这中间又有什么值得揭露的腐败呢？没有什么可以揭露的，大家都知道工会的腐败。

戈里是个赌徒。诚然，大多时候，一个人欠了赌债，赌场会与他谈判，而不是采取一些极端的行动。当然这也要视情况而定。也许只是因为这个家伙不懂得尊重别人，侮辱了别人呢。或者他欠钱太多了没有谈判的必要了。或者赌场一直和这家伙谈，直到失去了耐心。又或者也许是赌场在资金紧张时，想拿这个事儿杀鸡儆猴，警告下那些欠赌债的人。除非是中间出了问题，他们一般更多采取爆炸的方式来警告。

戈里的情况却不是这样，这样做纯粹自找麻烦。戈里没有惹到任何人，只需要稍稍催促下就能解决问题。这样射杀戈里和那个女孩儿纯粹是多余。说到这儿，我觉得现在的做法好多了。今天你要是欠了赌债，就没有人接受你的赌注。赌场会放出话去，其他人在你真正还上赌债前是不会接受你的赌注的。

我知道他们想说这件事是吉米做的。我可以肯定地说吉米·霍法是不会让人做出这种事的——特别是在工会大厅杀人更是不可能。那吉米为什么要付钱给枪手的律师呢？对此，我只是听吉米说了一句："我答应过别人。"这个解释对我来说就足够了。我无须操心吉米为何要通过我给那几个律师 2.5 万美元。吉米要是想帮谁的话，这点钱算不了什么。也许只是有人让他筹点钱，而这就是他的筹款。也许在戈里被枪杀后，那个找吉米筹款的人告诉吉米戈里是个麻烦制造者。我虽不知具体内情，但他绝不是吉米找人杀死的。戈里这个爱尔兰人为人很低调，没有挡什么人的道。我相信吉米·霍法压根儿都没听说过有他这么个人。

市里面的人都知道我要到华盛顿总部领取吉米给沙利文和他们的辩护律师的捐款。我回到费城后，"大块头"鲍比·马里诺找到我要这笔钱。鲍比说他去帮我把这笔钱交给那几个律师。我说他是不是以为我是傻逼呢。13 年后，我被指控杀死了"大块头"

鲍比，不过陪审团认为我无罪。

在吉米入狱后不久，我也因为1967年的德乔治谋杀案被捕。“大块头”鲍比去华盛顿找弗兰克·菲茨西蒙斯要我的保释金，菲茨西蒙斯拒绝了他。鲍比·马里诺可不是为了我到华盛顿要保释金的。我们两个没什么来往。鲍比完全是为了自己。像他们这号人会利用你的不幸为自己捞钱。我在费城的拘留中心待了四个月，法官才允许我交保获释。我一出来，就开始追捕鲍比。他虽然是6尺6寸高、重350磅的大块头，可也不敢惹我。

我出来后，向菲茨要我的保证金补偿，菲茨没答应。要是吉米的话，会立马帮你处理好的。我打电话给拉塞尔，拉塞尔打了一个电话，向菲茨要到了我的钱。从菲茨那儿，我拿到了3.5万美元，他们把这笔钱放在了“市场旅店”。那是个“干地”。

“干地”就是藏钱的地方。这就像是一个安全屋，你可以神不知鬼不觉地待上一阵儿。唯一的差别就是“干地”只是用来藏钱。安全屋往往是一座和任何人都扯不上关系的普通街市的一处民房。“干地”可以是临时的，钱取走后就放弃。“市场旅店”就是做这个的。这是一个“干地”也是一个“丢货地”。你把装钱的包裹丢给旅馆老板，直到有人将钱取走。旅馆老板不用知道包裹里是什么东西。在有人取东西之前是绝对安全的。我敢肯定华盛顿E大街的“市场旅店”至今还在，只是不知道是否还有那样的用途。

一些参众两院的议员和其他人士也会到那里去取留给他们的“小包裹”。这类“小包裹”里不会有什么太了不得的东西，比如说50万美元什么的，顶多不会超过5万美元。“市场旅店”那时可是一个不错的地方。我得去那儿取属于我的3.5万美元，然后再去纽约取剩余的1.5万美元。另一个包有1.5万美元的包裹放在雅克·希弗律师的办公室。

德乔治案件顶多是件杀人案罢了，可是费城的地方检察官阿伦·斯佩克特（后来成为了参议员）却想借这件案子出名。斯佩克特曾是沃伦委员会的一名律师。他发明了旨在解释达拉斯刺杀案中肯尼迪总统和康纳利州长身上多处伤口的“一发子弹”理论而受到公众关注。

德乔治案件的过程是这样的：我当时是特拉华州一个分会的头头。大约在吉米入狱前一年，他就将107分会拆分成三个分会，希望借此可以减少那里的暴力活动。他让我主掌特拉华州威明顿市的326分会。我被任命为326分会的代理会长，直到让工会的普通成员在下次大选时重新把我选成正式的会长。吉米想让我做的第一件事就是去费城开除107分会会长麦克·赫申不敢开除的五个挑事儿的工会组织者。我从95号洲际公路开车过去，先开除了约翰尼·沙利文，他和麦克格雷尔待在一起，正在外边处理他卷入的戈里的案子。接着我开除了史蒂维·布拉斯，他得到工会的职务只是因为朝天花板开了一枪，吓住了赫申。我也开除了另一个家伙，只是我记不清他的名字了。那时发生的事情太多了，有些事真的记不住了，但我非常清楚吉米派我过去是做什么的，于是我开除了“大块头”鲍比·马里诺以及班尼·贝达奇奥。他们在那儿有些朋友，我在那儿不太受欢迎，可也没人敢在我旁边朝天花板开枪。

开除这些人后，我又在费城坐镇了一段时间，防止局面出现反弹。之后我就回到了南边30英里的特拉华州。我开始了解我的新职位，希望能够证明吉米选中我是明智之举。我花了两周时间在位于特拉华州纽瓦克市的克莱斯勒汽车厂开小轿车拖车。小轿车拖车和货运拖车有所不同。我以前只开过货运拖车，不希望听到人抱怨说我对小轿车拖运一窍不通。我学着怎样在拖车上开小汽车，这样我就知道其中的苦楚了。

这倒不是说你不能从中给自己谋点好处。新开一家公司，你可以豁免他们一年的养老金缴纳费用。这样他们就可以慢慢适应，通过将这部分费用转嫁到顾客头上或是用什么其他的手段来做好缴纳准备。比如说，这个公司要为自己的员工每小时缴纳 1 美元。那么每周 40 个工时就要交 40 美元。如果公司有 100 名员工，那就要交 4000 美元。如果豁免期延长到半年，那么就可以节省 10 万美金。何况，刚开始还不止给每个员工每小时交 1 美元。他们把自己省下的钱摆在桌面上，你们可以在桌面下把这笔钱分掉——这样每个人都得到了好处，没人收到一点儿伤害。因为每个卡车司机的养老金都要从在公司工作的第一天开始计算，即便公司没有交也没关系，他们还是会拿到自己的那份钱，不管你是否豁免公司的这部分缴费。

经过费城一系列解雇事件后，局势持续紧张起来。乔伊·麦克格雷尔以及他手下的打手决定永远把持 107 分会的各个职务，从而可以勒索运输公司以中饱私囊。于是，1967 年 9 月的一个夜晚，他们在春园街 107 分会的大厅门口大肆集会。估计差不多各分部总共有 3000 多人都被扰动了。有人站在分会门口大呼小叫，还有人打架斗殴。乔伊·麦克格雷尔在市里有些打手，这些打手倒不是意大利安吉罗家族的，但确实是打手。绰号“壮汉”的罗伯特·德乔治和查理·阿莫罗索都是麦克格雷尔手下的打手。他们试图占据大楼，恐吓工会的组织者、商业代表和分会领导，让他们自己主动下台。当夜，费城的骑警全员出动。

发生这些事我都不在场。当晚我在家接到菲茨的一通电话，让我明早赶到那儿，因为这种集会的事态往往会在第二天升级。

菲茨告诉我“要控制好局势”。要是吉米说出这样的话，我就明白他想我怎么做了。我给安吉罗·布鲁诺打电话，向他借了一些意大利打手。我带了绰号叫“山鸡”的约瑟夫·詹卡利尼和洛克·杜拿以及其他几个人。两帮人就从春园街两头向对方冲去，一帮是麦克格雷尔的手下，一帮是分会的忠实成员。

突然之间枪战就爆发了。第一枪是从我后方发射的，嗖的一声越过了我的头顶。他们说是我打的暗号叫开枪的。他们说我用一个手指指向了德乔治，我们这边就有人开枪把他杀了。子弹乱飞，根本分不清对手是谁，也不知道谁先开的枪。早在前一晚，骑警已经到位了，但是第二天早上还没露头。那天早上也有枪战。“山鸡”腹部中了两枪。我把他拖进一辆小轿车，送到了我做医生的那个舅舅那里。我舅舅约翰·汉森医生说我得马上把“山鸡”送到医院，不然“山鸡”必会伤重不治。我跑到舅舅诊所对面的圣·阿格尼丝医院，把“山鸡”放到门口，猛敲垃圾桶，直到医院出来人把他抬进去。

我开车赶到特拉华州的纽波特，藏在一家酒吧上面的公寓里，等风声过去。我给菲茨打了电话，告诉他“打死一个人，打瘸两个人”。菲茨一听就慌了神，挂了我的电话。这是我首次意识到在菲茨手下做事和在吉米手下做事是不同的。即便如此，我也万万没想到这个人会把事做那么绝：我照他的吩咐做事被捕入狱，他却拒绝给我补偿，最后还得找拉塞尔来帮忙解决。就因为“打死一个人，打瘸两个人”，他竟然挂我电话。

地方检察官办公室发出了对我的通缉令。他们逮捕了“山鸡”，还有一个叫约翰尼·韦斯特的黑人和一个叫布莱克·帕特的白人。我在特拉华州待了一段日子，不过我也不想头顶着一张通缉令。于是我就找到了比尔·艾略特。比尔·艾略特是威明顿市警局的大佬，我就让他开车送我到费城。我穿着一件宽大的女人衣服，戴着女式软帽向《费城公报》的记者菲尔·伽利略自首，由他带着我去见警务处长弗兰克·里佐。（世事真奇妙，1974年当选为费城市长的里佐还出席了我的“弗兰克·希兰感恩之夜”活动。）

“山鸡”最后顽强地活了下来，他真是有着钢铁之躯。警方想让黑人约翰尼·韦斯特揭发我们三个。他们骗他说我已经把他卖了。他说：“你如果说除他之外的任何人，我都会相信你；但是他，我就会闭嘴。”陪审团在审讯了六周后，认定他们都无罪，而我这段时间则待在监狱里。我的律师查理·普鲁图去了意大利度假没法为我辩护，菲茨一点忙也不帮，任由我在监狱的小号子里四个月，都快霉掉了。也许他天天喝酒、打高尔夫太忙了吧。这直接导致我参与326分会会长竞选的失败。尽管待在监狱里，无法参加竞选活动，我也仅仅比对手落后了寥寥几票。最后，法官终于同意我交保获释。

也就在这个时期，107分会大厅被人付之一炬。我们估计是“呼声”或者是麦克格雷尔那帮人干的，只是一直没有查出来。之后，麦克·赫西恩就黯然下台了。赫西恩这种人可以和人在街头火拼上一分钟，但是再血腥的活动他就承受不住了。

同时，阿伦·斯佩克特让他的首席检控官迪克·斯普雷格指控我在德乔治案件中犯了一级谋杀罪。斯普雷格告诉斯佩克特自己从来没有经手过杀人案，做不好。斯佩克特想踩着运输工会上位。

当时现场有3000人，子弹乱飞。又怎么搞得清哪个人射的子弹。警方没有查到任何枪支。因此，我的案子从1967年一直拖到了1972年。最后，他们带我到法庭上指定一个陪审团，开始了庭审。我的品德信誉见证人[①]也同时出庭。他们是不同行业的工人，有一个钢铁厂的，还有一个来自屋顶工人工会的叫约翰·麦卡洛的哥们儿（他在我 1980 年的庭审前被人杀死了），还有其他几个人。在我们指定好陪审团前，我站在被告席上，法官问我政府检控方提出了多少次延期审案的申请，我告诉他“68 次”。接着他又问我我本人要求过几次延期审理，我说“从来没有”。他就说这样很可耻，必须提请动议解决这个问题。

我的新律师——吉姆·莫兰促使法官推出了宾州历史上第一个快速审判动议。在动议审查期间，控方试图想我提出终止诉讼的建议，我告诉他们还是继续吧，因为他们虽然可以暂时终止诉讼，却可以随时再次起诉我。我觉得如果能够让法官不受理案件最好，而不是谋求让检察官撤诉。这就是我从这件事中学到的经验。

入狱四个月使我在 1968 年的选举中落败，出来后，我就做了工会代表。这工作不错，为员工服务。工会代表要确保公司遵守劳动合同，帮助员工解决困难，处理员工对公司的申诉，保证即将被公司解聘的员工的权益。如果工会正常运转，工会的代表的工作也没有多少。不过要是由于你的疏忽，发生了盗窃或其他事故，那你就完了，公司的权益也必须得以保障。

我记得我帮助过的一个波兰仔就有偷窃的毛病。他所在的公司抓到他偷荷兰火腿。在听证会上，我告诉他什么也不要说，由我来和公司谈判。公司经理作证说他亲眼看到这个波兰仔从码头上偷了十箱火腿装在了自己的卡车上。听到这儿，那个波兰仔看着我，大声嚷起来：“弗兰克，他他妈的在撒谎，我只搬走了七

---

① 在法庭中对涉讼之一方人格名誉作证的见证人。

箱。”我立即撤销了申诉，把那个经理拉到了一边商谈。最后，我们炮制了一个辞职信，信中说这个波兰仔是由于个人原因从公司辞职。

想想看，在吉米之前，我就先尝到了在菲茨手下干事儿的滋味。菲茨背叛吉米后吉米的感受，我先品尝到了。尽管和吉米的事情比起来，我这只是小事一桩，但我真的很生气。因为坐牢，我竞选失败，丢掉了分会会长职务。因为菲茨，我过了四个月的铁窗生涯。出狱后，我失去了工会的所有职务。我之所以落到这般田地，都是由于菲茨指使我做的，他却对我一点儿都不尊重。我为他工作，冒着生命危险枪战，最后被起诉入狱，而他却什么也没为我做，还竟然挂了我的电话。”

## ➤ 22 ➤

# 虎步囚笼

《联邦政府惩教机构问答手册》中有这么一条，“问题 41 条：在监禁期间如何经营业务？”

“答：在监禁期间必须指定他人来打理业务。”

吉米·霍法有自己的原则，他很快对问题 41 条做出了自己的回答。

联邦政府惩教机构位于宾夕法尼亚州的路易斯堡，1967 年 3 月 7 日吉米·霍法进到这里。在电影《盗亦有道》中，那里被描绘成意大利黑帮分子的乐园，他们可以在那里烹调食物，美食、美酒、好烟都敞开供应。打架助威时人们会高喊：“我们吃饭吧。”显而易见，在这样的地方，吉米·霍法会游刃有余地摸到门道。他随意摆弄着一根根无形的丝线，越过宾州中部的千里沃野，遥控着自己的“傀儡政权”、新任副主席弗兰克·菲茨西蒙斯以及美国运输工会总部位于华盛顿的“大理石宫”那些他一手提拔的手下。

依照狱规，除律师之外，囚犯每个月可以有三小时接受探监的时间。探监人仅限家属。当时，囚犯还没有向外打电话的权利，只能给不超过七名律师和亲属写信。所有信件都要经过严格审查。运输工会的头头们被禁止给霍法写信或探监，在职律师探监却不受限制。霍法的儿子就是工会的律师，因而不受家属探监时间的限制，可以每周探视他的父亲一次。

吉米·霍法进入路易斯堡监狱逮虱子、照相、按指纹以及换穿蓝色的丁尼布衣服时，贿赂陪审团的案子已经结束，但芝加哥的案子仍然悬而未决。再加上霍法还有权在入狱两年半后，也就是1969年11月申请假释。所有这些合法活动都为霍法见律师提供了便利。弗兰克·拉加诺即是其中一名律师，探监时，他给霍法出谋划策，帮他给工会和黑帮头头们带信。律师莫里斯·申克帮助霍法运作假释和其他一些事情，这其中就包括从后来证明是腐败的尼克松政府那儿获得总统特赦。比尔·布法隆也经常以律师兼顾问的身份探监。

严格的探监条例大大限制了一般的囚犯。他们不像霍法那样财大气粗，有权有势，还有一大帮律师来回奔忙。有些年轻囚犯的亲属甚至无力承担到宾州探监的旅费，他们往往连每月三个小时的合法探监时间也用不完。吉米·霍法会安排弗兰克·希兰给这些人进行“工作面试”。这些年轻人会与弗兰克·希兰在用作会见室的餐厅见面，霍法会同时坐在旁边，会见自己的律师之一。

“我拉拉衬衫，那孩子马上知道该回到他的“白金汉宫”了，以便让霍法和我处理事情。这时，狱警会故意把头埋向一边。他们这样配合，会在圣诞节给他们带来回报的，我想对于有些人来说，那时天天都像在过圣诞。等我在80和90年代入狱时，我发现监狱的管理已经更严些了。我想这可能是因为监狱更加开放，同时有了新型的囚犯，特别是那些牙买加和被卡斯特罗逐走的古巴毒贩。

霍法让我给一个叫盖理的孩子找一个建筑的活儿。如果外边有现成的工作，会非常有助于获得假释。盖理其实不该出狱的。他出去后就被一个人一棍子撂倒了。盖理是汤米·巴克的朋友。汤米·巴克之后在 1980 年我出庭受审时作证说我指使他棍击一个叫弗雷德·加夫龙斯基的人，因为那个家伙在特拉华州一个酒吧用酒泼我。乔伊·麦格里尔和霍法在同一个监狱。他已经在狱里待过一段时间了，是一个好伙伴。托尼·普罗也早在监狱里等着霍法了。霍法进入路易斯堡监狱时，他们还很亲密。叛徒查理·艾伦当时因为抢银行也在那里服刑。他原名叫查理·巴勒莫，后改名为查理·艾伦。他是“眨眼”巴勒莫的侄子。“眨眼”巴勒莫曾掌控美国拳坛。

查理·艾伦就是 70 年代末受联邦调查局操纵陷害我的人。当时，联邦调查局想从每个人身上挤出一些有关霍法失踪的信息。联邦调查局知道查理·艾伦在他的继女五岁时就对她进行强奸、性虐，还是对我和我的律师隐瞒了相关信息，与他达成了出卖我的交易。当时，查理·艾伦正因为该罪行在路易斯安那州服刑。他们竟然用这种人来陷害我，可见他们是多么想把我抓起来了。

在 1980、1981 和 1982 年这三年审判我的庭审上，查理·艾伦宣称他是吉米在狱中的保镖，曾经为了保护吉米免受性侵面颊被割伤。要是吉米在天堂听到这样的证言，定会忍不住大笑的。艾伦的面颊被割伤是因为他偷一个黑人狱友的巧克力棒时被抓了现行。应该是吉米罩着他才对。吉米为他感到可惜，让我给他找个工作，这样他就可以申请假释了。我还真的给他找了个工作，让他跟着我混，给我开车。随后，我又安排他作为 326 分会的组织者之一领取薪水。我把他当做一条“吠叫的狗”，可是在他因为制作冰毒再次被逮到时却开始向我“开咬”了。联邦调查局有意对他纵容，但是强奸幼儿是无法免罪的，这与联邦法律相悖。

只要花上三美元，你就可以和囚犯共进午餐。周三的午餐是意大利面和肉丸子。吉米很喜欢吃意大利面和肉丸子。我会请吉米吃我的那份肉丸子。吉米也喜欢吃冰淇淋。我们之间有时甚至并没有什么要处理的事情，只是单纯的社交访问。有一次，谈话中，他揭穿了我和比尔·伊莎贝尔曾经在芝加哥滨水酒店的套房中玩过的吃西瓜把戏。吉米当时不知道我们在西瓜上挖了洞，向里灌了两夸脱的朗姆酒又把洞口塞好了。在路易斯堡监狱，他从托尼·普罗几个来自布鲁克林的手下那里知道了这个把戏。

围绕着他的出狱申请问题，外面发生了很多事情，吉米都一一告知了我。吉米出狱后，我也曾数次拜访司法部长约翰·米切尔，为了吉米可以顺利获得假释或特赦，吉米在狱中时就有人给米切尔塞钱了。拉斯维加斯的黑钱和吉米自己的钱会避免被动用的。拉塞尔在拉斯维加斯很有势力，著名的恺撒皇宫大酒店和沙漠客栈酒店就是他名下的产业。吉米入狱后，所有人都设法将他营救出来——比如拉塞尔、菲茨西蒙斯、卡洛斯、桑托斯等。吉米抱怨说或许是菲茨西蒙斯在拖他的后腿，但一开始他并没有怀疑菲茨西蒙斯会背叛他，也许是因为菲茨为人很低调，总是藏在幕后，自娱自乐吧。

吉米刚入狱，有人就给艾伦·多尔夫曼传递了信号。当时，他正从自家车道将车开出，有人向他的凯迪拉克轿车车身开了数枪。这不是杀掉一个人的方式，那是一种直接的信号。

多尔夫曼很有种。他掌管着养老基金，没人能吓得住他。在我和吉米看来，这更可能是有人给菲茨传达的信号。

大家都知道菲茨没有种。如果有人朝菲茨的车开枪，他也许会反应过度，直接投到联邦调查局的怀抱。就这样，菲茨通过多尔夫曼的遭遇收到了信号。很多时候，某个人被干掉，只是一个人为了给另一个人传一个信号。

从那之后，菲茨不再监管养老基金了，这样其他人就好过多了。很多贷款缺乏必要的担保。在菲茨手下，很多人甚至干脆不还钱了。既然菲茨不再挺他了，多尔夫曼又何须自寻烦恼呢?

上世纪 80 年代早期我入狱时，听说艾伦·多尔夫曼遭遇了不幸。货车司机头头杰基·普雷瑟陷害了他。普雷瑟是联邦调查局的一个“隐身”告密者。他虽然没有作过什么证，但是却将他所知的所有消息泄露给联邦调查局，并遵从联邦调查局的指示散播消息。他散发谣言说多尔夫曼是个叛徒，为了使自己免于牢狱之灾，会与联邦调查局勾结。光天化日之下，多尔夫曼在芝加哥一家宾馆的室外停车场被一把带有消音器的手枪杀掉了。我搞不明白为何芝加哥那帮人会轻信多尔夫曼是叛徒。再往前推 20 年，我还待在芝加哥的时候，每个芝加哥成员都知道普雷瑟才是叛徒。这也许就是“宁错杀，不放过”吧。不过这是个糟糕的行动，我倒不是说认定这是芝加哥方面干的，但至少这事只有经过芝加哥方面的批准才能干。艾伦·多尔夫曼有自己的一套行为准则，他对吉米忠心耿耿，绝不会是叛徒。”

艾伦·多尔夫曼的律师曾这样评价这个前海军老兵：“屈服或认输对他来说是一种侮辱，是绝不可能的。”案件的检方律师也确认：“多尔夫曼一点都不配合。”

“在狱中吉米多次提到帕廷这个人。弗兰克·拉加诺有望从帕廷那儿拿到政府陷害吉米的证词。新奥尔良的一个地方检察官逮捕了帕廷，可以让帕廷拿那份证词换取这个地方的检察官的手下留情。同样是这个地方的检察官以受贿罪名逮捕了沃尔特·谢里丹，这样谢里丹就会在报上出丑，从而也就帮助了吉米。在背后给吉米帮忙的就是吉米和拉塞尔的好朋友——卡洛斯·马塞洛，马塞洛是新奥尔良的一个头头，那个地方检察官就是受他指使。

也正是这个地方检察官逮捕了所有和肯尼迪被刺案的相关人员。有时，一个友好的地方检察官就像一只捕鸟犬，可以帮你把藏在芦苇中的耗子赶出来。一旦耗子窜出来和地方检察官合作的话，事情就好办了。我不认识这个地方检察官，也没有和谁聊起过他。但当时确实是他逮捕了帕廷和谢里丹。

吉米入狱大约一年的时候，罗伯特·肯尼迪宣布要竞选总统。我觉得这对于吉米没什么影响，吉米这时已经在狱中支持尼克松竞选了，给米切尔和尼克松的竞选团队送了钱。事实上，鲍比（由于竞选）不再担任司法部长正合了吉米的意。

大家都同意由林登·贝恩斯·约翰逊提名的拉姆齐·克拉克接替司法部长的职务。克拉克和鲍比·肯尼迪为人恰恰相反，他从来不找人麻烦，曾被人称作“软骨头”克拉克，是窃听行为的坚决反对者。

数月后，鲍比·肯尼迪被恐怖分子暗杀了。我知道吉米可不会因为这件事睡不着觉的，只是吉米几乎没有提及过这件事。我想吉米关注的重点是如何出去。他通过阅读报纸了解外边发生的大事，除非和他出去相关的事情，他都懒得费心。我相信吉米虽然恨鲍比·肯尼迪，但他更恨待在监狱里。

每天夜里被锁在一个小号子里，除了思考无视可干，直觉告诉吉米，他被菲茨出卖了。他开始恨菲茨，却引而不发，因为他还指望菲茨可以帮他出狱呢。

吉米在狱中和托尼·普罗发生了很大的冲突。普罗因为敲诈勒索入狱。我听说一个载重汽车运输公司的老板因为手下卡车司机怠工和员工发生了冲突。这个老板就给了普罗钱摆平这件事。普罗出面后，这些司机就又卖力干活了。这种事经常发生。只是这次中间出了点小意外，普罗因而锒铛入狱。

一日，吉米和普罗一起坐在监狱的餐厅里，普罗想让吉米帮他搞到养老金，但吉米对此无能为力。这和他们所犯的罪名有关。普罗却无法理解为何同样犯罪入狱，吉米可以拿到养老金，而他却得不到，而吉米不帮他的忙。就这样话赶话，最后吉米说了句“你这种人”，听起来好像他比普罗更了不起似的。普罗回了句要把吉米的“肠子拉出来”。听说最后狱警出面才制止了他们的争斗。从那天起直到两人死去，吉米恨普罗，普罗更恨吉米。

我从未喜欢过普罗。他的兄弟萨姆和农西奥都是好人。普罗因罪入狱时，往往会制定自己的一个兄弟接替他的职务。不过，普罗一直是吉米·霍法强有力的忠实拥趸。在吉米给陪审团行贿时，普罗为他募了很多钱来支付开支。在管理委员会里头，吉米总能得到普罗的投票支持，普罗也总是在大庭广众之下称赞吉米。

普罗是吉诺维斯家族的人，有一段时间，这个家族的代家长就是拉塞尔，普罗在家族的地位比拉塞尔低多了，连边儿都挨不上。我估计吉米是觉得他和拉塞尔关系密切，就不必在乎普罗了吧。拉塞尔确实很欣赏吉米，这可不只是装装样子，而是真心欣赏。拉塞尔尊重那些像他一样强势而又公平的人。吉米和拉塞尔都是一言九鼎的人，只要是他们说过的事，就一定会做到。不管这事对你来说是好是坏，他们一定会说到做到的。

吉米和普罗争吵时，我并不在场。不过，比尔·布法隆和吉米闹掰时我在场。比尔定期从底特律到路易斯堡监狱看望吉米，每次吉米都让他不好过。直至在共度午餐时，又一次谈到了帕廷，布法隆实在忍不住了。我听见他对吉米说：“不，我没有被解聘，我是自己辞职的。”说完他就直接出去了。据我所知，自那之后，他就再也没有到狱中探视过吉米。比尔还是担任工会的律师，只是和吉米断交了，另投到了菲茨的门下。比尔知道不依靠吉米他也会混得很好。他很富有，是一家点唱机公司的总裁，同时名下还有其他产业。他女儿的教父就是拉塞尔。

这样过了一段时间之后，吉米慢慢地就像是费城公园的老虎了，天天只是在逼仄的笼中一边来回踱步，一边观望着笼外的人群。”

吉米·霍法第一次假释申请在1969年11月被驳回了。1968年，尼克松击败了休伯特·汉弗莱成为了第37任美国总统，约翰·米切尔当上司法部长刚满一年。吉米1969年申请假释时，他身上背负的芝加哥案子尚未审结。因为吉米头上还背负着芝加哥的案子带来的五年刑期，假释委员会驳回了他的假释申请。第一次申请假释，霍法也不可能就期望一次成功，尽管他和新政府的关系十分密切。

按照法律规定，霍法可以在1971年3月再次申请假释。要是霍法抓住了这次机会，他就能按时参加同年7月在迈阿密海滩举办的运输工会大会，从而毫无悬念地再次当选为国际卡车司机兄弟会主席，这样他就不用遥控指挥了。而且一旦当选，他的权力会无比稳固，霍法会轻而易举地赢得1971年开始的五年任期，而尼克松也会在1972年轻松地再连任一届。吉米·霍法会控制全美最大的工会组织，同时与白宫结盟。白宫的司法部长不仅不会抓他，而是会收受他的贿赂。有这样强有力的同盟，他就可以做出一番有利于工会和工会同志的事儿。

早在1971年初，弗兰克·菲茨西蒙斯就放话说如果霍法在三月申请假释失败，他就会参加竞选。这是对霍法的直接挑衅，因为即便是在狱中，霍法也有权利参加运输工会主席的竞选。吉米所犯的罪行并不符合兰卓姆-格里菲思法案[①]中规定的剥夺五年被选举为工会领导人权利的条款。依据法律，只要霍法在选举时担任工会的某一职务，就可以竞选工会主席。在狱中，霍法仍然担负着工会的多个职务，其中就包括国际卡车司机兄弟会主席这个要竞选的职位。宣布参加竞选后，菲茨西蒙斯谋求在 1971 年 1 月份的加州棕榈泉会议上获得了执行委员会有条件的支持。他想让执行委员会在霍法假释失败的情况下，投票选举他作为工会主席的候选人，而对于这个有条件的支持，执行委员会还是拒绝了。

1971 年 3 月的假释听证会上，为霍法辩护的是他的律师儿子詹姆斯 · 霍法和莫里斯 · 申克。霍法的律师手里有一份帕廷的证词。帕廷一做出这份证词，就在媒体上引起了轩然大波。这就是霍法在他的自传中提到过的“二十九页忏悔书”。然而，霍法的法律团队没有听从霍法的意见，没有采用这份证词。也许是他的律师深知，各个地方的假释委员会都特别反感囚犯为自己的无辜辩白。在假释委员会看来，囚犯的罪行已经经过陪审团的审判，继续辩白无辜说明囚犯没有从他的监禁中获得教益，仍然死不悔改。这样的人是无可救药的。也许霍法的律师儿子比其他的律师更能说服霍法接受更加理性的法律建议。

不管怎样努力，在假释委员会面前，霍法最后还是输了，下次可以申请假释的时间是 1972 年 6 月。这样，霍法就注定要错过 1971 年 7 月的运输工会大会了。他要参选，也只能在狱中参选。

---

① 兰卓姆-格里菲思法案（Landrem-Griffith）于 1959 年施行，是美国“国家劳动关系法典”的第三部［前两部是《哈特莱法》(也称《国家劳工关系法》) 和前文提到的《塔夫脱-哈特莱法》，旨在确认联邦政府负责保护工会成员的民主权利］。

在假释听证会上，假释委员会似乎对于霍法仍然担任运输工会主席的事实不以为然。按照假释规则，要想再次举行假释听证会，必须在 90 天内提供新的证据，时间太紧了，这就使得吉米成功获得假释从而参加 7 月大会的可能性变得微乎其微了。吉米如何能找到新的证据呢？最后他是否得从狱中竞选？或者他得着手准备 1976 年的国际卡车司机兄弟会主席的竞选？

4 月 7 日，霍法获得了四天无监管短期出狱休假的机会，同他的妻子乔在位于旧金山的加州大学医疗中心一起共度了复活节。乔突发心脏病，正在医疗中心观察治疗。霍法住在了旧金山的希尔顿酒店，没有遵从四天狱外休假条例，而是与弗兰克·菲茨西蒙斯和其他的运输工会领袖和顾问进行了多次重要会谈，其中就有坚定的霍法支持者“草莓小子”鲍勃·霍姆斯。这些旧金山会谈后数月霍法做的事情表明了这些会谈的内容。

## 23

# 任何事情都需要代价

“五月份我接到约翰·弗朗西斯的电话，他说他准备了一份礼物并且已经包装好了要带到聚会去。那时约翰已经是拉塞尔的司机了，他为人非常好，于是我们成为了朋友。在我几次帮拉塞尔“办事”的过程中，约翰也担任我的司机。约翰是个很可靠的人，并且很会掌握时间。在有些情况下，他会在街角让你下车，然后你步行到一个酒吧，约翰就在外面绕着街区开一圈，在这段时间里，你会去酒吧的洗手间，出来的时候会碰上一个聚会，然后走到门口，约翰就刚好会在那里等着你。

约翰的绰号叫“红毛”，他来自爱尔兰，曾跟着爱尔兰共和军打过仗。约翰住在纽约的郊区，这个“红毛”对爱尔兰帮非常了解。所谓爱尔兰帮就是位于纽约西区的“地狱厨房”区聚集的爱尔兰牛仔帮，那边毒品交易猖狂，时不时会有些斗殴，这两者都几乎是相辅相成的。约翰偶尔会背着拉塞尔贩毒赚一些小钱，一旦被拉塞尔发现，他就做不成司机了。

我不知道究竟是谁把约翰介绍给拉塞尔的，但介绍人肯定不是纽约人。拉塞尔在纽约有很多生意，在长达25年的时间里，拉塞尔一直在使馆酒店长期包着一间三卧室的套房，而且差不多一周要去纽约三次。他会在套房中煮饭给我们吃，然后对我说：“你这个爱尔兰乡巴佬，你懂什么叫做饭吗?”他多次和飞贼们去纽约做珠宝生意，拉塞尔以前经常会戴着其中一个珠宝商的眼镜，虽然他不近视。除此以外，拉塞尔在纽约还有其他的生意，例如成衣碎布料和成衣，货运，工会交易，餐饮等，各种行业应有尽有。他最常去的地方就是位于剧院区的第四十五街上的维苏威餐厅。拉塞尔拥有这家餐厅以及对面强尼餐厅的股份。

当我在5月份接到约翰·弗朗西斯那个关于礼物的电话后，我驱车前往位于罗斯福大道7600号的烙铁餐厅。在那里，约翰给我一个箱子，差不多有100磅那么重，里面装着50万美金。我不知道这些是不是他从艾伦·多夫曼那里拿来的吉米的退休金，那可能是多夫曼从吉米上学时开始为他储存的退休金；这些钱也有可能是拉塞尔和卡洛斯从拉斯维加斯带来的。不管是什么钱，都不关我的事。

我把这包钱放在我的林肯车的后座上，车里我已经加了75加仑的油，如果联邦调查员跟踪我的话，他们到时候必须得停车加油，而我只需按一下键换一个油缸就可以继续发动。

我开车继续前往华盛顿的希尔顿酒店，距离费城大概有150英里，在I-95公路上直接穿过特拉华州和马里兰州。我的车里面总有一个对讲机，可以告诉我前方哪里有雷达测速区。但是运送这么一个小箱子，我根本就不用冒着超速的险。

到达目的地后我停好车，拿着自己的包进入了走廊，我不需要侍者帮我提东西。我就坐在走廊上的一个躺椅上，过了一会儿约翰·米切尔从前门走了进来。他环顾了四周，看到了我，然后就坐在我旁边的椅子上。他和我闲聊了一下，然后问我沿途是否顺利，我们就随便聊了一下，这样才不会引人注目。他问我是不是工会成员，我说我是威明顿326分会的主席。（那时我已经赢得了1970年的选举，赢回了自己的工会，以3:1的优势赢得了选举，而没有坐牢。）他问我在威明顿哪里，我告诉他是靠近火车站的地方。他祝我回途顺利，然后说道："任何事情都需要代价。"

他站起身提起箱子，我问道："你不想去旁边清点一下吗？"他说："他们既然派你过来，我还用得着清点吗？"他知道自己的本分，这个人。

我听说米切尔也在对帕廷施加压力。司法部把帕廷扣押了起来，我觉得这个钱是用于保释或赦免的，而不是给帕廷的。事实上，其中有一大半的钱是用于尼克松再次竞选的。

吉米事后才知道，萨利·巴格斯代表菲茨从托尼那里带了钱，拉塞尔也不知道有这么一回事，为了是把吉米保释出来，不过保释有个条件，就是吉米在1980年3月刑满前将不得参与工会的竞选。

如果他必须得等到1980年才能参选，那意味着吉米在接下来13年里不得参与工会竞选。在此期间，他的支持者们将会被别人所取代，到刑满后他也将67岁，大势已去。以前，普通人不参与竞选国际卡车司机兄弟会的主席和其他官员，选举是由代表们在会议中公开投票产生的。这些代表们会听取普通民众的意见，但其实他们主要听取的是吉米的意见，也就是帮助他们获得权力和地位的那个人的意见。到1980年，菲茨将会大大削弱吉米的代表们的势力，他们其中大多数人也即将退休，然后菲兹则会安插自己的支持者们，例如他的儿子理查德·菲兹西蒙斯，后者那时还在底特律299分会。而如今，普通民众则可以通过匿名投票来选举官员。

这样的话米切尔和尼克松两头都得到了。”

1971年5月28日，在与霍法集团谈生意的过程中，奥迪·墨菲在一次巡视场地的路途中死于坠机。这样一来，无论奥迪·墨菲与爱德华·帕廷之间有过何种有助于吉米·霍法的交易，都随着飞机一起坠亡了。

墨菲坠机六天后，也就是米切尔说了那句“任何事情都有代价”后的几个礼拜，弗兰克·菲茨西蒙斯在年轻的詹姆斯·霍法的陪同下，在迈阿密沙滩边的花花公子酒店举行了新闻发布会。菲茨西蒙斯宣布，他收到吉米·霍法的一封信，声称吉米将不参与再次竞选，同时吉米推荐老朋友弗兰克·菲茨西蒙斯，也就是底特律 299 分会副主席，竞选国际卡车司机兄弟会的主席。

两周后的 1971 年 6 月 21 日，菲茨西蒙斯在迈阿密举办了执行董事会季度会议。记者们不被允许进入会议室中，但奇怪的是，菲茨西蒙斯却允许报纸摄影师进入。菲茨西蒙斯向董事会宣布吉米·霍法已经辞去工会主席一职，并任命他在下次工会大会前担任执行主席。那时，理查德·尼克松总统刚好走进房间，于是摄影师们便迅速按下了快门。

两天后，按照假释委员会的新规定，詹姆斯·霍法于 1971 年 6 月 23 日写了一封信给执行董事会，信中提到他的委托人已经辞去了运输工会主席一职、底特律 299 分会主席一职、43 联合委员会主席一职、密歇根运输工会主席一职、全国运输工会中部大会主席一职。基于此信件，詹姆斯·霍法要求假释委员会重新举行听证。信中，他指出他的父亲计划在退休后依靠退休金度日，并将从事演讲和教学活动。

1971 年 7 月 7 日，假释委员会举行了初次听证。基于信中所提及的“证词”，董事会通过表决决定在 1971 年 8 月 20 日举行第二次听证会。

“当我在 1971 年 7 月参加迈阿密海滩边的会议时，我看到会议中心外面悬挂了吉米的大幅照片。我走进会议中心，里面却没有一张吉米的照片。就好比他们在俄罗斯执行任务一样，将一个人彻底抹去。我带了一些人来到外面，把吉米的照片取下来，然后带到会议中心里面挂了起来。我把他的照片和菲茨的照片一起挂在了显著的位置。其实我很想把菲茨的照片取下来，挂到外面去，然后把吉米的照片挂到菲茨的照片的位置。但是很显然我不能这么做。两股敌对的势力暗中较量着，但是还没有被挑明，没有吉米的允许，我是绝对不会那么做的。

吉米的妻子乔在 1971 年 7 月的会议上发表了演讲，她向众人表达了吉米的祝福，于是全场沸腾。她受到了台下霍法帮热烈的欢迎。菲茨倒是走了运，没有被大众们嘘声下台。

联邦调查员试图乔装成清洁工混进会议中，但是被我认了出来，被打发走了。当我让他们把领导带过来证明自己是清洁工时，他们离开了就再也没有回来。

当时我不知道自己在想什么，但是我确实不知道在 1967 年吉米回去的时候，他还是担任着主席一职。我当时一定是误解了，我以为吉米主动请辞，然后让菲茨接替他的岗位做执行主席一职，直到他回来为止。我以为菲茨身兼二职——主席和副主席。显然，每次我和菲茨打交道的时候，他倒是把自己当做了主席。当他派我去春园街执行枪杀任务的时候，我还以为他是主席呢。当你大权在握操纵一切的时候，这种感觉想必是非常好吧。”

1971 年 8 月 19 日，就在吉米 · 霍法的第二次听证会前一天，弗兰克 · 菲茨西蒙斯举行了新闻发布会，大赞尼克松总统当时的经济方案多么地利国利民；然而其他所有的工会都明确了反对的立场，尤其是美国劳联—产联主席乔治·米尼，强烈反对尼克松的经济主张。

第二天，也就是1971年8月20日，詹姆斯·霍法和他的客户没有接到假释委员会的接待，大家对吉米·霍法辞职的消息也漠不关心。詹姆斯·霍法被盘问其在国际卡车司机兄弟会的相关工作事宜，仿佛这些细节都和吉米·霍法的保释有关似的。接着，他们又问起詹姆斯·霍法的母亲在国际卡车司机兄弟会政治行动委员会（又被称作“民主共和独立选举人教育计划”）的工作细节。当刚退休的吉米·霍法协商退休金的时候，基于当时的市场货币行情，他们一次性给了他170万美元。这个数字显然激怒了萨利·巴格斯的老板托尼·普罗，也激怒了假释委员会，因此委员会内展开了言辞激烈的争论。最后，连吉米和组织犯罪团伙勾连的各种细节都被挖了出来无限放大，仿佛这些人之前完全都不知道似的，居然表现出了异常的吃惊！尽管在7月，委员会曾基于吉米·霍法“新的证词”，也就是关于他从工会退休的计划和演讲教学的计划，保证会重新举行听证会，但是此时，他们居然一致驳回了他关于假释的请求。霍法被告知他可以在第二年，也就是1972年6月重新申请保释，巧合的是，同年同月水门事件丑闻爆出，理查德·尼克松随之下台，面临牢狱之灾的还有司法部长约翰·米切尔和其他几位白宫官员。

这样一来，那些主张将霍法释放出狱的帮派，将会面临如何严峻的现实呢？是不是弗兰克·菲茨西蒙斯当时精心设局，诱骗吉米·霍法辞去每一个职位，从而使他在监狱里面根本无法参加1971年国际卡车司机兄弟会主席竞选呢？他们是不是骗吉米·霍法，只要他放弃1971年7月的竞选活动，他就可以于1971年8月获得释放呢？他们是不是诱使吉米·霍法相信，只要他辞去工会的职位，他便可以给假释委员会和尼克松政府一个台阶下呢？对于吉米·霍法这么一个从不轻易妥协的人物，却这么容易掉入陷阱中，究竟是出于他对家庭妻儿的思念呢？还是说他相信只要得到了自由，自己便有机会东山再起，等到1976年的大会再次夺回主席的宝座，而且如果菲茨西蒙斯政权又胆怯又羸弱，他甚至可以更早地夺回自己的政权。吉米·霍法到底有没有被弗兰克·菲茨西蒙斯所算计了呢？此时，尼克松、菲茨西蒙斯、米切尔三者似乎同处一个牌局，并且手里还握着王牌。

现在既然尼克松的假释委员会已经断然驳回了他的要求，那吉米·霍法究竟要如何得到他的那笔钱，以及尼克松总统对他的支持呢？

弗兰克·菲茨西蒙斯主席于底特律的劳动节聚会中，又一次敦促他的新朋友理查德·尼克松总统赦免吉米·霍法。

1971年12月16日，律师莫里斯·申克避开了正常途径，低调地向白宫呈上了赦免请求。此上诉请求不但没有经过司法部门，而且也没有检察官和联邦调查局的介入，更没有经过两名判决法官的裁判。最终，司法部长约翰·米切尔允许了该请求。

“在圣诞节前，我前往路易斯伯格见吉米，莫里斯·申克也在那里，拿着赦免文件，等着让尼克松总统签字。我和另外一个孩子坐在另外一桌，保镖看着别的地方，然后他们出于礼貌，把文件给我审阅了一下。文件上说吉米可以在1975年11月出狱，但是尼克松要他现在马上出狱。文件上没有提及任何关于吉米在1980年前不得参加工会竞选的事，于是我几乎可以肯定吉米已经做好了1976年竞选的准备。我虽然没有多少文化，但是阅读工会合同和文件已经成了我维持生计的工具，我接触过不计其数的比这份赦免文件复杂得多的合同文件。文件上说吉米终于可以被释放了，我们感到无比地喜悦，在经历了帕廷、菲茨西蒙斯、尼克松和米切尔四人的背叛后，吉米的付出终于得到了回报。吉米将在圣诞节出狱，于是我们便讨论着帮吉米安排去佛罗里达度假，让他有几个月的时间放松并且重整旗鼓。那天在路易斯伯格，一切没有任何争议。

然而，当吉米出狱后去到了底特律，人们交给他由尼克松总统签字的最终保释文件时，争议出现了，也给到了我们一个当头棒喝——文件上白纸黑字写明了吉米在1980年前不能参加任何工会竞选。我们最终还是被算计了。吉米将无法参加1976年的竞选。如果他仍然在监狱里面服刑，等到他1975年刑满释放的时候，他还是会有足够的时间为1976年的竞选做准备。这件事情发生在水门事件之前，天知道我们究竟在和什么样的人打交道！”

1971年12月23日，由理查德·尼克松签署的宽赦执行，将霍法的十三年刑期减免到六年六个月，由于他已经服满了六年六个月，因此他被立即释放。同一天，霍法走出了宾夕法尼亚州路易斯伯格看守所，飞到了位于圣路易斯已经结婚的女儿的家中，与他的家人共度圣诞节。然后他又飞回自己在底特律的家，在联邦保释与假释办公室注册登记，因为霍法直到1973年3月前，还是处于假释阶段。他将从底特律再飞往佛罗里达，在那里待三个月调整一下。霍法和包括弗兰克·希兰在内的支持者们一起，阅读了理查德·尼克松的赦免文件：

> ……詹姆斯·霍法在1980年3月6日前将无法直接或间接参与任何形式的劳工组织。如果没有履行上述条件，本

文件中的减刑判决将被视为无效……

1972年1月5日，吉米·霍法飞抵佛罗里达迈阿密海滩边的布莱尔官邸的寓中。由于联邦保释中的人员不能与组织犯罪团伙成员和重案犯接触，所以桑托·特拉菲坎特和卡洛斯·马塞洛无法亲自迎接他，于是他们派了弗兰克·拉加诺为代表在机场为他接风。1972年2月12日，吉米·霍法在ABC电台的《事件与对答》栏目中，宣称他个人将于1972年支持理查德·尼克松。经历过了那么多波折后，吉米·霍法深知自己根本无法信任理查德·尼克松的政权，如果他在假释期间去支持菲茨西蒙斯的话，那一定会激怒尼克松政权，他不希望在1973年3月自己刑满前出什么岔子，所以在这期间，他会一直站在尼克松这边。

1972年7月17日，就在水门盗窃案发一个月后，弗兰克·菲茨西蒙斯领导下的执行董事会最终以19:1的选票使得理查德·尼克松再次连任总统。那唯一的一票来自哈罗德·吉本斯，这个人曾经在约翰·肯尼迪被刺后降半旗以示哀悼，但这一举动却深深地惹恼了吉米·霍法。弗兰克的太太帕特利西亚·菲茨西蒙斯，则被尼克松在肯尼迪表演艺术中心的艺术委员会中委以重任。

当吉米准备在政治上反攻的时候，他知道他的保释条款将成为行动的障碍，他的民权律师则辩护道总统在宽赦文件中加上限定条款的做法事实上已经超出了他的权限。在宪法中规定，总统有权力去选择是否宽赦，但是没有权力去明示或暗示自己的宽恕在日后可能会被收回，被宽赦的人将重回监狱。一种有条件的宽赦将会让一个总统的权力超出我们的开国元勋所规定的总统权力。

不仅如此，这个特殊的限制条款其实是额外施加给他的一种惩罚，即不允许他参与任何工会活动，然而即使霍法在监狱里的时候，也不曾受过这样的限制。尽管在监狱里面，由于各种规章制度，事情执行起来会变得无比艰难，但是此类活动也绝对没有被禁止过。霍法两次收到的判决书中，并没有此条惩罚条款，并且总统也没有权力在审判法官最终的判决书中加上这样一款条例。

另外，这个条款也违背了宪法第一修正案中的演讲自由权和集会自由权，使得吉米·霍法被禁止进入一个合法的集会，从而无法行使这些自由。

然而，霍法痛恨牢狱生涯，并且畏惧如果他提出诉讼的话，尼克松政权将会对他的保释期做出更加严密的监控。所以在刑满前，霍法一直处于低调潜伏状态，直到 1973 年 3 月他便完全自由了，而菲茨西蒙斯也终于可以松口气了。

白宫里，众人也在纷纷指责尼克松签署的这份宽赦文件中的限制条款。白宫顾问，也就是后来水门事件的证人约翰·迪恩证实，是他提议最后将此条款加入宽赦文件最终版的。他指出自己只是想做一个尽职的律师，因为米切尔当初在请他起草文件的时候，不经意中提及霍法曾经口头上答应过他在 1980 年前将不参加工会活动。

然而，人们还怀疑另外一个人也参与了这场文字游戏的不端行为，他便是白宫的另外一名顾问，后来因水门案件身陷囹圄的查尔斯·科尔森。身为总统的特别顾问，此人曾参与臭名昭著的尼克松敌人名单的制作。约翰·迪恩指出，科尔森之前让他去国税局调查哈罗德·吉本斯的财务状况，因为他当时是运输工会里面唯一一个没有投票给尼克松再次连任的执行会董事成员。在科尔森写给迪恩的一张小纸条中，他提及了对吉本斯开调查，并称呼他为“彻头彻尾的敌人”。吉米·霍法最后在他的证词中说道：“（关于我宽赦文件中的限制条款）我只责怪一个人……查尔斯·科尔森。”科尔森曾在水门事件听证会上拒绝回答问题，然而他却承认了在宽赦文件被签署前，他确实和菲茨西蒙斯讨论过。很难相信这两个人在讨论宽赦文件时会忽略那么重要的限制条款。

那最终只是因为迪恩是一名尽职的律师，从而把限制条款加入到宽赦文件呢？还是说科尔森和米切尔深谙文字游戏，以至于他们让迪恩相信是他自己把限制条款加了进去呢？要知道任何一个年轻谨慎的律师，在得到上级关于限制条款的描述后，都会用自己的语言将其加入到文件中。约翰·米切尔也曾是华尔街律师，他当然知道如何通过文字拉上一个同伙。

从科尔森辞去白宫的工作到他入狱前，科尔森重新做回律师。弗兰克·菲茨西蒙斯把油水多的国际卡车司机兄弟会的法律合同业务从爱德华·贝内特·威廉斯那里转给了科尔森。这样就可以保证科尔森每年有 10 万美元的服务费作为收入了。

在经历了那些焦头烂额的日子后，查尔斯·科尔森改变了他的生活。他开创了一个基督教组织，他们资助探监活动，同时鼓励罪犯跟随灵性的道路来找到救赎。某次在特拉华最大的监狱探访弗兰克·希兰和其他罪犯时，我看见过一个忏悔者，和表情庄重、手持《圣经》的查尔斯·科尔森一起，在看望犯人后离去。

此时吉米·霍法则静待时机，他可不想冒险再回到监狱，在他的自传中，他写道：“我在路易斯伯格待了 58 个月，我可以向你发誓，监狱是个原始残忍、拥挤不堪的地狱，那里的人们像牲畜一般被对待，永无再生之日，没有人会想着自己一旦刑满释放后该如何开始。你好比一个关在笼子里的牲畜，他们待你也像牲畜一般。”

## 24

# 他需要帮忙，仅此而已

“吉米被释放出来的第一年，无论他去哪里都需要得到批准。他不能去参加工会会议，但是可以以其他理由去加利福尼亚或者是别的地方。他会和其他人一样住在同一个酒店，然后在酒店大堂里会遇见他们。我想你一定会说吉米当时肯定在发表演说和教授别人什么的。

吉米其实正紧锣密鼓地在暗中筹划竞选，并不是他非做不可的那些。他通过电话处理很多事务，大抵也就是和大家意见保持一致，让他们得知他很快就会回归，所以他们不会跑到菲茨那边去。

我曾飞往佛罗里达州去看望吉米，在他的公寓里住了几天。在机场等租赁车的时候，我打电话给吉米，他告诉我乔不在那里，并且让我在路上捎几个辣热狗回去，这样我们可以在家里好好吃上一顿。

大快朵颐后，我们谈起了关于约翰·米切尔为了负责尼克松连任之事，辞去司法部长一职。有了“总统连任委员会”的旗号，也就等于有了印钞机一样。

吉米告诉我，由于宽赦文件上的限制条款，他现在等于和菲茨还有托尼·普罗扯平了。他说他一定会回归竞选的。他当时已经因为违反限制条款而扯上官司了，于是我告诉吉米我想陪他出庭。我还告诉他屋顶工人工会的约翰·麦卡洛，还有费城的一些朋友会为我举办一个见证晚宴，问他是否愿意出席做演讲嘉宾，吉米说让我把这个晚宴拖延到他刑期完满后，届时他将非常荣幸地出席。

此时，吉米仍然相信他与当时所谓的黑帮有着不错的关系，他认识拉塞尔、卡洛斯、桑托、詹卡纳、芝加哥帮和底特律帮，他又在监狱里认识了绰号叫“雪茄”的卡米尼·格朗特——他是来自皇后区的波纳诺犯罪集团的老大，此人凶残无比，对敌人从不留活口。

吉米认为唯一的问题在于托尼·普罗，他认为普罗支持菲茨是因为菲茨帮助他一次性拿到了养老金和上百万美金。当谈及普罗和菲茨的时候，吉米经常会说“他们会付出代价”。吉米告诉我当时他准备要除掉普罗，并且正准备告诉菲茨，但是他并没有细说。我总是觉得干掉普罗应该是菲茨的意思。

他说：“必须要想办法处理普罗。”

“你去吧，我来处理手头这件事，”我说，“我有‘红毛’呢，他是个很不错的司机。”

“我要亲自开车去，”吉米说，“我要让他知道是我。”

当他说要亲自开车的时候，我知道他没有在开玩笑。他说完这句以后，我觉得他只是发泄而已，毕竟他太容易被别人辨认出了，怎么可能去开车！

“红毛”也证明自己确实非常可靠，而且随时待命。1972 年春天，我在佛罗里达与吉米吃完热狗后不久，他就开车带着我执行任务了。

一天晚上我接到拉塞尔的电话，说是带上我小弟去见“红毛”，小弟指的就是手枪。一般执行任务时，我都会带两把枪，一把放在手腕处，一把备用的放在脚踝皮套处。通常情况下，我都用点 32 口径和点 38 口径的左轮手枪，因为它们的火力比点 22 口径的枪要大，当然我从来不用消音器，因为它们只能搭配上点 22 口径的枪。开枪时一上来都要四处狂射一通以寻求安全掩护，但也不能像点 45 口径那样发出太大声音，这样的话几百米开外的巡逻警车就会听见。所以不能用点 45 口径的枪，尽管说它们火力足够强大，但是超过点 25 英尺，这种枪的射击范围就没有那么精确了。

我挂了电话，上了车，但是并不知道拉斯的具体计划，他只是说他需要我帮忙，仅此而已。执行任务前他们不会给你太多准备，一般他们会安排人跟踪目标，搜集情报，监听电话，他们知道目标大概什么时候会出现在马路上比较容易下手的位置，当然他们也不希望目标和街道周围有太多的人。

1971 年，就在 7 月工会大会的前几天，“疯子”乔伊·盖洛居然枪击了哥伦布犯罪家族的领袖乔·科伦波。当时正值意裔美国人民权社集会，就在纽约的哥伦布圆环那里，乔伊当着乔·科伦波的家人和亲戚的面开枪射中了他，倒霉的乔从此就昏迷了好几年。乔伊一定是被指使去枪杀乔的，但没有人让他当着乔伊的亲戚和家人的面去枪杀他，这种执行任务的方式显然是不符合帮派规定的，难怪大家都叫他疯子乔伊。

我认为乔之所以会被狠下毒手，是因为他当时太高调了，太专注于当时所谓的黑帮集会，并且曝光太多，别人规劝他低调行事，但他就是不听。所以干掉他是必然的。如果拉塞尔当时在委员会的话，我敢肯定他会反对这样做，因为拉塞尔在宾夕法尼亚也有自己的意裔美国人民权社，他们曾颁给我“年度最佳人物”

的匾额，我把它挂在了我房间里。

现在回到那个枪击了科伦波的非常不职业的杀手，这件事显然让他出尽了风头，于是他开始在纽约到处和名人大佬们混一起；报纸上时常有关于他的各类报道和小道新闻；有电影明星和剧本作家邀请他出席各种五光十色的夜生活；他所到之处也成了狗仔队争相抢拍的地方。“疯子”乔伊名气越来越大，也越来越引人注目，这种做法与他的职业性质背道而驰。他爱出风头，比起科伦波有过之而无不及。我听说，他曾经为了能有钱过上名流的生活而去勒索小意大利区的一个餐厅，搞得自己好像是电影明星似的。那时，根本没有人在小意大利区那边混！

“红毛”约翰·弗朗西斯从纽约的报纸上收集了一大堆疯子乔伊的照片，我虽然从来没有见过这个人，但我非常清楚他长什么样。约翰有这家餐厅详细的图纸，上面标注着边门，马伯利大街的门，还有男厕所。翁贝托蛤蜊屋是位于小意大利区的一个餐厅，老板在当地很有名，他把这家餐厅给他的亲兄弟经营的。

那天，盖洛去城里过生日，想必那个想除掉他的人一定策划好了那晚要在翁贝托蛤蜊屋结束他的生命，他们想好了他会坐的地方——从马伯里大街的门进去的左手边。或许正是那个人邀请了他来到了这里，因为这家餐厅碰巧是凌晨唯一还营业的餐厅。

一切准备就绪，就差一个手法精准的枪手。“疯子”乔伊·盖洛会和他的保镖在一起，还有一些女性亲戚，其中包括他的新婚妻子和他的姐姐。如果开枪误中了女人，那事情就变得复杂了。因此需要一个手法非常精准的枪手，能够在 15 到 20 英尺以外的地方击中他，并且不会伤及他人。

一旦你和他的距离少于 15 英尺，他的保镖就会对你拔出枪来防卫，盖洛也一定会怀疑有人对他图谋不轨。他知道总有一天他会踩到别人的尾巴，他也清楚他在和怎样的人打交道。盖洛自己必须小心谨慎，但是通常他自己不会带枪在身上。他是一个重案犯，所以他不会冒这个险，因为纽约有非常严格的枪支管理律法——苏利文法案。那些女人的随身包里应该不会藏着枪，再说她们是他的亲戚，并非约会对象。对面桌子上也没有人在暗中观察，如果有这么一个人的话约翰·弗朗西斯会知道。这就意味着那个保镖将是唯一有枪的人，所以要先除掉保镖。但是没有必要把保镖杀死，一般来说可以射向他的背部或者裤脚，而避免射中脖子和心脏这些有大动脉的地方，直到他丧失行动能力。这种情况下，一定需要枪法准的人，这个人还得单独进去完成任务，因为人多的话就会上演西部枪战片，因此你不能随随便便找一个人。

我的面相并不凶残，而且也没长着一张大众脸，我看起来平凡得就像一个借用餐厅厕所的落魄司机，而厕所刚好又在门的边上。我皮肤非常白皙，所以看起来一点也不像一个黑帮枪手。

另外一点就是，你不会在被枪击人的家人亲戚面前动手，但是这一次却不一样。因为当初盖洛就是当着科伦波家人的面对他动手的，然后把那家伙打成了植物人，所以这次也要以牙还牙。说到底他就是一个小混混。

以前没有手机，所以当我们出发去执行任务时，途中任何时候都会产生变数。到时候那个地方可能会非常拥挤，而且他也有可能会中途离去。然而当天他在庆祝自己的生日，几杯酒下肚后，他也开始变得麻痹松懈。要知道任何一个斗士在喝酒后，技能就会被削弱了。再加上盖洛非常善于搭讪，也很会扯，难怪大家都一个劲儿地给他敬酒，让他兴致越来越高。如果有人猜测到我们会来搅场，他们一定会提前回家，草草收场。但是此时，盖洛正沉醉在香槟和饕餮中无法自拔。

“疯子”约翰·盖洛一定觉得小意大利区非常安全和惬意，一般情况下帮派不会在小意大利区惹事，因为餐厅里都秘密聚集着很多帮派的人，况且这家新开的意大利海鲜餐馆又归一个十分重要的人物所有。同时小意大利区又是游客密集的地方，如果在那里动手的话会吓走游客，影响到旅游业。再说游客通常都不太懂得如何作证，他们的证词无非都是“我看到三个8英尺高的小矮人，都戴着面具”这样的句子。

虽说行有行规，但是有时候在特定场合，难免会破例。也就是说当他们觉得有必要在小意大利区动手的时候，他们还是会动手的。当时也快接近打烊时间了，因为在纽约，规定酒吧在凌晨四点打烊，所以当时也没有很多游客，也不用担心会误伤到他们了。要知道在白天，要拿下盖洛几乎是不可能的，因为无论走到何处，都会有报纸摄影师在附近徘徊，争相拍摄他最好角度的照片。或许正是因为这个原因让盖洛耽溺于那种名人的作秀，因为至少摄影师们比起保镖而言让他更有安全感。

约翰·弗朗西斯把我送到了位于小意大利区的马伯里街和海斯特街交叉口的翁贝托蛤蜊屋。我们计划他把我送到目的地后，我进入餐厅借用洗手间，然后“红毛”就开着车围着街区转，等到他开回来的时候我也刚好完成任务，如果我没有及时出来，他就会等我几分钟，但是如果太久的话，我就得孤军奋战了。如果约翰哪天抓住了，他只能说自己是个司机而已，“红毛”对于内部发生的事情一无所知。很多事情他只是略知一二而已。

通常，只要不从目标身边经过，你一般都会先去洗手间，这样可以让你观察四周围的动静，以及确认是否有人跟踪你。同时还要观察洗手间内是否有人，顺便释放一下膀胱，要知道万一警车在后面追赶你，憋尿绝对是非常不理智的。

在这种有那么多目击证人的场合，最好没有人在洗手间里面，而且必须要在大家缓过神来之前的足够短的时间里完成任务然后离开现场。这种地方的酒吧服务生们早已经学会了装聋作哑，而且这个时间点游客们几乎都已经回家睡觉了。在这种情况下，应该直接走入洗手间，如果一切就绪的话就当机立断下手。

如果约翰在外面被人盘问起来，他便可以答道他是我的司机，在外面停车等候我借用餐厅厕所。有时候在户外执行任务时，司机会站在人行道上帮助处理一些琐碎事宜，或者仅仅是起到震慑目击证人的效果，但是在室内的这些任务必须得一个人去完成。这样的话，在东窗事发的时候你大不了坚持说自己是正当防卫。对我而言，我从来不会完全信任别人，因此我向来独来独往。司机知道的信息十分有限，这对大家都好，尤其是对他自己。任何人在被捕之后，面临牢狱之灾之时，都会变得软弱，往往会崩溃，然后供出同伙——一个人完成任务的话就不存在这个问题了。

当时街角站着几个黑帮成员，他们主要任务就是在门口迎候"疯子"乔伊，这样子当有人进入门口的时候乔伊就更不会起疑心了。当他们看到的我们车灯的时候，这群人就散伙了，他们的工作已经完成了。在纽约时，拉塞尔和我经常会在上城的维苏威餐厅或者是布鲁克林的莫特餐厅见面，我们经常和吉诺维斯帮混一起，所以在小意大利区的人们还有"疯子"乔伊都不认识我。

我从马伯里大街走进了餐厅，径直走到吧台，背对着门口，也就是盖洛坐的地方。之后我转过身对着桌子，当我看到人群中有一个小女孩时，我感到十分吃惊，但有时候确实会碰到这种情形。当我转身后，就看到"疯子"约翰·盖洛的司机从背后被击中了，人们惊慌失措，小女孩和另一个女的马上躲到了桌子下面。"疯子"约翰踉跄地往门口跑去，谁都不知道他这样做究竟是想为了逃命，还是想引开杀手的子弹，也有可能想两者兼顾吧。这个时候最方便对他从背后下手了。“疯子”约翰侥幸逃出了马伯里街角的那扇门，可是没多走几步后就连中了三枪。他当时可能想跑到车里去取手枪，但是他根本没有办法跑那么远。“疯子”约翰在生日的那天鲜血淋淋地毙命。

外面盛传当时有三个杀手，但是我却不这么认为。当时保镖为了场面好看可能多配了两名枪手，也有可能在子弹扫射的时候，人们误以为有多个杀手，其实我知道就我一个人而已。

最重要的一点是，当时约翰·弗朗西斯在场并且处乱不惊，他在伦敦爱尔兰帮派暴乱中已经见多了类似的场面。他是个聪明人，并且他知道如何利用这一点。

约翰于是边开边换车，确保没有人跟踪尾随，就这样回到了扬科市。接下来他自然而然想到了把枪扔到河里某个他熟悉的地点。在费城就有一个专门丢弃枪的地方，叫斯古吉尔河，那里被丢弃的枪估计也够一个小型弹药库了吧！

之后，我就听到一些意大利小混混开始到处炫耀说是他们重伤了盖洛，我根本不介意被人抢去功劳。这些人可能就是想成名而已。也有可能是那些背叛了他的人，这些人往往会大肆鼓吹一番，这样有权势的人才会稍稍怜悯地给他们一丝尊重，政府往往最喜欢这些小人，无论他们有多么卑鄙或者无知，只要他们能够帮忙解决掉那些“大麻烦”就行了。

后来我有可靠消息称，“红毛”因癌症去世前隐晦地透露出他曾开车载我参与了14件暗杀事件，其中包括“疯子”约翰·盖洛一事。当时他都80多岁了，奄奄一息，而我则被关在监狱里面服刑。我不确信这个是不是真的，说不定约翰当时被下套了。但是如果约翰是在神志不清的情况下说出的话，那我可以不去计较。

约翰当时饱受癌症和各类药物治疗的摧残，身心极度痛苦，他不希望就这样在监狱里面死去。他的精神状况很糟糕，无法出庭指证任何人，我知道约翰是个好人，我也不怪他当时意志有所动摇。

拉塞尔非常信任约翰和我，所以才会让我去处理掉这样一个重要的小混混。其他一些黑帮头目却不会这么做，因为这样做往往会爆发帮派斗争。纽约黑帮家族都是纯意大利裔，委员会也知道拉塞尔对于非意大利裔帮派持自由中立的态度。之前在爱尔兰帮派中的各种斗争经验，让拉塞尔在处理盖洛这件重要的事情中占了优势。委员会总是安排拉塞尔处理大事件，除此以外，拉塞尔与哥伦波家族走得很近，而且他也是意裔美国人民权社的支持者。

那段时间，吉米正忙着搞他的政治副业。他非常专注于监狱改革，并全身心投入此事业，同时这也给了他竞选的机会。吉米曾利用查理·艾伦帮助他募集监狱改革资金。

查理·艾伦在吉米出狱后不久也离开了路易斯伯格，吉米一直让我好好照顾他。我在下城的时候就对艾伦略有耳闻。处理完德乔治一事离开了办公室后，我第一次见到了艾伦。当时我为泽勒巴赫皇冠公司开卡车，而艾伦刚犯下一起持枪抢劫案，正准备逃离费城。于是我开着货车带他一起开到了斯克兰顿，然后让他和大卫·奥斯迪克一起下车。大卫跟着拉塞尔好几年了，他把艾伦藏在了一个安全的地方，直到后来事情越捅越大，艾伦不得不回到费城去自首。如果我没有猜错的话，他是因为那件持枪抢劫案才进的路易斯伯格监狱。出狱后，吉米交代我要照顾他，于是我就让艾伦替我开车。我现在地位已经上升到另外一个层次，有自己的司机，手下有供差遣的伙计，还时常有人对我低头哈腰毕恭毕敬。

在我的听证会上，查理·艾伦曾指证吉米·霍法让他给约翰·米切尔送一样东西，说是给到总统连任委员会的，这件事他确实做过。当时吉米还是与尼克松保持着各类联系。由于吉米在华盛顿为监狱改革事宜募集资金，因此他的保释官允许他出差前往华盛顿。吉米那时会邀请有兴趣投资的商人，也会邀请一些狱友来忆苦思甜，吉米总是确保我带着查理·艾伦一起前往华盛顿参会，同行的还有艾伦的伙伴弗兰克·戴尔·皮亚诺。吉米有个政治说客，名字叫艾伦·科恩，他来自费城。吉米和他有一次给了艾伦4万美金的现钞，让他转给米切尔，用作尼克松选举的备用金。之后我们得知米切尔只把其中的1.7万美元上缴给了总统连任委员会，自己私吞了2.3万美元。我一直认为，这个人做生意非常奸诈。

三四年后，联邦调查局找到查理·艾伦谈话。在他们早期的对话中，他向联邦调查局透露了当初事情的真相。大概一年后他同意偷录我们的对话，以此来陷害我。一开始他并没有意识到联邦调查局想让他全力调查我关于霍法失踪一事，因为之前他在这件事上还是非常力挺我的。不过像他这种处于食物链底层的小人物，是不可能知道我处理的事务的。从查理·艾伦出狱后，一直到1979年他偷录我们对话东窗事发前，我一直都待他不错。”

以下是摘取自联邦调查局“302报告”中的片段，此报告由政府依照联邦法庭的规定提供的关于弗兰克·希兰一案的证词：（艾伦曾经记错了他送钱给米切尔的时间，在该片段中被删去，并在1977年11月4日的“302报告”得到了更正。）

霍费克斯档案

查理·艾伦于1977年9月22日向特派调查员小亨利·欧·汉迪和特派调查员托马斯·L.范·得斯里斯透露：

线人透露，最后一次见到艾伦·科恩时：“他给我一箱子的钱，让我交给约翰·米切尔。”线人还记得他曾经在华盛顿特区市中心的一家“又大又豪华的酒店”里参加过一场听证会晚宴。晚宴的目的是应吉米·霍法的提议，为监狱改革募集资金，吉米·霍法当晚也在场……在晚宴中，霍法和艾伦·科恩找到了绰号为“呆头”的弗兰克·戴尔·皮亚诺以及线人，告诉他们“把钱拿去给约翰·米切尔”。然后科恩把一只约2英尺高1英尺宽的黑色箱子交给了线人，线人并没有在吉米面前打开箱子清点，因为“那样做对吉米是大为不恭的”。线人回忆道箱子非常重，之后他与弗兰克·戴尔·皮亚诺带着箱子离开了酒店，上了一辆事先被安排好的车，但是没有人告诉他们去哪里。这辆车载着他们来到华盛顿外的一处“非常漂亮的豪宅”，然后线人在门口见到了约翰·米切尔，线人于是和米切尔打了招呼并且告诉他自己是吉米派来的。米切尔接过箱子并道谢，然后进屋关上了门。线人上了车又回到了酒店。

“当我回想起我所担任过的所有的职位时，我最喜欢的要数326分会的主席一职了，当我在监狱时，他们又给了我终身名誉主席的头衔。他们不一定喜欢我，但是他们尊重我，也尊重我为他们所做的一切。我通过吉米的关系让这个工会得以自主经营，而之前他们则由费城管辖。我又在1979年为他们拿到了一座新大楼用作总部，这个大楼至今一直在使用。我为他们曾打抱不平，确保他们得到各种利益。在我入狱时我们有 3000 名成员，而现在大概只有 1000 来个吧。

1979 年以前，我们的办公室是在东富朗特街，位于火车站附近的一个破败的区域，而如今这个地方已经改善很多了。1972 年底，一位当时非常有名的律师到这处办公室来找我，他在民主党内享有盛名。他那时想和我谈关于 1972 年美国议员选举的事。

年初的时候，有位当时的美国议员凯莱布·博格斯过来找我，要求发言机会。我当初告诉过博格斯他对于劳工过于偏激，然而他却不承认自己反对劳工。他是个共和党，他说既然运输工会支持尼克松再次竞选一事，那应该也给他一次机会向大伙们发言。此人人缘极好，而且也很有名气，但是我觉得他完全是为了特拉华的那些企业的利益，所以我没有批准他被邀请。

当他的对手乔·比登要求发言机会时，我当时询问了执行委员会的意见，发现没有人反对，所以我就批准了。比登当时在县议会任职，同时也是一名民主党派成员，县议会中有很多支持工会的人。相比于博格斯，比登要年轻得多，却非常善于演讲。在会议上他表达自己支持工会，发表了令人印象深刻的精彩演说。他向广大会员提问，然后非常成熟老练地一一答复问题，并表示他的大门随时为工会的人们敞开。

所以当这位享有盛名的律师在选举日前来办公室造访我的时候，我已经站在了比登这边。与该律师同行的还有一个在《晨报》和《晚报》工作的人。这两份报纸是同一家公司发行的，基本上内容雷同，也是威明顿唯一的一家日报。

威明顿位于美国北部，相比南部而言更加自由。那时的特拉华是一个只有 60 万人口的小州，超过一半的人口住在北部的一个县，其余的人口则住在南部的两个县。梅森-迪克森列车线路贯穿了全州。多年来，南部的两个县里存在着种族隔离学校，在北部有些地方也实行过种族隔离制度，但是北部大多数地区还是有着与费城比较接近的风俗习惯。在当时，甚至是现在，那里几乎所有的人都阅读威明顿报纸。

这个律师告诉我，说博格斯已经准备了很多小广告，在竞选的前一周会把他们夹在每天的报纸中做宣传。博格斯声称乔·比登篡改了他的选票记录，广告会写明乔·比登关于博格斯的一派胡言，并且会澄清博格斯真实的选票记录。该律师不希望这样的小广告被散发出去，他是个好人，也是个聪明人，他知道选举双方都打着自己的如意算盘，这种情况他也看得多了，那么多年以来，工会在背后操作着选举，告诉工人们投谁的票，控制着选举的结果。

那个在报社工作的家伙说，他想组织一道人墙警戒线，但是苦于没有他可以信任的人。我一直以为他们已经有了自己的社团，于是我告诉他我会雇一些可以信赖的人给他，这样就没有人敢惹他们了。

人墙警戒线这个点子的用意在于你试着组建公司团队，或者宣称公司待遇不公，你也不会坐下来和工会协商探讨，也或是公司对工人施加压力，让他们不得与工会签署协议。通过这些方法你可以强迫重新进行选举，去取代他们已经有的工会，就好比保罗·霍尔和海员工会的那些人当初针对吉米·霍法的方式一样。每次你看到这些人举着上面写着“劳工待遇不公”的牌子时，其实那就是所谓的“人墙警戒线”，由于这些人还不是被认可的工会组织，因此他们不能明目张胆地举牌示威游行抗议，因为这样做是违反国家劳工关系委员会制定的章程的。

我告诉那个律师，我手下的那些人可以去帮他的朋友搞定这些事。我对那名律师向来是充满敬佩的，再说我个人也偏爱比登，觉得他更适合工会。我告诉他，一旦人墙警戒线被组织起来，那些卡车司机将无法冲破他们。运输工会的人会尊重另一个工会的警戒线——不管他们叫什么。

于是他们就这样去做了，人墙事件当然也刊登在了报纸上，可是那些报纸一直都被堆放在仓库，没有被传阅。报社的人打电话给我，要我的人回去工作。我告诉他，我们很尊重人墙警戒线。他问我是不是策划了铁路爆炸事件，炸毁了印刷报纸所需的材料——或许是墨和纸张之类的东西吧，反正我不是很清楚。所幸没有人员伤亡。我告诉他们我们尊重人墙，并且他要是真想找保镖之类的人保护他的铁路运输的话，那他应该去黄页上面找找。

选举结束后，人墙也撤了，报纸也恢复了正常，特拉华也有了一位新的议员。真的难以想象这些事情已经过去 30 多年了。

事后总有人谈及此事，当然免不了会提及我，他们说正是因为这件事，乔·比登当选为议员。特别是共和党的人说，如果当初博格斯的宣传小纸条被夹在报纸中散发出去，那一定会让乔·比登看上去很难堪。其实之前一个星期，博格斯的宣传页差一点就被发出去了，如果这样的话，那对于乔·比登来说损失是无法挽回的。我不知道乔·比登是否知道那天的人墙警戒线一事，就算他知道的话，他应该也不会想到是我操作的吧。

但是当他成为美国议员后，我知道此人遵守自己对工会的诺言，并且他非常善于倾听人们的诉求。”

# 25
## 那不是吉米的风格

1973 年 3 月，吉米 · 霍法假释期结束，重获自由。他可以随心所欲想去哪里就去哪里，想说什么就说什么了。

1974 年 4 月，在华盛顿的某次宴会上，吉米 · 霍法登台宣布他将启动针对尼克松的法律诉讼，控告他对自己的特赦施加限制。霍法还宣布，他有意与弗兰克 · 菲茨西蒙斯在 1976 年的运输工会大会上角逐主席职位，这一点也不让人感到意外。

吉米 · 霍法至少在一个方面处于绝好的时机。菲茨西蒙斯不会再得到强大的理查德 · 尼克松总统的友谊和支持。霍法宣布此事的那个月，对尼克松而言可谓是雪上加霜，因为水门事件正闹得不可开交。这样一来，让尼克松头疼的不只是吉米 · 霍法了。尼克松的核心集团正抓狂地试图控制水门窃听事件。在霍法宣布计划就特赦限制提出诉讼的月底，尼克松的白宫办公厅主任 H.R. 鲍勃 · 哈德曼宣布辞职，他后来入狱。此前一个月，尼克松的特别顾问查尔斯 · 科尔森离开了白宫自谋出路，他接管了运输工会的法律业务后锒铛入狱。不久后，阿拉伯石油禁运让美国吃紧，尼克松愁上加愁。

霍法宣布法律诉讼及其 1976 年的竞选计划后，弗兰克 · 希兰给予他的朋友和导师热情洋溢的支持："海可枯石可烂，我是霍法铁杆永不变。"

“1976年，吉米不可能输。那不仅仅是由于支持吉米的代表众多，而且吉米本身也更加德高望重。如果这些理由还不够的话，工会里没有多少人替菲茨美言。菲茨太懦弱，这也是吉米把他放进来的原因所在。吉米没有考虑到的是，对于所谓黑帮中的某些人而言，他的懦弱恰恰是一种非常有利的特质。

1973年2月，吉米的支持者为他的60岁生日举行了感恩之夜晚宴。他们在新泽西的樱桃山拉丁赌场举行晚宴，大概一年之后，我也在这里举行晚宴。我就在那里，前排中央位置，尽管菲茨西蒙斯不想让任何人去，现场还是来了很多人。哈罗德·吉布斯是执行委员会中唯一露面的成员。就像他们在我的感恩之夜晚宴上做的那样，他们安排了一名专业摄影师。吉米让我和他一起摆拍了许多照片，包括我们握手的一张，我一直珍藏到现在。

吉米在迈阿密的一次私下会晤中和托尼·普罗发生口角后，我随后就去奥瑞恩湖拜访了他。在迈阿密的那次会晤中，吉米希望在1976年选举时得到普罗的支持。相反的是，吉米从普罗那里得到的却是威胁，说要绑架吉米的孙女，并且徒手扒吉米的皮。在迈阿密会议后，吉米告诉我说他会让拉塞尔允许我对托尼·普罗下手。这次他没有开玩笑，要玩真的了。吉米和普罗相互憎恨，并且他们都有能力放狠话并置对方于死地，只不过是谁先下手的问题。

我到奥瑞恩湖来跟进迈阿密的事儿。吉米再次提及必须要对普罗做点什么了，但他没有让我和拉塞尔谈谈或者其他什么的。接着吉米说菲茨不是选定的人，他处理菲茨不需要任何人的批准。吉米说他已经安排了一个牛仔，在不得已的时候会采取行动。

我知道吉米最近和查理·艾伦有些接触，就说道：“你不是在想着用艾伦吧，不会吧？”

吉米说道：“见鬼，不是。他是一坨屎，只会吹牛皮。”

我说道：“我知道这点，很高兴你也知道这一点。”

（我们那个时候都没有提及劳埃德·希克斯，但我当然想到了此事。劳埃德是迈阿密当地的一位官员，他曾是罗兰德·麦克马斯特帮派分子，而麦克马斯特是离开吉米投奔菲茨的成员之一。吉米因为麦克马斯特的背叛而对他心生怨恨。当吉米和普罗在迈阿密密会的时候，劳埃德·希克斯在麦克马斯特在会议室里安装了窃听器。希克斯出去到了酒吧，喝了几杯就管不住自己的大嘴巴，四处吹嘘说他会得到吉米和普罗会谈的录音。菲茨对此当然感兴趣，对此吉米可不是有点生气那么简单了。

那天晚些时候，他们发现希克斯身上不知道中了多少枪，但肯定不止一把枪。似乎是两个枪手扫射了他家。如果希克斯有录音，那么他现在没有了。在那个特定的时刻，“红毛”约翰·弗朗西斯和我碰巧在迈阿密打理吉米这边的事情。）

在奥瑞恩湖边，吉米告诉我他正在解决自己的官司以清除限制令，待有了更多证据后就会立案。我说我会做这部分官司的原告，希望吉米重返工会的活跃工会成员将会提起该诉讼。吉米告诉我说，他把一些事情捋顺后，就会在接下来的几个月里给我准备点钱给米切尔。他让我安排好我的感恩之夜晚宴后提醒他，因为不论怎样他都会参加。我告诉吉米我一直在推迟我的晚宴，等着对他而言最好的时机再举行。吉米告诉我他很感激我的忠诚支持。他知道我在参加 326 分会的竞选，并且向我施以援手，但我告诉他我在当地分会的竞选没有任何问题。

那年的晚些时候，10 月，吉米给我打电话让我过去看看“红毛”。我去了烙铁餐厅，他给了我另一个诉讼解决。这个并不像上次那么棘手，但还是有些分量，涉及27万美元。我开车去了“市场旅店”，甚至都没去喝一杯。我一进去就有个我不认识的人向我走来，说他会带我去要去的地方。我们上了他的车，开到了一栋很不错的房子。我下车按门铃，米切尔开了门。我把包交给他，他把带有口供的信封交给我。这次没有闲聊。我开车回到费城，在一家餐馆和拉塞尔会面，他查看了米切尔给的信封里的证词，之后就将那封信收起来。”

我，约翰·W·米切尔，在此郑重宣誓作证，证言如下：

1. 作为美国司法部长，我在任期内没有启动或建议任何包括总统对詹姆斯·R. 霍法减刑的限制，就我所知，也没有其他任何官员这样做。

2. 尼克松总统没有亲自参与或者建议我，以及任何司法部的官员，将对霍法先生在工会运动活动中的限制条款作为任何对霍法先生作为任何总统赦免的一部分。

约翰·W. 米切尔（S）

于1973年10月15日在我在场的情况下宣誓

罗斯·L. 旭福

纽约州公证人

一年多之后，当这份证词仍代表其买方在司法系统内流转的时候，这位宣誓其所言为真的约翰·米切尔，由于在水门事件中赤裸裸的撒谎，以作伪证并阻碍司法公正的罪名而锒铛入狱。

有了这份证词，当时作者尚未因作伪证而被认定犯罪，吉米·霍法开始了翻案运动。

1974年2月16日，霍法指控菲茨西蒙斯“在全国各地旅游，参加每一场该死的高尔夫巡回赛，尽管作为工会主席一天需要工作 18 个小时”。

在一次电视采访中，霍法指出：“菲茨西蒙斯简直是疯了。他一周去看两次心理医生，却正在管理一个两百多万人的工会？”

霍法开始经常称菲茨西蒙斯“疯子”，还是个“骗子”。

作为报复，菲茨西蒙斯把霍法的妻子约瑟芬从工会中除名，她因此失去了每年 4.8 万美元的收入。与此同时，菲茨西蒙斯切掉了霍法每年 3 万美元的律师聘用费。查克·奥布莱恩在霍法家里长大，作为养子叫霍法“爸爸”，他在工会的职位得以保留。奥布莱恩日益与菲茨亲近，与霍法则日益疏远。吉米·霍法是个真诚的以家庭为重的男人，对于奥布莱恩的背弃明显非常失望，并对他赌博和大手大脚花钱的方式表示强烈不满。吉米·霍法拒绝支持奥布莱恩参与底特律 299 分会的主席竞选，两人分歧陡增。

1974 年 3 月 13 日，霍法提出了他非常期待的诉讼。这次，他没有使用经常唯他马首是瞻的律师团队，而是聘用了知名民权律师莱昂纳多·鲍丁。在该诉讼中，霍法诉称他在 1971 年 12 月 21 日走出监狱的时候不知道限制令一事，并且也从来没有同意过这一条款。另外，即使他同意了这份条款，总统也缺乏宪法权威来以这种方式限制他或者任何其他人的赦免权。

有一则古老的箴言可供年轻律师学习：“如果你无法在法律上打败他们，那么就用事实打败他们。”这里鲍丁代表其客户抛出的观点，是他和许多其他宪法学者认为是占上风的观点。这留给政府针对事实进行争辩的机会，而吉米·霍法则通过其行为不明智地为政府提供了一份事实论据。

为补充其法律论证，霍法和他特殊的朋友们在诉讼中为鲍丁提供了事实指控。相应地，诉讼声称限制令并无合理源头，诸如司法部长，而是“并非源自或衍生自正常的宽赦程序，但却成了补充材料，由总统特别顾问查尔斯·科尔森，依据一份协议和密谋，将其加入上述的减刑条款”。

霍法在递交其法律文书后的一次电视采访中，详述了这部分诉讼：“我很肯定他有插手此事，并且我很肯定是他设计了这套说辞……他这样做是为了讨好菲茨西蒙斯。并且他这样做也得到了代表工会的工作。而菲茨通过科尔斯这样做，以便能够保住国际卡车司机兄弟会的主席职务。”

对此菲茨西蒙斯回应道：“我对那些限制令一点也不知情。”

科尔森对此补充说：“那纯粹是一派胡言……我向菲茨西蒙斯先生建议，我认为霍法在获释时，应当是在似乎对当时的工会运动及整个国家最有利的条件下获释。我从没告诉过他那些限制是什么什么的。”

而如果科尔森所言可信的话，菲茨西蒙斯的好奇感一点也没有被激发，而且他从没问过：“限制，什么什么限制？”但对于所有这些律师称之为“他曾说，她曾说”的东西，政府将有机会辩称那跑题了。1974年7月19日，美国华盛顿特区地方法院约翰·H.普瑞特法官对霍法提出的事实指控做出回应，并做出对他不利的裁决。普瑞特法官认为，即使能够证实科尔森-菲茨西蒙斯共谋，总统签署的限制令依然有效，“出于同样的原因，人们不能基于国会议员为了不适当的动机而投票支持一个国会法案，就攻击该法案的有效性”。

这次失败让霍法别无选择，只能向更高一级法院申诉，此次申辩的依据将着眼于法律，着眼于鲍丁提出的宪法问题。霍法和鲍丁非常有信心，认为他们的法律抗辩将在上诉阶段被采纳。然而，该申诉将会耗时一年或更长时间，直到1975年晚些时候才有判决结果。

1974年8月9日，离霍法在普瑞特法官的法庭上第一次败诉不到一个月的时间，尼克松就拱手认输。他辞去总统职务，副总统杰拉尔德·R. 福特取而代之，而他是尼克松几个月前才精心挑选替代斯皮罗·T. 阿格纽①的人选。阿格纽曾担任马里兰州州长，但他甚至还在副总统任上时，依然接受马里兰州不当公共事业承包商的酬金，东窗事发后，阿格纽被迫引咎辞职。杰拉尔德·福特曾是沃伦委员会的七名成员之一。尼克松辞职一天后，这位继任者就赦免了尼克松可能会被起诉的所有罪名。福特对尼克松的特赦没有附加任何限制令。

现在，吉米·霍法在上诉中所需要做的只是保持信任了。

“毫无疑问吉米期待赢得那场官司，并且所有人都期待他及时赢得官司，以便几乎能在美国两百年国庆日的同一天夺回工会。吉米本可以在几年里什么都不做，不费力气地就职，让他的律师来处理上诉案。但那不是吉米的风格。吉米的风格是，即使在没人可较劲的时候仍然继续较劲。”

① 斯皮罗·阿格纽（Spiro T. Agnew），1969年至1973年间任美国副总统，生于巴尔的摩。1973年因被控受贿和逃避所得税而辞职，被判刑。

## ◄ 26 ►

# 地狱将敞开大门

斯蒂文·布里尔在他的《美国运输工会》一书中指出，1974年，美国中部卡车司机退休基金贷给赌场建设项目等商业房地产的金额高达10亿美元，仅比财力雄厚的美国大通曼哈顿银行的贷款总额少20%。“简而言之，”他写道，“黑帮控制了美国最主要的金融机构之一，还控制了世界上最大的私人房地产投资资本。”

对运输工会主席的控制保证了他们对退休基金的支配权和签署工会合约时的优惠待遇。在霍法失踪、菲茨西蒙斯下台后的数年里，黑帮依靠操纵选举，依然控制着国际卡车司机兄弟会的要职。直到1986年，委员会成员、吉诺维斯家族的老板、绰号“肥佬托尼”的安东尼·萨勒诺才因操纵工会选举被判有罪。在他的操纵下，罗伊·威廉斯当选为运输工会主席。联邦调查局在纽约的帕尔玛男孩社会俱乐部安装了窃听器，“肥佬托尼”亲口所说的话成为了他的罪证。弗兰克·希兰和“肥佬托尼”在将近90岁高龄的时候同住在密苏里州斯普林费尔德联邦监狱医院。当时，“肥佬托尼”遭受着癌症的折磨。

与希兰和“肥佬托尼”同在一所监狱的还有个叫希勒的家伙。他的身上刺满了文身，是个肌肉发达、为非作歹的自行车手。和“肥佬托尼”一样，癌症的痛苦也折磨着他。他的时间不多了，因此获得了保外就医的机会。据希兰讲，“肥佬托尼”托人在释放希勒的时候给了他 2.5 万美元。作为回报，希勒驱车到长岛杀死了一名指证“肥佬托尼”的平民证人。在斯普林费尔德的监狱里，拉塞尔·布法里诺皈依了宗教，为来生赎罪。而萨勒诺则毫无悔意。

1975 年，吉米·霍法失踪时，“肥佬托尼”是托尼·普罗所属的吉诺维斯犯罪家族的老板。

“弗兰克·希兰感恩之夜是在 1974 年的 10 月 18 日那天举行的。就在我举办宴会的六个月前，有传言称，吉米对于未来的退休基金贷款问题很可能是块绊脚石。这话保不齐就是从托尼·普罗的地盘传出来的。吉米当时是他的竞选对手。我跟拉塞尔谈了我打听到的小道消息。拉塞尔告诉我，运输工会的确是个金矿。不过，坐吃山空是迟早的事，这跟谁主政毫无关系。吉米是个好打交道的人。拉塞尔说，尽管托尼·普罗和堪萨斯城的那些人带来了不少问题，吉米还是获得了老朋友的鼎力支持。拉塞尔是站在吉米这边的。他对我说，在审判结束后，他要带我去见托尼·普罗的老板“肥佬托尼”·萨勒诺。托尼·普罗控制着泽西城北部的两三个分会，可只要“肥佬托尼”能影响那些代表，他的权力要远远超过普罗。

与此同时，拉塞尔必须在他自己在纽约上州的案子中胜诉。他的几个手下在那儿有个香烟自动售货机的生意。纽约宾汉姆顿的一家公司和他们的竞争相当激烈。于是，拉塞尔的手下就找这家公司的两位老板谈，希望他们能让出一部分利润，遭到了他们的拒绝。一天晚上，这两位老板遭到了毒打。接着，正如你所知道的，拉塞尔和十几个手下涉嫌敲诈被捕。由于证据不足，几个人被放了出来。可是拉塞尔和另外六七个手下却被带上了法庭。开庭那天我去了，坐在第一排。这场审判持续了三周。我每天都会到庭声援拉塞尔。陪审团可以看到法庭上坐着拉塞尔的朋友。1974 年 4 月 24 日，拉塞尔和他的手下被宣判无罪。是年春天，吉米也提起了诉讼。在 1974 年的春天，我的朋友真可谓是遇难成祥、逢凶化吉。

胜诉后，拉塞尔带我去了纽约。我们在维苏威餐厅见了“肥佬托尼”·萨勒诺。我和拉塞尔告诉他托尼·普罗和吉米因为退休金的事闹得很不愉快。假如他能在 1976 年的大会上支持吉米的话，我们将不胜感激。“肥佬托尼”习惯叼着根雪茄。他说，他不会碍吉米的事儿的。他不会给普罗支招儿。在这件事上，他反对普罗的做法。看来，吉米以前的确是做了不少深得人心的事。

1974 年的五六月份，我当时正在火车站附近的 326 分会办公室。突然有个人跳着华尔兹就进来了。不是别人，正是约翰·米切尔。我既没问他是如何找到我的，也没问他是如何知道我的。他说，他就有一分钟时间。他就是想进来打个招呼，然后告诉我说：“告诉吉米我想见他。告诉他拿着退休金好好享受享受天伦之乐吧，在家多陪陪孙子，别整天想着竞选的事了。”我答道：“感谢您的拜访。下次我见到他一定把您的话带到。”

与此同时，底特律 299 分会的矛盾在不断升温。吉米早年的老朋友戴维·约翰逊那时还是分会的主席。原本的计划是，在吉米做好接手国际卡车司机兄弟会的准备前，戴维继续留任。然而，菲茨不断给戴维施压，逼他早点退休。那样，菲茨就可以安插他的儿子理查德做该分会的主席。在解除限制令前，吉米需要有自己的人在 299 分会。解除限制令后，戴维·约翰逊就可以名正言顺地委任吉米做 299 分会的工会代表。如此一来，吉米也就可以以代表的身份参加 1976 年的大会，而且按照章程规定，他还可以取得竞选国际卡车司机兄弟会主席的资格，和菲茨一决高下。

戴维·约翰逊开始在家里接到骚扰电话，听筒里传来哈哈大笑的声音。还有人朝他工会办公室的窗户开枪。在吉米的限制令诉讼败诉前的约一周前，有人炸了他那艘45英尺长的游艇。这些都是菲茨和他的手下人给戴维的警告。

菲茨的儿子理查德宣布，他将参与299分会主席的竞选，和戴维竞争。理查德声称，那起爆炸案是吉米一手炮制的。这不但没有吓倒戴维，反而激起了他高昂的斗志。戴维的人缘极好。最终，他继续担任主席一职。而作为交换，理查德当上了副主席。不久，有人炸了理查德的车。吉米本来是不愿走这种极端的。因为，他可不想把自己的儿子推到风口浪尖，让他成为报复的牺牲品。

吉米放出话来。不管法官最终的判决如何，他都要参加选举。假如上诉失败，他要公然反抗对他的人身限制。假如硬要将他送回监狱，那法庭就等着挨炸吧。最终，吉米还是在1976年逃走了。为此，有人成立一个叫“**霍法**”的组织，全称是“**老朋友何以活力充沛**”。

吉米绝不是叛徒，但却挡不住他吹嘘。他开始夸夸其谈地说，他计划收回菲茨“这个胖老头儿”经手的所有呆账。好多钱都是黑帮借的，都拿去建赌场了。碰到菲茨，他们才会对还钱的事漫不经心。换做是吉米，他们是不会拖欠欠款的。更为疯狂的是，他不断在公众场合声称，他要将菲茨与黑帮的所有勾当统统公之于众。他还声称，一旦他重新掌权，拿到那些贷款记录，他就要把一切都捅出去。听上去，吉米似乎是要没收这些贷款，像卡斯特罗一样接管部分赌场。

我不断告诉拉塞尔这是吉米的策略，不过是虚张声势罢了。拉塞尔让我转告吉米别那么紧张，并立即停止把关注焦点引向朋友的做法。有一次，拉塞尔提到外面已经疯传开了，说吉米向麦克莱伦委员会坦白了一切，而且还使戴维·贝克遭到了起诉。这样，他就可以扫清贝克这个障碍，接管他的位置。在我出生前，戴维·贝克是国际卡车司机兄弟会的主席。我不知道该不该相信这些有关吉米的传言。我始终是怀着怀疑态度的。然而，假如吉米不管好他的嘴，继续扬言要暴露他的朋友，那他的麻烦就大了。”

在竞选巡游中，吉米·霍法像条疯狗似的，见谁咬谁。媒体经常引用他的话，指责菲茨西蒙斯“是黑帮的走狗，明知是诈骗犯还吸纳他们入运输工会”。他对菲茨西蒙斯和有组织犯罪的大胆控诉印证了他的自传所使用的语言：“我控诉他利用黑帮建立工会保险制度……随着时间的推移将会有越来越多的进展。我掌握的内幕还有很多。”这本自传计划在1976年选举的六个月前出版发行。

为了远离是非、保持没有任何利益冲突的正面形象，吉米·霍法被迫放弃了他在宾夕法尼亚东北部的煤矿利益。假如他继续管理煤矿，与拉煤的卡车司机成为对立的双方，他就不能以一尘不染的形象示人，也就不能继续朝菲茨西蒙斯和“黑帮”身上泼脏水了。

“为了举办弗兰克·希兰感恩之夜，拉丁赌场停业休息。以前，我常和斯基尼·雷泽还有下城的那帮朋友在星期天晚上光顾这里。弗兰克·辛纳屈曾定期在这里演出。这么多年来，所有的大明星都曾在这里演出。譬如，阿尔·马蒂诺、迪安·马丁还有利贝拉切。凡是在拉斯维加斯演出过的明星都在拉丁赌场献过艺。这是附近唯一的一家夜总会。

屋顶工人工会的约翰·麦卡洛筹备了这场晚宴。3000位来宾享用着上等肋骨牛排和龙虾，还有一间露天酒吧。这是个星期五的晚上，许多天主教徒都吃过鱼了，所以他们换了龙虾调剂口味。上等肋骨牛排简直是超级棒。那天的来宾有运输工会各分会的人、我以前的战友，还有一些管理层，三教九流无所不有。676分会的主席约翰·格雷利给我颁发一枚“运输工会年度人物”的胸章。约翰·麦卡洛向大家郑重介绍了到场的社会要人。他还提到了隐蔽在外面树林里的那些手拿望远镜的联邦调查局特工。那天晚上，闲杂人等一律禁止入内，除非你有熟人，否则有票也不行。假如你有票却没有熟人，我们可以全额退款并没收票根。

吉米·霍法是当晚的演讲嘉宾。他送给了我一块镶满钻石的金表。他的演讲精彩极了。他向所有在场的嘉宾褒奖了我的工作表现，夸我代表宾夕法尼亚和特拉华州的工人作出的杰出贡献。吉米站在主席台上环顾了一圈后接着说：“我真是低估了你的实力了。”当时，主席台上站着的都是政界、劳工界的高官显贵，有费城市长弗兰克·里佐、费城全国有色人种协进会主席塞西尔·B.摩尔，还有前地方检察官埃米特·菲茨帕特里克。

我的太太艾琳，还有我的四个女儿都坐在前排的桌子旁。当时，我的小女儿康妮才刚刚11岁，三女儿多洛雷丝19岁，二女儿佩吉26岁，大女儿玛丽·安28岁。那天晚上，她们看起来都为我感到骄傲和自豪。吉米招呼艾琳上台，献给了她一束玫瑰花。刚开始，她不好意思上台，吉米连哄带劝地说服了她。

艾琳和我女儿坐的那张桌子的右侧是拉塞尔所坐的桌子。他的太太嘉丽是那张桌上唯一的女性。此外，还有拉塞尔家族的显贵大卫·奥斯迪克和加夫·瓜尔涅里，安吉罗·布鲁诺和他的几个手下也坐在那张桌上。还有一桌是下城那帮人。

拉塞尔打赌说我的演讲一定一塌糊涂。我的演讲是这么收尾的："我从内心深处感谢所有的人。我知道，我配不上今晚的一切。可是，我有关节炎，我想我也不该倒霉到那个份儿上吧。瞧，拉塞，我没搞砸我的演讲。"拉塞尔朝我挥了挥手，全场都笑翻了。

为了娱乐的效果，约翰·麦卡洛邀请了歌手杰瑞·沃尔。他倾情演唱了他所有出名的意大利老歌，比如《重归苏莲托》和《飞翔》。在麦卡洛的安排下，他又唱了几首爱尔兰歌曲。在拉塞尔的请求下，他演唱了一曲《西班牙人的眼睛》。这首歌也是我当时最喜欢的歌曲。他唱得深情款款，光听声音你还以为是阿尔·马蒂诺在歌唱。作为演出的一部分，他们还请了排舞淘金舞女跳舞助兴。这些女孩个个俊俏靓丽，纷纷过来调皮地拉我上台和她们一起跳。拉丁赌场挤满了人，而且这里没有舞池。不然的话，我肯定会和在场最漂亮的女孩——我的女儿——跳支舞的。

那天晚上大家照了合影。期间，吉米对我说："我真的低估你了，老弟。对你这么些年来的尽心尽力，我不胜感激。真高兴你是我这边的人。弗兰克，等我东山再起的时候，你一定得辅佐我。我需要你这样的左膀右臂。假如你接受的话，我会提拔你为国际卡车司机兄弟会的组织者，有花不完的钱。"

"我明白您是实心实意地说这些话的，吉米，"我说，"假如有一天我可以以组织者的身份为国际卡车司机兄弟会效劳，那将是我莫大的荣幸。"那样的话，我就梦想成真了。

约翰·麦卡洛派了豪华轿车送我的家人回了家。我亲自护送着吉米回了华威酒店。让吉米一个人乘豪车回酒店，我实在是不放心。我们在车上没谈什么要事。该谈的都在前一天晚上谈过了。

当时，我们在百老汇的埃迪酒吧开了个私人聚会，那是间只有几张桌子的小酒吧，位于第十大道和克里斯汀森大街的拐角。现在这间酒吧还在，不过改了个名。那晚，酒吧不对外营业，必须有特殊邀请函才可以入内。我的那些下城还有上州的好朋友们都来向我致谢。自然，吉米也来参加了这场私人聚会。假如有监控的话，你就可以看到这里的一切看起来都是围绕着我而布置的。而实际上，整场聚会都是为了让拉塞尔、安吉罗和吉米他们三人好好谈谈。拉塞尔问过我："如果我的特殊朋友在场，吉米会来吗？"吉米也问过我："这场聚会对你很重要吗？"我说："是的。"于是，一切都安排好了，就在埃迪酒吧。

那天下午，吉米从底特律抵达了费城。我猜他是坐飞机来的，不过不是私人飞机。现在有权随意使用私人飞机的是菲茨。我去华威酒店接上了他，向他汇报了我、拉塞尔与"肥佬托尼"·萨勒诺的会面情况。吉米对此很是满意。我们坐进我的那辆大林肯，一路向泽西城驶去，去见676分会的约翰·格雷利。格雷利就是霍法的人。吉米想见见他说点事儿。他们俩会面的时候，我在外面等着。然后，我们就去了百老汇的埃迪酒吧。

那天晚上，酒吧里大约有60个人。但用餐的就只有安吉罗、拉塞尔、吉米和我四个人，其余的人都在酒吧。一盘盘的菜源源不断地从厨房端到酒吧给那些人填饱肚子。吉米吃的是意大利面和肉丸，我吃的是意大利小方饺。我们四个人并排坐着。说话时，得稍微欠着点身子。安吉罗坐在靠近拉塞尔的那头，吉米则坐在我和拉塞尔中间。

自始至终，我和安吉罗都一语未发。他们知道我是向着霍法的。我的林肯车里满是有关霍法的贴纸。他们没有多余的话，直奔了主题。我本以为吉米知道他们为什么叫他来。看来是我错了。

"你参选有什么意义呢？"拉塞尔问道。

“这是我的工会。”吉米说。

“你连四年都等不了吗？你要是80岁的时候参选，那还可以说得通。”

“我现在就是要参加选举。支持我的人多着呢。”

吉米反复就是这些话，可态度坚决。拉塞尔丝毫没有提吉米的竞选活动的事，也只字未提吉米打算揭露黑帮的事儿。但是，吉米必须清楚，他的这种公开言论恰恰是拉塞尔关心的。吉米对乔·科伦波及其高调的做派还有“疯子”乔伊·盖洛的事肯定了如指掌。而且他也清楚拉塞尔的麻烦是从阿帕拉契会议开始的。最起码，他至少应该明白是什么原因导致拉塞尔从原先为了支持他1976年的竞选亲自拜访“肥佬托尼”，到今天以这种方式和他谈话。

“你参选是为了什么？”拉塞尔问道，“你又不需要钱。”

“这根本不是钱的问题，”吉米答道，“我就是不愿让菲茨掌管工会。”

拉塞尔沉默了一分钟没有说话，仅仅是安静地吃着饭。是没人敢跟拉塞尔说不的。通常他根本不需要费舌讲第二遍。

吉米说：“我要教训教训那些和我过不去的人。”

拉塞尔转过来，脸冲着我和吉米。“我上头的人觉得你这是忘恩负义的举动，”然后，他轻声地说，“达拉斯方面很不爽。”这几个字他说得很轻。必须看他的嘴唇我才知道说的是什么。

吉米不做声了。

拉塞尔转过头去和安吉罗嘀咕了几句。这是在告诉吉米谈话结束了。吃饭完后，我坐在那儿想，没什么回旋的余地了。黑帮方面就此事达成了意见。拉塞尔是在代表他们跟吉米谈，反对他参加选举。这也是拉塞尔本人的意思。现在，托尼·普罗赢得了他们的信赖。我个人的感觉是，吉米的失宠不在于他的竞选，而在于他竞选的方式。

我始终不清楚这有什么严重的后果。直到我和吉米准备离开的时候，拉塞尔将我拉到了一旁跟我说：“有人对你的朋友大为震怒。你和他谈谈，把这些如实告诉他。”

“我会尽力的。拉塞，你是明白的，他太执拗了。”

“他别无选择。”

“他也是个高高在上的人。”我说。

“你太幼稚了，我的朋友。他们既然可以干掉总统，就可以干掉运输工会的主席。”

吉米喜欢华威酒店。这家酒店位于胡桃大道第 17 街附近，从埃迪酒吧到这里只需要很短的一段车程。我把他送到了楼上的房间，我和他谈了拉塞尔跟我说的话。不过这次是他先开的口。

“谁都想让我放弃。我知道的实在太多了，搅得他们惴惴不安。我这里有包东西，我想让你把它带到‘市场旅馆’去。”他递给我一个背包，不算太沉。上面没写名字，到时自然会有人取走。

“这倒提醒我了，吉米，”我说，“我一直打算之前就告诉你的。米切尔去年春天来过工会一次，让我转告你不要参加选举。他还说让你拿着退休金好好享受享受天伦之乐，多陪陪孙子。”

“我一点儿也不吃惊。这个该死的米切尔跟我说过：‘你可千万别拿你所知道的内情孤注一掷啊。’”

“吉米，我之前对拉塞尔今晚跟你所说的一切毫不知情，”我说，“不过，我知道他们是严肃的。今晚出来的时候，拉塞尔让我转告你。”

“假如我出了什么意外的话，我可以老实告诉你地狱的大门将敞开。我手里可以寄给媒体的档案和名单可比你想象得多。我曾经幼稚地以为好多混蛋是值得信任的。要是这些人都像你该多好啊。我还是分得清谁是朋友的。”

“吉米，你吹嘘的太多了。肯定会有人担心的。”

“那只是冰山的一角。我老实告诉你吧——达拉斯方面，你今晚听到这个说法了吧？你还记不记得你带去巴尔的摩的那件包裹。我当时也不知道里面是什么。后来发现是在达拉斯暗杀肯尼迪的那些火力威猛的来福枪。那帮蠢货居然把来福枪落在了雷鸟车里。司机喝醉了，撞车后谁也没想到枪还在后备厢里。后来，卡洛斯的飞行员把你带去的一批新枪送了过去。这些混蛋根本就是在利用我们。我们简直就是傻瓜。你怎么看？卷入其中的不仅有冒牌的警察，还有真正的警察。杰克·鲁比的警察本来是应该要照应好奥斯瓦尔德的，可鲁比失败了。这就是为什么他无法抽身、一定要结果奥斯瓦尔德的原因。他要是不干，你想想鲁比会是什么下场？他会被挂在肉铺的钩子上当肉卖。你可醒醒吧。肯尼迪刺杀案，桑托、卡洛斯和詹卡纳还有他们的手下都脱不了干系。猪湾事件也是这帮人搞的鬼。他们和“莫莫”还有罗塞利谋划了一起刺杀卡斯特罗的阴谋。我手里的证据足够判他们绞刑了。假如我有什么不测，就等着看好戏吧。他们必须付出应有的代价。谁跟我过不去就必须付出代价。”

我坐在那里，腿上放着那个背包。有时，他的情绪特别激动，是控制不住的那种。你只是静静地听着。我以前可从没见过他这样，我也没在别人身上见过这样的表现。这次的确是非比寻常。即便我想要说什么，我也不知道该说什么。而且，万一房间里有窃听器呢。我之前取的是火力威猛的来福枪——哦，我的老天。

“你知道的连一半都不到。菲茨并不是不蠢，不过是他的傲慢更胜一筹罢了。他们以为霍法将会从地球上永远消失。他们这些胆小鬼根本没勇气面对我。我的爱尔兰朋友，有些事恕我不能告诉你，知道了会让你丧命的。这些秘密都深藏在我的心底，是我亲眼所见，并且幕后参与过的，一旦泄露出来将震惊全国。”

接着，吉米又告诉我了一些关于我们的朋友的其他事情，也都是些不宜公开的秘密。我不敢说都有耳闻。不过，绝大部分我都知道，对另外的那些我则深表怀疑。其中，没有一件事是跟我和吉米有关的。我得走了。为防止有人窃听，我对他说：“吉米，我听说那都是假的。”

“别担心。证据我都放在可靠的人那里了。这些混蛋知道我手里都有记录。我都保存在安全的地方了。”

“吉米，算是帮我个忙好吗？你上街一定要带几个人在身边。”

“保镖会让你放松警惕的。”

“我说的不是保镖。外出一定要有人跟着。这次来费城你就是孤身一人。”

“我得为家人着想。多给他们留点人。”

“反正，你千万别单独一人在街上。”

“让霍法害怕的人还没生出来呢。我要打败菲茨。这次选举我必须取胜。”

“吉米，你清楚这意味着什么，”我小声地说，“麦吉亲口让我转告你的。”

“他们没那个胆儿。”吉米大声地说。

送我出去时，吉米嘱咐我：“你也要保重啊。””

## ◄ 27 ►

## 1975 年 7 月 30 日

“我跟拉塞尔汇报说，吉米决意要在 1976 年参加选举。我还跟他汇报说，吉米说假如他有什么不测，就要将手里掌握的记录和名单公之于众。我没有吐露详细的细节，也没有提吉米那些不假思索的言论。这些都是我不需要知道的。拉塞尔认为吉米的想法简直是“扭曲的”。

“我真不明白，”拉塞尔说，“我不明白为什么他就不能泰然处之、一走了之呢?”

我把东西带到了“市场旅馆”，给吉米打电话交了差。我真的不能告诉你里面装着的是钱。我没有偷看。此后，我尽量避免和吉米有过多的交往，因为每次的结果都是一样的，而且我还得跟拉塞尔重复同样的话。从这件事我发现，吉米是被他的自我和报复心所蒙蔽了。我猜，他一定是这么想的。假如等到 1980 年，那时菲茨就退休了。这样，他就没有机会在大会上羞辱菲茨，给他难堪了。我想，吉米一定也对我们的朋友的处事方式大为不满。经过在百老汇埃迪酒吧那次会面，拉塞尔劝吉米急流勇退后，吉米一定以为托尼·普罗在竞选中取得了进展。

这件事之后，令我百思不得其解的是，他们为什么要制造吉米的失踪案，去伤害乔和孩子们。他们做什么都可以，可像拉塞尔和安吉罗这样的人是绝对做不出伤害家属这种事的。吉米的失踪使他的家人痛不欲生。他们既不知道吉米的死活，又无法为他办一场体面的葬礼。按照法律，必须等许多年才能宣布吉米的死亡，他的家人才能获得吉米留下的遗产。如今，吉米的失踪是不是托尼·普罗最终决定的，抑或是“肥佬托尼”授意的，我们不得而知。然而，普罗的确威胁说要杀吉米的孙女。能说出这种话的人，能是什么好人呢？”

1975年4月，在运输工会大会上，有传言说吉米·霍法投靠了联邦调查局。1992年12月20日，《底特律自由报》发表文章称，这些谣言是从查克·奥布莱恩嘴里传出来的。查克是吉米·霍法失踪时所坐的那辆车的司机。联邦调查局的霍法失踪案档案，即霍费克斯档案中的“302报告”显示，该传言的确存在，而且还有确凿的理由表明该谣言并非空穴来风：“据消息人士透露，霍法在企图夺回运输工会掌控权的过程中有可能为政府提供了信息，旨在换取政府对工会限制的解除。”

- 1975年5月15日，吉米·霍法在一次大陪审团就他在底特律的299分会的“无功受禄”的工作出庭作证。霍法援引了第五修正案。后来，在回答记者提问时，他说他为此感到“他妈的无比的骄傲”。当天，吉米·霍法在儿子的律所会见了他的儿子以及底特律黑帮分子、绰号“托尼·杰克”的安东尼·贾卡洛内。贾卡洛内想撮合霍法和托尼·普罗见见面，但被霍法拒绝了。于是，贾卡洛内请求霍法帮忙，让他拿到那些对他不利的记录。因为政府将以此对他提起保险诈骗的起诉。霍法再次拒绝了贾卡洛内。
- 5月底，弗兰克·菲茨西蒙斯威胁要将霍法之前的大后方和权力基础——326分会托管出去，并由一个监督员来掌管，后者将直接对华盛顿的运输工会总部汇报。

> 1975年6月19日，吉米·霍法的盟友萨姆·詹卡纳在他芝加哥的家中遇刺。他本来是要在五天后出席丘奇委员会的听证会，为黑帮在中央情报局刺杀菲德尔·卡斯特罗的行动中所扮演的角色提供证言的。

> 1975年6月25日，299分会的会员、弗兰克·菲茨西蒙斯的支持者拉尔夫·普罗克特在用完午餐从餐馆出来时从背后遭袭。普罗克特没看见是什么袭击了他。光天化日之下，他在当街被打得不省人事。普罗克特在菲茨西蒙斯帮派的上级罗兰·麦克法斯特称："居然发生了这种鬼事。我们请人调查了此事，但一无所获。"

> 1975年7月10日下午，弗兰克·菲茨西蒙斯的儿子理查德·菲茨西蒙斯在底特律的尼莫酒吧寻欢作乐。理查德是299分会的副主席。按照他的身份，工会给他配了一辆1975年版的白色林肯大陆车以行使工会职责。最后一杯酒下肚，他离开了酒吧朝他的林肯车走去。就在这时，汽车爆炸了。理查德幸免于难。他的车被炸得粉碎。

> 1975年7月30日下午，吉米·霍法失踪了。

“整起事件是在这场婚礼前后发生的。1975年8月1日，比尔·布法里诺的女儿将要出嫁，时间恰好是吉米失踪的两天后。届时，家族成员将从全国各地赶来参加这场婚礼，总人数将超过500人。拉塞尔和我以及我们的太太还有他太太的姐姐，一同驱车一路穿过宾夕法尼亚和俄亥俄，然后右转奔北最终到达密歇根州的底特律。

由于这场婚礼的缘故，吉米认为，托尼·普罗和拉塞尔·布法里诺到时肯定会在底特律。这样，他就可以在7月30日下午和他们见个面。托尼那价值百万美金的退休金仅仅是个托辞。其实，他根本不在乎什么退休金。他们不过是利用退休金引蛇出洞。

1975年7月30日，托尼·贾卡洛内安排吉米和托尼·普罗下午两点半在底特律城外电报大道的马楚斯红狐狸餐厅会面。按计划，托尼·普罗应该和"托尼·杰克"一起在两点半赶到那里。之所以叫上"托尼·杰克"，是为了让他在中间调解矛盾。吉米如约去了。有人还在餐厅的停车场看见过他。可是，从那以后，他再也没回家。

婚礼上，人人都在谈论吉米的失踪。我必须去找吉米旧时的好友问问此事。一位是299分会的主席戴维·约翰逊，就是他的船被炸上了天；另一位是鲍勃·霍姆斯，是"草莓小子"的其中一位，以前在英国当过矿工。没想到，他们两位几乎同时问我，你觉得是不是托尼·普罗干的？”

## 28

# 漆房子

“飞行员待在飞机里。我进了机舱。他装作不认识我的样子把头扭了过去。他在这个街区和我们的朋友混了些日子了。他懂这行儿的规矩。在俄亥俄州的克林顿港，我望着窗外草地上的飞机跑道。我的黑色林肯停在那儿，拉塞尔坐在副驾驶上打盹。

克林顿港位于伊利湖的南端，是托莱多东边的一个渔村，距离底特律只有100多英里的车程。可是当时，算上绕的弯路，即便是全速前进，沿湖开车到底特律的乔治亚那汽车旅馆也得花上差不多三小时。飞机的话好一些，差不多一小时左右吧。

假如你想知道我当时坐在飞机上的感觉，我必须抱歉地如实相告，什么感觉也没有。这跟上战场完全是两码事。这次去就是给房子刷漆，别的什么也没有。当然，现在回想起来，感觉真得很糟糕。如今，我80多岁了。回想当时的情景，你开始感慨万千。不管你胆子有多大，也无法阻挡不安的情绪在你体内积蓄。你甚至会感到迷茫，甚至表现得愚蠢至极。可是那时，战争教会了我如何在需要的时候控制情绪。

令人伤感的是，其实这一切本来是可以避免的，可是吉米却坚持一意孤行。他的固执是会害死很多人。我们不是没有告诫过他。但他以为没人动得了他。我父亲也是这么个人。当初他甩给我那副拳击手套时，也是这么想的。

然而，人人都是血肉之躯。

昨天晚上，在布鲁提克餐厅，拉塞尔告诉了我今天将要发生的一切，听后，我顿时没心思再去考虑我和艾琳的健康了。对他们而言只有两种选择，要么杀了我，要么拉我入伙。拉我入伙，他们就必须确保我是值得信任的。一旦入了伙，我也就永远别想做任何对不起他们的事了。我会想尽一切办法证明，我绝不是为吉米去干掉托尼·普罗或菲茨的。拉塞尔对这些事深谙其道。他不止一次地救了我的命。这些年来，曾经有七次我险遭暗算，每次都是拉塞尔救了我的命。

不错，拉塞尔是老大。不过，有时他也身不由己。老板也是可以被铲除的。那天，在霍华德·约翰逊的家我整晚都没合眼，一直在琢磨这些烦心事。每次得出的结论都是相同的。假如在这件事上，他们决定不用我的话，吉米的性命早就难保了。而且，在我看来，我活着的几率也不大。他们后来也是这么跟我说的。

最终，经过这场短暂的飞行，我从飞机里走了下来。飞行员的脸还是朝着另一边。

我的妻子艾琳、拉塞尔的太太嘉丽还有嘉丽的姐姐都在克林顿港的餐厅里悠闲地喝着咖啡、吸着烟。她们都以为我和拉塞尔是去办拉塞尔的事去了。在去的路上，我们办了些事情。回去的时候我们还会在路上停下来办点儿其他的事情。最起码，她们知道拉塞尔总是随身带着他的目镜查验钻石的成色。这样，当我们三小时后回来时，她们是绝对想不到我们居然用了这么短的时间打了个来回。要知道，光是从这里开车去底特律的汽车旅馆就得需要三个小时。

我脑子里想的根本不是这些问题，而是完成任务后再次安全地登上这架飞机。假如我在底特律发生不测的话，即便再怎么调查也牵扯不到这些女眷。然后，我将回到俄亥俄开上我的那辆黑色林肯，然后和拉塞尔一起接上女眷。你也许会分析说，将女眷放在克林顿港是为了以防不测，在心理上给我以某种慰藉。可我得老实告诉你，我从来没那么想过。

此外，我还在腰后别了把枪。时至今日，虽然我已住进了疗养院，也到了这把年纪，我的食指还是很听使唤的。

我降落在庞蒂亚克机场，位置在行动地点的北边。这座机场现在已经没有了。假如我没记错的话，这里现在是一片住宅区。当时，不需要什么飞机计划，他们根本无据可查。

停车场上停着两三辆车。其中有一辆福特。和拉塞尔所说的一样，一串钥匙放在车里的脚垫上。这辆车没什么特别的，灰色的车身上落着灰。办这种事，傻瓜才会开那种引人注目的豪车。这辆车是那种临时借来代步的车。从停车场开走，车主根本不会知道。要找到这种车，一可以去宾馆，二可以去机场的长期停车场。内部员工对这些车辆一清二楚，随时乐意为那些出手大方的主顾效劳。

我从拉塞尔那里拿到了具体的地址方位。再加上给吉米工作过的缘故，我对底特律可以说是轻车熟路，要找到这些地方简直是易如反掌。我驶入了电报大道，也就是 24 号公路，这是通往底特律的交通要道。那天是个大晴天，热得都可以开空调了。我驶过了右手边的马楚斯红狐狸餐厅。这家餐厅就在电报大道上。然后，我左拐下了电报大道，驶入了七英里大道。沿着七英里大道大约行驶了半英里后，我驶过了一座公路桥，下面是一条蜿蜒流淌的小河。随后，我又右转，沿着那条路又驶过了一座公路桥、一座人行天桥，接着左转到了那栋房子。这栋房子的墙面是褐色的，后院围着高高的篱笆，后面还有一间独立的车库。邻近的房子离得并不远，高度都统一。我核对了地址，也就开了有几英里吧。

正如我刚才所说，在来的路上，我沿着电报大道向南行驶的时候路过了马楚斯红狐狸餐厅。我和吉米约了两点钟在那儿见面的。不过，他是等不到我了。这家餐厅的位置在停车场很靠里的位置。路过那里的时候，我根本不担心吉米会看到我。那时候，我的关节炎还没有严重到令我直不起腰的地步。再加上我身形魁梧、坐姿端正，我的头几乎碰到了车顶。不凑近看，是根本看不着我的脸的。整个过程中，没人认出我来。

原本，两个托尼在两点半赴约时，我是应该坐在吉米身边的。实际上，托尼·普罗并没有在底特律，甚至都没在密歇根。他当时还在新泽西的工会大厅玩他的拉米牌呢。联邦调查局的特工就坐在街对面死死地盯着他。至于“托尼·杰克”，则在他底特律的健康俱乐部里做着按摩。

这栋房子距离吉米被杀的地点仅仅几英里远。一切离得都是那么近，然后是致命的一枪。车里载着吉米的尸体，你根本没有办法长途跋涉地奔袭或者来回绕弯。有作者称，我把装着尸体的袋子放进一只55加仑的大鼓里，然后运到了新泽西的一个垃圾场或是巨人体育场的达阵区。可他们谁也没碰过尸体。神经正常的人，有谁会拉着这么显眼的袋子不辞辛苦地跑到那么老远的地方呢？

还有人认为，吉米是在“托尼·杰克”的儿子的车里遭到杀害的。这也简直是无稽之谈。在车里接吻还留有气味儿呢，何况是里面装着尸体？身体里所有的化学物质和排泄物在这么小的空间里释放出来，死尸的味道是会留在车里的。汽车和房子可不是一个概念。房子是不会继续留有尸臭的味道的。

这栋褐色墙体的房子也是临时借用的。老太太独自一人住着这栋房子，丝毫不知道她的房子被借用了一个小时。人们在出门的时候，窃贼往往可以将房子洗劫一空。对此，按摩师再清楚不过了。因而，有种可能是，底特律方面的某个人恰好和这位老太太用的是同一个按摩师。他们知道她什么时候不在家，也知道她的眼神不好。她回到家的时候是不会注意到有人来过的，而且味道也不是那么大。反正，房子还在就是了。

我准备在房子附近停车的时候，发现一辆棕色的别克停在车道的最里头。于是我就把车停在了这辆别克的后面。

我走到房子前面，上了台阶。前门没锁，我推门而入。萨利·巴格斯已经在前庭等着我了，透过那副可乐瓶底似的眼镜抬头看着我。他留着一头浓密、鬈曲的黑发。我关上了门，和他握了握手。

所有的书都说新泽西的史蒂夫·安德雷塔和汤姆·安德雷塔兄弟参与了此事。我听说，这兄弟俩当中的一位目前还健在。房子后面的厨房里有两个帅气的意大利小伙子。他们朝我挥了挥手，就转过身去了。楼下的大厅里有个毛头小子，是安德雷塔兄弟里的一个。他现在已经过世了。还有一个人，知不知道他的名姓都无关紧要。他们两个都有很充足的不在犯罪现场的证明。

据我回忆，大厅的左边是通往楼上的楼梯，右边是客厅和餐厅，里面铺着小块的地毯，是不挨墙的那种。前厅以及从前厅到厨房的这段走廊上没铺地毯。就算有，他们也很有可能提前收起来了。前厅铺着块油地毡。我不知道这东西是怎么在这儿的。

我知道这些人都是普罗的手下，可我以前从未见过他们。这些都不是我社会上的朋友，所以也没话可说。后来，在另外一场有关霍法的大陪审团调查中，我们见过几次面。我顺着大厅走到了厨房，朝后门的外面看了看，熟悉了下后院的情况。高高的篱笆和车库给后院增添了私密性。

我从厨房走回了大厅，找到了客厅里的萨利·巴格斯。他正透过窗帘向外窥视呢。他操着泽西城北部的口音说："查克迟到了。"

吉米·霍法的养子查克·奥布莱恩和我都是配合萨利·巴格斯骗吉米上车的诱饵。萨利·巴格斯是普罗的得力助手，是个矮胖的小个子。即使他手里有枪，也不是我的对手。就算没人跟我说，我也知道，萨利·巴格斯在车里的主要目的就是要看住我，免得我故意打草惊蛇。我坐在查克的车里陪着吉米，他就会感觉安全，也就会放松警惕跟着我们到这栋有着灰色木瓦的房子，然后在我前面从前门走进去。

"车在这儿。那是查克吗?"查克·奥布莱恩留着长长的鬓角，穿着一件宽领花衬衫，脖子上戴着好几条金链。他看着就像《周末狂热》里的人物。查克是个无辜的旁观者。要是他知道要伤害谁的事情，第二天他准保要走霉运送命。他们是绝不可能对他委以重任的。查克是个爱吹牛的家伙，这谁都知道。他老是装得挺像回事儿的，其实是个软蛋。不该知道的都不能让他知道。他一旦产生了怀疑，就会紧张得不得了，吉米肯定会感觉到不对劲儿。所以，他只知道他开车是为了带我们去接吉米——这个抚养他长大成人、管他喊儿子的"父亲"，然后开车送我们回来去参加一个很重要的会议，去会见很重要的人。他所要做的就是和吉米轻松地相处，表现得自然。为这件事，我总是觉得对不起奥布莱恩，到现在我还不能原谅我自己。假如有人是值得宽恕的话，那一定是查克。

我在那儿，查克就会感觉自在些，也就不会在吉米面前露出马脚。查克开的是“托尼·杰克”的儿子开得那辆绛紫色的水星汽车，而不是那种可能引来麻烦的汽车。这辆熟悉的车可以使吉米和查克都放松下来。吉米等的是“托尼·杰克”。那么，开他儿子的车来是合情合理的。查克接送我们开会的地点都是这栋房子也会使查克感觉舒服些。

每个人的放松状态都至关重要。吉米是个聪明人。他这么些年在工会斗争的腥风血雨中可不是白混的。凭着这么些年与人打交道的老道，他对危险的感知是极其敏锐的。他和“托尼·杰克”、托尼·普罗的见面地点是在一个有公共停车场的餐厅。很少有人在和吉米会面的时候会将见面的地点从公共场所变换到私人寓所，即使有我在车里陪他，由他的“儿子”查克开车也不例外。

我说：“没错，是他。”

查克把车停在了前门外的路上。那两个英俊的小伙子还待在房子后面的厨房里。萨利·巴格斯上了这辆四开门的绛紫色水星，一屁股坐在了后排，就在查克的正后方。他做了自我介绍，和查克握了握手。我坐在前排的副驾驶位置。吉米到时会坐在我的后面。这样，萨利·巴格斯就可以同时观察到我们两个。

等一切结束时，查克会有什么反应呢？害怕、愧疚，然后对他所知道的一切噤若寒蝉。查克不是个爱招惹麻烦的人。在整个霍法家族，他负责的事务是菲茨说了算的。除了他，没人像他这么窝囊。

“这他妈的是什么东西？”萨利·巴格斯骂骂咧咧地问。他指着车后面的脚垫。“这里都他妈的湿了。”

“我放了几条鱼在那儿，”查克说，“我给鲍勃·霍姆斯送了条鱼。”

“鱼？你喜欢鱼？”萨利·巴格斯说道，“后座也他妈是湿的。”

他掏出了手绢，擦了擦手。

我们不到 15 分钟就开到地方了。

停车场上的车越来越少。大部分的食客都用完午餐离开了。停车的时候，我们看到吉米那辆绿色的庞蒂亚克就在我们的左边。道旁的绿树增添了停车场的私密性。

“他肯定还在里面，”查克说，“我去叫他。”

“用不着。那边还有个车位，就在停车场的另一边。”

查克朝萨利指着的地方开了过去。从那儿我们不仅可以瞧见吉米，还可以在他去开车的路上截住他。据传，他随身在车里的杂物箱里放了把枪。

“先让他忙完他手头的事儿，”萨利说，“别熄火。他去开车的时候，我们再接上他。”

我们坐在那儿等了差不多一分钟吧。吉米从餐厅后面的五金店那边朝他的车走去。他上身穿了件短袖的运动圆领衫，下身穿了条宽松的黑色休闲裤。他边走边不耐烦地四处打量，看看我和两个托尼有没有过来。我约摸着他没带枪。穿这身衣服是带不了枪的。

查克缓缓地把车开到了吉米近前。吉米停了下来，眼睛里闪现着怒火。谁看了这双眼睛，也得敬畏三分。

查克说：“对不起，我迟到了。”

吉米冲着他大声嚷嚷着。“你他妈的来这儿干吗？谁他妈的叫你来的？”他的手指狠狠地戳着查克的脑门儿。

接着，他看到了查克后排的萨利·巴格斯。“这他妈的是谁？”

“我是托尼·普罗的人。”萨利答道。

“这他妈的是怎么搞的？你的老板说好了两点半到这儿的。”吉米开始对萨利指指点点。

这时，有几个开车准备离开的人朝我们这儿看了过来。

“有人瞧着我们呢，吉米，”萨利提醒他说，然后朝前面指了指我，“瞧，谁在这儿。”

吉米俯下身子，朝车里的另一边看了两眼。为了能让他看见我，我也勾着头，向他摆了摆手。

萨利说：“他的朋友也想谈谈。他们在房间里等着呢。”

吉米放下了手，站在那儿眯缝着眼睛。见我也在车里，他立马放松了警惕，以为拉塞尔·布法里诺一定也坐在某栋房子里的餐桌旁等着他呢。我的朋友拉塞想要换到那儿，在吉米的脑子里这足以解释所有计划最后一刻的变化。而且，布法里诺是不会在红狐狸餐厅这种他不熟悉的公共场所坐下来谈事的。拉塞尔·布法里诺是个老派人物，是个讲究私密性的人。他是不会和你在他不熟悉又靠不住的公共场所会面的。

拉塞尔·布法里诺是骗吉米上车的决定性人物。这里要是有什么鬼或是暴力事件发生的话，他肯定是不会来的。

吉米相信，上车是没什么危险的。而且，以他的个性，他肯定在为刚才的失态感到不好意思。为表示歉意，他会毫无顾忌地上车，不再坚持开他那辆放着手枪的庞蒂亚克。你瞧，简直是摸透了他的心理。他们知道如何揣摩别人的想法。为了两点半的会面，吉米在那里足足等了我有半个小时。等那两个托尼又等了 15 分钟。45 分钟的漫长等待让吉米失去耐性并为此抓狂。为了弥补他的大发脾气，老老实实地跟我们走是意料之中的事。

吉米是个急性子。他从车那边绕过来二话没说就钻进了后座。我听说，根据联邦调查局的 DNA 检测，吉米的头发是在车的后备厢里找到的。这根本都是没影的事儿。无论是生前还是死后，他都没在后备厢里待过。

据我观察，他身上根本没带枪。即使他的车里真放着一把枪，他也不会去拿。有我陪着他去见布法里诺，他是干不出这种有失颜面的事的。而且，他现在还背负着重大罪名。不到迫不得已，他是不会带枪的。

“你昨晚应该给我来个电话告诉我一声，”吉米对我说，“我两点钟就在那儿等你了。他们出现的时候，你本该在车里坐在我边上的。然后，我请他们上车。”

“我当时都上车了，”我解释说，“可是计划突然推迟了。”这点，我没有撒谎。“麦吉做了重新的安排。这样我们就不用在车里谈事了。”

“谁他妈是普罗？”吉米的脾气又上来了，朝着萨利大嚷大叫，“只派来一个跑腿儿的吗？”

“再有两分钟就到了。”查克说。他希望压压车里的火药味。查克小时候就是个乖孩子。他从没打过架。或者说，他根本就不会打架。

“我给乔打过电话，”吉米又对我说，“你可以让他给我捎个信儿吗。”

“你是了解麦吉的。他信不过电话，尤其是要谈正事的时候。”

“那可以找人在两点半的时候通知我呀，”吉米抱怨道，“起码出于对麦吉的尊重也该这么做吧。”

“马上就到了，”查克提醒道，“我当时有任务，这可不是我的错。”

我们开过那座人行天桥，停在了房子的前面。一切看起来都是那么自然、平常。那辆棕色的别克和我的那辆灰色的福特还停在那里，说明人都到齐了，在里面等着。在我看到那两辆车的时候，我感到无比的懊丧。要是有辆车开走了该多好啊，这就意味着这次行动取消了。

这栋房子和周围的环境都是极其适合孩子成长。后面的独立车库使这里显得与众不同、独具特色。吉米不需要从与这栋房子相连的那间车库偷偷进去。我们俩要堂堂正正地从前门进去。而两辆车就停在外面的车道上。

时间是这次行动的关键。一切都必须在计划的时间内搞定。而且还要考虑如何制造不在犯罪现场的证明。除去“托尼·杰克”理发、按摩的时间，我还得回去找拉塞尔还有留在俄亥俄的女眷们。

查克开上车道，把车停在了前门外的石阶旁。

吉米·霍法从后门下了车。我也从前门走了出来。萨利·巴格斯不是什么大人物。根本不需要他进去。所以，他从后门出来后绕到了车的前面，坐到了副驾驶的位置上。我和吉米朝台阶走去的时候，查克开着那辆水星汽车往后倒。随后，他和坐在副驾上的萨利·巴格斯开车离开了。再往后的事情他就没什么好谈的了，这就是他所了解的一切。除此之外都不过是道听途说而已。

后来，拉塞尔告诉我，萨利·巴格斯在皮特·维塔莱的办公室那儿下了车。皮特·维塔莱是底特律紫帮的老人儿，是个粗野的家伙。他有家肉类加工厂，可以将尸体大卸八块。另外，他还经营着一家工业焚化厂，可以把尸体烧掉。

吉米·霍法习惯于走在最前头，体验众星捧月的感觉。他小步快速地走着。我紧赶慢赶地跟在他后面，那种感觉就如同是跟在一名被俘获的战俘后面差不多。他打开前门的时候，我跟在他身后上了门廊，然后走进门厅，关上了门。

房子里除了安德雷塔和跟他在一起的那家伙外没有别人。他们俩待在厨房里，从前厅根本看不到他们。他们承担的是清理现场的任务，把之前铺在前厅的那块油地毡捡起来。一会儿，他们还有很必要的工作要做。把吉米身上值钱的珠宝摘下来，然后把他的尸体装进袋子送去火化。

吉米一看屋里没人，而且也没人出来迎接他，立马就意识到了大事不好。假如他带枪的话，一定会去掏枪的。要知道，他可不是吃素的。他迅速转过身，没有识破我的真实身份，重重地和我撞了个满怀。要是他看到我手里的枪，肯定会以为我这是为了保护他。他快步绕过我，想夺门而出。就在他要摸到门把手的一刹那，我连开了两枪，吉米·霍法应声倒在了地上。由于距离掌握得恰到好处，血没有溅到我的身上——我那两枪都打在了他右耳的后侧，没让他遭罪。

我迅速往大厅那边看了看，又仔细听了听动静，确保没人出来想要干掉我。于是，我把枪扔在了那块油地毡上，低着头从前门走了出去，坐进那辆灰色福特，赶回了庞蒂亚克机场。在那儿，拉塞尔的飞行员还在老地方等着我。

这起行动的策划者在底特律计算了计划的全部时间，从开始到结束正好一个钟头。

拉塞尔告诉我，那两个家伙清理完现场后，把吉米的尸体装进了裹尸袋。在篱笆和车库的掩护下，他们把他从后门抬了出去，装进了别克车的后备厢。接着，他们就拉着尸体火化去了。他还告诉我，这两个家伙在皮特·维塔莱的肉类加工厂接上了萨利·巴格斯，然后开车去了某个机场，飞回泽西城给托尼·普罗交差去了。

这一次，飞行员还是没有看我，又是一次短暂的飞行。

在克林顿港的那个小机场，拉塞尔还在我的那辆黑色林肯里睡觉。我们接上了女眷在七点前达到了底特律。在底特律市郊，我们又拉上了个负责盯着警察的家伙。由于那场婚礼的缘故，警方格外注意那些挂着非本州牌照的大林肯和凯迪拉克。

那天晚上，从现场逃跑后，我和拉塞尔唯一一次就那件事的谈话是在克林顿港的飞机跑道上进行的。

拉塞尔醒了，眨着眼望着我，用沙哑的嗓音小声说道："不管怎样，你在飞机上过得愉快吧，我的爱尔兰朋友。"

"您在这儿睡得也好吧。"我答道。"

## ◄ 29 ►

# 人人都是血肉之躯

1975 年 8 月 4 日，吉米・霍法失踪五天后，联邦调查局注意到了在纽约西第 45 街 168 号的维苏威餐厅举行的一次会议。出席会议的有安东尼・“肥佬托尼”・萨勒诺、拉塞尔・布法里诺、弗兰克・希兰、安东尼・“托尼・普罗”・普罗文扎诺以及萨尔瓦多・“萨利・巴格斯”・布里古格里奥。

“纽约方面拒绝参与那次行动。他们不同意，不过也不反对。他们的态度是“一切后果自负”。没有底特律方面的授意，这一切都是不可能发生的，毕竟那是他们的地盘。芝加哥方面对此事也是支持的，不仅是因为他们离得近，更重要的是他们与底特律有着这样那样的联系。维苏威会议的主要目的就是向“肥佬托尼”・萨勒诺汇报整起事件的过程。他对此大为满意。假如纽约方面参与了此事，就无需向他汇报一切了。而且，这次会议还有个目的是呈请“肥佬托尼”看看是否还有什么未竟的事宜。在这次会上，你无需多言。“肥佬托尼”这个大佬吩咐什么，你只管听命就是。外面到处都是重案组的探员。他们装作若无其事的样子，可总是忍不住时不时打探着会议的进展。查理・艾伦开车把我送到了地方，坐在一旁的桌子上喝咖啡。萨利・巴格斯也坐在那儿，不过是在另一张桌子上。

维苏威餐厅的第一次会议举办得相当成功。于是，托尼·普罗立马提议要接着召开第二次会议。而第二次会议完全是针对我的。在这次会议上，托尼·普罗称，我始终都清楚吉米想干掉他。他还声称，是吉米指使我去干掉他和菲茨的。

托尼·普罗看着我说："要是依着我，你是活不到今天的。"

"这也是我想对你说的话，"我说，"人人都是血肉之躯。"

托尼·普罗还抱怨说，我在婚礼上告诉别人，他可以轻而易举地置吉米于死地。接着，我们俩都从桌旁走开了。我在查理·艾伦那儿静静地等着，普罗则在萨利·巴格斯的旁边坐了下来。而拉塞尔向"肥佬托尼"讲述了整个事件的过程。拉塞尔从隔间出来叫我过去，留普罗在那儿干巴巴地坐着。在进隔间前，他嘱咐我："记住，千万不能承认。"我进了隔间，肥佬托尼·萨勒诺说他绝不相信我会为了吉米·霍法去干掉一个"完人"。然后，事情就是这样，拉塞尔·布法里诺再一次救了他的爱尔兰朋友。接着，他们把普罗叫了过去，对他说事情结束了，根本没那回事儿。

可是普罗还不依不饶地抱怨说我有时如何如何给他难堪。吉米失踪前的几个月，大西洋城举办了一场联合委员会大会的宴会。那次是普罗的联合委员会。本来菲茨是要担任嘉奖晚宴的演讲嘉宾的，可是他最终取消了这次行程。其主要原因是害怕见我。普罗起劲儿地向拉塞尔和"肥佬托尼"谈着这件事。而且讲的时候眼睛始终狠狠地盯着我。普罗说："你让我难堪透了。主席没有到场都是你的错。他从来没有缺席过任何一场联合委员会的宴会。唯独轮到我的时候没有来。菲茨跟我说，假如他在大西洋城出现的话，你就将为你的朋友吉米给他送上死亡之吻。"我辩解道："假如我是什么人的帮凶的话，恐怕菲茨早就没命了。你少拿我说事儿，我可管不了你的破事儿。假如菲茨是个胆小鬼，不放心你的保护能力，这可跟我没有半点儿关系。”拉塞尔让我们主动握手示好。这可太难了。可是，如果不听拉塞尔的，我是不可能有今天的。最后，我们握了握手。不过，我打心眼儿里是鄙视普罗的，从头到尾都是如此。

于是，我成了众矢之的。我和拉塞尔离开了维苏威餐厅，沿着第四十五街朝约翰尼的地盘走去。在路上，我们碰见了皮特·维塔莱。我们相向而行，他正要去维苏威餐厅见“肥佬托尼”呢。皮特知道，我一点儿也不喜欢他。他认为我老是学他结巴的样子是在捉弄他。皮特冷冷地看了我一眼，停了下来，他不紧不慢的说话时是不结巴的。今天就是如此。他愤愤地说：“要是我说了算，下次再见到你和你的朋友，底特律将迎来下一场暴风雪。”

我明白他的意思。在过去，煤的用途很广。遇到风雪天气，我们就朝车轮的下面扔煤灰，以增强车轮的附着摩擦力。听到他放出的狠话，我忍不住放声大笑。我确保自己语速很快，还结结巴巴的。我反唇相讥：“正、正、正如我告诉你那个小个子朋友的，这也是我想对你说的话，人人都是血肉之躯。”

拉塞尔见状，劝我们两个都别打嘴仗了。

我们继续向前走着。这时，我想起了皮特·维塔莱在底特律的那家工业焚化厂。我对拉塞尔说：“这真是恰如你所说的，‘尘归尘’啊。”

拉塞尔低声告诉我，他知道我在想什么，不过皮特的那家焚化厂有点太明显了。他们第一个看的地方就是那儿，可那地方确实是太明显了。他还说，他们是在底特律的一家殡仪馆火化的吉米。底特律人从感情上更偏好这里。在调查过程中，据我阅读过的材料，联邦调查局调查了格罗斯角海岸的那家安东尼·巴纳斯科殡仪馆，因为底特律人曾在这里办理丧葬事宜。我不知道，拉塞尔之所以告诉我殡仪馆的事，是不是因为不想让我跟皮特·维塔莱过不去。也许是他不想无休无止地摆平麻烦了，就像是我和托尼·普罗的过结；也许是他不想让我跟吉米的朋友信口胡言维塔莱的焚化厂；又或许是他们真的将吉米拉到了殡仪馆？而且，我也不知道他们在殡仪馆是不是有内线专门负责火化吉米的尸体。也许是把他的骨灰放在了别人的骨灰盒里也说不定。不过，我确信，这个细节跟我无关。假如有人说他知道的内情不止这些，那一定是在乱开玩笑。了解更多内幕的只有那个清理现场的人，假如他还在世的话。

参加维苏威会议和普罗照面的前一天，还有个比这还窝心的见面。我去了前妻玛丽在费城的住处给她送钱。走进厨房的时候，我的二女儿佩吉恰巧也在那儿。佩吉当时 26 岁，回想起来，竟然都过去 28 年了。

我和佩吉的关系一直很近。她还小的时候，就喜欢到俱乐部里和我一起吃晚餐。后来，她常常和我、还有拉塞尔夫妇一起出去吃晚餐。有一次，一家报纸的摄影师还曾拍到拉塞尔和佩吉一同进了宾夕法尼亚布里斯托的一家餐厅。不过，由于她是次要人物，他们必须把她从照片上裁掉。

佩吉对我极其了解。我进去的时候，玛丽和佩吉正在看电视，全都是有关吉米失踪案的报道。佩吉看着我。从她的眼神中，我看到了某种厌恶。也许是因为我表现得不够担心，也许是她觉得我应该待在底特律设法找到吉米的下落。佩吉要求我从这里滚出去。她不屑地对我说："要是不认识你这种人该多好啊！"那是 28 年前的事了，她竟然想和我脱离关系。那天是 1975 年 8 月 3 日，从那以后，我再也没见过佩吉，也再也没和她说过话。她有份不错的工作，住在费城的城郊。从那天开始，我的女儿佩吉从我的生活中消失了。”

## 30

# “天网恢恢疏而不漏”

联邦调查局出动了两百名特工调查霍法失踪案，投入了几百亿美元。最终，形成了多达70卷的档案。其中就包括长达1.6万余页的霍费克斯档案。

早期的时候，联邦调查局就盯上了一小撮人。霍费克斯档案第三页的备忘录锁定了七名嫌疑人。他们是58岁的安东尼·“托尼·普罗”·普罗文扎诺、42岁的史蒂夫·安德雷塔、38岁的托马斯·安德雷塔、45岁的萨尔瓦多·“萨尔”·布里古格里奥、36岁的加布里埃尔·“加伯”·布里古格里奥、43岁的弗朗西斯·约瑟夫·“弗兰克”·希兰，还有拉塞尔·布法里诺。

加上托尼·贾卡洛内和查克·奥布莱恩，联邦调查局的嫌疑人名单总共有9名。

联邦调查局摆出了一副掌握了确切内情的架势，不遗余力地证明备忘录上的这些人就是绑架、杀害吉米·霍法的凶手。韦恩·戴维斯是联邦调查局底特律分局的前任局长。有人曾引用他的话说：“我们认为，我们知道是谁干的，也了解案件的详细过程。”联邦调查局底特律分局的另一位前任局长肯尼斯·沃尔顿称：“知道了是谁干的，让我感到心情舒畅。”

吉米·霍法失踪六周后，在底特律召开了联邦大陪审团会议。九名嫌疑犯均到场出席。他们都援引了第五修正案，由比尔·布法里诺担任他们的辩护律师。弗兰克·希兰对每个问题都引用第五修正案来回应，其中包括检察官的钢笔是否是黄色的这样的问题。在引用第五修正案后，史蒂夫·安德雷塔被实施了限制豁免权，必须在法庭上作证。不过，他拒绝回答所有问题，以蔑视法庭的罪名被关了63天。最终，他表示愿意回答检察官提出的问题。史蒂夫·安德雷塔创了底特律有史以来的最新记录。庭审期间，为咨询律师比尔·布法里诺，他离开大陪审团室的次数高达一千余次。查克·奥布莱恩被传唤出庭后，也引用了第五修正案。他的代理律师也是比尔·布法里诺。当被问及他如何能够为这些不愿配合调查的、有谋杀其客户嫌疑的人辩护时，比尔·布法里诺竟然说，这是吉米·霍法“所希望的方式”。

今天，联邦调查局颇为满意的是，他们成功地将罪犯绳之以法。联邦调查局犯罪调查科的前助理主任奥利弗·兰德尔称：“即使没有完全解决，但我敢担保这起案件再次印证了天网恢恢疏而不漏的道理。”联邦调查局底特律分局的现任局长、约翰·贝尔特工不无尊敬地对这些霍法案的嫌疑人说：“请记住，政府之所以宣判阿尔·卡彭有罪并不是因为他贩卖私酒，而是因为他偷税漏税。”

> 1976年，吉米·霍法失踪后一年，托尼·普罗文扎诺和萨尔·布里古格里奥被提起公诉，罪名是他们于1961年谋杀了560分会的财务处长、绰号是“三根手指”的安东尼·卡斯特里图，而安东尼和托尼·普罗文扎诺是在纽约下东区一同长大的发小。教唆谋杀的是普罗文扎诺，实施谋杀的有三人，分别是萨尔·布里古格里奥、一个名叫萨

尔瓦多·希诺的年轻人，还有一个是前拳击手 K. O. 康尼格斯伯格。谋杀案发生的第二天，普罗文扎诺就在佛罗里达的婚礼教堂娶了他的第二任太太。

> 霍法案对于联邦调查局的重要性连监狱里关押的犯人都心知肚明。所有那些掌握有关这九名频繁出现在报纸上的犯罪嫌疑人情况的犯人都清楚，凡是提供有价值信息的将会获得政府的宽大处理。霍法案调查的直接成果之一就是萨尔瓦多·希诺承认了自己在那起 15 年前的谋杀案中所扮演的角色，而且还揭发了他的同案犯。据希诺交代，作为酬劳，萨尔·布里古格里奥坐上了卡斯特里图的位置；康尼格斯伯格收到了 1.5 万美元的酬金。1978 年，托尼·普罗文扎诺谋杀卡斯特里图的罪名成立，被关押在阿蒂卡监狱。《纽约时报》援引一位联邦调查局的消息人士称："这些都是霍法调查案直接的意外收获。"后来，《泰晤士报》也援引了联邦调查局底特律分局局长 O. 富兰克林·洛威的话，称"不管需要多长时间，我们都会继续调查下去。他们得罪的人越多，我们获得线索的几率就越大。现在的问题，就是等待机遇的出现"。不过，不管这辈子别人如何得罪他，普罗文扎诺始终没有开口，在获刑十年后，他在阿蒂卡监狱走完了自己的一生，终年 72 岁。

> 1976 年，托尼·贾卡洛内因所得税诈骗罪被判处有期徒刑七年。宣判两个月后，政府适时地向媒体公开了在 1961 至 1964 年期间的一份窃听录音，舆论一片哗然。根据这份录音，在吉米·霍法帮着托尼·贾卡洛内向法官行贿 1 万美元时，托尼却在和他的兄弟维托·"比利·杰克"·贾卡洛内还有查克·奥布莱恩的妈妈萨莉·帕瑞斯共同谋划，商

量如何趁吉米不在家的时候把他的太太约瑟芬·霍法灌醉，然后窃取吉米藏在佛罗里达寓所的保险柜。最终，他们的阴谋破产了。他们没想到吉米会那么早回来。当时，吉米发现这些人在他的家里，他的太太则喝得烂醉。他们对吉米撒谎说是在照顾约瑟芬。1996 年，托尼·贾卡洛内因工会诈骗遭到起诉。他羸弱的身体状况使得审判一推再推。2001 年，贾卡洛内在 82 岁的年纪去世了。对他的指控成为了永远的无解案。路透社刊登的贾卡洛内的讣告的大标题是《闻名遐迩的美国黑帮分子将霍法之谜带入坟墓》。

> 1977 年，法庭宣判拉塞尔·布法里诺犯敲诈勒索罪。一名叫杰克·纳波利的骗子从布法里诺的纽约珠宝商朋友那儿赊购了价值 2.5 万美元的珠宝。为了骗到珠宝，他谎称是布法里诺的朋友，而布法里诺连听都没听说过他。布法里诺在维苏威餐厅和纳波利举行了一次会面。期间，73 岁的老布法里诺威胁纳波利，假如他无法赔偿那 2.5 万美元的损失，他就要亲手掐死他。在霍法调查案的作用下，纳波利为联邦调查局窃听到了许多涉案人员的谈话。

> 布法里诺在监狱里待了四年时间。1981 年出狱时，他见了两个人。他们三人谋划刺杀纳波利。就在谋杀行动付诸实施前，其中一名绰号叫“黄鼠狼”的吉米·弗拉蒂亚诺和联邦调查局达成了交易，供出了布法里诺。据弗拉蒂亚诺称，在那次加州的会面中，布法里诺说：“我们要撞死他。”已经 79 岁的拉塞尔·布法里诺被判处 15 年监禁。服刑期间，他得了严重的中风，被转到斯普林费尔德监狱医院。在那里，他皈依了宗教。在联邦调查局的监视下，他在一家疗养院里走完了长达 90 年的一生。

- 联邦调查局所能掌握关于查克·奥布莱恩的黑料，只不过是他从一家与他所在的工会分会有合同关系的汽车货运公司购买了一辆来路不明的汽车，伪造了一份银行贷款申请。1978 年，他在监狱里服了十个月的刑期。
- 1979 年，托马斯·安德雷塔和史蒂夫·安德雷塔工会诈骗罪名成立，被判处 20 年有期徒刑。多年来，他们从美国最大的汽车货运公司获得了大量现金，条件是他们要保证工会不闹事。托尼·普罗文扎诺和他们同时获罪，不过当时他的总刑期已经够他在里面待上几辈子了。有一个有趣的小插曲是，当时，辩护律师传唤《美国运输工会》的作者斯蒂文·布里尔出庭，希望从他那儿了解叛逆证人对他透露的内容，可是布里尔从来没采访过这位证人。
- 加布里埃尔·布里古格里奥因工会诈骗和敲诈勒索罪被判处七年监禁。
- 基于劳工部和联邦调查局提起的两起案件，弗兰克·希兰于 1982 年数罪并罚，被判处 32 年的监禁。

在得罪某些人的努力过程中，詹姆斯·P. 霍法一度直言不讳地说："目前，案件的调查似乎取得了一些成果，对嫌疑人提起的公诉也从某种程度上宽慰了人心。这说明联邦调查局一直在尽力办事。不过我倒是希望，联邦调查局应该适度转换努力的方向，尽快揭开我父亲失踪的真相，不要以为几名嫌疑人因其他罪名而锒铛入狱就是彰显了正义的力量。"

那么，是什么让联邦调查局对这份九人"嫌疑人"名单如此肯定呢？耗费了大量的人力物力在全国展开调查，又是什么让联邦调查局的全体特工和司法部的人在这么长的时间内将调查范围只局限在这几个“嫌疑人”身上呢？为什么政府的所有努力，包括劳工部的调查员和会计师，都仅仅停留在这几个人身上呢？作为一名前任检察官，我只能问出这个显而易见的问题：是谁向联邦调查局告的密？

“他们监视着联邦大楼。假如你进了联邦大楼而不报告，那你就麻烦了。有时，我甚至在想联邦大楼里肯定有他们的内线，比如说，秘书。可是，从来没人告诉过我这一切到底是如何运作的。拉塞尔只是跟我提过，如果我进了联邦大楼，即便是去接受传唤，也必须告诉家族成员，越多越好。你去那儿可不是喝茶去了。

不知怎么的，他们听说了萨利·巴格斯要秘密地去联邦大楼和联邦调查局的人碰面。现在可倒好了。他们当面质问他是怎么回事。萨利对去联邦调查局的事实供认不讳，但拒绝透露详情。这件事使联邦调查局收敛了许多。要是萨利装有窃听设备，他们肯定会马上从他身上去掉，而且，肯定还会撤掉原本那些盯梢的人。

我听说，除霍法案的调查外，萨利·巴格斯对卡斯特里图的谋杀起诉还是有所忌惮的。萨利的肝不太好，这件事令他紧张得有些脸色发黄。我还听说，他很害怕自己得了癌症。为此，很多人都担心他的意志力会为之消沉。托尼·普罗的心情也好不到哪儿去，因为拿贷款回扣，他不得不接受审判。”

普罗文扎诺接受了审判。从贷给纽约剧院区伍德斯托克酒店的230万美元贷款中，他吃了30万美元的回扣。所贷的款项是从他所在分会的准备金中支出的。《纽约邮报》的记者穆雷·坎普顿在报道中写道，“560 分会就是一个收银机”。当普罗文扎诺的判决被公布时，维克多·里赛尔——就是那个 20 年前因被泼硫酸而失明的、勇气可嘉的劳工记者——在他同期的专栏里爆料称，1981 年，菲茨西蒙斯退休的时候，普罗文扎诺计划竞选国际卡车司机兄弟会的主席。为了保证成功当选，他必须扫除吉米·霍法这个大障碍。1961 年，为了掌权、夺权，他同样需要铲除绰号“三根手指”的安东尼·卡斯特里图这个绊脚石。在两次事件中，他都用了萨尔·布里古格里奥。

“他们没跟我说太多。他们只告诉我和约翰·弗朗西斯去哪儿。为了把动静搞大、杀一儆百，我们俩每人在腰后别了把点 38 口径的手枪。当时，我觉得这个红毛的家伙靠得住，所以我们俩老是联手行动。1978 年 3 月 21 日，萨利·巴格斯从安德烈亚·多里亚社会俱乐部走了出来，和小意大利的翁贝托蛤蜊屋只隔了一个街区。他身边没别人。他们是如何知道他会在那个时候孤身一人从那家餐厅出来的，我一无所知。反正他们有的是办法。萨利戴着一副厚厚的眼镜。他的绰号“萨利·巴格斯”就是由此而来的。因为他戴上眼镜的时候，眼睛看起来酷似臭虫的眼睛①。我跟他不是很熟。不过，在身高 5 英尺 7 英寸的人里头，戴一副这么大的眼镜的不会有别人。没错，就是他。我走上前去跟他打了声招呼：“你好，萨尔。”他回应道：“你好，爱尔兰人。”萨利盯着红毛的弗朗西斯，他以前没见过他。他看着“红毛”等他做自我介绍的时候，他的头上中了两枪。他当即倒地而亡。弗朗西斯又补了三枪，一是为了扩大声势，二是为了吓唬住那些想从窗户往

---

① 萨利·巴格斯（Sally Bugs）的名字 Bugs 有臭虫的意思。

外偷看的好事者。

在这种计划中，他们必须事先考虑附近是否有特工。更重要的是，他们会派人开车接应，处理掉案发时所用的枪。准确掌握时间是至关重要的。在死者应声倒地前，你就要迅速撤离现场。他们会派人做后援。离开后援是不行的。得手后，必须有人迅速开车驶出便道，朝联邦调查局的车迎头撞去。

据报纸报道，两名匪徒先将萨利·巴格斯打倒，然后开枪将其打死。匪徒是如何靠近萨利开枪把他打死的，报纸只字未提。萨利又不是瞎子。他怎会分不清好人坏人呢？这两名匪徒为什么浪费时间先打倒他，报纸也丝毫未提。难不成是这两个枪手害怕萨利在倒地的瞬间拔出枪来还以颜色？可能的解释是，目击者认为，假如干净利索地将萨利打倒，他就会迅速倒地而不会受太多痛苦。最有可能的是，目击者居然连持枪匪徒需要带头罩的常识都知道，所以没人对他提出质疑。

不管怎么说，这又是一桩有关萨利·巴格斯的“宁错杀，不放过”的奇案。

也许托尼·普罗今天认为我帮了他的大忙，我们俩的恩怨可以就此扯平了。不过对此，我一无所知。”

从这件事的两方面而言，凭我的经验，我知道，嫌疑人请求达成交易时，检方会要求他提供证据，嫌疑人必须向检方提供他所要交代的要点。而且，嫌疑人所交代的事情必须在当局弄清是否值得交易前就交代清楚。在刚刚开始调查霍法案时，萨尔瓦多·布里古格里奥就绷不住了。

1976年，在底特律大陪审团指认疑犯的过程中，密歇根州的一名叫克尼格的警探目不转睛地留意着安德雷塔兄弟和布里古格里奥兄弟。最终，他将目标锁定在萨尔·布里古格里奥身上。他的说法是，“你可以看出来他的脑子乱极了，他受不了这种忐忑的感觉。我们一致认为要对其重点关注”。

1977年，萨尔·布里古格里奥需要一吐为快的念头，在他和《美国运输工会》的作者斯蒂文·布里尔的谈话中得到了印证。布里尔在脚注中写道：“我和萨尔·布里古格里奥的谈话是在1977年进行的。按照规矩，我不会透露我们谈话的内容。1978年3月21日，他遭到杀害。我们的私人谈话是想到哪儿就说到哪儿，几乎很少触及谋杀吉米的话题。当时，对我摆在他面前的若干关于吉米失踪案的无关紧要的问题，他也不愿正面回答，只是点头表示肯定而已。他没有详细讲述那起案件。而且他所提供的信息除了他个人之外没有牵扯到任何其他人。”

1978年，就在萨尔遇害的前几天，他需要敞开心扉的念头促成了那次与《霍法战争》的作者丹·莫尔德的录音访谈。据莫尔德描述，萨尔显得“疲惫不堪。看得出来，联邦政府给他施加了巨大的压力”。莫尔德援引萨尔的话说：“我没什么可后悔的，除了和政府合作这件事。他们需要你的时候，你就是他们的。我现在什么也不求了；该交代的我都交代了。没什么可说的了。”

萨尔·布里古格里奥是否向联邦调查局交代了他所知道的一切？联邦调查局是否将他丢在了街上，为了从那个嫌疑犯身上获得一份窃听许可？

为什么执法部门的消息人士这么急于将报纸记者的注意力从嫌疑人普罗文扎诺和背叛的犯罪动机上移走呢？比如，《纽约邮报》的记者卡尔·J. 佩里克在第二天的报道中写道：“据侦查员称，黑帮策划这起谋杀事件很有可能是为了掌控普罗文扎诺所在的第560分会——全美国最大的分会之一——及其获利丰厚的退休金和福利金。有了这些钱，他们就可以投资大西洋城合法的博彩业赚取暴利。”那么，为什么执法部门还要拱手交出另一个在押的嫌疑人呢？佩里克写道：“他们还不能对这种可能性完全不予考虑，即不排除黑帮老大卡米尼·格朗特是布里古格里奥谋杀案背后的始作俑者。”

联邦调查局为什么不向其所服务的公众公开这个档案呢？要知道，调查可是他们买的账啊。难道联邦调查局不感到脸红吗？

霍法的子女曾试图通过司法途径，要求获得霍法案的档案。最终，他们上诉到了最高法院，但始终未果。2002年，迫于媒体和霍法子女的压力，联邦调查局终于公布了霍法案长达349页的案情概要。2002年9月27日，《底特律自由报》写道：“经过一场长达十年的法律斗争，《自由报》掌握了有关霍法案的新情况。这是联邦调查局首次公开案情概要。然而，这份报告受到了严格的审查。人名被拿掉了，和潜在目击者的访谈被抹除了，而且许多页都缺失。”

2002年3月，联邦调查局又向《自由报》公开了1.6万多页的霍法案档案中的1400页。在关于这份新材料的评论文章中，报道最后一句是这么写的：“这份文件显示，1978年，联邦调查局用完了所有最至关重要的线索。”

这正是萨尔·布里古格里奥被杀害的那一年。

## 31

# 保密声明

“我不能将酗酒的恶习归罪于霍法失踪案。当时，我想什么时候喝就什么时候喝，根本不需要任何理由。然而，我十分清楚，我喝得毫无节制。”

《费城通讯报》在1979年2月18日刊登了弗兰克·希兰的个人简介。七个月后，他因涉嫌诈骗腐败组织集团犯罪被提起公诉。报纸的大标题赫然写着，《恶棍陷入大麻烦》。希兰的照片下面配的文字是“暴力的历史”。该文章称，希兰是“以功夫出众而闻名的，根本不需要枪……而且，他是个大块头。有一次，警察在拘捕他的过程中发现根本无法用手铐把他的手拷在背后”。文中的另一张照片是吉米·霍法，配的文字是“希兰的好友”。该文章强调，“联邦调查局认为希兰在1975年的霍法失踪案中有重大嫌疑”。记者又援引了一位不愿透露姓名的费城律师的话。据他观察，希兰根本不在乎红酒的年份，“只要是葡萄酿的酒就行。我从未见过这么个大块头对酒这么黏糊，他喝起酒来简直没够”。

1979年10月27日，也就是他被提起公诉一个月后、案件开庭几个月前，《纽约时报》也刊登了希兰的简介，所配的照片是希兰坐在酒吧里，前面放着一杯威士忌。这篇文章援引希兰的话说：“我所有的一切都是他给我的。要不是霍法，我根本到不了今天。”

联邦调查局的“302报告”援引了查理·艾伦对吉米·霍法失踪后这几年的看法。他谈到希兰时说：“希兰喝酒喝得很厉害，他几乎没有一天是不醉的。”

这份报告还包括了查理·艾伦对可能杀害吉米·霍法的凶手的推测：“陷害他的肯定是熟人。我的意思是，肯定是他认识的熟人将他骗进车的。吉米是个有权有势的人。一般人是根本不可能走上前、干掉他的。凶手肯定是认识他的。这样才有可能把他骗进车里，为所欲为。”

“1977年，他们将我带到另一个大陪审团面前。这次是在雪城①。联邦调查局提醒我，到了你揭发同伙的时候了。联邦法官对我实施了限制豁免权，所以我没得选择，必须回答大陪审团提出的问题。安德雷塔兄弟当时也在庭上。他们问我是否认识他们。我回答说，我在大陪审团见过他们好多次。检察官问我拉塞尔是否指使过我对某人开枪。那一周的晚些时候，他们后来又问拉塞尔希兰是否参与过谋杀。拉塞尔答道：“据我所知没有。这个爱尔兰人就是个胆小鬼。”

针对吉米在湖口镇家里留下的那张写着“拉塞和弗兰克”的便条，他们又问了我许多问题。他们还问了我一些有关“便条俱乐部”的问题，那是拉塞尔的家人常去的一家私人俱乐部，位于纽约的恩迪科特。我告诉他们我去“便条俱乐部”就是去玩一种叫做“爱”的意大利手指游戏，看看谁能当上老板和老板的副手，决定是谁喝红酒。他们又问了我和一个叫做卢·考迪的家伙一起

① 雪城（Syracuse），或译锡拉丘兹，位于纽约上州中部，得名于当地因冬季大湖效应带来的大雪。

做过的事。他们掌握了我们的行动详情。大陪审团审问过后，拉塞告诉我卢·考迪为了能够平静地死去，做了临终忏悔。正像对待约翰·弗朗西斯一样，没人责怪卢·考迪在弥留之际坦白了一切。在服药的情况下，他希望求得内心的平静是无可厚非的。

他们足足让我在雪城待了九个小时，见识了我从吉米那里学到的许多对付法庭的伎俩："假如你能恢复我对那件事情的记忆的话，我也许可以回忆起你想让我回忆起来的一切。但是，此时此刻，我真的什么都记不起来了。"

大概过了一年，我喝了几杯后，站在泽西城的樱桃山餐厅正准备离开。这时，我的司机查理·艾伦探过身来问我："是你杀的吉米·霍法吗？"我说："你这个狗娘养的叛徒。"霎时间，联邦调查局的特工冲了出来围在他身边保护他。餐厅里到处都是特工，一直在通过艾伦身上的线窃听我们的对话。他们以为我要当场宰了他。

但凡有人问你"是你……吗？"的时候，就是你买单走人的时候。查理之所以会在那个特定的时刻问我这个特定的问题，一定是特工指使的。

我带着把点38口径的手枪。趁他们保护查理的时候，我跑向我的林肯车，开上了72号公路的匝道，逆行往前开着。我到了烙铁餐厅，把枪交给了我认识的一位女性朋友。她把枪接过去放进了她的钱包。他们走进来的时候，她恰好经过他们身边走了出去。

他们命令我上他们的车。我照着做了。一位特工告诉我他们可以判我两次终身监禁，再加上120年的刑期。我说："我如何将功补过呢？"

特工说，假如我愿意帮他们对拉塞和安吉罗实施窃听，那么，他们保证我十年后出狱。于是，我跟他说："你们肯定是弄错人了。”

特工又说，你所犯的罪行，经证实的就有两次谋杀、四次谋杀未遂还有其他一系列重罪。假如我不配合、不让他们保护我的话，我要么是死在黑帮手里，要么终老于监狱。我回答道：“该怎样就怎么样吧。”

他们之所以能抓到我，都跟查理有关。当初，他们抓到查理在新泽西有家制造冰毒的实验室。自然，艾伦是不想让安吉罗和拉塞尔知道他运冰毒的事的。艾伦心想，反正联邦调查局是迟早要为霍法案收拾我的，索性就出卖了我。最终，联邦调查局关了艾伦两年。出狱后，他奸污了他的继女，被路易斯安那州以强奸幼女的罪名判处了终身监禁。

对我涉嫌诈骗腐败组织集团罪的起诉牵涉到了大约 20 个未被起诉的同案犯，其中就包括拉塞尔和安吉罗。案件审理的时候，安吉罗已经被人杀了。可是，还有许多重要人物既不希望看到政府在那些和他们有关的案件上宣判我有罪，也不希望看到他们会成为下一个受审的人。1980 年 2 月，在审判的第一天，联邦调查局找到了我的律师 F. 埃米特・菲茨帕特里克并警告他说，他们的消息人士称，那些未被起诉的同案犯非常担心，假如我一旦被定罪就会失去理智，所以他们准备杀人灭口。我请埃米特帮我问问他们是谁要杀我。这样，如果看见这个人的话，就可以首先洗脱我的罪名了。

他们指控我的其中一项谋杀罪，是弗雷德・加夫龙斯基枪击案。有关这项指控，汤米・巴克已经解释清楚了，属于正当防卫。查理・艾伦声称，因为加夫龙斯基把红酒洒在了我身上，我才命令开枪的。在交叉询问环节，埃米特将艾伦问得哑口无言。

在休庭的间歇，我看到一名叫奎恩・约翰・塔姆的特工在和我的十几岁的女儿康妮聊天。于是，我就问检察官："嗨，考特尼，你们指控我的有几项谋杀罪名？""两项。怎么了？"他回答道。我说："如果塔姆再去骚扰我的女儿，你们就可以再给我增加一项谋杀的指控。"不久，有人突然从灌木丛中跳了出来，将一条毯子扔到了塔姆的头上。这是警告他，别以为没人可以碰他。旁边的一个人被吓了一跳。等塔姆把毯子从头上弄下来，那个扔毯子的人早就扬长而去了。塔姆来到法庭，指着鼻子骂我是"狗娘养的"。我冲他笑了笑。

埃米特在辩护中传唤完最后一个证人后，我对他说："还有一个证人你没传唤。"

"是谁？"埃米特问。

"弗朗西斯。"我说。

"哪个弗朗西斯？"埃米特接着问。

"我啊！"我答道。

我认为，在作证的时候，需要与陪审团有眼神的交流，尤其是当政府认为你是那种会因为别人洒在你身上的红酒而去行凶杀人的暴徒的时候。你能想象当你盯着他们的时候，他们在想什么吗？

"陪审团宣判希兰所有罪名不成立"。这是《费城通讯报》头版头条的大标题。

我的大问题只是几个无关痛痒的罪行。他们有我当年的窃听录音。当时，查理还在326分会做事。

以前，我和一家起重机公司有点儿过结。那家公司的经理开除了我的两个工会代表。他不愿意和我谈判。他们声称，为了不让这个经理参加即将召开的申诉听证会，我告诉查理去修理修理这家伙。根据艾伦的窃听录音，我对他说："把他的两条腿都给我废了。我要让他下不了床，让他在医院待着。”在那次秘密录音之后，联邦调查局给那家伙的腿上固定了块假石膏模，让他拄着拐杖来到了那次听证会的现场。因为那件事，他们将我送上了特拉华的法庭。

同样是在特拉华州，我还栽过一次。我去麦迪科工业拿炸药的事成了联邦调查局手中的把柄。麦迪科工业是宾夕法尼亚的军火制造商，和政府签订了大笔的合同。拉塞尔是其背后的合作伙伴。这些炸药是为了报复那个假装腿部骨折的经理。我要亲手炸了他的办公室。最终，我在特拉华州总共被判处有期徒刑 14 年。

我的另一个大麻烦是，联邦调查局抄下了我那辆黑色林肯的车牌号。吉米失踪的时候，我在底特律开的就是这辆车。联邦调查局发现，我是从尤金·博法那儿买的这辆车。博法经营着一家公司，专门向货运公司提供租借卡车司机的服务。他付给这些司机的薪水是低于标准工资的。我是以低于市场价的价格买到这辆车的。而且，我以现金形式领取的每一笔月薪不是全部都有收据的。因此，他们声称，我的这辆林肯车是博法给我的贿赂，好让他继续不按工资标准发薪水，开除那些有意见的司机。他们还说，一年后，我的那辆白色林肯也是收受的贿赂，而且博法每周给我 200 美元现金。他们从艾伦那儿拿到了录音带。其中，我提到我和拉塞尔平分了那 200 美元，而且还说，“让工会见鬼去吧”。吉米失踪后，一切都变得复杂起来。

那次被判有罪后，我在 1981 年 11 月 15 日对《费城通讯报》说：“世界上唯一的完人被钉在了十字架上”。

奎恩·约翰·塔姆特工笑到了最后。他对记者说：我的“命到目前为止简直比猫的命还大”。

那时，我 62 岁了。这次我被判了 18 年，加上特拉华州的 14

年，总共被判了32年。我有严重的关节炎，看来我注定要在监狱结束一生了。

这是我第一次蹲联邦监狱。整个里根执政时期，我都是总统的“座上客”。他们把我关到了位于明尼苏达砂岩的美国监狱，在美加边境的附近。那里的风刮得可真邪乎。冬天的时候，大风可以使温度骤然降到华氏零下70度。

偶尔，联邦调查局的人还会到这里巡视，半夜把我叫出去。通常，只有告密者才会在这么晚被叫出去，因为他们认为这时其他人肯定都睡着了。联邦调查局的人在距离犯人很远的独立建筑里等着你。从牢房到他们等你的地方，要在户外步行差不多四分之一英里。为防止狂风把你吹倒，他们会让你抓住一条黄色的绳子。凛冽的寒风刺入你身体的各个角落。要是有关节炎的话，你一定会走得很慢。那可有得你受了。

我的老战友狄格西·梅尔斯向我赌咒说，有一次，他在卡西山的散兵坑里睡着了，我趁机偷走了他的毯子，他的关节炎就是那时落下的毛病。那些散兵坑里充满了结冰的雨水。你必须将最上层的冰踢碎才能跳进去躲避弹片。我想，那就是我们俩得关节炎的原因吧。在监狱里，随着关节炎不断折磨着我的下背部，压迫着我的脊髓，我驼背的程度越来越严重。入狱的时候，我的身高是6英尺4英寸。等出来的时候竟然比原来矮了4英寸。联邦调查局的人来的时候，你不必和他们说话，但你必须去找他们。他们跟我说，假如我配合的话，他们会考虑将我转到离我女儿较近的地方。这样，他们也不用长途跋涉到这种鬼地方。我的右手戴着一只戒指，上面镶嵌着我四个女儿的诞生石。他们还会告诉我，假如我配合的话，就可以在我的兜里拿到那座监狱的钥匙。然后，我就可以转身，沿着那条黄色的绳子回到我所在的牢房。

等到第二天，我就会给我的律师打电话将昨晚的事记录在案。这样，其他人就不会产生疑问了。

在砂岩监狱，我碰到了些不错的人。有个从波士顿来的老头儿，是因为1950年左右的布林克案关进来的。想当初，那可是最大的一桩成功得手的盗窃案。联邦调查局为了侦破此案投入了几百亿美元，花了大约七年时间，此案终于成功告破。就像吉米失踪案一样，他们迅速开出了嫌疑人名单。七年来，他们不停地提审他们，拍桌子瞪眼睛。终于有一天，其中的一名嫌疑人挺不住了，把所有人都抖搂了出来。

萨利·巴格斯的兄弟加伯也关在砂岩监狱。他是个身高只有5英尺2英寸的小个子。他和吉米失踪案没有丝毫关系。可联邦调查局的人就是不放过他。他们认为萨利·巴格斯之所以交代就是想为他的兄弟打掩护。于是，加伯也没能躲过牢狱之灾。

我的关节炎发作得实在厉害时，监狱长就会把我送到密苏里的斯普林费尔德监狱医院。“肥佬托尼”·萨勒诺因身患癌症也在那里，他的时间已经不多了，而且他还患有尿失禁。拉塞尔中风后，也转到了这里。现在，他必须坐轮椅了。有拉塞尔在，我又回到了我最好的人生导师的身边。他时常坐在轮椅里打室外地滚球。他当时的年纪比我现在还大，可依然威风不减当年。偶尔，喝杜松子酒喝不过我的时候，他还会假装给我一枪。麦吉喜欢吃冰淇淋，我保证他每天都能吃到一些。因为每人每周只能去一次小卖部，我不能去的那几天，就会付钱给别人让他们帮我买点冰淇淋回来。在斯普林费尔德期间，我的女儿康妮产下了她的第一个孩子。拉塞尔特地到地滚球球场，告诉了我这个好消息。拉塞尔是从他的太太嘉丽那儿听说的。

有好几次，我们俩单独在一起的时候谈起了吉米。从中，我又了解到了更多的细节。其实，我们俩都不愿看到事情发展到这般残酷的地步。我们都认为，吉米还不至于落到如此的下场。吉米是个好人，还有个美满的家庭。

有个星期天，我去地滚球球场的路上，看见拉塞尔在看护的帮助下坐着轮椅去小教堂。我问道："麦吉，你这是去哪儿啊？"

"去教堂。"拉塞尔答道。

"去教堂？"我不禁失笑。

"有什么好笑的，我的朋友？等你到了我这个年纪，你就会明白了。"

这些年来，这句话始终回荡在我的脑海之中。

1991 年，再不手术的话，我就有瘫痪的危险。所以，他们准许我保外就医、获得假释。那年，我 71 岁。当时，我还是重点关照对象。因此，联邦调查局千方百计地企图阻挠我获得假释。他们在一个以前倒卖赛事门票的家伙身上装上了窃听器。他的老婆离开了他，卷走了所有的钱。她要和他离婚，而这家伙希望在离婚前雇人杀死她，这样，他就可以独吞所有的财产。他对我出价 2.5 万美元，事成之后再付 2.5 万。接着，等她的财产事宜办妥当后，他就会再来对付我。我跟他说："我建议你还是去请个好的离婚律师比较好。"

最终，他们破坏了我的假释，理由是我和费城的黑帮老大约翰·斯坦法在一起喝萨姆布卡酒。喝萨姆布卡酒的时候，往往会在酒里放上三颗漂浮在上面的咖啡豆，一颗代表过去，一颗代表现在，另一颗则代表未来。我都是没几天可活的人了，可联邦调查局的人还是跟我过不去，揪住我不放。在听证会上，他们播放了那家伙身上的窃听录音，指责我没有向警方检举他的杀人企图。75 岁时，他们又将我关了十个月。假释结束的那天，我开了个新闻发布会，我要昭告天下，让下城和上州的某些人知道，我不是个孬种，我没有揭发任何人。而且，我还会继续保持缄默。在我这把年纪的时候，在我的身体每况愈下的时候，他们还要送我入狱，我会和他们抵抗到底的。我还要让所有跟我共过事的人知道，虽然我年纪大了，但我可不会像约翰·弗朗西斯和卢·考迪那样在临死前变得软弱不堪。而且，我还希望联邦调查局的人不要大晚上地再来监狱烦我。我对记者说，我要写本书来证实理查德·M. 尼克松对吉米所做的一切。

我在狱里的时候，吉米的女儿芭芭拉写信问我吉米案的真相到底是什么，她“发誓不会泄露出去”。

1995 年 10 月 10 日，我出狱了。12 月 17 日，我的太太艾琳死于肺癌。我的驼背越来越严重了，右脚还要套在矫形支架里才可以走路。我真是一天不如一天了。后来，即使拿着手杖我也走不了远路。不管去哪儿，我都得依靠助行架。令我那三个没有和我断绝关系的女儿焦虑的是，假如我死了，是不能葬在天主教徒的墓园的。我回想起了拉塞尔去教堂的场景和他对我说过的话：“等你到了我这个年纪，你就会明白了。”于是，我的女儿安排我私下见了宾夕法尼亚斯普林费尔德圣·多萝西教堂的海尔杜佛主教。我和他见了面，谈了我的人生，他宽恕了我所犯过的罪。我买了一只绿色的灵柩，我的女儿为我在天主教墓园买了块墓穴。我的这几个女儿感到非常的欣慰。因为她们的妈妈玛丽将来去世后可以和我共处一室了。现在，她饱受着阿尔茨海默氏症带给她的痛苦。

我在疗养院有间小房间。我的门始终都是敞开的。关上门的感觉让我难以忍受。”

# 后记 I

在弗兰克的某次生日宴会上，我听见弗兰克的律师埃米特·菲茨帕特里克对弗兰克说："弗兰克，你这家伙手里一拿电话就什么都不在乎了，根本不担心是否进监狱。自从他们让我给你往号子里送了个电话，你就乐坏了，根本就不觉得自己是在坐牢。"

我写这本书的这些年，弗兰克·希兰整天不停地给我打电话，几乎每天都打，什么事都聊。不管提到哪个人，他都会说这是个"好人"，每次谈话结束，他总是告诉我，"一切都好极了"！每当他想反悔自己承认过的事时，我总能感觉得出来——他那些社交电话的频率、音调和话音的紧张程度都会增加。有时他激动地想收回自己说过的话，不过最后他往往会慢慢平静下来，又觉得将这些事说出来会很舒服、很高兴。

随着我们计划去底特律找寻吉米·霍法被杀死的那栋房子的日子日益临近，弗兰克变得越来越紧张。

2002 年 2 月，我开车和弗兰克一起去底特律。那时，他独自一人住在费城郊区的一套公寓里。他对我说他噩梦不断，有时梦到战时的事情，有时梦到帮派时代的人。清醒的时候也"看到"这些梦中的人，他管他们叫"化学人"，因为他相信这些"人"是因为化学失衡引起的，通过调节用药就可以消除。"在车后座上坐着两个化学人。我知道他们是假的，不过他们在我们车上干吗呢？”

我们就这样一路穿过宾夕法尼亚和俄亥俄进入密歇根州。他醒着的时候对我来说真是噩梦，他总是不停谈论他见到的“人”，或是批评我的车技。有次，我对他说：“弗兰克，我和你待在同一辆车里唯一的好处就是终于不用听你在电话中向我唠叨了。”幸运的是，听完我的话他哈哈大笑起来。

路上我们一共开了两天。住在汽车旅馆的第一晚，他要我把两个房间之间的门开着。从坐监开始，他就不喜欢一个人待在密闭的房门后面。第二天，在汽车里他睡了很长时间，精神状态也好多了。我开始觉得他所需要的也许就只是好好睡一觉，只不过独自一人待在公寓里，他很少能休息好罢了。

看到底特律的地平线时，我用胳膊肘把他碰醒了。他看了一眼地平线就冲我吼叫起来：“你有一个 piece 吗？”

“什么？”我问。

“一个 piece。”他再次要求。

“你说的 piece 是什么意思？”

“一个 P-I-E-C-E。piece。①”他用手比了一把枪的形状，像是要用枪向汽车地板开枪似的。

“我要枪干什么？”

“律师们都有枪。你们可以有持枪证。”

“我没有枪，”我向他吼道，“你知道我是没有枪的。你要枪有什么用？”

“吉米在这里有朋友。他们知道我在这儿。”

---

① 原文中就多处用 piece（一件；一块；硬币）代表手枪，是黑帮行话。

“弗兰克，你想做什么？想吓我吗？没人知道你在这儿。”

他咕哝了一句，我开始估算吉米在底特律的朋友现在的年纪。平静下来，我眼前出现了吉米的“朋友们”的形象，如果他们中有人还活着的话，也要老得坐在轮椅中伏击我们了。

到达汽车旅馆时，我大松了一口气。弗兰克过去的狱友约翰·采茨从内布拉斯加州驱车赶到汽车旅馆看望弗兰克，以示对弗兰克的尊敬。后来，约翰还在1995年写书将霍法被杀归咎于尼克松。晚上，约翰会在弗兰克的房中过夜，为弗兰克的褥疮伤口换上新的绷带。晚饭时，在一家牛排馆，弗兰克望着我，眨了眨眼睛说：“你有一个piece吗？”说完，他们两人开始哈哈大笑。弗兰克对我说约翰曾在越战期间做过越军的战俘。那晚我被约翰从越共手中越狱的故事着迷了。他的身上遍布长长的伤疤。越共喜欢划开战俘的皮肤，这样某种苍蝇就会在伤口里产卵，此后数年，约翰的身体里一直向外钻恶心的蛆虫。

那晚，独自一人待在汽车旅馆的房间，我不确定是不是应该早点来底特律。第二天早上，我求约翰帮我们，不过他也不知道那儿有这么一座房子。这座房子在他和弗兰克1995年写的那本书中并未提及。我随身带着笔记，找到了弗兰克和我参加福克斯新闻频道的编辑会议时给出的路线记录。令人惊奇的是，路线在2002年和1975年一样可靠，我的笔记里唯一缺失的是弗兰克提到的最后一个左转向，那里有一条街道在人行天桥对面。我们最后发现这个天桥位于右边的高尔夫球场内。过了几个路口，我终于在与高尔夫球场平行的路上看到了人行天桥，那条路位置较高，天桥就在它下方。我开车回到之前的路，马上发现了这是怎么回事。

在过去的几年里，这里修了一个带铁链的篱笆，如此一来，那个天桥从希兰以前给我指的方向看就不那么明显了。我们停在天桥附近的一个T字路口，我走到车外，看着左下方的街道，发现右边街区最后一排房子带有希兰描述的后院。当然，因为建在一个高尔夫球场之上，这个天桥除了必须在此左转就没有任何意义，我在此左转，停在了这座房子门前。看到希兰脸上僵硬、紧张的表情，我立马明白了这就是那座房子。他仔细看了看，最后点了点头，低声说了句“是的”。这是一条安静的街道，完美的街道，完美的房子。唯一让我感到怀疑的是，希兰描述过那座房子有着灰木瓦，而这座房子则是砖房。直到我回去洗照片时才发现，房子的后坡和朝向天桥的那面屋顶上面都覆盖着灰木瓦。

从底特律回去的路上，希兰显然已经平静了下来。一路没有再提“化学人”，也没有再抱怨我的车技。我们找到了克林顿港的机场，拍了几张照片就在当天赶了回去。回来后不久，我就帮助他的女儿将他送进了一家赡养院。我陪着弗兰克和他的女儿多洛雷丝去看医生，医生给他开药来控制“化学人”，之后我就再没有听到他提及“化学人”。之后，我也再没有见到他像那次因没有携带一把“枪”去底特律那样紧张兮兮、手足无措了。

我们下次一起开车出去是去寻找巴尔的摩的公司场地。当年，他曾在此接收为猪湾入侵准备的战斗物资，也曾在肯尼迪总统遇刺前在此运送过枪支。在到达巴尔的摩之前，他告诉我那个地方叫坎贝尔砖厂。他知道那个地方的大致位置，却找不到了。最后，我们把车开进了邦斯尔水泥厂询问坎贝尔砖厂的位置。进入这个水泥厂，希兰发现了让他感到熟悉的东西。在办公室，我询问了这儿的一个女雇员，她告诉我们说他父亲在这里工作时，这里叫坎贝尔水泥厂，不过没有听过说什么坎贝尔砖厂。我们开车绕着这个厂子一圈。这里建了很多新房子，希兰指着一座较旧的房子对我说：“那些士兵们就是从这儿出来装卡车的。”我拍了一张照片后，我们就回到费城了。

有些事情并不会像巴尔的摩的旅途那样顺利。

根据我的经验，一个人如果在童年时就有了良知，成人后觉得亏心、想要忏悔时，也往往会比较迂回，断断续续、期期艾艾，遮遮掩掩地稍稍透露一点点事实。苏珊·史密斯那件臭名昭著的案子就是这样，苏珊将自己的两个儿子连同汽车一起沉入湖底，却将之归咎于一个“黑人偷车贼”。霍华德·威尔斯检察官在整整九天的审讯中表现出了极好的耐心和审讯技巧，巧妙地避开陷阱，与苏珊保持友善的关系，最后根据她话中的暗示揭示了事实真相。

弗兰克·希兰对我说的事情，我知道也会违背他的良知。他不想本来也许就对他评价不高的三个女儿会因此更加看不起他。他过世的妻子艾琳曾告诉他最小的女儿，她的父亲没有杀死霍法的作案时间，因为艾琳确信弗兰克当时“与她在一起”。弗兰克也不想芭芭拉·克兰瑟把他视作恶魔，因为在她父亲霍法失踪两日后，弗兰克还曾给她的妈妈打电话以示安慰。弗兰克也不想冒犯拉塞尔的遗孀嘉丽或其他也许仍然在世的人。他不想和他一起共过事的人觉得他在最后时刻像约翰·弗朗西斯和鲁·卡迪一样变成了软骨头。他说：“我这一生有自己的行为方式，我不想让人觉得我最后变了。”还有一次，他说：“即便他已经死了，如果我可以这样说与我关系密切的拉塞尔的话，也还有其他人知道我知道他们的事。”在访谈中，我将关注重点放到了霍法的案子上。

我的访谈持续了两年的时候，当时希兰已经向我坦白了他就是杀害霍法的凶手，不过距我们去底特律寻找那个房子还有一年，我的经纪人安排我还有埃里克·肖恩（福克斯新闻频道的一个高级记者，他对黑帮问题研究颇深）以及他的制作人肯德尔·黑根，在弗兰克的律师埃米特·菲茨帕特里克的办公室会面。我们的目的是让弗兰克面对一名他信任的记者，从而使他感到安心。在这次会面中，在希兰的权益得到充分保护的前提下，希兰将首次向我之外的其他人亲口承认："我射杀了霍法。"

在这次会面两天前的晚上，我去了希兰的公寓，住在他的客房。希兰什么也没说，主动递给我一封打印的信，据说上面有吉米·霍法在1974年弗兰克·希兰感恩之夜后做的亲笔签名。信中有一半多的内容，弗兰克之前已经告诉过我了。信中其他部分提及了他和他的朋友约翰·采茨一起做的事情。我对弗兰克说我会抽时间核查下这封信的真实性。

这次会面很顺利。当肖恩问希兰是否能找到那座房子时，希兰给我们指了路线，提到了那个"人工天桥"，此前他从未向我透露过具体路线。这也是他第一次向除我之外的其他人公开承认他亲自朝吉米·霍法的后脑开了两枪。他说这番话时声音低沉、生硬、令人不寒而栗。房间中的所有人都觉得这番描述符合事实。福克斯新闻频道之前已经做了一些独立的研究，确认了弗兰克·希兰对于霍法最后一趟出行的描述具有历史价值。

之后不久，我就联系了著名的亨利·李博士法医实验室。他们向我保证可以确定这封信签名的真伪，并能从信上提取到霍法的指纹，只不过我得自己联系联邦调查局取得霍法的指纹和签名的样本。当时我们还没有出版商，这本书还没有开始动笔。在书上市之前，我不想引起联邦调查局的警惕，不想将故事泄露出去，因此我决定将这事搁置再议。后来，本书有了出版商之后，我将这事告诉了出版商，出版商说他们碰巧发表过亨利·李博士的一本书。我将我和亨利·李博士之间的电邮往来给了他们，希望出于出版商和亨利·李博士实验室的关系，实验室可以自己向联邦调查局提出申请。出版商联系了亨利·李实验室，把那封信交给了他们。结果根本就没必要取得霍法的签名和指纹样本，实验室经过仔细检查后证明这封信是件可笑的赝品。这封信的信纸是1994年生产的，而非1974年。签名是比照着霍法签名的一份真实签名复印件描出来的。即便这封信并非这本书的核心内容，可以很容易去掉，即便负责出版这本书的编辑对于希兰杀死霍法确信不疑，出版商最后还是决定毙掉这本书。我因此对弗兰克很恼火，直到我现在的编辑暗示我希兰这辈子是如何对他的一些朋友的，我其实算运气不错了。他说："如果你不能相信一个亲手杀死自己最好朋友的人，你还能相信谁呢？"他要求我无论如何不要将他的电话号码给希兰。

当一切尘埃落定，我再次面对希兰时，他承认这封信是对他自己的一种保险，一次脱身的手段。对他来说，这封信就是一个宽松的绳结，外界压力太大的时候，他可以借此轻易脱身。如果因为这本书的出版他被起诉了，他可以抛出这封信从而推翻这本书的说法。

我的经纪人弗兰克·威曼打电话给希兰，告诉他说如果希兰想要再找到一个出版商出版这本书，那么希兰必须坦白交待，并为这本书的内容作证。威曼给希兰寄去了他给前一个出版商电子邮件的复印件，里面提到："我愿意为这本书承担损失名誉的风险是出于多种原因，《我听说你是漆房子的》这本书的历史意义只是其中最微不足道的原因。弗兰克·希兰是杀死吉米·霍法的凶手。"

损失了这本书的合同这一变故发生后不久，弗兰克慷慨乐观的女友和长期伴侣，埃尔希在手术后不幸去世了。她的房间和弗兰克在赡养院的房间只隔了一个大厅，他们两个就是在赡养院相识的。有时，我会请他们两个吃饭，大家都很开心。弗兰克经常拿埃尔希喜欢吃东西这点调侃她。他说自从那次他误吃了埃尔希盘中的食物后，他就手上起斑了。尽管我和他的女儿们从没有告诉埃尔希去世的消息，不过弗兰克还是知道了。之后，他的健康状况就急剧恶化，经常被送去医院诊治。他浑身剧痛，开始彻夜失眠。

在医院，他感到自己不久于人世，告诉我他不想像现在这样活。我们谈到给弗兰克录像为这本书内容作证，就像威曼建议的那样。弗兰克说；“查尔斯，现在我所求的只是将痛苦降到最低限度，保持身体干燥，一切都按上帝的旨意吧。我不想像现在这样活了。”

和他的律师埃米特·菲茨帕特里克通过电话后，弗兰克·希兰同意录像为这本书中所写的内容作证，包括书中描述的 1975 年 7 月 30 日发生在吉米·霍法身上的事。

尽管我之前同意尽量不让他不自在，不过他现在同意公开为这本书中内容的真实性作保了。我对他说：“你要做的只是支持这本书中的内容，这就行了。你现在做好准备了吗？”他答道：“好了。”那晚我离开时，他说他今天领取到了到访的牧师给他的圣餐，“我现在很平静”。我说：“愿上帝保佑你。你支持这本书也会让你很平静。”

第二天，他说联邦调查局会“没法把我带到别处，想审问我估计会很困难”。因为他糟糕的健康状况和医疗需要，他不觉得会有哪个检察官会自找麻烦起诉他。

不过我打开录像开关时，他却再次犹豫退缩起来。我告诉他：“你在犹豫，对吗？如果你还在犹豫不决，我可不想录了。”他说：

“不，我没有犹豫。”

“如果你不想就算了吧。”

他回答说：“这种事需要慢慢调整自己，我会录的。”他要来镜子检查了下自己的仪表。

我们谈到他前一天已经做了忏悔，领了圣餐。他说：“我上周也领了圣餐。”

我说他现在面临着他的“关键时刻”①。我将校对稿交给他举到相机前。之后，我就直接说：“我现在要开始了。现在，你读下这本书。书中关于吉米以及发生在他身上的事情都是你之前告诉我的，对吗？”弗兰克·希兰说：“是的。”我说：“你认同这些事的真实性吗？”他说：“我认同这本书中记述的内容。”

我立即问他吉米·霍法是个什么样的人，他说吉米“……没有——我该怎么说呢——没有——你得问问题，这样一个问题就会引起另一个问题——还是让这本书自己说话吧。”我知道他是不想深入细节，特别是关于吉米·霍法的事，只不过完全避免谈论细节几乎是不可能的。

很不幸的是，这时相机电池没电了，我过了一会儿才发现这点，就将相机收了回去。之后，也许是为了让他更舒服，或是应他的要求，我不时停止录像，后来用了录音机录音。不过还是录了很丰富的内容。在进行录像录音时，有些片段披露了希兰自己的一些事迹以及访谈的过程。

有一次，他要求我要确保在书中特别指明一点：他和妻子以外的女人保持亲密关系时都是处于单身状态。他说这些“并不是出于文学目的……这不是要获得普利策奖……要记得写我是

① 作者在这里用的是 moment of truth，也指斗牛中的最后一剑。

单身”。

看了看书的封面他说：“我觉得这个标题很差劲儿。”我说：“不过这是吉米第一次见面时对你说的话，对吧？”

“是的。”他说完就不再提及这个话题了。

有一次，他在看萨利·巴格斯的照片时，我提到我们应该继续按计划去催促联邦调查局公开档案，这样萨利·巴格斯对他们说的话可以和这本书相互印证了。我说这张照片拍摄于“你照顾他之前，你知道我说的什么意思吗”？

“是的。”他说。

“萨利·巴格斯的这张照片没让你想起什么吗？”我问道。

“没，没有，”他说，“事情已经过去了。”

我对他说如果他感觉状态不错，埃里克·肖恩想请我们到布鲁克林的蒙特餐厅吃饭，他曾在那儿取过“包裹”。

“是的，”他说，“包裹，是的——是为——达拉斯准备的。”之后，我们回到了在蒙特餐厅吃饭的问题，我说我们到那儿的时候，“看看你在哪儿取到的枪”。

他说：“……你说的对，来点天使意大利面加上油和大蒜。”我告诉他我想看他用意大利面包泡红酒吃。“你有那张照片。”他说。

我提到了他给“政客们”放东西的地方。我问：“那个地方叫什么名字？”

他立即回答：“‘市场旅馆’，看我的记忆力还不错吧，查尔斯？”

对我来说，最重要的时刻到了，我们在看底特律那座房子的照片时，弗兰克提到了一些新的内容：“他们是当地人，他们本来就住那儿……不过他们从没有证明——”他接着咕哝道，“他们和这事无关。”每当他用词时特别小心，说话含混不清时，我就知道这个话题我应该紧盯不放。我以提问的方式说到这个房子和车子一样是出租的，他两次都没有接话头，后来说：“好吧，我不用担心自己被起诉。”根据我的经验，他的反应暗示似乎在考虑是否要告诉我一些新的事情。

停了一小会儿，我指着“吉米死——被杀”的那座底特律房子。他主动咕哝了一句，听起来似乎是说有个“家伙”和这个房子有关，而我此前不知道。这句话含混不清，中间似乎还有停顿。后来我将这个带子放给一个辨音专家，那个专家听到的似乎是“……那个家伙也是在这座房子写的信。弗兰克的假牙已经戴了50年，再加上他体重剧减，假牙已经不合适了，因而磁带里的声音非常含混。说完这句话后，希兰马上说：“我只是来看下你书中写的东西，所以——”他之前曾经以同样的口吻说过话，一般都是他不确定是否要告诉我一些额外的信息的时候。除非他确定那个“家伙”已经去世，他是不愿意透露那个人的名字的。

当时，在我听起来好像是那个“家伙”曾“租借”那座房子，不过今天我再来听那张辨音专家帮我制作的CD，却听不到“n”这个音节①。

无论如何，在简略聊到他的朋友约翰打电话问他近况以及我接听了我继子打来的一个电话后，我们就继续了。

“好吧。那个房子当时在出租，对吧？”我问道。

“是的，那个房子的主人……”他住了口。

“他们对此一无所知。”我说，这是他之前已经告诉过我的，我已经在书中写到了。

---

① 该句中“租借”(lent)的n如果不发声，和“让”(let)接近，所以作者无法确定希兰的意思是说那家伙“租借”了那房子还是“让”那房子。

“是的，”他说道，“那个房子的主人，是的。有一个房屋中介——”他提到那房子有个中介，这是全新信息，之后就是长时间的停顿，我一语不发。接着他说：“他们当时住在那里。”

“嗯嗯。”我说。

“他们从来没，从来没——被审问过。”

“不过他们一无所知，对吧？”我问道。

“是的，当然一无所知。”他夸张的肯定语气让我觉得这个房产经纪人一定知道一些内情。不过现在不是我盘问的时候，我们对此有约定，他一直很遵守这些约定。

“好吧。”我说。

“我，我只是说了——你要在故事中写的东西。”听到这句话我就知道肯定还有内情，让我完全放弃不问是很困难的。

“我理解，”我说，“我不会再问了。我只是有些好奇。你提到那个房产中介——”

“嗯嗯。”他很是专注。

“那个房产中介。我——你还没有告诉过我这个，所以，”我大笑起来，“好了，没有问题了。”

“是的。”他摘下来自己的眼镜。

“好吧。”我看到希兰转过了身，盯着镜头，开始梳理头发。我知道这是暗示我把录像机关掉。我关掉了录像机，接着就开始录音了。

过了一会儿，我的好奇心还是占了上风。尽管我并不想这样，可是我无法阻止这种诱惑。对于“房产中介”这个问题我还得最后试上一次。

“好吧，”我说，“我现在对你提到的这个房地产经纪人感兴趣了。”

"什么？"他问道。

"你提到的底特律那栋房子的房地产经纪人。你之前从未给我提起过此人。"

"房地产经纪人是什么？"

我意识到他可能不知道我用的"房地产经纪人"这个词的词义[①]。我应当用他熟悉的词汇。于是我说，"底特律那栋房子的房产中介。你提到有一个房屋中介，你不想谈一谈他吗？"

他低声咕哝了几个词，我竭力想辨别出他说的什么，却一无所获。接着，他下定了决心，明白地告诉我："不，查尔斯，你得到的够多了。"

"我得到的够多了。"我说。

"知足吧，查尔斯。"

"我知足了。"

"你得到的够多了。不要深究。"

是的，我已经得到的够多了，不过却没有得到完整的事实真相。要是我知道几天后弗兰克的身体就那样急转直下，我也许会继续追问这个问题的。现在没办法了，除非联邦调查局的档案中提及了此事，且他们愿意解封档案的话。

在我看来，似乎那座房子在1975年是被租出去了，也许是房屋主人年龄大了。主人是一个单身女人，她在1925年购得此房。也许房屋中介是帮她出租房子的，有一把钥匙。也许这座房子曾挂上"出售"的标志。不管是什么情况，有一个房屋中介的存在，很多事情就可以说得通了，包括钥匙的问题。这也就是为何会让陌生人将车停在房屋的车道上。如果这座房子是出租或是出售的

① 作者在这里用的是 realtor 这个词，希兰应该不熟悉这个词，他用得更多的是 real estater（房屋中介）这个词。

话，陌生人将车停在车道，然后走进房子就不足为奇了。

在这次会谈六周后，弗兰克·希兰就过世了。在这期间，我和我的妻子至少每周都从我家开三个小时的车去看望他一次，而我则一周还要单独多看望他几次。他低着头，很少抬起头来，不过听到我们的声音时他就咧嘴笑起来。他允许我喂他一点意大利冰水，用我妻子递给他的吸管吸一点，他基本已经绝食了。我最后一次见他是 2003 年 12 月 6 日。我的继子特里普和我一起去拜望他，我告诉他我要到爱达荷州，新年过后来看他。他最后对我咕哝说："我哪儿也不去。"

2003 年 12 月 14 日他去世的当晚我收到了他女儿多洛雷丝的电话。当天正是美军逮到萨达姆·侯赛因的日子。听到萨达姆被抓住的消息，我第一个想法就是"我真想知道弗兰克对这个事会怎么看"。他总是紧跟时事。当科隆比纳高中枪击案爆发，警察们等在校门外而枪手在校内扫射杀人时，弗兰克对我说："这些警察在等什么？他们让我们五六个人弄辆坦克，我们也会弄来一辆坦克的。"这就是军人的说话方式。当影响力巨大的特拉华州律师汤姆·卡帕诺因将要与他分手的女朋友杀死并抛尸大海而被判死刑时，希兰说："你不应该因为这种事杀人。他们不想要你了，你离开就是。"希兰就是这方面的专家。当我们在非洲的大使馆在 20 世纪 90 年代末被炸时，一个叫本拉登的人被怀疑是幕后黑手，我说："他们应该把那个家伙灭掉，我确信就是他干的。"现在，这个黑帮传奇人物这样说："如果他没做的话，他也在想着这样做。"这话说得对极了。

《费城询问报》和《费城日报》登载的弗兰克的讣告上，都提到弗兰克·希兰一直被怀疑与霍法的失踪有关这一事实。

我坐飞机回去参加弗兰克的葬礼。在葬礼上我看到一个人弯下腰亲吻了一下弗兰克的额头，然后向我走来。他说他知道我在写弗兰克的书。他的女儿以前是弗兰克的管家，她曾见到我们在一起坐在弗兰克家天井的阳光下。他说他和弗兰克在砂岩监狱是室友，“你能想象我和这么一个大块头在监狱共用一个小房间的情形吗”？

“他在砂岩监狱过得不好。”我说的是寒冷气候对他关节的影响。

“他是自找的。他不听别人的废话，却总是闭不上自己的嘴巴。有一次他告诉我说在洗衣房干活的某个人不给他帽子。他让我把那个人叫到墙边，他就可以丢掉他的拐杖，扶着墙站好，然后把那个人打昏过去。我对他说：‘好了，让我帮你打那个人吧。’因为那次打人，我最后被关进地牢里五个月。不过我本来就不应该被关进监狱。就连弗兰克也这么说。他们想逮捕安吉罗的二老板，他在新泽西的二老板，因此他们就阴谋让我顶缸。这倒不是说我什么错事也没做。我将那个人绑了起来，痛揍他一顿，不过他活该。不过，因此被判刑 15 年，真是太冤了。”

“他们也这样陷害弗兰克，”我说，“因为他们想从弗兰克那里挤出霍法失踪事件的真相。”

“是的，有一本书叫《运输工会》。我待在上铺，我说的好像是‘你为何要将尸体弄到新泽西州，你们不能在费城将他干掉吗’？听到这儿他往往会问我：‘你在上面说的什么啊？’”

在狱中，弗兰克就是那个将林堡干酪放在暖气片上并将校长的下巴一拳打歪的那个叛逆男学生的加强版。正如他经常说的，并在最后一次录像时说的那样：“我 83 岁了，既受过罪，也风光过，这就是我的一生。”

在最后一次录像中，我让他想起了之前他对一个记者（我也在场）的问题的回答，那个人问他是否觉得自己一生很刺激时，他说他这一生并不刺激，而是很“费力”。他对自己一生中做的一些事情感到懊悔，他告诉那人他做了一些事情也会怀疑“他做得对不对”。尽管这些没有被录下来，不过当时他在结束和那人谈话时说道：“如果我做了所有他们指控我做的事情，如果还能重来，我是不会再去做这些事情的。”

在提醒他那次对话后，我说：“好吧，弗兰克，你现在平静了，这才是最重要的。”

他躺在床上，看着一张在弗兰克·希兰感恩之夜上他和霍法两人的合影。

“人这一生中时间会倒流，对吧？”他问道。

“是的，确实如此。”我说。

“谁能——谁能——预见到——这张照片里的人有谁能预见到你我今天会在此谈话？”

# 后记Ⅱ

“房产中介……”最后一次用录像方式记录这个高大的爱尔兰人的证词时，听到这几个字，我的心头不由为之一颤。对我而言，这次录制不过是走个形式，可以作为证词，再次证明之前那份录音磁带上的内容。我并不曾想道，在这次的录制中，希兰居然供出了更多事实。但是正如电影《你有权保持沉默》中的萨拉一角所言：“生活中少不了忏悔，就像少不了食物和居所一样。它能让我们洗脱心灵的污垢。”我的询问过程解决了几个重要的犯罪问题，这部小说正建立在这些询问基础上。

我想从希兰口中获取更多关于“房产中介”的细节，但他打断了我。他之所以对此讳莫如深，是因为他忏悔的原因不过是为了减轻自己的罪过，拯救自己的灵魂，但他并不愿意供出他的伙伴，不想被他们称作“叛徒”。希兰谈到“叛徒”这个词的语气十分不齿，因此我和我的搭档巴特·道尔顿在之后的法律程序中沿用了该词。

尽管希兰对“叛徒”们深恶痛绝，自己也不愿意背弃同伴，但他并不恨“红毛”约翰·弗朗西斯——这家伙患了癌症又不想惨死狱中，便坦白自己参与杀死了萨尔瓦多·布里古格里奥和“疯子乔伊”约瑟夫·盖洛，还告发了希兰。因为弗朗西斯自己坦白了此案，希兰只是承认弗朗西斯确实有参与其中，并未揭露他别的罪行。想让希兰出卖同伴，哪怕是已经不在人世的同伴，供出他们不为人所知的罪行，没有十足的技巧，不花费大量的精力根本办不到。希兰常常谈起那些人的家人，有时候也会谈起自己的女儿，他说自己要保护他们不被坏名声所累。他对我说："查尔斯，你知道的已经够多了……知足吧……你知道的够多了，别再追问了。"

第二天我们一起做了祷告，随后他停止了进食。这个"漆房子"的人，曾先后杀死了 20 多个人——不包括在战场上杀死的，最终他也结束了自己的生命。鉴于此，那句"房产中介"只能继续成为一个让人颇为好奇的口误了。

直到 2004 年秋天的某一天，我打电话给已经退休的纽约警局侦探乔·科菲，他曾成功破获了"山姆之子案"，以及梵蒂冈黑手党罪案，还了结了众多其他备受瞩目的案子，同时也是《科菲档案》一书的联合作者。我们共同的朋友——退休前也曾在纽约警局担任侦探的推理作家埃德·迪伊介绍他给我认识。科菲对黑手党十分了解，但他从未听说过约翰·弗朗西斯这个人。他说他会找之前安插在布法里诺家族里的亲信去查查他的底细。而我能告诉他的所有信息，在《我听说你是漆房子的》这本书里都有提及，就把这本书给了他。

2005 年 2 月，我给乔打了电话，他当时还没读这本书。

"但是，"乔说道，"我调查了那个房产中介的。你说得对，他和拉塞尔·布法里诺关系很不一般。"

"什么做房地产的？"

"忘记叫什么了，那个开车的。但还不止开车那么简单。这个人凭借着自己的能力，用手里的商业房地产执照赚了大钱。他跟布法里诺以及希兰关系都非同一般。可能他曾经为布法里诺开车行凶，但他本身并不是一名真正的司机。”

“约翰·弗朗西斯？那个红毛。”

“对，约翰·弗朗西斯。就是这个人。他经营着庞大的房地产产业。相当富有。”

寒意。当越来越多的事实浮出水面，作为一名年轻的公诉人，我总会感到一阵阵寒意，寒意渐重，犹如雪花一片一片降下，最终引起了雪崩。

1972 年，在布法里诺的授意下，希兰杀死了盖洛，弗朗西斯是为希兰开车的司机。1978 年，希兰射杀布里古格里奥时，弗朗西斯接受布法里诺的命令也开了枪。布法里诺、希兰和弗朗西斯的关系如此密切，关于霍法的死亡，弗朗西斯是否也曾参与其中却不为人知呢？我认为有这种可能。而现在，众所周知的事实是，约翰·弗朗西斯是个“房产中介”。他能够隐藏自己亡命之徒的身份，以独立富有的“房产中介”形象出现在公众的视野，像他这样的人，一定人脉甚广。

2004 年，《我听说你是漆房子的》初版发行之后，一名底特律报社的记者找到了希兰射杀霍法案中，作为案发现场那所房子主人的儿子。房子之前的主人已经过世，她在 1925 年买了这所房子，在 1978 年——也就是霍法失踪三年后——把它卖了出去。据屋主的儿子对记者说，她在案发前几个月搬出去了，并把其中一间屋子租给了一名男子，据邻居们描述，这名男子很是“神秘”。“房产中介”约翰·弗朗西斯是否和密歇根一名不知情的“房产中介”、又和那位“神秘”租客有某种联系呢？

阅读联邦调查局的相关文献，查看一下其中关于约翰·弗朗西斯在霍法失踪一案中所可能扮演角色的相关记载——如果有的话，可能会有所帮助。2005 年，我提交了申请，希望可以参阅弗朗西斯以及希兰、安德雷塔兄弟、布里古格里奥以及查克·奥布莱恩等人的相关卷宗。如果可以，我还想证实布里古格里奥是否是联邦调查局秘密安插的线人。但我并未对这次申请抱有太大期望，毕竟霍法的家人和底特律的报社之前都未申请成功。尽管其每名特工都十分优秀，但作为一个机构，联邦调查局有时候更像是一个全副武装的公关组织，而非一个公共服务机构。对于联邦调查局来说，承认布里古格里奥是自己的卧底，而他们却没能保护好他，这实在有失颜面。在1985到1988年间任底特律联邦调查局局长肯尼斯·沃尔顿谈及霍法一案时说道："令人欣慰的是，我知道谁是凶手，但是我们永远都不能对其提起公诉，因为……否则，我们不得不暴露卧底的身份以及消息的秘密来源。"

如果我最终拿到了文件——那也要好多年之后了，审查员一定会对联邦调查局未能保护好自己的情报员一事进行粉饰，这样的话，文件的价值势必大打折扣。

不过，如果联邦调查局把相关文件提供给奥克兰郡的地方检察官大卫·戈西卡，戈西卡拿到的文件应该是没有被动过的。2002年3月29日，联邦调查局对霍法一案束手无策时，他们把案子转交给了执法合作伙伴戈西卡。如果联邦调查局对给戈西卡的文件也做了手脚，这不啻于是一种侮辱。

不幸的是，虽然自2004年6月起，戈西卡曾三次申请查阅关于希兰、布里古格里奥和安德雷塔兄弟的卷宗，但是联邦调查局所持有的70卷、6000页的文件，这名地方检察官一页都没能看到。戈西卡在给我的信中写道："很明显，他们如此不配合，背后一定有着极为重要的原因。"谈及"联邦调查局的陈规陋习"，他说自己"非常愤怒"。但他唯一能做的只是请求。鉴于奥克兰郡没有长期的大陪审团，戈西卡请求联邦调查局召集大陪审团，传唤经希兰指认的仅存参与者安德雷塔和查克·奥布莱恩作证。这一请求被拒绝了。

《我听说你是漆房子的》付梓前，福克斯新闻频道根据新书样本中的线索，获得了希兰供认在里面射杀了霍法的那所房子当前主人的许可，让法医在房子的地板上喷洒化学试剂鲁米诺（Luminol），用以检测血迹和氧化铁。检测结果为阳性，显示从前厅到走廊一直到厨房有 8 小块血迹，与希兰所言十分吻合。

一个人的脑后如果被射中两枪，所流的血相对有限。我知道，福克斯新闻频道请来的法医认为这些血量不足以进行 DNA 测试；已经过去了 29 年；著名法医病理医师迈克尔·巴登博士指出，DNA 测试所需的霍法血液中的生物成分因为环境因素可能会发生降解；案发之后，现场被清理过，以保证没有血迹留下；案犯还在前厅的地板上铺上了油毡，用以吸收溅落的“油漆”；尸体是被装在运尸袋中运走的。尽管存在以上因素，我还是心怀希望。我希望 DNA 测试可以证明血液是霍法的。说不定来清理的人在把吸油毯带出去的时候，会留下一些痕迹。

布鲁姆菲尔德镇警局读了《我听说你是漆房子的》的部分章节，把关于地板的那部分内容撕下来，寄给了联邦调查局实验室，想验证一下地上的血迹是否属于霍法。2005 年 2 与 15 日，警局局长杰弗里·维尔纳宣布，经联邦调查局实验室检测，地板上的血迹属于男性人类血液，但是血液中的 DNA 与霍法并不相符。在新闻发布会上，戈西卡明确指出，尽管这未能证实希兰的证词，但也并不能说明它就是错的。

曾担任纽约市首席法医的巴登博士评论道：“书中记载的希兰供认的作案方式，得到了法医证据的支撑，这份证词十分合理，解开了霍法之死的谜团。最近的发现丝毫不能推翻希兰的证词，也不会影响到证据的效力。”

在将近29年之后，发现了另一个人的血迹并不能代表什么，可能有个小孩流了鼻血，也可能黑手党党徒在这所房子里又杀了别人。——在关于甘比诺家族的《杀人机器》一书中，作者吉恩·麦斯泰恩和杰瑞·开普希所描写的这一家族的死亡之屋就属于后一种情况。

八个月前，2004年6月中旬，我收到了亚瑟·斯隆教授主动寄来的一封信，斯隆是《霍法》一书的作者，这本传记是我获取关于霍法以及国际卡车司机兄弟会相关信息的依据。这本1991年的作品对于霍法的失踪给出了另外一种解释，不过，在读过希兰的供词之后，斯隆在信中写道：“我现在完全相信，杀死霍法的凶手其实是希兰。此外，这本书极具可读性，而且在我有资格下判断的领域，这本书所触及的事实极为精确，这两点给的印象尤为深刻。”我打电话过去，对他表示感谢，他说：“你解开了霍法之谜。”

当我和希兰在2002年找到那所房子时，我并不曾费心进去一看。作为一名经验丰富的凶杀案调查员和公诉人，我做梦也没想到，在案发将近30年后还能找到法医证据。作为一名公认的审讯专家，我确信我找到了那所房子——这所房子深深地刻在在弗兰克·希兰的记忆中——如果我进入过房子，人们会以我可能因此受到影响为由，对书中关于希兰供认的内容产生怀疑，我不愿意这种情况发生。朋友们说，我拥有着不可思议的审讯本领，我愿意去验证一下是否如此——无论后果如何。

《我听说你是漆房子的》出版之后，在福克斯新闻频道的安排下，我第一次进入那所房子。房子现在的主人瑞克·威尔逊、他的妻子和一个儿子都在家。我们拜访期间，威尔逊和他的儿子认出，我就是2002年在他们家门外拍了书里那张照片的人。

我打开前门，走进狭小的前厅。一进去，就感到一阵寒意，作为一个谋杀案调查员，在看到凶案现场时，这种感觉再熟悉不过了。这让我对那个案件有了进一步的理解。

希兰谈到了一个“狭小的”前厅，我在书中沿用了这个词。这个前厅确实很小，感觉就像一个箱型峡谷。我立刻意识到，杀死吉米·霍法的肯定是带他进来的那个人，而霍法只可能跟着他的朋友——忠诚的“霍法的人”弗兰克·希兰——才会进入这所奇怪的房子。进了这个地方，霍法无处可逃。

在前厅的左前方，我看到了通往二楼的楼梯。楼梯太近，显得前厅颇为局促，而且它还挡住了厨房和大部分走廊，吸尘器就藏在这里。而且楼梯的存在有效截断了通往后门的逃生道路。吉米·霍法来不及细想，试着从进来的那个前厅逃走——那是唯一的出路。

楼梯右侧，有一条长长的走廊通向厨房。走廊右侧有两个房间，一个是起居室，一个是餐厅。据希兰说，走廊的尽头是厨房，吉米·霍法的尸体被装在藏尸袋中，从厨房后门带走，藏在一辆汽车的后备厢中，被运到一个“火场”烧毁了。

事实证明，房子的内部构造和希兰的描述如出一辙，和我在书中所写并无二致。——除了一个关键的细节。那个厨房并没有后门。我的心为之一沉。

“希兰告诉我，霍法的尸体是从后门运走的。”我对福克斯新闻频道的记者埃里克·肖恩说。

“看——在通往地窖那个楼梯顶端左侧，有一个侧门，”他说，“大厅里的最后一滴血迹刚好是在地窖楼梯的入口。他说的一定是这个门。”

“不对。他说是个后门。在走廊的尽头，穿过厨房，一直通到后院。是个后门。而这个门沿着房子通向车道。这是个侧门。”

我走进起居室，问瑞克·威尔逊这里是否曾有个后门穿过厨房一直到后院。他答道：“门廊的那个门是通往后院的。这个门廊是我加的。本来是有个门在门厅和厨房那里。我把它丢在车库里了。”我再次感到一阵寒意，一片又一片雪花从天而降。

在某些司法辖区中，一份可信的供词本身就足以定罪。在其他司法系统中，则还需要额外的事实证据。而我们已经掌握了一条事实证据：1999 年，希兰坦白，他引诱霍法坐进了绛紫色水星汽车的后排——霍法总是坚持坐副驾驶座。那辆车的司机——霍法的养子查克·奥布莱恩——否认霍法在车上，并经受了测谎仪的测试。

2011 年 9 月 7 日，联邦调查局宣布，车后座的垫子上曾发现的一根头发，数年来一直被完好保存，新近的 DNA 测试显示，这根头发确实是霍法的。希兰的供词，再加上这一重要的法医证据，足以判定希兰罪名成立了。曾经在证据还不如希兰自己提供的证词充足的情况下，我成功使四名嫌疑人获得死刑。

有趣的是，经联邦调查局调查，奥布莱恩的不在场证据千疮百孔。在我看来，这恰恰证实了希兰供词的真实性。希兰对我说，奥布莱恩无知好骗，他真的以为自己要带霍法去参加黑手党会议。可能正因如此，奥布莱恩的不在场证词不够周密，定然不是事前计划好的。

希兰的律师，前费城地方检察官 F. 埃米特·菲茨帕特里克当着我的面提醒他说，他将会面临起诉。他们还讨论到希兰的健康状况，这一点可能会推迟针对他的诉讼。

在《我听说你是漆房子的》首版发行之后，我收到了不少读者的热情来信，其中有一封来自拉斯维加斯律师斯坦·亨特通。1975年，时任底特律地方检察官助理的他起草了针对紫色水星汽车搜捕令，并成功驳回了黑帮律师要求把从车中获取的头发以及任何其他物品归还给车主的动议。（斯坦一直保存着那根头发，直到DNA科技的发展可以派上用场，非常棒。）在信中，斯坦祝贺我成功获得关于吉米·霍法“暗杀一案的首份供词”。

2002年2月，也就是联邦调查局宣布在那根头发中发现了霍法的DNA五个月之后，希兰和我寻找到了那所死亡之屋。这一发现进一步证实了希兰的供词。房子的地址和外部特征与希兰的描述完全相符。

现在新书已然上市，房子的内部构造和希兰所言也完全一致。此外，我们现在还知道，案发当时，房子的主人住在别处。相对于一大家子人人来人往，只有一个租客住在这里，这种情况显然更利于谋划作案。雪越积越厚。

寒意越来越重，不仅我一个人有这种感觉。雪崩即将发生。

希兰坦白，在1972年，他曾在布法里诺的命令下，只身一人去了纽约小意大利区的翁贝托蛤蜊屋，手持两把枪在这个地方扫射，杀死了“黄毛小子”，“疯子乔伊”·盖洛。就这件事情我认真地盘问了希兰。关于这起案件，流传甚广的一种说法来自情报员乔·卢帕雷利，据他讲，当时科伦波家族的三名意大利成员——卡麦恩·“桑尼·平托”以及人们只知道他们叫奇斯克和本尼的兄弟俩在街上的一家中餐馆，而盖洛及其手下正是该家族的叛徒。看到盖洛进了翁贝托蛤蜊屋，卢帕雷利便去那家中餐馆见了那三个意大利人。他告诉他们盖洛在翁贝托餐厅。“桑尼·平托”立刻扬言他要杀了盖洛，因为他们签订了一个除掉盖洛的“开放”协议。他让本尼和奇斯克去找两把枪来，等他们一带着枪回来，这三个人就从马伯里街那个侧门冲进了翁伯托餐厅，枪声之激烈，堪比当年OK栏的枪战。据卢帕雷利称，这三名意大利歹徒击中了盖洛的保镖皮特·戴尔普勒斯的臀部，并在盖洛试图逃跑时，将其击毙。

我在希兰身上用尽了一切交互讯问的方法，最终我确信尽管他的证词与所有书籍、电影以及网上的相关解释都不一致，但他承认自己杀了“疯子乔伊”这一点应该没有说谎。和他忏悔的其他事情一样，这一点也被写进了书里。这样看来，应该是卢帕雷利向联邦调查局和大众提供了虚假情报。他这么做可能是出于私心，也可能是为了获得某种好处——有可能他欠下了无法偿还的巨额债务，需要尽快摆脱。也有可能，卢帕雷利受到指示，他必须要将矛头从幕后操控盖洛一案的黑手党头目的身上转移走，并将责任推卸给他人，以免盖洛的手下在反抗积怨已久的科伦波家族之外，对吉诺维斯家族也发起血腥报复。

很久之前，希兰曾告诉我说，未经当地黑手党头目的明确允许，一个头目的手下不会在另外一个头目的势力范围内“漆房子”。比如说，鉴于芝加哥和底特律黑手党集团的势力范围有所重合，要是没有同时得到这两地头目的共同许可，霍法不可能死在底特律黑手党的势力范围内。再往南，卡洛斯·马塞洛实施了更为严苛的领地策略，除非获得了他的明确许可，否则其他家族的成员是不能进入新奥尔良的，更不用提在那里“漆房子”了。

翁贝托蛤蜊屋的主人是吉诺维斯家族位份较高的分支头目马提·维亚内洛，枪案发生时，他本人也在现场。几年之后，在鲁迪·朱利安尼提出的反黑法诉讼案中，维亚内洛和希兰两人在26位重要黑手党头目名单中都榜上有名。显而易见，如果不是维亚内洛本人，那么餐厅的枪杀案件至少经过了吉诺维斯家族的许可。除非此案是他人在未经许可的情况下冲动所为，盖洛的手下——其兄艾尔伯特·盖洛现为家族首领——一定不会放过维亚内洛以及吉诺维斯家族。众所周知，布法里诺家族与托尼·普罗所在的吉诺维斯家族曾多次联手。正因如此，卢帕雷利才对当局进行隐瞒，并在书中写道，这起事件纯属“冲动之举”。

不管怎样，因为卢帕雷利的说法丝毫未得到证实，那三名意大利人并未因此以杀害盖洛被逮捕归案。事实上，“本尼”和“奇斯克”兄弟二人此后再未现身。

《我听说你是漆房子的》出版之后，“疯子乔伊”·盖洛是由一个而非三个持枪歹徒击毙这一说法得到了一篇文章的证实，这篇文章发表在www.ganglandnew.com网站上，作者是《纽约邮报》的记者杰瑞·开普希，他曾核对过盖洛枪击案的原始新闻记录。据开普希说，他“于1972年4月7日清晨，在曼哈顿下城区马伯里街的翁贝托蛤蜊屋待了几个小时”。他写道，纽约警察局著名的侦探总长艾尔·希德曼从翁贝托餐厅走出来，对记者们宣布这场杀戮是一人所为。

2005年，《完全傻瓜指南之黑手党》第二版出版，在书中，开普希写道：“在究竟是谁杀了盖洛这个问题上，如果一定要做出选择的话，我认为是弗兰克·希兰干的。”关于霍法一案，他写道：“希兰的话可信度很高。”

随后，机缘巧合之下，我得以见到了一位特殊来客——福克斯新闻频道的记者埃里克·肖恩。埃里克从福克斯一位经验丰富的媒体人那里，获悉了一位盖洛枪杀案的目击证人。这名证人是《纽约时报》的一位受人尊敬的记者，她不愿意透露自己的姓名。埃里克给她打了电话，她承认自己确实在场，并目击了那场枪战。他说："我听说是三名意大利人闯进来扫射一通。"她答道："不，歹徒只有一个。"在电话里，他让她去看了开普希的网站，并看了一张希兰的一寸照，这张照片摄于上世纪70年代早期，正是在盖洛一案发生前后，我在书中也用了这张照片。她惊叹道："天啊，我见过这个人。我得看看这本书。"肖恩随即走出了位于四十七街的福克斯新闻频道的办公室，转而来到五十三街的纽约时报大厦，给了她一本。

我把这件事情告诉了我的朋友泰德·弗瑞，他是哥伦比亚广播公司的一名退休主管。泰德说："我知道她。她是我在哥伦比亚遇到的最出色的毕业生。她很优秀，是个很聪明很棒的记者，十分诚实可靠。我给她打个电话。"

我们三个在纽约的伊莱恩餐厅吃了顿饭。尽管新闻业很多熟悉她的人都知道她跟"那件事情"有关，但她还是想保持匿名。她为我们画了一张现场示意图，并在图上标出了当时她就餐的桌子和盖洛他们的桌子的位置关系。她说："那天晚上枪声持续了很久，很久以后，我耳朵里还回响着这些枪声。"她确认案件确实是一人所为："他不是意大利人，这点我很确定。"据她讲，歹徒长得很像爱尔兰人，她的描述与希兰当时的总体特征、面部特点、身高体形以及大致年纪都十分吻合。她翻阅了一下我收集的照片，这些照片中不仅有希兰还有其他歹徒。当看到一张希兰在盖洛被杀案发前后拍摄的一张黑白放大照之后，她说："就像我在电话里跟埃里克·肖恩说的，尽管已经过去很久了，但是我敢肯定，我之前见过这个人。”我问她是否在报纸上看到过，她答道：“不是报纸上的照片。我见过他真人。”我给她看了希兰更年轻时候的黑白照，她说：“不是这个，太年轻了。”又给她看了更靠后的，她说：“也不是，太老了。”她又看了一下希兰在盖洛枪击案前后拍摄的那张黑白照，声音明显带着恐惧：“这张照片让我胆战心惊。”

我们在伊莱恩餐厅的那场碰面更多只是朋友相聚，而非出于工作目的。泰德和证人都是那里的常客。

伊莱恩·考夫曼与我们同坐一桌，她告诉我们，盖洛过去常常来这里吃饭，和他一起来的有在电影《我的子弹会转弯》中饰演盖洛的演员杰利·奥巴赫以及奥巴赫当时的妻子玛塔，玛塔已经签订合同要为盖洛撰写传记。伊莱恩说，盖洛常常盯着她看，她把那种目光称之为“眼锁”，并演示给我们看。她说，每当他跟她谈起经营一家餐厅的艰辛时，他都会直直地注视着她，这种目光让人躲也躲不开。

跟所有的餐厅一样，伊莱恩餐厅的灯光比较昏暗。因此，我想再找机会单独与证人进行一次正式的面谈，并把谈话内容用磁带录下来，其间我会在更好的光线下给她看希兰的照片，让她再看看关于希兰的一段彩色视频——让她看到一个“活生生”的希兰。我想把我读到的与希兰的供词不一致的那些说法告诉她，问问她的意见。由于我们两人的日程安排都十分紧凑，九个月之后，我才得以在她纽约的家中再次与她相见。见面时，我带去了我收集的照片，以及我在2000年9月13日为希兰录制的视频，那时候希兰79岁。尽管距离翁贝托蛤蜊屋枪击事件已经过去27年之久，但视频是彩色的，里面是“活生生”的希兰。

“当时我18岁，”目击证人说，“在芝加哥读大一。当时好像是春假。我跟我最好的朋友一起去看她的哥哥和嫂子。他们就住在格雷西大厦附近。我们去了剧院，记得是看了《恋马狂》，然后我们就开着车想要四处看看。我们都没喝酒，因为我和朋友还不到法定饮酒年龄，朋友的哥哥和嫂子与我们一起外出时也不饮酒。在枪击事件发生前约20分钟，我们去了翁贝托餐厅。

“有的书上说，当时除了盖洛他们之外，只有七个人在场，完全不是那样的。那天晚上的那个点儿，餐厅里人很多，四五张桌子都坐满了人，还有几个人坐在吧台边。可能在我们到了以后，有人在枪击发生之前走了也说不定，这个我不清楚。我们是从海斯特街和马伯里街转角处的正门进去的，当时餐厅的左边，也就是靠近海斯特街的那一边没有桌子。进门的时候，所有的桌子都在正前方——左边靠着吧台，右边临着马伯里街。我们背朝外坐的，我前面就是海斯特街。我的好朋友坐在我右边，她的哥哥和嫂子坐在我们对面，面对着餐厅的后壁，以及马伯里的边门。我记得盖洛他们在我们左边，因为那里有个小女孩，我觉得小女孩的妈妈长得很漂亮。除了小女孩之外，那里还有两三个女人和两三个男人。男人们的长相我当时并没看到。

“我们点的海鲜上来的时候，我留意到从马伯里街上的那个门走进来一个高个子男人。我很容易就能看到那个门，因为它就在我左肩膀那里。他斜穿过去走到吧台，正好经过我正前方——全是我直接能看到的地方。我记得当他走过我身边时，我完全被他迷住了。我觉得他很出挑——个子又高，长得又帅。他在吧台边停住了，就站在我们桌子不远处。我正在看着我盘子里的食物，然后我就听见了第一声枪响。我抬起头，看到那个男人背靠着吧台站在那里，面对着盖洛那桌人。我不记得有看到他手里拿着枪，但我确定他就是那个开枪的人。这一点毫无疑问，因为所有人都在躲来躲去，只有他平静地站在那儿。”

“盖洛那些人并不知道是怎么一回事。”

“是希兰。那个歹徒就是这张照片里的这个人。实际上视频看起来和他那天晚上的样子更相像——尽管视频里的他年龄要大得多。确实是他，我很确定。你给我看的这些新闻上的照片（摄于1980年左右），他看起来比较浮肿，有点胖了，但是视频中不是这样。在这张照片里，他看起来跟个小丑似的（这张照片发表在1979年的《新闻周刊》上）。”

我告诉她，希兰在1975年迫不得已杀了霍法之后，经常酗酒，因此变得浮肿了。她说道：“那一年我去了纽约，在哥伦比亚大学新闻学研究生院读书。”

她接着说：“朋友的哥哥大喊让我们蹲下。其他人也都在喊。伏在地上时，除了枪声，我记得最清楚的，就是玻璃破碎的声音。我们一直趴在地板上，直到枪声平息下去。枪声一停，朋友的哥哥喊道‘我们赶快走’，我们就起身，从马伯里街那个门跑出去了。我们出去的时候，大家都在喊‘快跑快跑’。

“我们沿着马伯里街不停地跑。街上根本就没人朝着一辆逃跑的汽车开枪——如果保镖那么说的话。我们的车停在警察局附近。开车回家的路上，我们在猜测这究竟是一起抢劫案，还是黑帮暴徒的袭击。我们对小意大利区并未抱有任何成见，但都觉得它和黑帮脱离不了干系。回家的路上，我们好像没在广播中听到相关的新闻，但第二天报纸上刊登出来了。真是太可怕了。我想，要是只有我和女朋友两个人的话，我们第二天可能会再回去看看，但是她哥哥和嫂子为了保护我们，不愿意我们再牵连进去。”

作为一名记者，这名盖洛枪击案的证人对细节有着独特的观察力和记忆。她对我说，这些年来涌现的关于这起案件形形色色的说法，她全都没看过。她既不愿意想，也不愿意提起这件事。

在埃里克·肖恩提起前，她从来没听说“三名意大利人”这种说法。她说：“太可笑了。不可能有三个意大利人从马伯里街上那个边门闯进来开枪的。不然我一定能看到他们。要是真有三个人的话，我们一定吓得不敢起身，跑不掉了。就算是起来了，我们也不可能从那个边门逃脱。”

最后，我再一次问她，那天晚上她看到的那个男人是否就是希兰。她说：“我确定。那天晚上我看到的人就是他。”

目击者确定无疑的证词终于使此案可以了解了；如果我是这起案件的公诉人，我一定会把犯人绳之以法。尽管指认是在案发多年后进行的，但这名证人是一位出色的年轻记者，她在凶手掏出枪前就看到了他，并记住了他的样子。——通常情况下，目睹枪击案的证人往往只能记得枪的样子。

在此之后，我决定尽可能多地购买关于盖洛案的书籍。这花了我不少时间；很多都是已经绝版的二手书。那些书里面关于那晚发生在翁贝托餐厅的故事的记载大都近乎荒唐。不过，一本出版于1976年的书却大大启发了我，这本书的作者是盖洛的保镖、绰号叫“希腊佬”的皮特·戴尔普勒斯。

在《第六家族》一书中，戴尔普勒斯写道，那天晚上盖洛在纽约著名的夜总会科帕卡巴纳庆祝生日。那天晚上表演的人是唐·里克斯，他向盖洛表达了祝福。在那里，盖洛遇见了“老大哥——拉塞尔·布法里诺，那个意大利外国佬”。布法里诺的西装翻领上有一枚意裔美国人民权社的小徽章，而且因为布法里诺一贯喜爱珠宝，徽章里还有一枚钻石。布法里诺的朋友、另一名黑帮头目乔·科伦波，因为被盖洛的手下袭击，已经昏迷了十个月。盖洛对布法里诺说：“喂，你戴着这东西干什么？你还真信那个破社团啊？”

戴尔普勒斯写道：

> 布法里诺别过脸，挺直了腰，转过身子背对着我们。弗兰克（布法里诺的同伴）面露担忧，他抓住了乔伊的胳膊对他说："乔伊，这种话不适合在这里讲。我们还是去喝几杯吧。"
>
> "好的，咱们去喝几杯。"
>
> "乔伊，他是个老大。"
>
> "那么他是个老大。我也是个老大。这就能说明他比我强吗？我们都是一样的，理应是是好兄弟。"
>
> "兄弟"这个词从他嘴里说出来，十分自然。
>
> "乔伊，"我说，"我们去吧。别再跟那些人争执了。"

戴尔普勒斯认出，布法里诺那个露出"面露担忧"、抓住盖洛的同伴名叫弗兰克。戴尔普勒斯讲述了这起争执是如何开始的："大家正在饮酒交谈。这时一个叫做弗兰克的党徒走了过来，跟他在一起的是老大哥拉塞尔·布法里诺，这个意大利外国佬是宾夕法尼亚州伊利市的老大。"

弗兰克·希兰常常陪着拉塞尔·布法里诺一起驾车去纽约，用他的话说，盖洛是个"黄毛小子"。希兰肯定知道发生在科帕夜总会的这件事。但是因为这个小插曲会影响布法里诺的声誉，所以希兰在向我坦白时漏掉了这个细节。

情报员约瑟夫·D. 皮斯托内告诉我，他在秘密为联邦调查局从事卧底工作时，常常流连于维苏威酒店。他在那儿看到了布法里诺和希兰，这两个人每周四都会出现在那里。维苏威酒店距离科帕夜总会步行尚有一定的距离，但是开车很快。盖洛在科帕举行的生日派开始于某个周四的晚上十一点，第二天早上的五点二十分，也就是周五早上，乔伊·盖洛就中枪身亡。

那天晚上在纽约市的科帕夜总会，“疯子乔伊”·盖洛因为对拉塞尔和弗兰克出言不逊，最终被“漆了房子”。和笼罩在霍法以及其他弗兰克·希兰供出的那些受害者身上的谜团一样，盖洛之谜最终被解开了。

*

《我听说你是漆房子的》出版之后，弗兰克·希兰的女儿多洛雷丝对我说：“我父亲只在乎两个人，吉米·霍法正是其中之一。拉塞尔·布法里诺是另外一个。因为杀死了吉米·霍法，我父亲在余生都备受折磨。霍法死后，他一直活在罪恶感之中痛苦不堪。他整日整夜地饮酒买醉，有时能喝到走不动路。我一直都担心是他做的，在你出现之前，他对此总是矢口否认。近30年来，联邦调查局对我父亲百般折磨，密切监视着他的一举一动，希望他可以就此事进行坦白。

“有这样一个父亲，简直是个噩梦。我们遇到问题从来不敢去找他，担心他为了保护我们会做出可怕的事情。他认为他那么做是在保护我们，但事实恰恰相反。我们并未得到他的保护，因为过于害怕，我们不敢向他求助。隔壁有个暴露狂骚扰过我，我也没告诉他。每次我父亲带我们出去，我大姐都不愿意跟我们一起，因为她担心父亲不会把我们带回来。我们讨厌关于父亲层出不穷的新闻。一直到现在，作为他的女儿，我们都深受其害。我们姐妹几个曾经求他不要写这本书，但最后我们让步了。至少我是让步了。他需要找个人把这些事情说出来。我们受够了关于他的各种谋杀和暴力的头条新闻，但是我让他把真相告诉你。如果我父亲对你也不愿意吐露实情，那就没有人能够知道事情的真相了。

“感觉我们要永远活在这件事情的阴影下了。我不想再这样下去。我父亲现在最终获得了平静。我希望吉米的家人也能如此。父亲杀死了自己的挚友，一直到死前他都后悔不已。在我心里，我一直都对父亲有所怀疑，但却不想这些想法被证实。而现在，我不得不承认我父亲确实过着这样的生活，虽然实非情愿，但我不得不接受这个事实，并去忍受事实所引发的复杂情感。

能有此书，只为揭露真相。

纽约市

2005 年 3 月

## 尾声
# 内幕大揭秘

### Zip-a-Dee-Doo-Dah

在爱达荷州太阳谷一个梦幻般的仲夏日，我的手机响了起来，铃声是迪斯尼影片《南方之歌》中的那首 *Zip-a-Dee-Doo-Dah*。依稀记得，我和南希初次约会时，看的就是这部重新上映的老电影，还有那部《小鹿斑比》。南希是我后来的妻子。当时，她还带着两个孩子，六岁的儿子特里普和四岁的女儿米米。后来，我成了他们的继父。

电话是一位年轻女士打来的，号码显示的区号是 212。她问道：“请问，是查尔斯·勃兰特吗？”

“是我。”

“请稍等，鲍勃·德尼罗[①]先生要和你通话。”

“Zip-a-Dee-Doo-Dah.”这铃声真是太应景了。

2008 年，也就是 8 个月前，《综艺》杂志在头版高调宣布，马丁·斯科塞斯和罗伯特·德尼罗与派拉蒙电影公司签订了合约，计划着手拍摄影片《我听说你是漆房子的》。但在随后的几个月里，一切似乎又复归平静，好莱坞方面没有传来任何相关的消息，直至我接到了这通电话。

---

① 鲍伯（Bob）是罗伯特（Robert）的昵称。

罗伯特·德尼罗将亲自担纲这部影片的制片人并饰演弗兰克·希兰。在电话那头，他关切地问我手头是否还有书里不曾爆的料。

"要多少有多少。"我向他保证道。

"方便透露点儿吗？"

"当然没问题。在弗兰克向我袒露的某些隐情中，相关的涉案人员如今入狱的入狱，离世的离世。将这一切公之于众绝对安全。"于是，我就给他讲述了其中的几件轶事。

随后不久，派拉蒙电影公司就给我安排了飞往曼哈顿的航班，与斯科塞斯、罗伯特·德尼罗还有凭借《辛德勒名单》荣获奥斯卡金像奖的著名编剧斯蒂文·泽里安会面约谈。

我们在五十七街艾美乐帕克酒店第三十七层的一个房间里见面。当时，我背对着室内的落地窗和他们面对面坐着。我们所处的位置与卡内基音乐厅在一条街上，街对面就是斯科塞斯旗下的喜凯乐亚影业，距离罗伯特·德尼罗旗下的翠贝卡影业和东 15 街我的高中母校也不太远。我于 1959 年从史岱文森高中毕业，和詹姆斯·卡格尼、塞隆尼斯·孟克都是校友，我们的毕业典礼就是在卡内基音乐厅举行的。尽管我和斯科塞斯、罗伯特·德尼罗上的并不是同一所高中，但还是有种无拘无束的亲切感。我们都是同时代的人，都是听着摇滚乐嘟·喔普[①]在纽约长大的意大利人。"哦……哦……哦，佛罗伦萨……"

斯科塞斯坐在我左侧的长沙发上。紧挨着他左边坐着泽里安，一边认真地听，一边在剧本的底稿上做着笔记。这个剧本底稿我之前并没有见过。罗伯特·德尼罗倚坐在我对面的高靠背扶手椅

① 嘟·喔普（Doo Wop）是一种流行于 20 世纪 40 年代至 60 年代的重唱形式。

上，中间放着一张又沉又重的木质咖啡桌。他和泽里安坐的位置仅一臂之隔，时不时会拍拍泽里安的肩膀问他："记下来了吗？"会面是下午五点半开始的，桌上摆着新鲜的水果和曲奇饼干。整个房间充斥着咖啡的醇香和轻松的气氛，置身其中，就仿佛是坐在一间街角的小餐馆里闲聊。

"审讯者，"我说道，"得尝到了自己行为的苦果。"

原先，派拉蒙电影公司给我们安排的会面时间只有一个小时。但三位艺术家提问起来是打破砂锅问到底，而我掌握的内情又太多。就这样，我们一连坐了四个小时，一直聊到晚上九点半，连晚饭都没顾得上吃。

其间，我告诉他们，1961 年我在大西洋城的钢铁码头看过一部不知名的电影，这启发了我在 1991 年的时候向弗兰克问了个极其幼稚的问题。而恰恰是这个看似简单的问题却引出了一个具有重要历史意义的骇人回答。

"是哪部不知名的影片？"斯科塞斯好奇地问道。

"我敢打赌，你肯定不知道。看过这部电影的除了我没有第二个人。那是大约 50 年前的事了。"

"是哪部电影？"他穷追不舍道。

"《沉默中爆发》。①"

听了我的话，他哈哈大笑道："最近正好有位法国人约我为这部电影写篇影评。回头我给你寄一张 DVD 影碟。"

我向他们透露的情况，有些是新近发现的，连 2005 年的后记中都没有收录，但大部分都是 1991 年以来搜集的，被我视若生命的老材料。以下就是我告诉他们的全部内容，既有温故，又有

① 《沉默中爆发》(*Blast of Silence*)，1961 年上映的一部犯罪电影，由艾伦·巴伦导演，讲述了一个职业杀手受命在圣诞节去纽约杀死一个黑帮大佬未遂的故事。

知新。

### 诚信度测验

2005年，就在《我听说你是漆房子的》第一版平装本发行之前，已退休的纽约警局有组织犯罪凶杀案侦探乔·科菲告诉我说，约翰·“红毛”·弗朗西斯曾是一名有钱的商业房产商。于是，我随即将这条重要信息加在了后记中。该书出版后又过了一个月，科菲给《花花公子》的编辑写了一封信。他的这封信印证了我根据弗兰克的供述所写的一篇文章。据弗兰克交代，他在小意大利区的翁贝托蛤蜊屋射杀了人称“黄毛小子”的“疯子乔伊”·盖洛。

盖洛谋杀案是科菲负责查办的。他认为，弗兰克的供认不讳圆满了结了此案。但时隔这么多年，仍有一件事搅得他心神不宁。在写给《花花公子》的信中，科菲如是写道，在翁贝托蛤蜊屋为盖洛庆祝生日的那伙人中，有一位是出演过《法律与秩序》的演员杰瑞·奥巴赫。在科菲调查盖洛一案的过程中，他拒绝予以配合。

为了感谢乔·科菲写给《花花公子》的那封信佐证了弗兰克的供述，我在太阳谷用家里的座机给远在纽约家中的他打了个电话。

“这个卑鄙小人带着一位律师，”科菲对杰瑞·奥巴赫颇为不满，“一个问题他都不让我问。”

“我在一次图书签售会上了解到，奥巴赫是在布法里诺的地盘上读的高中。凡是在宾夕法尼亚东北部生活过的人都知道何时该闭嘴。”我说道。

科菲哼了一声。“好吧，不管怎样，盖洛案总算是尘埃落定了，”他说，“不过，那时他要是配合一点的话，这案子早就结了。”

紧接着，科菲又透露了一条他相信希兰在盖洛案中并没有撒谎的理由，并不仅仅只是通过《纽约时报》编辑的指认。科菲解释道，他之所以允许向外界发布有关三名意大利持枪者的传闻，完全是出于办案的需要。对科菲而言，这个假消息就如同是诚信度测验，可以将虚假的内部消息过滤掉。要是有线人企图卖给他有关这三名意大利持枪者的“消息”，他立马就可以挂断电话，因为他知道涉案的枪手是一位身材魁梧的独行侠，根本不是什么意大利人。

“案犯是希兰。”科菲说道。

我问他：“你看过我那本书吗？”

他支支吾吾了半天也没说出什么来。

“自从你告诉我‘红毛’是一名商业房产商之后，我就给你寄去了一本。”

“哦，你是说约翰·弗朗西斯。”

“这帮了我很大的忙。我在平装版中直接引用了你的原话。难道你没读吗？”

“没，还没有，”他大笑道，“但我把这本书寄给了安插在布法里诺家族的线人，只有他一字不落地读了这本书。布法里诺家族的所有成员也都读了。事后，这位昔日布法里诺家族的手下对我谈到他感到极其震惊。他简直不敢相信希兰对我坦白了一切，讲的都是事实真相。他们所有人都感到惊讶不已。”

“希兰对此事负疚很深，”我说，“这些年来你也都看到了。”

“的确如此。”

要是现在弗兰克还活着的话，我一定会在挂上科菲警探的电话后的第一时间告诉他：盖洛案终于盖棺定论了。布法里诺家族的成员为你澄清了事实，证明你“讲的都是事实真相”。

我从档案中取出一张照片。拍的是我和弗兰克参加一位运输工会的退休聚会时，他就坐在主位上。别人偷拍这张照片时，弗兰克已然向我供述了谋杀“疯子乔伊”的犯罪事实。

“拉塞尔为什么这么信任你？”这是我抛出的第一个问题。

“告诉你这个，”他边说边笑，笑的像个精灵似的，“我就休想不说别的了。”

“来吧，弗兰克。我来这儿可不是为了消遣。现在正是和盘托出一切的好机会。”

他压低了声音，几乎看不出他的嘴唇在动。“听说过乔伊·盖洛吗？”

“当然，”我答道，“不就是‘疯子乔伊’吗？”

“是个‘黄毛小子’。”他继续说道。

“我搞不懂。这跟拉塞尔对你的信任有什么关系？”

“那件事是我一个人搞定的。动手时，开车的是‘红毛’。我下车后，他绕着街区开了一圈。要是等他回来时发现我没在外边，他就会驾车离去，把我一个撇人在那儿。这就是道儿上的规矩。”

在这张偷拍的照片里，我的身体极力凑向弗兰克，手持一台录音机，在聚会觥筹交错、推杯换盏的嘈杂声中聆听着他的窃窃私语。而弗兰克呢，他的脸上则透着一股往事突然重现时的迷离与恍惚。这往往是他在供述新的案情时才会流露出的一种表情。

事后，我决定将弗兰克对盖洛一案供认不讳的事实写进这本书中。但连做梦都没想到的是，这在日后竟然成了一枚烫手山芋。我心里清楚，我所要面对的不仅是先前被世人所广泛接受的说法，即三名意大利持枪者冲进翁贝托蛤蜊屋，开枪打中了盖洛的希腊保镖的臀部，并在盖洛企图逃向海斯特街时将其毙命，这位爱尔兰人的可信性同样是个棘手的难题，毕竟他像阿甘一样卷入了太多至关重要的大事。

我决定将他关于盖洛案的坦白收入书中的举措，又使我和弗兰克通过了侦探科菲抛出的诚信度测验，使他相信我们所言不虚。

然而，我万万没有想到这会促成第一版的出版。据我所知，《纽约时报》有位编辑随时会从翁贝托蛤蜊屋的桌底下钻出来，声称亲眼目睹了三名意大利持枪者向盖洛进行疯狂的扫射。万一她指认出其中一名意大利人的照片怎么办？这么一来，受霍法失败牵连的可就不只是书那么简单了。

受影响最大的莫过于我来之不易的声誉。在我的司法生涯中，我获得了其他律师、法官还有普通民众的纷纷引荐，靠的就是我声名远播的名望。在旁人的眼中，我出任过特拉华审判律师协会主席、首席副总检察官，还是一个小说家、一个新闻评论员，以及审讯和交叉询问专业领域的演说家和作家。尽管我并非什么政治公众人物，政党领袖却邀请我代表民主党去竞选州长，时隔20年后，另一个党派的主席又邀请我代表民主党去参加竞选。假如我的形象沦落为一个大傻瓜、轻信谎言的大傻瓜，那么，我所拥有的一切都将付之一炬。

我完全可以对横尸海斯特街的盖洛不管不顾。但是，我并没有这么做。我在最高法院委员会一待就是13年，职责就是协助调查律师违反职业道德的行为。其中，我参与调查并澄清了时任参议员的乔·拜登未能揭露的一桩法学院的剽窃案。在为这本书的出版进行校订时，我的法律从业背景无时无刻不在提醒我，假如弗兰克真的在盖洛一案上对我撒了谎，那么公众不仅有知情权，还有全盘否定弗兰克向我供认的一切的权利。

尽管如此，我还是对弗兰克的话信心百倍。正如那张偷拍所示，弗兰克在坦白真相时，我离他只有咫尺之遥。我望着他的眼睛，聆听着他的话。毕竟，我不只是花了一个下午听他作证。这么多年来，我无数次地质疑过弗兰克的说法，毕竟，不管是墓碑、书籍还是电影，无不证明“那件事”是三名意大利持枪者干的。但弗兰克就是一口咬定是自己干的。这就是他为人的原则。

令我意想不到的是，弗兰克坦白的真相竟然得到了四次验证。

首先，自然是那位神奇的目击证人，《纽约时报》一位受人敬仰的编辑。据她指认，弗兰克是唯一在场的枪手。这位知名记者好心地在公共广播公司的镜头前接受了采访，不过并没有透露自己的姓名和长相。她肯定地指出，拿给她看的那张希兰的照片“毫无疑问”就是杀死盖洛的凶手。

其次，负责调查本案的侦探科菲看过我刊登在《花花公子》上的文章后宣布本案圆满结案。

再次，据盖洛的希腊保镖所写的那本书描述，当晚早些时候，拉塞尔、弗兰克和“疯子乔伊”之间在科帕发生了一场口角。乔伊的举止就像个“黄毛小子”似的。

最后，布里法诺家族宣称，希兰“讲的都是事实真相”。

考虑到弗兰克对盖洛一案的供述流行的历史版本大相径庭，所以我就在酝酿为这本书加上一小段新的内容，包括科菲对盖洛一案的盖棺定论，还有布里法诺家族的成员对案件真相的总体肯定——在这些事上，他们无疑是最具发言权的了。然而，我一方面希望从布里法诺家族那里获得更多的材料，于是就拉里拉杂地写了这么多页。

《我听说你是漆房子的》对布里法诺家族的那些成员、黑帮的忠实分子及其一旦触犯即以死论处、践行“沉默法则”的帮规都是一种冲击。“宁错杀，不放过。”我知道，弗兰克自始至终对我们在社会俱乐部里会面的布里法诺家族的成员、费城的黑帮分子以及他的朋友、芝加哥教父乔伊·“小丑”·隆巴尔——弗兰克时常当着我的面给他打电话——所讲的内容，都是我和他合力创作的这本书是为了洗白一切，用弗兰克的话说就是“我在这件事里的角色”。为此，他们都误以为我们是在推翻以前书中的说法，为弗兰克谋杀霍法开脱罪名。在拉塞尔·布法里诺点头后，弗兰克告诉所有人和我一起写书是征得过布法里诺本人同意的。弗兰克的原话是：“只要不伤及他人。”但其实我和弗兰克对我们所做的一切都心知肚明。有时候，在这些“完人”和他们的老板面前，我感觉就像卧底似的。

看着我和弗兰克的首张合影，我的心里如释重负。幸亏布里法诺家族的成员当初并没有怪罪我，认为是我在书的事上蒙了弗兰克，还利用他的年纪和良知使他缴械投枪，坦白了一切。鉴于我审问他时所使用的策略，弗兰克有时称呼我为“检察官先生”，有时又称呼我为“圣灵降临派教徒”。他说，在他打过交道的检察官中我是最难缠的。

警探科菲的消息无论从何种层面而言都是令人振奋的。宾夕法尼亚的东北部飘着鹅毛大雪，预示着一场暴风雪的来临。

## 第三枚戒指

2006年5月31日，也就是这本书的精装版出版整整两年之后，布里法诺家族的二老板，“大块头”比利·德埃利亚因涉嫌为毒资洗钱遭到联邦调查局起诉——12年前，拉塞尔去世后，他继任了布里法诺家族教父的位置。“大块头”比利是拉塞尔的侄子，一度对拉塞尔整天寸步不离。1972年，拉塞尔打造了三枚金戒指，有三美元金币那么大，旁边还镶着一圈钻石。这三枚戒指，一枚是他本人戴的，一枚是送给弗兰克的，还有一枚送给了第三个人。有关他的身份，我在前文中并没有提及。这么说吧，这三枚戒指所代表的其实是三名核心成员。

“大块头”比利·德埃利亚就是这第三枚戒指的佩戴者。

比利是在叔叔拉塞尔的精心调教下成长起来的。所以，他深谙该如何处置这桩烦人的联邦起诉案。他果断命令手下干掉那两个对他不利的证人——两位投资银行家。但这两个人真是命大。比利派去的人身上恰恰被联邦调查局装了窃听器。就这样，他的被捕和叔叔拉塞尔简直如出一辙，原本是密谋派人行凶杀人，就像莎士比亚的那部《尤利乌斯·恺撒》中的布鲁图斯所干的勾当一样，但却万万没料到有人在他手下的身上安装了窃听器。

眼下，50岁的比利身背两条重罪，罪名是预谋杀害联邦证人。根据以往的判例，他将在狱中了却一生。

1991年，在比利获罪15年前，弗兰克在费城南部第六街蒙娜丽莎餐厅举行的一次黑帮聚会上介绍我认识了“大块头”比利·德埃利亚。那时，弗兰克刚刚出狱。比利是拉塞尔不争的继任者，他人高马大、风趣随和。我完全没有理由不喜欢他。但随后的数年证明，他对我却谈不上半点儿好感。

比如，在费城机场附近的一间意大利餐馆里为弗兰克举行的庆生午宴结束后，弗兰克打电话到我的家里告诉我说：“你知道你离开后比利对我说了些什么吗？他问我是否对你信任。我反问道，我是否信任那家伙？要不是他，我还得在牢里多待九年。你说我信不信任那家伙呢？”

“等等，弗兰克，”我请求道，“等等，请重复一下你刚才说的话。布法里诺家族的教父究竟是如何评价我的？这才是我关心的全部。”

弗兰克曾经教育过我他朋友的处事方式：“宁错杀，不放过”。显然，“大块头”比利对我产生了怀疑。和我、弗兰克、比利共坐一桌的所有人，以及费城黑帮、布法里诺家族的所有成员都知道我在写一本关于弗兰克的书。

“哦，他不过是激怒我罢了，”弗兰克答道，“没什么可担心的。我向来不喜欢那个混蛋，他也没瞧上过我。”

“你这是在安慰我吗？”

“不，不，不，绝对不是，”弗兰克忙说道，“真的，我向来不喜欢那个混蛋，他也瞧不上我。”

在我和弗兰克相处的这些年中，我有时会碰见比利。但他极少跟我说话，就如同我身上装着窃听器似的。记得在我的书的精装版第一版还差几天就要面世的时候，我的妻子南希收到了一封我的前任助理律师戴安娜发来的电子邮件。她以前和比利的一位朋友谈过恋爱。在这封邮件中，戴安娜给南希转发了一封比利的朋友刚刚发送给她的邮件，附言中赫然写着：“比利对查理很生气。”

我宽慰南希道：“比利根本没看过这本书，书还没上架呢。我敢肯定，比利纯粹是在凭空臆想，误以为这本书将他牵连了进去。”

南希答道：“只要弗兰克活着，我就会放心点儿。”

南希心里明白，在弗兰克的指引下，我并没有触碰到某些禁区。弗兰克曾不止一次告诉我：“拉塞尔的有些事，你绝对不能写，其中还牵连着许多其他的人呢。假如你写了，他们一定会想，既然拉塞尔的事我都敢说，我们关系这么近，我又会怎么评价他们呢？要知道，他们也不是好惹的。”还有些时候，弗兰克会警告我说，只要拉塞尔的太太嘉丽还活着，就千万别使用那些有关拉塞尔的、相对次要的素材。不过后来，嘉丽就离开了人世。

弗兰克坚决要求书里不能出现比利的名字，我照着他的说法做了。即使是到了今天，我都没有将比利在黑帮中使用的绰号透露出来。我也半点没有透露，我是从比利那里得知是约翰·“红毛”·弗朗西斯在死于癌症之前向当局坦白了和弗兰克一同参与数起谋杀的消息的。此外，我同样只字未提的还有，比利是除弗兰克和拉塞尔外佩戴着第三枚金戒指的重要人物。

弗兰克对我的保护，南希都看在了眼里。在他靠近费城的公寓里会过几次面后，他总是对我千叮咛万嘱咐：“到家了给我打个电话。我要确认你安全到家了。”

“一旦比利读了这本书，”我对南希说，“比利一定会（改变看法），你也听弗兰克多次说这本书‘极好的’。”

南希知道，除涉及个别人的禁区外，我在书中隐去的还有我自己。我可不想被别人认为是在拿我的审问技巧邀功请赏。

我成长在一个很意大利式的家庭。尽管我们全家都是佩里·科莫[1]式的意大利人，但有关犯罪的头条新闻对我还是很有吸引力。令我永远都无法忘怀的是，有一位名叫阿诺德·舒斯特的年轻推销员在布鲁克林的大街上发现了通缉在逃的银行抢劫犯威利·萨顿后，紧跑慢跑地向警察告发了他，并领取了赏金。黑帮老大、绰号“疯帽匠”的艾尔伯特·阿纳斯塔西亚是甘比诺家族的教父，因1957年在一家酒店的理发店的椅子上惨遭杀害而家喻户晓。虽然威利·萨顿和黑帮没有任何的关系，但阿纳斯塔西亚

① 佩里·科莫是美国二战后至摇滚乐流行的50年代中期的最伟大的流行歌手之一。

就是“看不惯”阿诺德在电视上耀武扬威的样子。于是，他派人在阿诺德的家门口开枪打死了他，以此警告纽约的年轻人，自然也包括我在内。

在这本书出版的三年前，我又从弗兰克的同案犯查克·奥布莱恩的身上学到了一课。

2001 年 9 月 7 日，联邦调查局宣布，经 DNA 检测证实，1975 年在那辆绛紫色的水星汽车上发现的确系霍法的头发。在那之后，查克就有点儿坐不住了。很久以前，他曾经承认在霍法失踪的当天下午使用、支配过这辆车的除他之外别无他人。

一得到 DNA 检测的消息，奥布莱恩就从佛罗里达的家中给弗兰克打了电话。他提出要和弗兰克在费城机场附近的一间酒吧见面。他根本不在乎什么联邦调查局和 DNA 检测。唯一使他心有余悸的是某些人很可能会对他“心生不满”。

在机场酒吧里，查克向弗兰克一再保证，这一发现不会使他产生任何的畏惧。他是顶天立地的汉子。再说，霍法的头发怎么落在车里的可以有许多种解释。

“头发，”弗兰克和查克在机场见面后向我解释道，“完全有可能是从别人身上带过来的。毕竟，那辆水星汽车是杰克龙的儿子的。这些人都是霍法的亲朋挚友。他们总是互相拥抱。你可以找到 100 位目击者证明他们当众拥抱过。查克根本没有什么可担心的。”

毫无疑问，奥布莱恩满意地飞回了佛罗里达。起码，他不至沦为“宁错杀，不放过”原则的牺牲品。两天之后，9·11 事件爆发，人们对霍法头发的兴趣就此淡漠。

在书里，我故意略去了和弗兰克的一些交往。其中的一个重要原因是，作为一名“聆听告解的神父”，有时候我必须要对弗兰克有些微词。而这是他的朋友们所不能允许的。在黑帮文化中，这就如同是犯了大忌，要以死罪论处。别说是不敬，就算是逼得太紧都是不可饶恕的。还好，我并不总是如此心急。凡是犯这种毛病的时候，往往都是急于从他口中得知他在战争中的经历。

每次我逼他讲述那长达411天的激战时，他都会对我大发雷霆。

“当初在反黑法审判中，我宁愿坐牢都没有向陪审团透露一个字，尽管埃米特希望我那么做。难道我会为了你的书大卖而就范吗？”

我的职责所在就是不断提醒弗兰克将其和盘托出的好处。在这一点上，我天主教徒的身份算是帮了大忙。最终，弗兰克接受了我的步步紧逼，因为他每向我坦白一点儿，都会感觉好受一些。他的身体感受到了一种前所未有的释然。

在写作的过程中，这始终坚守着我的底线。凡是和我有关的细节都一概省略。我可不希望把事搞大，惹比利这帮人“对查理不满”。

我们家庭信守的格言是：宁可略过，不可犯错。

## 1991年

除了将1999年3月1日至2003年12月14日的近五年间我作为审问者所承担的角色以及审问的策略全部省略之外，我还将早在1991年与弗兰克的交往细节省去了。

有关那一年，我用了四句话一笔带过：

> 我于1991年在希兰的公寓对他进行了第一次采访。当时，在我和搭档的争取下，希兰刚刚获得保外就医的机会、

提前获释不久。那次采访后，希兰立即对这种质询式的采访进行了重新考虑并叫停。他觉得自己说得太多了。我告诉他假如改变了主意，愿意继续接受采访，可以再联系我。

所有这一切都是真实的，但不免有些太过潦草。

自从1991年开始与弗兰克·希兰打交道以来，过程极其曲折。我和我的搭档巴特·道尔顿为给他办理保外就医、提前释放的手续，专程去监狱找他签署健康声明书。前两次时，弗兰克拒绝签署任何文件。随后，巴特又一个人驱车50英里，希望他在文件上签字。可弗兰克却以各种无理要求对他百般刁难。他要求我们放弃保外就医的申请，并以他们“残酷和非常规的惩罚”违反宪法第六修正案中为由，对联邦调查局、联邦及州政府检察官、联邦及州政府审判法官、监狱长以及一长串其他的官员提起民事权利诉讼。总之，每次去监狱和这位叛逆的客户周旋，我们无不费尽九牛二虎之力。

记忆中，我占据上风的那次还要追溯到十年前，也就是1981年。那时，弗兰克在费城的反黑法审判中刚一胜诉，就聘用我以代理律师的身份在威尔明顿为他解决联邦法庭对他提起的工会诈骗指控。我和他肩并肩站在一起，提起了无罪抗辩。被一同提起诉讼的有六名黑帮分子。为首的是吉诺维斯家族的头目、托尼·普罗文扎诺的手下尤金·博法，另外还有费城家族的鲍比·里斯波。他们聘请的都是挥金如土的大牌律师，袖口上镶着钻石，上过浆的白衬衫上还印有姓名首字母的组合图案。

休庭后，弗兰克在大厅里将我拉到一边说：“我喜欢你的处事风格。律师费在我这儿不是问题。不过，千万别误会，你只需要提请动议，然后拿钱就行了，其他的文案工作统统不需要你处理。

其他的律师会着手去做，你所需要的就是在上面签名而已。”

“弗兰克，”我对他说，“你还是另请高明吧。我在我的办公室给你报了个价，你也一口答应了。万一在费用的问题上生了什么是非，我就完蛋了。所以，我还是全身而退的好。我相信，找一个按照你喜欢的方式办案的律师应该并不难。但你提出的要求不符合我一贯的办事风格。既然是为我的委托人提请动议，我知道自己是站在哪一边。而其他这些人是站在哪一边，我一无所知。”

还没等他回答，我就转身离开了。

仿佛是为了证明我观点的正确性，一个月后，据联邦检察官透露，费城家族的鲍比·里斯波在数月前已经倒戈为政府的线人。里斯波身上安装着窃听器。因此，被告律师团与其委托人会面商讨庭审策略的全过程尽在政府的掌握之中。对我而言，这听起来是违宪的，因为它严重侵害了律师与委托人之间的关系，但最终裁决书《美国检方控诉博法等人一案》却对其予以支持。

最终，弗兰克因工会诈骗罪被判处有期徒刑 32 年，实际执行 18 年。我相信，弗兰克至今都还清清楚楚地记得决定聘我帮助他申请保外就医的场景。

通向监狱会议室的大门打开的一瞬间，一股刺鼻的消毒水味扑面而来。无疑，这是犯人在门厅里拖地时留下的味道。我吃惊地看到，“异教徒摩托车俱乐部”① 特拉华分部的前总裁推着坐在轮椅里的弗兰克步入了会议室。

几年前，当我的业务范围还没有局限在保外就医领域时，我主要担任凶杀案嫌疑人的辩护律师。那时，我跨过特拉华河，在

---

① 异教徒摩托车俱乐部（Pegan Motorcycle Club），也被简称为“异教徒俱乐部”，1959 年在马里兰州成立的一个有组织犯罪团伙、摩托俱乐部，成员多穿牛仔外套，骑“凯旋”摩托。

新泽西为这位“异教徒摩托俱乐部”打赢了一场谋杀目击证人的双重谋杀案。在这起案件中，一位“异教徒”成员及其同样参与教派的母亲被另一名“异教徒”成员开枪击中头部身亡，并被抛尸在新泽西州南部派恩巴瑞恩的盐碱地中。不过，凶犯并不是我的当事人。我的这位当事人以前是一所顶尖高中的重量级摔跤手。但遗憾的是，他在1960年代没能抵挡住肆虐的毒品的诱惑，葬送了前途光明的职业生涯。如今，他因受到贩毒的指控而锒铛入狱。见到我，他很高兴，用他健壮的臂膀紧紧抱住了我。我认为，让弗兰克看到这一切无疑是再好不过的了。毕竟，这是一位满意的委托人对我职业能力的充分肯定。

在弗兰克面前，我仿佛还是在皇后区教书的初中英语老师一样，循循善诱地向他解释道，保外就医的听证会是一种私下的内部程序，就在这间会议室举行。到时，既没有州政府律师出席，也没有任何媒体到场，大张旗鼓的场面就更别提了。而且，关于你提前获释的消息，无论是联邦调查局探员、还是检察官和法官都无从知晓。

弗兰克的头和脸是我见过的人中最大的。我说话的时候，他面色苍白、表情严肃，一双阴冷、干涩的蓝眼睛紧紧注视着我。我们俩有十年未曾谋面了。他粗粝的皮肤如同特拉华法院的花岗岩一样苍白。他就是在那里被宣判有罪的。而且，在我说话的同时，他的皮肤似乎变的愈加苍白了。我敢肯定他一刻都没有停止过呼吸，但却微弱的使人无法察觉。

“弗兰克，”我继续说道，“你如今坐进了轮椅。我和巴特是医疗过失领域的专业律师，对这方面的业务可以说是熟门熟路。我们知道该如何提供医学证据。你的椎管狭窄已经严重到非要做手术不可的地步了。为你主刀的是费城最好的神经外科医生弗雷德·西蒙尼，他准备在宾夕法尼亚进行手术。术后还需要精心的调养和护理，并配合物理疗法。监狱长希望多一事不如少一事，他巴不得你赶紧保外就医呢。三人组成的假释委员会将站在我们这一方。实际上，根本就没什么另一方可言。然而，要是你一意孤行，非要我们按照你的要求提请相关的控诉，那么，所有对你有利的执法机构将联手在幕后操纵一切，让你在监狱里待到刑满的最后一秒钟。”

可我的话就如同耳旁风似的。他咬牙切齿地以一种单调的声调念着狱友帮他写的书面材料，语气和他的眼神一样冷若冰霜。每句话都是以“我要你起诉……”开始的。我并没有制止他，而是耐心听完了他那一连串的诉讼请求。这一招我是跟警察学的。警察在接到打架斗殴的报警时一般都不急于迅速到达现场，目的就是为了让当事双方打到打不动为止，我让他继续唠叨那些他想起诉的人。

瞧他说的差不多了，我这才开口问道：“弗兰克，你讲完了吗？”

“是的，”他咕哝道，“我的话说完了。”

“我真希望你能听听你都说了些什么。这样你才会明白你提出的条件是多么荒唐可笑。”

他一下子将注意力转移了过来。

“我们申请的是保外就医，”我从容不迫地继续说道，“这就是我们现在所做的一切。假如我们失败了而你又能找到一个蠢到会为你提起这些毫无价值的诉讼律师，那就悉听尊便。一周之后，巴特会回来取这些文件。如果你还想继续做我们的委托人，就最好把字给签了。警卫，我们走了。”

下一周，身高6英尺3英寸、像运动员一般健壮的巴特·道尔顿一个人开车又去了监狱。回来后，他很为我的安全担心。“他句句谈的都是你，”巴特如是说道，“我真的很为你担心。以前，还没有哪一个人敢那样跟他说话还能平安无事的。他一直在反反复复地念叨这句话。我尽力劝他说你这么做都是为他好，可他就是听不进去。现在，我倒像是在平息黑帮间的冲突，而不是什么律师了。我真的很担心。他无时无刻不在谈论你。要知道，他可是杀人不眨眼啊。仅仅是开会迟到了，他就把弗雷德·高伦斯基给杀了，还在他的尸体上泼上了红酒。”

“更不用说，”我接着他的话说道，“他是联邦调查局锁定的霍法案的首要嫌疑人，是吗？快说说，文件他签了吗？”

“签了。”

“干得漂亮。那这一切都没有白费，不是吗？现在是万事俱备只欠东风了。”

最终，我们的努力获得了回报。

为表达谢意，弗兰克邀请我们还有助理律师与几位强壮的运输工会成员共进了午餐。这八位工会成员仿佛是刚刚从警戒线上撤下来的，都姓洛克。从阴冷、昏暗的监狱获释后，弗兰克的病情有了好转，可以拄着手杖四处走走。我们坐在文森特餐厅的里间。这是弗兰克以前常去的地方，位于威尔明顿的小意大利区。据联邦调查局的录音带录音，黑帮分子把这里称之为“酒馆”。也是在这个地方，一名黑帮分子在我女儿詹妮·露丝 16 岁的生日家庭晚宴上给她送了一瓶香槟王。

吃饭时，弗兰克告诉我们，他的女儿养了一只猫，老是喜欢在他看足球的时候跳到他的大腿上。所以，他就买了一把水枪。他边说还边学着用水枪开枪打猫的样子。他的这一举动使我感到一阵不寒而栗。2002 年在底特律，我又一次体会到了这种感觉。

当时，他用一把“真家伙”假装朝我租借的那辆凯迪拉克的地板上开枪。

弗兰克和他的朋友们完全把我们当成了空气，毫无顾忌地追忆着往事，一边感叹着他们竟然还能活到今天，一边又说某些法官和联邦调查局探员根本算不上男人。他们最讨厌的是探员约翰·塔姆。他从来都是打扮得干净利索、一丝不乱。不过，在反黑法审判中，弗兰克可是把他给“制服了”。一位穿着黑西装、黑衬衣、系着亮红色领带、揣着红色手帕的厚嘴唇男人评论道：“我知道塔姆的问题在哪儿。他的问题就是一辈子都在跟同性恋过不去。”

弗兰克的其中一位朋友弗兰尼陷入了深深的沉思。他这个人沉默寡言，但却善使拳脚，曾给我送过弗兰克的律师费。后来我才知道，他和弗兰克的交情可以追溯到上幼儿园的时候。突然，弗兰尼端起了酒杯，眼含热泪地说：“弗兰克，希望联邦调查局永远不再找你的麻烦。”“说得对，说得对。”大家异口同声地附和着。我和巴特也没敢怠慢，随声附和了两句。

午宴结束后，弗兰克将我拉到旁人听不到的地方讲话。

“在吉米案上，我厌倦了人们对我无休止的指控。所有的文章还有那六本书都无一例外地将我扯进去了。你明白吗？”

接着，弗兰克又补充道，在监狱里，他读了我写的侦探小说《保持沉默的权利》。该小说由圣马丁出版社于1988年出版。后来，三星电影公司购买了该书的电影改编权，但最终却并未将其搬上大银幕。这部小说的主人公是侦探卢·拉齐。他是一名审讯大师。该小说的情节主要借用了那些在我的审讯帮助下得以侦破的大案要案，比如“州政府检方诉福尔曼”一案。这是一部维护法律与秩序的小说，其中的一位主要人物认为，“坦白，犹如衣食住行，乃生活之必需，具有涤荡心灵的作用”。该书出版后，特拉华州的新闻大肆宣传道，罗纳德·里根总统在给我的信中高度评价了这部现实主义小说，认为它“立场鲜明地指出要加强对遵纪守法的公民生命财产安全的保护”。弗兰克看过这位美国爱尔兰裔总统高度评价我小说的文章。

“我也很喜欢你写的书，”爱尔兰人弗兰克说道，“我想写一本书，但要请你为我代写。我想谈谈我在这件事中的角色。”

我的职业素养和直觉马上告诉我，弗兰克至少从潜意识上希望有所坦白。

此外，以往和他打交道的经验同样印证了这一点。在鲍比·里斯波作为联邦调查局线人的真实身份暴露之前，我凭着强硬的手腕使他避免了误入歧途；在监狱会议室讨论他保外就医的问题时，又是我以更加坚决的态度使他选择了正确的道路；如今，他读了我那部关于法律与秩序的小说，读了卢·拉齐这位审讯大师的故事。就凭这些，我就敢百分之百地肯定，他知道选择向我坦白“他在这件事中的角色”是明智的。他曾和小说中的人物原型共住一间牢房。这些人都是我亲手送进监狱的。

有关向有权威的人坦白的潜在欲望这一概念，是已故的威尔明顿警局凶杀案侦探查理·伯基传授给我的。当时，我刚刚步入司法界，还涉世未深。

“你是如何让这么多人甘愿向你坦白的？”我向伯基请教道。

“他们想告诉你呗，科尔。”伯基答道。

我还以为他是在开玩笑呢。

当时，他刚刚从入室盗窃的杀人犯兰道夫·迪克森口中获得他的谋杀口供。兰道夫用撬窗户的螺丝刀捅死了一位独居在家、靠卖《圣经》补充社保的老太太。这位年迈的《圣经》推销员回到公寓时，恰好碰见楼上的邻居迪克森在她的梳妆台里乱翻。

“兰道夫需要将这起谋杀一吐为快，科尔。他需要将这起谋杀一吐为快，”伯基总是喜欢重复自己说过的话，“这都是该死的海洛因搞的鬼。相信我，他本质上并不是坏人。但是，你必须要让他们明白在这儿谁是老大。他们必须要清楚你才是老大，科尔。”

尽管有些教科书写得非常精彩，但伯基却并不迷信书本，他有自己的一套问案理念。由此，我就成了他那套理论——向一个有权威的人告解的欲望——的笃信者。在随后的工作中，我一直很依赖这种特殊的现象。并且，在这顿庆功午宴前，在弗兰克请求我为他写一本书，谈一谈“我在这件事中的角色”前，我无数次见证了这一现象的应验。

作为一名对黑白两道都有过接触的刑法从业者，就像几千年里的那些前辈那样，渐渐领悟到良知——宗教、12 步计划和精神病专家所看顾，也被莎士比亚这样的艺术家戏剧化了——是人类本性的一种要素。但无论怎样，良知始终隐藏在人类的心中，等待着有朝一日破壳而出。

然而，必须清楚的是，杀人犯主动表达希望告解的欲望时，这仅仅是他内心和灵魂的意愿。身体中的细胞可不是这么想的。这是因为最终锒铛入狱或者被绑在医院轮床上的是身体而不是灵魂。所以，一个具有负罪感的人，其内心往往同时经历着两种相反力量的牵制。

我在布鲁克林法学院读书的最后一年，得益于当时刚播出不久的《60 分钟》的主持人迈克·华莱士的风趣机智给我的启发，我对审讯和交叉讯问产生了浓厚的兴趣。在我的法律生涯中，我的成长是循序渐进的。譬如，我所接手的交叉讯问对象从起初那些因毒品误入歧途的入室盗窃犯慢慢转变为像神经外科医生这样具有专业知识的目击证人。但不管怎样，弗兰克的开口与否以及我能从多大程度上探知他“我在这件事中的角色”，都要取决于这位罗马天主教徒的悔过究竟有多深。

## 蒙娜丽莎餐厅

1991年10月，就在弗兰克进行手术之前，我们在他的那间花园公寓见了一次面。这间公寓是在费城附近的斯普林费尔德。我心想，万一不成，就当是给下一本卢·拉齐小说准备素材了。

弗兰克打开门，身体倚在一根拐杖上。他穿着那身“制服”，下身是一条海军蓝的棉质运动裤，上身穿着配套的运动衫，一顶灰色的粗呢帽体现出他仍怀着一颗卡车司机的心。为映衬卡车司机的主题，广播还特意调为乡村音乐频道，播放着悠扬的歌曲。弗兰克身后还站着一位又矮又胖的红脸男人，年岁和他相仿，穿着一件棕色西服和上过浆的黄色衬衣，衬衣领子里还系着一条花哨的俱乐部领带。顿时，我的心头不禁一沉。

规则一，除访谈对象外，不希望有其他人在场。

弗兰克把我让进了他那套两居室的公寓。公寓维护很好，屋子里散发着一股淡淡的药味。他为我们互相引荐道：“这位是我的律师查理·勃兰特，这位是我的另一位律师，人称‘天主教徒’的吉米·林奇。”

“天主教徒”吉米·林奇伸出手来，说：“嗨乔里，你好吗？”

听到他的绰号，我又重新燃起了一线希望。天主教徒认为忏悔是一种圣礼。

去洗手间的时候，我听到了电话铃响。出来时，我看见弗兰克接电话时一副毕恭毕敬的模样，不断地对电话那头的人点头称是。原来，那个人就是“大块头”比利·德埃利亚，拉塞尔·布法里诺的副手。

一挂上电话，弗兰克就对吉米说："那件事，必须现在办妥。"

"现在?"吉米反对道。

"什么时间办是他们说了算，而不是你。再说，他们从来都是临时通知的。"

"那科尔这边怎么办?"

"伙计们，"我迅速说道，"我手头有些在办公室没干完的活儿。我可以在餐厅边忙边等你们回来。"

"不行，"弗兰克反驳道，"我们还是带着他好一些。"

说完，弗兰克脱掉帽子和运动衫，换上了一件上过浆的白衬衣，袖扣上还印着他姓名的起首字母FJS。然后又在外面套了件黑色的马甲。裤子并没有换，还是那条运动裤。

开车的是吉米·林奇，弗兰克坐在副驾驶上，而我则坐在后座上。后来我慢慢了解到，对别人太过轻信的吉米·霍法在大祸临头前也是坐在汽车后排座位上的。弗兰克满是银发的大脑袋将我前面的视线挡得严严实实。车子里没有人说话。我完全不知道这是要去哪儿。我只知道，假如是派弗兰克执行刺杀任务的话，我和林奇都要和他一起去。最后，我们到了南街。不久，我就认出了我在费城最喜欢的那家商店，位于第六街街角的高塔唱片店。我们在这家店铺朝右拐，然后在街对面的蒙娜丽莎餐厅停了下来。有人在车窗上敲了一下，着实吓了我一跳。一名美国意大利裔男子指挥我们把车开到了不会被贴条的地方。

有几次在演讲时，有人问我在和弗兰克相处的那段日子里有没有害怕的时候。"就那一次，"我答道，"就是当我们走进蒙娜丽莎餐厅后，门被锁上的一刹那。"那阵巨大的响声使我心头为之一颤。后来，弗兰克对我说，以前，他在罗马别墅餐厅向安吉罗·布鲁诺汇报维斯珀斯如何收买他纵火烧一家洗衣店的实情时，也经历过同样的恐惧。

我和林奇被安排在吧台坐着。吧台的那边是一张大大的圆桌，约翰·斯坦法——这位新近加冕的费城犯罪家族的教父独自坐在那里。他是“鸡人”·泰斯塔和安吉罗·布鲁诺忠实的继任者。其中，泰斯塔被埋在家门前台阶下的钉子炸弹炸上了天，而安吉罗·布鲁诺的头则被人打爆了。当时，他就坐在停在家门前的一辆汽车里。布鲁诺太太赶紧从屋里冲了出来，声嘶力竭地大喊道：“快给西蒙尼打电话。”对，就是要给弗兰克主刀的那位外科医生。但一切都太晚了。那天晚上，给安吉罗·布鲁诺开车的是约翰·斯坦法。他的肩膀上挨了一颗子弹，可以与盖洛保镖的屁股上中的弗兰克那枪相提并论了。

随后，弗兰克跟我说，“安吉”被杀时，他险些送了命。那天晚上，弗兰克正在库斯的小意大利餐厅用晚餐。安吉罗过来跟他说，要是约翰·斯坦法一会儿还没来的话，就由他开车送他回家。还好，斯坦法如约而至，弗兰克哪儿都没去。

“那你为什么说你会没命呢？”我问道。

“他们知道对付我，光打肩是远远不够的。他们可不会对我手下留情。”

那件不光彩的遭遇过后，约翰·斯坦法一路平步青云，成为“小尼基”·斯加福的继任者，荣升至家族老大的位置。当时，“小尼基”因操纵多起谋杀被判处的刑期够他在监狱里待几辈子的。约翰·斯坦法是土生土长的西西里人。蒙娜丽莎就是他名下的餐厅。17 年前，也就是 1974 年，弗兰克·希兰在拉丁赌场举办了他个人的“感恩之夜”。那一晚，前来向他表达敬意的宾客有 3000 多人，其中，就包括上面提到的这几位有名有姓的费城家族大佬。

斯坦法示意弗兰克在一旁坐下。而其他人则纷纷从吧台的高椅上下来，围着圆桌重新坐下。

我明白自己不能多嘴。但我还是轻易地觉察出这分明就是一场审判，而法官就是约翰·斯坦法。斯坦法举止矜持，毫无幽默感。

原告是弗兰克。他指控说，他入狱期间，有两名费城家族的成员帮他收了高利贷的钱，但现在却“不肯物归原主”。那两个人一口咬定说，“利息”是他们收的，一周1500美元，可他们把钱都给了费城家族的前任教父“小尼基”·斯加福。经狱中的斯加福证实，根本就没有这回事，这两个家伙一分钱都没有给过他。弗兰克一方的代理人是“大块头”比利·德埃利亚。当时，他是教父拉塞尔·布法里诺的副手，全权掌管着家族的大小事务。

吧台是免费的，临近的桌子上还摆着一些吃的。令我惊讶的是，摆着的竟然是自制三明治用的面包和什锦冷盘，而非用鲜红的肉汁烹制的散发着香气的热菜。要是我那两位移民到美国的外公外婆罗莎和路易吉·迪马科的话，他们一定会在史坦顿岛的农场上满满地摆上一桌诚心招待客人的大餐。不过，话说回来，这里进行的可是一场审判啊。

往返蒙娜丽莎餐厅的行程，加上这场审判还有朋友间的寒暄足足持续了五个小时。我想在最后的时刻，我看到斯坦法的脸上露出了一丝笑容。审判结束后，我在餐厅门口第一次和比利·德埃利亚握了握手。“大块头”比利身着一件布克兄弟西装，俨然是一副商人的模样。他给人的感觉倒更像是美国人，而不是一个意大利人，老是那么悠闲自在。此后，我一直在想，监控录像里有没有我的身影。

我们一钻进林奇的汽车，弗兰克就满嘴酒气、洋洋得意地宣布："我终于赢了。看看我所获得的尊重，只有意大利人才能享受到这种礼遇。他们对我充满了敬意。吉米，回头会给你好处的。这两个家伙每周付我1500美元，直到我喊停为止。"

坐在后座上，我一面惊叹着他们对公平的评判，一面又在纳闷，难道这其中的功劳不该算我一份吗？

停了一会儿，弗兰克继续说道："吉米，弗兰尼要有大麻烦了。他干了不该干的，被人给知道了。"

"弗兰克，你这是什么意思？弗兰尼是好人。我可不想看到他有什么不测。"

坐在后排的我同样不希望看到弗兰尼有什么不测。弗兰克还没放出来的时候，是弗兰尼给我捎来的律师费。在弗兰克提前释放的庆功宴上，又是他声泪俱下地为他从幼儿园就一起长大的发小祝酒。

在秋天微凉的夜色下，吉米一路上都在为弗兰尼求情、开脱。但弗兰克总是闪烁其词，反复搪塞道："这件事我管不了。"

八年后，我和弗兰克在1999年的3月1日重新恢复了见面。从他口中得知，弗兰尼没有遭遇任何不测。他暗示，是他保护了弗兰尼，并解释说："弗兰尼家里还有一位漂亮的太太和女儿呢。"我趁机提醒弗兰克道，我家里不仅有一位漂亮的太太，还有两个漂亮的女儿和一个帅气的儿子。回到弗兰克的公寓还不到五分钟，林奇就急切地要回家睡觉，他说，一想到弗兰尼就心烦意乱得很，他一刻都待不下去了。天主教徒，他还真是人如其名。弗兰克身边能有这么讲良心、讲义气的朋友，这令我感到极其欣慰。林奇穿上那件驼绒大衣径直朝大门走去。现在，总算有机会和弗兰克·希兰，这位联邦调查局认定的吉米·霍法谋杀案的嫌疑人单独谈话了。

一切都按部就班地进行着。我们约定过，这本几乎无利可图的书将完全讲述他“我在这件事中的角色”，同时还将淡化他的劣迹，万一要是不小心“赚了钱”，我们就平分收入。弗兰克还向我保证说，写这本书是征得过拉塞尔本人同意的，“只要不伤及他人”。

从一开始，我就认为，这本书实际上不过是弗兰克希望坦白的借口罢了。只要他打开心门，我随时愿意洗耳恭听、奉陪到底。吉米·林奇一走，我紧跟着就把什么粉饰、淡化的念头抛到了九霄云外。我的目标是在弗兰克叙述案情的同时，做一名引导者、催化剂，尽量多获取幕后的真相。当然，这样做是有危险的，不过，我愿意承担这份风险。

在那个漫漫的长夜，弗兰克仍旧是心存疑虑。但最终他总算是开口了。他的话委婉地表达了在吉米·霍法案中他是有罪的：

“人们认为联邦调查局根本不知道自己在干什么；但他们其实很清楚自己在干什么。”

这句话打开了弗兰克的话匣子。为整个案件搭建好框架后，剩下的时间就是要慢慢解释为什么说“他们其实很清楚自己他妈在干什么”。

希兰提到了联邦调查局的霍费克斯档案，并认同了其中的说法。但我对这份档案却一无所知，压根就没听说过。后来，还是在斯蒂文·布里尔和丹·莫尔德所写的两本有关霍法失踪案的书中才对此有了了解。而至于这份档案的原件，我一直没有机会一睹真容，直到本书正式出版后才算是了却了这桩心愿。

这份档案是在霍法失踪几周后由联邦调查局负责调查霍法案的核心探员鲍勃·加瑞蒂所写的。

2005年，在蒙娜丽莎餐厅的那场审判时隔14年后，我有幸见到了鲍勃·加瑞蒂本人。当时，他正在签售会上购买本书的平装本，请求我在书的扉页签上“送给鲍勃·加瑞蒂”。

“这个名字我听着怎么这么耳熟？”我抬起头问道。

“我以前是负责霍法案的探员。这本书的精装本，我从头到尾读过两遍了。”

一切有关霍法案的书都是在参考霍费克斯档案的基础上写成的。在这份档案中，加瑞蒂准确列出了所有嫌疑人的名字，其中就包括希兰和布法里诺。

“请坐我旁边吧。”我礼貌地让道。

鲍勃穿着匹茨堡钢人队的衬衫。他是该橄榄球队的安全代表。我太太当时给我们拍的那张合影就挂在我家的墙上。

“这本书令我们对希兰钟爱有加，”鲍勃说道，“整个霍法家族都认为弗兰克·希兰有回天之力。”弗兰克深知，霍法家族的人都很崇拜他，这一点越发使他为自己的沉默而身背负疚感。

但他那时没有选择，直到我在正确的时机，带着正确的方法出现在他的面前。

对于这个人，霍费克斯档案中的所有嫌疑人都在遥控器上按下了我称之为的“米兰达”的弱音键，他们每个人都拒绝联邦调查局的提问。虽然鲍勃·加瑞蒂和联邦调查局对侦探小说了如指掌，但在线人的帮助下仍旧无法渗透那层沉默的石墙，了解具体的作案细节。盛怒之下，联邦调查局对名单上的嫌疑人展开了地毯式搜捕，不管他们的罪名是否可能与霍法案无关，但起码可以证明他们有能力抓到他们。

那天晚上，在弗兰克的家里，鲍勃和其他人长久以来在本案上付出的辛劳将在我身上有所回报。对被捕的恐惧触发了他内心的负罪感。联邦调查局坚持不懈的施压使弗兰克的良心备受煎熬。

可以说，没有联邦调查局的前期工作，就没有我今天的成绩。

在1991年那个别样的夜晚，身心疲惫的弗兰克靠在一张灰色条绒布面的乐至宝躺椅上。他躺定后，我就挨着他坐到了他的近前。因为我既没看过鲍勃·加瑞蒂所写的档案，又没有读过任何有关霍法案的书籍，所以，我没有任何理论和期待的束缚。

弗兰克在蒙娜丽莎喝的基安蒂酒发挥了巨大的作用。俗话说，酒后吐真言。微醺的感觉使他更加健谈，而那场审判中的大获全胜带给他的愉悦又使他的感情溢于言表。“天主教徒”吉米·林奇为弗兰尼求情这件事同样产生了催化作用，为他的坦白设定了道德基调。我们的交谈一直持续了五个小时。临走的时候，我的脑海里对吉米·霍法一案的真相充满了诸多疑问。至少，我希望弄明白加瑞蒂的那份档案所列明的疑犯究竟都干了些什么。

八年后的1999年，弗兰克告诉我说，在霍费克斯档案提供的九个嫌疑犯名单中，只有一个人是清白的。那就是人称“萨利·巴格斯”的萨尔·布里古格里奥的弟弟加伯。弗兰克还说，加伯和他是“校友”，他保证他的哥哥萨利没有叛变。弗兰克对开枪打死萨尔·布里古格里奥一事评价道：“那真是一次糟糕的刺杀行动。”

1991年的那天晚上，弗兰克的客厅里气氛融洽。我既没有拿录音机，也没有做任何笔记。在我的引导下，弗兰克畅所欲言。据他交代，霍法案的案发现场是在底特律的一幢“租来的”房子里。他还告诉我，霍法是被枪杀的。整个谋杀过程他都在现场，是拉塞尔派他乘一架私人飞机去的。事后，安德雷塔兄弟清理了现场并火化了尸体。弗兰克坦陈，他参与策划了这起谋杀，这种负罪感就如同是他扣动扳机似的。但在是否是他亲手开的枪的问题上，他却有些闪烁其词。但我当时对此并没有打破砂锅问到底。

他小心翼翼的紧张感告诉我，他的内心是真真切切地在忏悔。下一次的时候，我会给他录音的。

还有一些问题是必须在他个人形成的观点中寻找答案的。譬如：“不、不、不，不是说你做了什么。我问的是你认为可能会发生什么，你是怎么看的，就是你个人的观点。这只是观点。人人都有权发表个人的观点。”像这一类问题由于比较难回答，我也没有对他紧逼不放。

我认为，我会在他的下一次会见时弄明白那些尚待弄清的问题，但却没曾想，这个下一次竟然几乎是十年以后了。

在那个秋夜，弗兰克从没否认过他知道是谁开的枪。有那么一次，他声称有可能是两名从加拿大的温莎进入美国的西西里战后孤儿干的。但我后续的问题迫使他收回了这一观点。此外，他开始说他去那儿是“为了替拉塞尔确保整个过程万无一失”，可我一提出质疑，他立即又改了口。

关于谋杀的凶器，是逐渐引他说出来。一开始，他说可能是电线编的晾衣架。然后，他猛击了我一拳，用脚狠狠地顶住了我的腰，并向我演示用晾衣架是如何将人勒死的。

最终，他坦白了凶器是一把枪。这时，我可以强烈地感觉到他非常渴望告诉我是他扣动的扳机。而且，我深信，有朝一日他肯定会告诉我的。但我现在必须要小心谨慎，千万不能操之过急。毕竟，他是个危险的家伙，我们对对方都还不十分了解。

弗兰克的举止，尤其是那双忧郁的眼睛都告诉我，在罪恶感的驱使下他无比懊悔。随着吉米·霍法的名字被提及的次数越来越多，他内心的负罪感在剧烈地膨胀。在狱中，他的眼睛透着冷酷无情，而现在，他的眼神则与那时不可同日而语。八年后，当我们再次见面的时候，我开始发现弗兰克的父亲曾成为一名牧师潜心修习神学。他的母亲则每天上午都去教堂参加弥撒。但这些丝毫都没有使我感到吃惊。

弗兰克的三女儿多洛雷丝和她的姐妹们一样强烈反对写这本书。后来，这本书出版后，她却和我成为了一生的至交。她告诉我，她的姐姐佩吉在母亲的葬礼上跟她说，她以前从未想过是她这位生分的父亲杀死了吉米·霍法。霍法死后的四天里，深深的负罪感百般折磨着弗兰克。可就是在这个时候，佩吉却在母亲家的厨房里恶狠狠地对他说："要是不认识你这种人该多好啊！"强烈的负罪感使弗兰克认为女儿佩吉识破了真相。直到死的那天，他都以为佩吉从他的眼睛中琢磨透了他罪恶的灵魂。

## 《沉默中爆发》

刻意的沉默可以在审讯中发挥一定的作用。有一次，在开车回警局时，我暗中告诉沉浸在黑暗中的一整车凶杀案侦探，路上一句话都别说，在那位戴着手铐的年轻人面前要保持绝对的沉默。就这样，坐在我身边的犯人渐渐感到心烦意乱，用膝盖擦拭起脸上的泪水。用沉默的方法，我轻而易举地从这名同案犯身上诈取了口供。我们是在他女朋友的公寓中将其捉拿归案的。他的同伙在抢劫时用一把点 22 口径的来福枪击中了一名巡警的头部并致其重伤。下车后，我们站在警局的后院里。这时，我打破了沉默说道："等等。"我上下打量了他一下，眼神中流露出一丝同情，然后冲和他铐在一起的侦探喊道："他妈的，让他自己说说是怎么回事。"顿时，年轻人立马就撂了："我身上没枪，是品基开的枪。"

然而，绝大多数时间，我还是倾向于和嫌犯对话。聊什么都行，就是不能给他思考的时间。只要他的嘴还在一刻不停地说，就有机会找出犯罪的真相。

与此同时，就跟玩扑克牌一样，你得学会判断，他的眼睛往哪儿动是在虚张声势，往哪儿动是在回忆、坦白真相，往哪儿动又是在捏造事实。当然，你还得学会从他的声音、肢体语言以及耸肩的细节中洞察一切。就像音乐老师可以从合唱中听出是哪个孩子跑调了一样，你必须要学会倾听。以前，我时常在课堂上向警察们灌输 EFW，意思就是“每个字都很关键”（Every F'ing Wordcounts）。所以，一定要竖起耳朵学会倾听。

使他一刻不停地说这一招对那些疲劳的对象尤其管用，就比如说在蒙娜丽莎餐厅泡了大半天的弗兰克。

1991 年的那个晚上，当我看着他的时候，我突然发现假如一直问问题的话必定会使他提高警惕。于是，我就效仿几十年前在大西洋城的钢铁码头看过的那部不知名的电影《沉默中爆发》中的最后一幕。我觉察到一阵短暂的平静，一种沉默的爆发。随着夜色渐浓，他始终在滔滔不绝。然后，我极其“天真”问弗兰克为什么要这么多人呢：“……托尼·普罗文扎诺、你、拉塞尔、汤米·安德雷塔、史蒂夫·安德雷塔、萨尔·布里古格里奥、查克·奥布莱恩还有‘托尼·杰克’。”

“那样的话，”弗兰克答道，“假如有人叛变，他所知道的不过是计划的一部分，就没法咬出其他的人。”

“太妙了。”我恭维道。

“小心为上嘛。”弗兰克答道。

“而且，”我继续道，“我想，在这种备受瞩目的刺杀行动中，单打独斗恐怕很容易被别人干掉。”

“是的。这种大动作，疯子才会选择一个人冒险。”

“这就像是有一次我在大西洋城看过的一部电影一样，被从克利夫兰派往纽约行刺的杀手最终付出了惨重的代价，自己也被干掉了。”

“是的。这种大动作，疯子才会选择一个人冒险。大范围的报复，他们是肯定不会干的，但一位形单影只的牛仔还是好对付的。”

“就像独行的牛仔李·哈维·奥斯瓦尔德。”我大笑道。

仿佛是触碰到了他的某根神经，我看见弗兰克·希兰的目光转向了一旁，脸色苍色，就跟我在监狱里向他解释保外就医的计划时那样。

究竟是哪句话惹他不高兴了呢？我靠着椅子边儿坐着。

“我没看过任何有关刺杀肯尼迪的书。”我若无其事地继续道。我的话引起了他的主意。他睁大了眼睛，完全不见了先前的忧郁。“但自从在电视上看见鲁比朝奥斯瓦尔德开枪射击时，我就知道他的任务……”我说话的时候，弗兰克的脸色更加地苍白、阴沉了。

“……就是除掉奥斯瓦尔德。趁街头混乱的时候，鲁比必须要完成任务。不然，等待他的可比因谋杀罪对簿公堂要糟糕得多。”

他粗壮的前臂肌肉使劲压着那张灰色乐至宝躺椅。

“他要是不朝奥斯瓦尔德开枪，”我故意提高了调门，有点儿挑衅的意思，“他和他的家人都会死，而且死得会很惨。”

这时，他浑身僵硬得像一块墓碑。他的右手微微地移动着，仿佛是要打我。除此之外，他整个人静得像个死人似的。

我的语速越来越快，俨然一副权威的模样，根本不给他打断我的机会。“我在东哈莱姆区工作时，时常看见穿着制服的警察没戴领带，和黑帮分子坐在一起喝浓咖啡。鲁比和警察……”

听到这儿，他挥起右手制止我继续说下去。

他冷冰冰地说：

“我不会踏入达拉斯一步的。”

每次说这句话的时候，他的语气都是冷冰冰的，其中包含着巨大的恐惧。在他回答在谋杀霍法时为何需要动用八个人的无意义的问题时，我有了这种意外的发现，颇有点儿超现实主义的味道，搞得我有些始料未及。我不确定这对我是否有用。在那一刻，看着他紧张、僵硬的样子，我决定不再继续“达拉斯”的话题。

“所以，换句话说。”我缓慢地说道，一直望着他那双充满疑惑的眼睛。显然，他是被自己这种沉默中的爆发吓到了。“这就像是流水线似的，各管各的。这么一来，谁都不可能把别人给咬出去。是这样吗，弗兰克？就像流水线，对吗，弗兰克？”

“正是如此。”

“确实合乎情理。”

就这样，我们谈完了这个问题，那是 1991 年 10 月。在费城度过了那惊心动魄的一天后，我回到了特拉华。当时，我的感觉就像是一位远渡重洋从异国他乡重归故里的探险家。我告诉南希和巴特，我们需要找一个比懊悔更加强烈的字眼来形容弗兰克·希兰良心上的感受。这个词既要有懊悔的意思，还要有折磨的含义在。我还告诉他们，希兰给我提供了大量有关吉米·霍法案的线索。霍法既是他的朋友，又是他的导师。信不信由你，希兰在肯尼迪刺杀案上也怀着某种负罪感。此外，弗兰克有关“达拉斯”的那句话，还有我是如何使他突然说出这番话的，我也一五一十地告诉了他们。就连弗兰克讲这些令人胆战心惊的话时的那副奇怪的神态，我都学给他们看了。

南希和巴特很为我担心，劝我千万别陷得太深。但我知道自己在干什么。

无论是他说话的内容，还是说话的语境以及情绪，都很容易判断出他的意图所在。关于“达拉斯”，弗兰克·希兰一定有话要说。

大概又过了十年，以前那些位高权重的教父们要么是死了，要么还在牢里关着。为此，我非常想从弗兰克口中得知有关“达拉斯”的一切。查明真相后，我在书中如是写道：黑帮参与了暗杀肯尼迪，弗兰克莫名其妙地卷入其中。

2012 年，在接受查理·罗斯的访谈时，小罗伯特·F. 肯尼迪称，他的父亲大罗伯特·F. 肯尼迪认为是黑帮在达拉斯杀害了他的哥哥约翰，他本人也认同这种说法。小罗伯特还说，据他父亲判断，沃伦委员会的报告“简直可以用粗制滥造来形容……尽管他公开支持这份报告，但在私下却对此不屑一顾”。小罗伯特解释道：“他是位注重细节的律师，审查过无数的报告。在调查真相上，同样是行家里手。”

当查理·罗斯问起大罗伯特是否因为“他意识到哥哥的被杀和‘他本人对有组织犯罪的调查有关’萌生负罪感”时，小罗伯特如是答道：“我认为的确如此。他谈起过这件事。”随后，他又进一步指出，杰克·鲁比的电话记录“如同是一份”有组织犯罪者的“清单”。

做了相关的研究后，一个名字进入了我的视野。这就是欧文·韦纳。1963 年 10 月 26 日，即“达拉斯”刺杀行动的 27 天前，鲁比给韦纳打过电话。这通电话有可能跟案情无关，因为他们两人是朋友关系。韦纳既是弗兰克·希兰的朋友，同时也是吉米·霍法的朋友。有时候，弗兰克常常提到一个身材魁梧的家伙。他身在黑帮组织的边缘，但“人脉却极广”。韦纳就是这样的人。艾伦·多夫曼是掌管着运输工会高达数十亿美元的退休基金经理。有一次，在芝加哥时，韦纳和他正走在一家停车场里，突然窜出两名杀手开枪将多夫曼打死。而韦纳这位目击证人却毫发无伤。

杰克·鲁比和许多黑帮成员都私交很深。为此，1959 年时，联邦调查局曾试图拉拢他作一名有偿的秘密线人，但最后被他拒绝了。

了解了弗兰克在 20 年前曾靠在那张灰色的乐至宝躺椅上告诉过我一些关于“达拉斯”的实情，那么，这位肯尼迪家族的成员所说的一切，就如同我的书出版以来所飘落的无数片雪花般令人欣喜。

## “他们没那个胆”

1991 年，当我把弗兰克向我透露的事情打印出一份内容梗概时，我大胆地省去了他关于“达拉斯”的评论。我根本不知道可能应付的是谁或者什么事儿。我真的从未读过一本关于那次暗杀的书籍。暗杀事发时，我还是个初中英语教师，当我漫不经心地提及奥斯瓦尔德是可以随意处置的“孤胆牛仔”时，我纯粹是凭借自己的记忆、常识和生活经验。

在弗兰克公寓进行的后续会谈中，只有我们两人在场的情况下，我把梗概交给弗兰克。他坐在乐至宝躺椅上，阅读的时候脸上露出坚毅的神色，对所读到的内容完全震惊了，就好像我们之前交谈的晚上他喝酒喝断片了一样。

很明显，我利用了我们洗白的合作著书关系，从弗兰克那里得到了真相。但每一步都得到了弗兰克自愿参与。否则的话，1999 年他就不会再次找到我进行更多提问。

读完之后，弗兰克说道：“你不能写这些东西。这些人还在这里，他们都还活着呢。拉塞尔还活着。这归我来保管。”

当他把梗概从我那里拿走的时候，我知道没有提及“达拉斯”的部分是明智之举，我尤其不想让拉塞尔知道他告诉了我那些内容。

当然，我依然保留着1991年的备忘录的副本，名为《他们没那胆》。这个名字来自吉米·霍法告诉弗兰克的话，是拉塞尔让弗兰克告诉吉米“事情是什么”时，吉米回应弗兰克的警告时说的话。弗兰克相信，“他们没那胆”——在那个语境下，这句话导致了霍法的遇害。这些话成了本书第一章的标题。

“你知道怎么找到我，弗兰克，”我说道，“如果你改变主意或者这些人离世的话。”

八年后，1999年3月1日，当弗兰克收到海尔杜佛主教的“宽恕”之后，我接到他的电话，从此开启了近五年有记录的会谈，进而形成了这个大块头爱尔兰人的传记。关于他大胆、历经艰险的一生，他所称作的“刺激的一生”，以及他通过忏悔而进行的精神上的补救和终极救赎，他真实的“我在这件事中的角色”，这在接下来的五年里通过我们的问答经过多次验证。

在我们一起交谈的五年时间里，我成功地使用了霍法的说法“他们没那胆”，以及霍法在他生命的最后一年其他那些轻率的言行，草率地将霍法的死归咎于他自己的不当行为，这是一名审讯者的技巧。霍法知道规则，也知道破坏规则的后果，但他却没有消停。“如果是我也会杀了他。”我不止一次这样说过。

我种下了种子。

我栩栩如生地记得这种技巧得到回报的时刻，弗兰克承认是他扣动了扳机。在我们开始新一轮访谈差不多两年后，2000年10月，某天午饭后，当我走出爱达荷州凯彻姆的克里斯蒂娜餐厅时，他打电话给我。

“我们一直谈论的那个事……”弗兰克说道。

“当然。”

“那个事，你可以说是我做的。”

“我可以说任何事，弗兰克，只要是真的。是你干的吗？你是在说是你干的吗？”

“对的。”

“你是告诉我是你枪杀了霍法吗？”

“对的，是。”

“做得好，弗兰克。不管怎样，你知道我知道的。但最好是说出来。上帝保佑你，弗兰克，做得好。”

## 出租房

2005年秋，在本书出版近一年半时，我和霍法案代理人鲍勃·加瑞蒂在底特律会面，去寻找霍法那间亡身之所的住户。我们从玛莎·塞勒斯一家开始，她曾是房子的主人，一位单身女人，已故。尽管有新闻报道引用了她的“儿子”的话，我在2005年的序言里也重复了这一点，但她并没有儿子。向媒体开口的是她的侄孙。我们见了那个侄孙和他的姐姐及妈妈，在他们居住的宽敞房间里喝点咖啡，吃点在银托盘上精致瓷器上的蛋糕。

他们解释说玛莎阿姨的房子就在市区内。作为一名底特律的学校老师，玛莎把它作为她在底特律对外宣称的住所，实际上她住在郊外的乡村家里。这一家人告诉我们，玛莎有个学生是无敌的重量级拳王乔·路易斯，就是出庭作证、让鲍比·肯尼迪得到那个从国会大厦上跳下来用的降落伞的“黑色轰炸机”。

这家人没有透露半点关于“房产主人”的信息，但那个时候我相信约翰·“红毛”·弗朗西斯就是真正的“房产主人”，获得该房以便实施袭击。我后来得知，霍法消失五天后，“红毛”作为霍法共谋案之一开始被监控，他曾被报道与吉诺维斯大佬和黑手党委员会成员“肥佬”托尼·萨勒诺在维苏威一起抽雪茄。

纽约警察局官员的“观察报告”中写道：

> 在大约1225个小时之后，该警官发现弗兰克·希兰进入场所……他穿着浅蓝色短袖衬衫和深色裤子……弗兰克过去问“拉塞尔是否在里面”……（经理）回复说“拉塞尔在餐厅”……弗兰克·希兰左手戴着黄色金币戒指（戒指周围看起来镶嵌着小钻石），右手戴着黄色金属手表。手表的表面为方形，周围嵌着钻石……约翰尼·弗朗西斯进入餐厅几分钟后，他回到酒吧加入了弗兰克·希兰……在他们谈话的某个时刻，弗兰克有几次提及吉米的名字。他被听到告诉弗朗西斯先生FBI已经介入调查……他们的交谈有几次压低了声音，该警官无法辨别……

“红毛”在餐厅向老板们汇报表明他参与了此事。

玛莎·塞勒斯的家人记得有个拄拐杖的上年纪的租客，隔三差五住过那里，但他们不知道其名字，也不知道1975年他是否还在那里。

他们慷慨地向我们引荐了该家人的一位律师朋友，他曾在20世纪70年代考虑过购买该房产。我和这位律师通过了电话，他回忆说该房子在窗户上贴了好几年“出租”的招牌，包括1975年。因此这套房子1975年确实待租，使得陌生人很容易过来而不会引起邻居注意。该律师之所以记得是1975年，因为那一年他回到底特律，认真地考虑过购买该房产。

“我记得那个拄拐杖的老租客，”该律师说道，“他就像个幽灵，只要有人来房子里他就会消失。但1975年的时候他已经走了。”

玛莎·塞勒斯的侄孙在我们喝茶时说的一些话引起了我们的注意，他说该房子地下室有个焚化炉，带有强大的煤气喷口。该焚化炉有个开口，大到足以将人的身体塞进去。他小时候曾帮他的阿姨烧过垃圾。1975 年的时候该焚化炉还在使用，但几年后这些家用焚化炉因为污染空气而被禁用。我和鲍勃检查了地下室，发现了焚化炉密封的烟道，但焚化炉已经被清除了。

严密起见，鲍勃带我们去了当地邮局，看是否能找到当时的邮递员，是否能记得任何租客，但我们不幸地得知他已过世。

随后，鲍勃带我去尼莫酒吧吃午饭，向我展示了前面的停车场，霍法消失前两周，弗兰克·菲茨西蒙斯儿子的林肯车就是在那儿爆炸了。在和鲍勃喝酒的时候，他告诉我霍法在消失前，在那年的感恩节晚宴上扇了查克的脸。霍法对查克抛弃妻子另寻新欢非常生气。

鲍勃说他很失望我没有在弗兰克健在时更早过来。我所能说的只是我完全理解。但本书出版时弗兰克理本应该还活着。弗兰克选择了自杀以实现自我救赎，这样的选择对于待在养老院来说也并非不同寻常。

## 过境许可

然后，我接到了密歇根泰勒一位名叫杰夫·汉森的警察打来的电话，他读了我的书。汉森描述了距离该房子两分钟路程的火葬场。霍法的母亲在其儿子失踪后不久就葬于该墓地，为了防止游客打扰而没有做标记。

但杰夫指向了另一个 20 分钟路程的火葬场，在他看来黑帮更有可能用这里来处理尸体。该处距离一个经常举行黑帮葬礼的殡仪馆，巴纳斯科殡仪馆很近。多年前，一名巴纳斯科成员在殡仪馆前以黑帮手法被枪杀。

我飞到底特律和杰夫及其他一些他建议的博学之士会面。我了解到，在1975年的密歇根，以合法手段火葬一具尸体不需要任何纸质材料，简单轻易得令人咋舌。所需要的只是一种被称作“过境许可”的东西，而实际操作中却并不需要。这些纸条有一美元纸币大小，没有任何副本，只有一份原件，由丧葬承办人提供给司机，而司机则会把一摞放在抽屉里，根本没有存档。他们也不会将之交给火葬场，那只不过是丧葬承办人给任何持有“过境许可”的司机的通行证，让他可以载着尸体开车四处走动。这个词语让我想起了迈克尔·柯蒂斯的经典电影《卡萨布兰卡》里面的“许可信件”。

司机会停在路边，交给墓地管理员95美元，常常是给现金。尸体会放在装尸袋或者廉价的松木火葬棺材里，袋子或棺材从来都不会被打开。司机及其帮手，或者如果司机单独开车的话墓地管理员会抬着尸体滑进焚烧槽或炉子里。其中一人会按下看起来像是普通灯开关一样的按钮。一个小时的时间里，所有的一切，包括尸体袋或者薄松木箱都会灰飞烟灭，只留下人形的骨灰。管理员会在一小时后回来，用擦窗的橡胶擦刷器把骨灰扫进小的奶黄色塑料盒里，让司机带走。骨灰没有经历任何科学的或其他形式的身份确认。这些骨灰经常会被丢弃，从来都没人来取，只是会堆在橱柜里以后处理。在我们前往底特律途中检查的墓地里，我看到柜架上一堆堆遗弃的骨灰。如果巴纳斯科配合从其便签本里撕下一张过境许可，事情就是这么轻而易举。

如果火葬场再有人配合那就更轻松了，自我服务，一小时搞定。墓地管理员会被派到广阔墓地的另一片去干活，与此同时，司机及其帮手则可自行其是。我在这些底特律火葬场里面随便按了下一个开关，听到咆哮的焚化炉立即火焰四起，似乎总是没人在意。

鲍勃·加瑞蒂告诉我，他的联邦调查局的团队曾怀疑巴纳斯科参与了霍法尸体的处置。实际上，就如我从其他渠道得到的一份长长的中情局档案里所描述的那样，与巴纳斯科家族关系密切的可靠线人曾指认他们曾将吉米·霍法的尸体立即带去巴纳斯科殡仪馆。巴纳斯科曾被提审，但实际上根本没法提审。在这个交易中，由于其明显的黑帮关系，巴纳斯科以“两个为一个巴纳斯科”而为人所知。2009年，杰夫·汉森著书公布其调查发现：《挖掘真相》，由幽灵出版公司出版。

弗兰克对最新的霍法爆料从来都不感兴趣。每次有爆料时他都会嗤之以鼻。弗兰克不止一次说过：“如果能找到尸体，他们早就该找到了。”

弗兰克认可有个清理工依然健在，他就是唯一真正知道细节的汤米·安德雷塔。他和已故的哥哥史蒂夫负责处置尸体。汤米是吉诺维斯家族头目托尼·普罗文扎诺在新泽西的当地成员，现住在拉斯维加斯。但汤米不让任何人问他任何问题，永远保持着“米兰达”式沉默。

当《我听说你是漆房子的》精装版2004年面世时，福克斯新闻频道制片人艾德·巴尼斯飞往拉斯维加斯。他也是前纽约州有组织犯罪调查官，20多年来他一直保存着他的“格斗”岁月的两份文件，一份标记为弗兰克·希兰，另一份是拉塞尔·布法里诺。他曾给了我第一份霍法悬案备忘录。艾德·巴尼斯顶着沙漠骄阳，在汤米位于郊区的、有着橙色屋顶的白房子前苦等了一整天。当身高六英尺六英寸的汤米到家时，巴尼斯试图将该书交给他并问他问题，但汤米不予理睬，径直盯着前方，从前门走了进去。当巴尼斯依旧站在前门的时候，他身边的车库门卷起来了。汤米的太太站在那里伸出手。巴尼斯把书放在她手里并开始提问，与此同时车库门则徐徐降下。

### “大块头”比利的法庭指定律师

2006 年我去底特律之后不久，“大块头”比利·德埃利亚被指控参与谋杀指证他的投资银行家证人。这次指控后，有新闻报道说比利把高调的刑事律师换成了法庭指定律师。比利完全能负担得起顶尖律师的费用，这件事告诉我，比利开始采取措施趋于配合。高调的刑事律师不可能与联邦调查局合作，这会给他们其他的客户造成不好的印象。他们可能会因此而丧命。

几周之后，我的直觉得以确认。有报道称比利正在协助调查，并与联邦检察官达成了辩护协议，基于他的配合而减刑。我感觉松了一口气，自从 1991 年弗兰克没收我的故事梗概而引起我的注意以来，我从未有过这种轻松的感觉，他当时知道里面的条条道道。由于比利的盘子里有很多料，根本不会想到我，我终于感觉可以自由地披露更多我在“这件事里”的角色了。

### 唐尼·布拉斯科：未完之事

与此同时，凭借《我听说你是漆房子的》一书，我有机会与我长期以来的偶像联合创作真实犯罪精心大作《我在黑手党的秘密生涯》(1988 年，达顿)，他就是真正的唐尼·布拉斯科，退休的联邦调查局卧底特工乔·皮斯托内。乔曾与理查德·伍德利联合创作了《唐尼·布拉斯科》。在 1997 年迈克·内威尔改编的《唐尼·布拉斯科》中，强尼·德普扮演乔，阿尔·帕西诺扮演

“左撇子枪手”鲁杰罗——乔结交并将其干倒的“完人”。他们如此亲密，以至于乔是“左撇子”婚礼的伴郎。

乔的卧底身份是博南诺犯罪家族的珠宝大盗，在六年时间里无时无刻不冒着被爆头的危险。当他以特工身份露面后，黑帮曾开出50万美元要他的命，而乔一直都小心翼翼。在随后的审判中，乔是最终扳倒博南诺家族的决定性因素。

我们的续集作品2007年由奔跑出版社（Running Press）出版，书名为《唐尼·布拉斯科：未竟之事》，其中包括一些第一本书中乔不允许使用的英雄事迹，因为这些材料来自公开庭审，当时他仍然在作证。因此我的副标题是：未竟之事。

乔在新泽西的帕特森艰苦的环境中长大，是我听说过的最勇敢的男人。我们后来成了挚友，经常保持联系。乔向全球各地的警察和其他密探传授卧底之道，有时去的国家我都没有听说过。他的副业是制作电影，创作剧本和电视秀。

乔告诉我，在卧底充当博南诺副手和珠宝大盗的时候，他周四有空时会去维苏威。而周四也是弗兰克·希兰和拉塞尔·布法里诺进城和珠宝盗贼交易的日子。乔从未从他们那里听到过有用的信息。在1975年希兰开始密集忏悔时，乔在维苏威登场。“在周四晚上，”乔告诉我说，“我会坐在酒吧小酌，而希兰则喝得越来越醉。”

乔向我引荐了他的朋友，歌手兼演员阿尔·马蒂诺，他在《教父》三部曲里面都出演了歌手强尼·方亭[①]。我从小就是阿尔的歌迷，阿尔夫妇和我很快就成了好朋友。在2009年10月悲剧性的心脏病突发逝世之前，阿尔告诉我说强尼·方亭的角色原型是

---

① 强尼·方亭（Johnny Fontane）是《教父》三部曲里的一个过气歌手，也是教父唐·科里昂的一名教子，曾在影片中的一个婚礼场景献唱。

他自己的人生，而不是许多人认为的是弗兰克·辛纳屈。

阿尔说1952年他红极一时的专辑《在我心底》发行后，艾伯特·阿纳斯塔西亚试图勒索他7.5万美元。阿纳斯塔西亚是那个“疯帽匠”，他因威利·萨顿被捕归咎阿诺德·舒斯特而下令枪杀他。但阿尔·马蒂诺很强悍，曾参加二战并在硫磺岛战役中受伤。在转行做歌手之前他曾是费城地区的一名泥瓦工。阿尔把阿纳斯塔西亚叫做艾尼，阿尔没有屈服于艾尼，而是搬到了英格兰。1957年当阿纳斯塔西亚在宾馆的理发椅上被杀时，阿尔向费城老板安吉罗·布鲁诺请求许可返回美国。安吉罗将阿尔引荐给拉塞尔·布法里诺，而阿尔当即就能看出拉塞尔是美国黑帮真正的大佬。阿尔说道：“别让其他人告诉你不同的观点，拉塞尔就是目前为止最受尊敬的大佬。”

拉塞尔给予阿尔·马蒂诺许可让他留在美国，拉塞尔没有向阿尔索取任何东西，反而帮助他重振事业。阿尔告诉我说，拉塞尔是纽约传奇性的科巴卡巴纳夜总会的幕后老板，我们知道“疯子乔伊”约瑟夫·盖洛表现得就像个毛头小子。

阿尔在拉塞尔的庇护下走向辉煌，有些非常火爆的歌问世，包括拉塞尔和弗兰克钟爱的《西班牙眼睛》，在弗兰克·希兰的感恩之夜的晚宴上这首歌被来自布朗克斯的美国流行男高音杰瑞·威尔演唱。马丁·斯科西斯告诉我，他在他的九部电影中都采用了已故的杰瑞·威尔的演唱。

阿尔告诉我，他本指望能在《教父》中扮演强尼·方廷的角色，但被告知导演弗朗西斯·福特·科波拉想要一位有经验的演员出演。被拒绝后，阿尔给拉塞尔打电话，一两天后，派拉蒙影业公司的头儿罗伯特·埃文斯召见他，说他如愿以偿可以出演，但科波拉想要的拍摄方式是阿尔的脸经常会被遮住。阿尔说他不在乎，只想参演该角色。于是他的脸常常是藏在后面的。在拍摄现场有些演员给了他一些冷眼，但马龙·白兰度出手保护阿尔并指导他，开私人飞机带他去一些地方，戏里戏外都表现得像个教父。

我在2011年的太阳谷作家大会上提及了此事，《教父》制片人阿尔·鲁迪的太太万达·鲁迪也在场，她作了自我介绍后告诉我："拉塞尔·布法里诺拥有《教父》脚本的最终审批权。"

似乎我每次提起，总有人有拉塞尔·布法里诺的故事，特别是在他的大本营宾夕法尼亚东北部。

伯尼·福利亚在宾州埃克赛特开了一家很棒的自制意大利餐厅"薇拉·福利亚"。我曾在附近的图书馆里演讲，之后我们几个人去了伯尼的餐厅吃美食讲故事。伯尼告诉我，他年轻的时候开过一家披萨店，当时计划进行心脏手术。拉塞尔听说了此事并到了店里。拉塞尔告诉伯尼他太年轻了，他力促伯尼向他自己的心脏医生再次咨询并做了安排。拉塞尔派佛罗里达州的黑帮据点及海鲜饭店的乔·桑肯带伯尼去看医生。伯尼从没见过乔·桑肯，但他不久就习惯于被叫做鲍尼了。

在接待处，护士问他们是否会讲意大利语。她正在试图为一位年长的意大利人登记，但他的英语水平非常有限，护士无法向他解释需要他的社保号码。她希望某人解释她为何需要社保号。伯尼出面帮忙，了解到这个人不能提供社保号因为他没有社保卡。他刚到美国时是个私酒贩子，给阿尔·卡彭的酒宴供货，并学会了各种偷税之道。

乔·桑肯开始时也为卡彭打工，突然之间，他摘下眼镜把脸凑到那位意大利老者面前，说道："记得我吗？乔·桑肯？"

伯尼告诉我说："接下来你懂的，这两个老酒贩子拥抱在一起欢呼雀跃。之后，我在亚特兰大城从一家餐馆里走出来，看到乔·桑肯与一位漂亮的金发美女坐在专座上。我不想打扰他，于是继续朝门口走去，突然那个金发美女冲我喊道，‘鲍尼’。我转过身，乔·桑肯正和奥利维亚·牛顿-约翰坐在一起。外面的前方是一辆车是奥利维亚的劳斯莱斯。”

“有一次我和一个伙伴试图进入纽约的彩虹厅吃晚饭看演出，但因为没有预订而被支走。准备走的时候，我决定碰碰运气。我说道：‘拉塞尔·布法里诺让我们过来的。’转瞬间，侍者就把绳子拿开，安排我们坐到最好的位置。到现在我都不知道拉塞尔是不是和彩虹厅有什么关联，但那里的人肯定知道他。”

当我提问的时候，鲍尼非常谨慎，不说任何关于比利·德埃利亚的事儿。后来，我在拉斯维加斯的曼德勒湾赌场演讲时，鲍尼可爱的妹妹也在场。

在另一场布法里诺家乡的交流中，有个男士走向我说道：“我年轻的时候是个野孩子。拉塞尔走进我父亲的家具店说：‘大家都喜欢在你商店里购物，但你的孩子表现得太狂野了。如果你不能控制他，不会再有人想到你店里买东西了。’我父亲一直牢牢把我管住，直到我读高中。在成年前我从没离开过他的视线，现在我有自己的生意啦。”

“你做的是什么生意？”我问道。

“我有自己的殡仪馆。”

### 我们会赢

接下来乔·皮斯托内向我引荐了已退休的有组织犯罪督查特工林·德维奇奥，林是一位美国英雄，也是值得终身相交的朋友，他主导了美国联邦调查局的线人发展项目，有偿的线人成为有组织犯罪部门的生命线。林和我合著了一本有关林和他的同事们如何摧毁黑手党的书。我将他们称作“新义胆雄心”，原先的“义胆雄心”指的是那些与阿尔·卡彭争斗过程中面临着收买不为所动、正直无私的联邦探员。1987 年，布莱恩·德·帕尔玛导演了电影《义胆雄心》[①]，罗伯特·德尼罗主演阿尔·卡彭，凯文·科斯特纳饰演艾略特·尼斯——正直廉洁的联邦探员头头。诚实和廉洁的林和他的同事最终被追逐名利的布鲁克林地检署以四项黑手党谋杀案为名起诉，这次由黑手党策划的计划是为了报复他们对黑手党造成的不可逆的伤害。我们的书名叫《我们会赢》(伯克利出版社，2011)。

林督导过富有传奇色彩的黑手党委员会案，以及 1986 年针对该案进行的具有里程碑意义的审判。乔·皮斯托内是黑手党委员会一案的明星证人，他极具破坏性。林收买的线人、科伦坡家族的绰号“死神”的格雷格可能是窃听信息的来源。这个重大案件是黑手党遭遇的滑铁卢，彻底终止了黑手党的统治机构——黑手党委员会。每个黑手党委员会的领袖都因为自己被窃听到的话被指控了 151 项罪名，分别被判了 100 年。

在霍法遇害五天后，主持维苏威会议的诺维斯家族的巨头托尼·萨勒诺，就是被这个案件拉下马的委员会大佬。

因为嘉丽·布法里诺仍然在世，我不能明说，弗兰克告诉我拉塞尔曾策划在一个小时内将霍法杀死并火化，萨勒诺就是真正主导谋杀的人。尽管萨勒诺曾作为中间人在霍法和托尼·普罗文扎诺之间传话，对于萨勒诺来说，最符合其利益的还是将霍法除掉。萨勒诺所属的吉诺维斯家族主导了这次谋杀，提供了四个杀

① 电影名为 *The Untouchables*，该书中沿用中文译法，将这群与黑帮势力抗争的联邦探员称为“义胆雄心”。

手：普罗文扎诺、“萨尔”·布里古格里奥和安德雷塔兄弟俩。

林告诉我对于“胖托尼”萨勒诺的其中一项指控，就来自被安装在萨勒诺名下的帕尔马男孩社会俱乐部酒窖中的窃听器。帕尔马男孩俱乐部距我在1960年代做过调查员的福利中心和位于东哈莱姆的乔酒吧都相距不远，我曾经在这家店的垒球队打过球。东哈莱姆正好是吉诺维斯家族的叛徒乔·瓦拉奇经常活动的区域。我慢慢地和附近的圣安东尼奥俱乐部的三名成员成了朋友：街头大佬乔，他的弟弟桑尼，还有他们的姐夫摩尔，他们的姐姐芙劳则经营着桑尼的糖果店。摩尔曾经告诉我：“我在监狱里待的时间比你活的岁数都大。”有一次他告诉我“400”在面临警员时享有的特权：“如果警察想盘问你问题，他会让你坐下严加拷问，伍德沃德夫人枪杀了她的丈夫，她说她以为那是窃贼，那么她被拷问了吗？当然没有，因为她是400中的一员。”我对于所谓的“400”是何物不太明白。摩尔告诉我说“他们是最早的定居者，从普利茅斯港登船的人”。毫无疑问，这些在桑尼糖果店聊天的日子会是我与弗兰克交往的预演。

20世纪80年代，我开车带着两个十几岁的孩子——特里普和米米再次回到了那里，我想让两个小家伙看一看另一种生活方式。摩尔已经过世了，不过芙劳还在经营着这家糖果店。她很愉快地认出了我。这时一个上了年岁的黑人抱着一条狮子狗进了店里。他拿起了一份纽约日报在柜台上丢下20分硬币，说：“芙劳，我欠你五美分。”“没事的，亲爱的。”芙劳答道。

在帕尔马男孩俱乐部的一个窃听器中，萨勒诺被窃听到指定了卡车司机工会的下一届主席人选——来自堪萨斯城的罗伊·李·威廉姆斯，后来这个人也被捕入狱。霍法一直担心如果在1976年的选举中他夺不回主席职务，那么运输工会就会彻底被黑手党掌控。这也就是吉诺维斯家族不会让霍法回归的原因。自从弗兰克·菲茨西蒙斯担任主席以来，他们一直掌控着运输工会，也希望长期掌控下去。因为抨击霍法、被约翰尼·迪奥弄瞎的勇敢的记者维克多·里赛尔报道称，吉诺维斯家族的托尼·普罗文扎诺希望能够夺得1981年的主席职位。这个计划因为其卷入了1978年的一场谋杀指控而破产了，由萨尔瓦托·布里古格里奥和加阳·柯尼希斯贝格出手对颇有人望的运输工会成员托尼·卡斯泰利托的政治谋杀因为调查霍法的案子而被揭露了出来。

由林·德维奇奥主导的联邦调查局对于黑手党大佬的围剿彻底摧毁了黑手党委员会。教父们都吃官司了，没有任何一个实权人物愿意成为联邦调查局的目标而去做大佬，更不要说去做委员会大佬。刚开始像约翰·戈蒂这样的小角色开始上位，很快就没有人愿意上位了。政府没有强制推行法律，黑手党还是免不了走向衰败与解体。

在遇到林·德维奇奥和约瑟夫·皮斯托内之前，我曾经和弗兰克一起游玩交往，曾亲眼目睹了黑手党委员会案造成了巨大破坏力。

弗兰克和我经常到一个私人俱乐部拜访一个成功人士卡麦恩，这个私人俱乐部除非是会员或是携带搜查令的人，外人不得进入。这个俱乐部唯一的非法活动是赌博。这是一个“牌赌”，有三四种扑克牌玩法同时进行，俱乐部提供发牌员，从中抽成，卡麦恩会确保能收到自己的那份钱。

我和弗兰克第一次进入卡麦恩的俱乐部酒吧，卡麦恩的副手，一个四十来岁的人就来到我的左手边，同弗兰克开始了交谈。两人交谈时，这个副手从来不看下弗兰克，而是站在离我六英尺远的地方像盯牌局一样紧盯着我，对着我上下打量，我确信他永远不会再忘记我了。我对着他露出了蒙娜丽莎般的微笑。卡麦恩曾被告知我正在写一本粉饰弗兰克的书，如果没有他的授意，那个副手绝对不会这么做。

数年之后，弗兰克暗示我说我们之所以拜访"我们的朋友"卡麦恩，是因为费城家族先前的教父拉尔夫·纳塔莱被抓，并正在和联邦调查局合作。这样一个黑手党大佬的合作，明确表明了新"义胆雄心"们所引发的黑手党的解体。弗兰克告诉我，费城家族的其他人想让卡麦恩出来做新教父，就像曾经的家族教父安吉一样。卡麦恩询问弗兰克的意见，不过弗兰克没有告诉我他给出的意见。我坐在我以前的座位上，弗兰克在我右手边。50多岁的卡麦恩像运动员那样英俊，他像往常一样走过来，把手臂靠在我的椅背上。

"我们的朋友怎么样了？"卡麦恩这里问的朋友指的是上一届费城家族教父约翰·斯坦法，我十年前在他的蒙娜丽莎饭店中见过这个教父。他由于谋杀被判了五次终身监禁，现在莱文沃思监狱服刑。

的确，我们的朋友怎么样了。斯坦法撞到了新"义胆雄心"们，1991年成为首领的他在四年后的1995年11月被判有罪，就在我遇到他前不久。在作为首领的大多数时间里，他都在与斯基尼·乔伊·莫林诺为掌控费城家族而打斗，如果纽约有委任者这种战斗情况是不会被容忍的。这其中的伤亡者包括斯坦法的儿子乔伊，当莫林诺一方朝约翰·斯坦法的凯迪拉克开枪时，乔伊的脸部中弹但侥幸躲过一劫，斯坦法的手下采取报复手段，伤了莫林诺的屁股，并杀了"迈克·昌"，他父亲、绰号"山鸡"的乔·詹卡利尼是希兰的盟友，在1967年当地的暴乱混战中被射中了肚子。山鸡的另一个儿子“乔伊·昌”被选后依然忠于斯坦法。兄弟相残。弗兰克很自豪的是，“山鸡”在监狱里建议他的儿子乔伊，说他唯一应该信任的是弗兰克，并向他寻求建议。莫林诺在“乔伊·昌”吃晚饭的时候朝他开枪，使他部分瘫痪。当卡麦恩问弗兰克关于斯坦法的情况时说，“我们的朋友怎么样了”，山鸡父亲正在服自己45年的刑期。

弗兰克告诉我，在莫林诺–斯坦法的战争中，三个莫林诺手下的人开车去他的花园公寓，他就坐在外面。他们要求他在这场枪战中保持中立。

“他们三个人都下车去找你了吗?”我问道。

“如果超过一个人下车我们会在监狱里交谈了。我的第二个手指没有问题。三个都下车的话他们就完了。”

这事发生在1993年，当时弗兰克已经73岁，因为足下垂而拄着拐杖。尽管如此，莫林诺那边的人依然害怕弗兰克积极参与莫林诺和斯塔法之间的争斗。

在莫林诺访问前后，当弗兰克在费城特拉华河拉佛兰达餐厅的一张餐桌上办公时，我对他的声望有了一定的了解。我坐得离他比较远，他从来不知道我在那里。这八年期间我没有和他会面。看起来很强悍的人们一个接一个耐心排队等待，毕恭毕敬地坐在他的餐桌旁，并听从弗兰克的指示。如果那张桌子被监听，所有这些会谈至少都会导致违反假释条例。当我悄无声息离开时，拜访的队伍依然络绎不绝。

在1995年斯坦法的谋杀起诉书中，弗兰克和前代表亨利·钱弗里尼（他曾干过敲诈勒索的营生）曾被列为斯坦法未被起诉的共谋犯。弗兰克和钱弗里尼曾被监听在蒙娜丽莎餐厅与斯坦法密谋，但从未被起诉。弗兰克因为1995年在假释期间未经允许离开费城而坐牢一年刚被放出来，而斯坦法则一辈子都待在监狱里。弗兰克告诉我，他未经许可离开费城只是去亚特兰大城，以确保他从每辆垃圾车的获利中得到自己那份“诚实的份额”。

在蒙娜丽莎餐厅的监听磁带上，约翰·斯坦法的声音被认出来：“你知道我会怎么做吗？我会拿把刀……我会割了他的舌头寄给他老婆。就这样……我们装在信封里。盖上邮戳……向上帝摊牌。”

“约翰做得不错，”弗兰克回复卡麦恩说，“他还在莱文沃思监狱里，我收到了他寄的圣诞贺卡。我们的朋友还好着呢。”

“向他致以我最好的祝愿，”卡麦恩仰起头看着天花板，若有所思小心翼翼地说，“你知道的，我不得不承认，上来的时候我并没有和我的孩子们那么亲近，我在那边运作。但我不得不说，我真的和我的孙子们很亲近，真的很亲近，我永远也不想做那种余生再也见不到他们那样的坏事。”

我很吃惊他使用了“坏事”这个词来描述他们做的事。我瞥了瞥弗兰克，他脸上闪过一丝笑容。任何人只要看过弗兰克把自己的小外孙杰克揽在怀里，或听到他自豪地谈起大外孙克里斯·卡希尔在俄罗斯为美国队打橄榄球，都猜得出弗兰克给“我们的朋友”的建议将会导致他做出这个决定。

当我在酒吧的椅子上听到这些的时候，我想，好吧，你必须表现得像个法官，并且必须下令开杀以保持纪律。那是你的工作。在那个年代的诈骗操纵和贿赂组织里，那样做就会让你被判有罪，就像斯坦法那样。我知道我在倾听费城黑帮史的收尾篇章。在黑帮中，老大的工作是人生的顶峰。人们相互杀害对方的儿子使其致残。现在他们不会这样放手。

感谢反诈骗操纵和贿赂组织法案及反黑帮法案的通过，以及新“义胆雄心”们利用这些法律所做的工作，再也不会有任何人举行感恩之夜晚宴了。

当然卡麦恩没有干这活。而我把约翰·斯坦法盖有莱文沃思监狱邮戳的圣诞贺卡收为纪念品了。

我理智的妻子南希不让我在2005年平装版的后记中提及关于卡麦恩的轶事，以免得罪人。但我一直都受到社交俱乐部的驱使，它已经关门了，上面地产经纪人挂着“出售”的牌子。一定有人在和他的孙子们一起玩。

感谢林·德维奇奥，我得以结识联邦调查局的传奇人物吉姆·科斯勒——利用议会提供的反黑法及其他新法律调查所有黑帮家族的战略架构师。吉姆告诉我，在霍法案调查早期，他拦下了嫌疑人汤米·安德雷塔的车试图询问他。身高6英尺6英寸的汤米情绪失控情感迸发，几近崩溃地哭得像个婴儿一样，即使在拒绝配合时也是如此。

在和林的访谈中，我了解到约翰·纳波利是林的线人，他曾窃听到拉塞尔·布法里诺在某次关于一颗钻戒的争论中威胁“赤手空拳”杀死纳波利。拉塞尔被控敲诈勒索，这反过来引发了连锁反应并终结了布法里诺。他在释放后指定了一个“完人”、绰号叫“吉米·鼬鼠”的弗拉蒂艾诺报复性杀死纳波利。布法里诺不知道弗拉蒂艾诺也是线人，并且已经与联邦调查局合作了。

这些不期而遇的礼物让我心怀感激。当唐尼·布拉斯科盯着拉塞尔和弗兰克的时候，乔·皮斯托内曾在维苏威出没，而当我与乔合作著书之后，现在正在与扳倒拉塞尔·布法里诺的林·德维奇奥联手写书。让人清爽惬意的雪花四处飞舞，何其美哉。

林还在拉塞尔位于纽约领事的酒店套房里安装了窃听器，监听拉塞尔和弗兰克，但他们都是老江湖，从来不在那儿谈生意。

那是为数不多一无所获的监听器。

然而窃听器却显示两人亲密无间，简直亲如骨肉。弗兰克和我讲过两件轶事来诠释他们之间的关系，现在我可以说了。第一件事与体重300磅的骗子、“大块头”鲍比·马里诺有关，20世纪80年代的反黑法庭审中，弗兰克被控谋杀无罪释放。拉塞尔曾命令弗兰克动手，却没有意识到马里诺在为安吉罗·布鲁诺放高利贷。动手之后才发现马里诺把布鲁诺的8万美元放了高利贷，问题在于只有马里诺才知道到底借给了谁。那可是8万美元打了水漂，看起来是弗兰克的错。弗兰克被安吉罗叫过去自我解释，他顶了罪，从没提及过拉塞尔下令之事。

“我不想让拉塞尔难堪，”弗兰克对我说，“因为在没有核查之前就贸然行事。拉塞尔确实试图取消行动，但太晚了。我当时已经在路上了。”

另一件事关人称“长约翰”的雷蒙德·马托拉诺，弗兰克与他相互看不对眼，都受不了对方。弗兰克听说“长约翰”开价想干掉自己。弗兰克在一个星期天的凌晨三点多把车停在“长约翰”的房子前面，摆好架势。当“长约翰”朝窗外看的时候，弗兰克做个开枪的手势，似乎要射杀“长约翰”。第二天，拉塞尔就把他们两个拉在一起坐下，让“长约翰”撤销他对弗兰克的开价，并让弗兰克同意别惹“长约翰”。

数十年之后，当我和弗兰克一起旅行的时候，“长约翰”在服刑多年后被释放。他当时大概有80岁了，弗兰克也差不多。一周后，“长约翰”驱车外出时，在费城南部的一个拐角处，有个枪手从两辆停着的车之间跳出来开枪射杀他。第二天，我和弗兰克去墨西拿社交俱乐部吃辣椒和香肠。巅峰时期身高只有5英尺4英寸非常矮小的意大利人塔特也已年近80岁，他和6英尺4英寸的弗兰克来了个错位拥抱问候，塔特呲牙仰头看着弗兰克说："看到你出来我很高兴，我以为他们会找你盘问'长约翰'的事儿呢。"

"如果被起诉，我打算让你证明我不在场呢。"弗兰克说。

"我听说他还活着呢。"塔特说。

"是啊，那就是我的辩护，如果是我的话绝对不会给他留活口。"

当埃米特·菲茨帕特里克2014年去世的时候，他的讣告将这两个敌人联系在一起："菲茨帕特里克继续成为了有名的辩护律师，为名声在外的黑帮辩护，其中包括雷蒙德·'长约翰'·马托拉诺……和运输工会的头头弗兰克·希兰。"

在巴尔的摩附近的一次签售会上，一位熟悉该地区的人士告诉我，我和弗兰克没有找到的那个机场跑道现在是个购物商场，有个GAP服饰专卖店和汽车销售店。就是在那个机场跑道上，弗兰克在"达拉斯"事件发生前不久，给吉诺维斯的帮派成员交付了一只行李袋，里面装着三支威力巨大的步枪。自从1963年弗兰克完成那只行李袋的交付近40年后，能够证实我们处在正确的街区感觉很不错。

就像吉姆·科斯勒告诉我的那样："这些家族协同合作，共享其犯罪活动。甘比诺势力可能控制着雇主协会，而吉诺维斯势力则可能控制着为这些雇主工作的工会。"

弗兰克向我揭露的事情表明了吉诺维斯家族与"达拉斯"事件重要但却未被认可的关联。弗兰克驱车去吉诺维斯家族的大本营蒙特饭店，和吉诺维斯家族的大佬托尼·普罗文扎诺会面，托尼给了他一个带着三把高威力步枪的行李袋，并给予指示："去坎贝尔在巴尔的摩的地盘，那个时候开卡车过去。我们的飞行员朋友会在那里等你。他正在等着这个。”弗兰克在巴尔的摩的机场跑道把步枪给了另一位吉诺维斯的“完人”，“一个我在蒙特认识的人”，现已身故，而没有交给卡洛斯·马塞洛的飞行员戴夫·菲利。弗兰克出于对这个吉诺维斯手下的“美好家庭”的尊重而没有向我透露其姓名。如弗兰克在书中描述的那样，这个吉诺维斯的手下默默地取了弗兰克的卡车钥匙，拿到步枪并道别，“我也走了”。弗兰克没有从林肯车上下来。

十几年后，在华威酒店，吉米·霍法告诉弗兰克，卡洛斯·马塞洛的飞行员带着步枪去了达拉斯，没有说明他们是否或者以何种方式派上了用场。弗兰克认为吉米对卡洛斯·马塞洛、戴夫·菲利和“达拉斯”事件以及步枪的说法是对的。

但是，弗兰克实际上亲眼见证了吉诺维斯家族的角色，他从吉诺维斯家族大佬托尼·普罗那里取枪，在吉诺维斯大本营蒙特饭店闲逛，并且把枪交给了吉诺维斯家族的完人。

于是我们就拥有了吉诺维斯家族最高层介入杀害总统的共谋的核心信息，该家族在黑帮委员会中任职，由“肥佬托尼”·萨勒诺领导。如果没有黑帮委员会的介入和批准，吉诺维斯家族就不可能积极参与诸如“达拉斯”事件这样的轰动事件，而多亏黑帮委员会案件的那些新“义胆雄心”们，这样的事情在20年后再也不会发生了。

## “我不会去任何靠近达拉斯的地方”

自从小罗伯特·F. 肯尼迪出现在查理·罗斯的访谈节目中之后，我看了一部纪录片：《肯尼迪是被暴徒暗杀的吗？》。当中的特邀嘉宾是巴黎圣母院教授G. 罗伯特·布莱基。尽管我从未见过这个人，他却总是以重要的身份出现在我与约瑟夫·皮斯托内以及林·德维奇奥合著的书中。布莱基教授是小罗伯特·F.肯尼迪手下抗击黑手党的战士，小罗伯特·F.肯尼迪遇刺之后他依然继续着战斗。

布莱基为国会起草了我之前提到过的粉碎了黑帮的法律，并得到了约翰逊和肯尼迪总统的签署。该法案授权乔·皮斯托内、林·德维奇奥和吉姆·科斯勒等探员以及他们在联邦调查局内外的盟友们起诉并监禁那些有权有势、目中无人的黑手党委员会头目们，例如"肥佬托尼"·萨勒诺，以及较为松散的势力范围内的头目们。

布莱基起草了针对全国的黑手党的三项大规模杀伤性武器，并通过了国会的立法：（1）授权进行窃听，被窃听者的录音可能被用作证据；（2）扩展证人保护项目，吸引更多的联邦合作证人；（3）反黑法创造了一项新的密谋罪，规定加入黑手党属于违法行为——这一点是最重要的。

当林手头的黑手党委员会案件传来对教父们的审判结果，认定所有151项指控均成立时，吉姆·科斯勒立刻致电布莱基教授，向他道贺并与他一同庆祝。

布莱基之前因为在1976至1978年间为众议院遇刺案特别委员会[①]担任首席顾问和幕僚长而为人称道。该委员会重新审阅了沃伦委员会1964年的报告，并于1978年与沃伦委员会达成了不一致意见，他们得出结论说奥斯瓦尔德并非单独行动。无论如何，委员会没有找出任何密谋者，当然，除了奥斯瓦尔德。该委员会推断，肯尼迪更可能是"因为一桩阴谋而遇刺的"。然而众议院特别委员会依据的是如今已经被推翻的声音证据，证据表明除了奥

① 全称是House Select Committee on Assassinations。

斯瓦尔德开的三枪，还有从另一个地方传来的第四声枪响，即来自总统被枪杀的位置附近那块被草地覆盖的小山丘上。

布莱基教授在纪录片中援引了其他证据来支持有关阴谋的发现。他说，达拉斯事件发生的11个月前，我们所知道的和拉塞尔·布法里诺关系密切的费城头目安吉罗·布鲁诺在当时被违法窃听时说，“我们应该干掉大的那个”，结合语境，言下之意就是我们应该杀了约翰·F.肯尼迪，以及“我们应当干掉小的那个”，指的是小罗伯特·F.肯尼迪。布莱基的叙述是用画外音体现的，画面里是被弗兰克称为安吉的那个人：这个人命令弗兰克亲吻维斯珀斯；这个人让弗兰克负责干掉大块头鲍比·马里诺；也是这个人向拉塞尔提起阿尔·马尔蒂诺，让他获准返回美国。

纪录片的结尾是布莱基陈述自己的立场，将近40年前，在他离任委员会首席诉讼律师一职时他就持有这一立场：“我的最佳判断是他是因为一桩阴谋而被谋杀的。种种迹象表明这桩阴谋是有组织的犯罪……我认为暴徒暗杀了肯尼迪并且逃之夭夭。”

在他与众议院遇刺案特别委员会编辑总监理查德·N.比林斯合著的那本《致命小时：暗杀肯尼迪的有组织犯罪》（伯克利出版社，1981）中，布莱基总结说，他找不到任何证据表明统治主体——黑手党委员会参与了“达拉斯事件”。

20年后，弗兰克·希兰为该委员会参与暗杀提供了之前漏掉的证据，那就是吉诺维斯参与了部分密谋。

“我不会去任何靠近达拉斯的地方。”弗兰克在1991年对我说。在保持了八年的沉默之后，当他于1999年重新与我交谈时，我不得不竭尽全力让他去“任何靠近达拉斯的地方”。

弗兰克说，因为杰克·鲁比的角色，他曾在1963年起了疑心，然而直到1974年在百老汇埃迪酒吧的那一夜之前他都没有被告知黑手党暗杀肯尼迪的阴谋。弗兰克在拉塞尔·布法里诺家族有一位无可挑剔的线人，他在弗兰克面前警告吉米·霍法时，用的是那种严肃得不能更严肃的口吻：

“我顶上的头头们觉得你在通过展示失败来表达感激”——然后压低声音说——“对‘达拉斯事件’的感激。”

自那晚拉塞尔·布法里诺向弗兰克保证吉米免不了遭罪时，拉塞尔变得愈加严肃：

“你在做梦，我的朋友。如果他们有本事干掉总统，他们当然也能把运输工会的主席给干掉。”

这么看来，当我在1991年的那个夜里谈起奥斯瓦尔德和鲁比，尤其是提到拉塞尔还活着，无意间触碰到了敏感话题时，坐在乐至宝沙发上的弗兰克一想到要去“任何靠近达拉斯”的地方就不免胆战心惊，又有什么好大惊小怪的呢？

一直到他去世的那一天，弗兰克的同一只手上都戴着拉塞尔送的金戒指和吉米送的金表。他戴着这两样东西，以提醒自己的忠心耿耿。这珠宝象征着他内心持续的情感冲突与道德冲突，那些冲突正包括“达拉斯事件”。

希兰和布莱基与小罗伯特·F. 肯尼迪私交甚好，这两个人都深谙黑手党的犯罪心理。那时黑手党有自己的秘密政府，自己的法律与司法系统，自己的语言以及思维方式，还有自己的免税经济。

本书中描述的弗兰克为“达拉斯事件”提供的证据遭到了我的强烈质询。就在他决定执行自己的计划，通过绝食来了结自己之前的最后一盘录像带里，弗兰克再度提到自己在吉诺维斯位于布鲁克林蒙特饭店的老巢里，“为了达拉斯”拎起了汤尼·普罗文扎诺拿来的装着来福枪的背包。

自从在电视上见过布莱基教授之后，我决定读一读他那本出版33年以来仍然活跃的书。这本书让我知道了戴维·凯泽的那本出色的《通向达拉斯之路》(哈佛大学出版社，2008)。布莱基就这本书写道："终于有一位不带偏见的历史学家通读了曾一度是秘密的大部头文件……作为对1992年颁布的'肯尼迪遇刺档案法案'①的回应。"

作为一名历史学家，凯泽阅读了大量近期解密的秘密文件，其中包括从1989年到1990年联邦调查局的报告。这些官方报告描述了1989年发生在监狱里的一场为期三天的插曲，意在表明路易斯安那州的黑手党头目卡洛斯·马塞洛在"达拉斯事件"中扮演了角色。这段持续了三天的插曲十分瞩目，以至于一周之内联邦调查局就重启了当局关闭了一年的针对肯尼迪遇刺的调查。

联邦调查局手里已经有一盘1981年有关马塞洛的罪证录音带，录音带来自针对一起保险诈骗案的调查。这起案件将使得马塞洛在狱中度过余生。在这盘通过窃听马塞洛办公室而获得的录音带里，一位"信任的手下"向马塞洛说了一些有关暗杀约翰·F.肯尼迪的事情。马塞洛于1981年打断了他的讲话，就像弗兰克在1991年打断我一样：

"我们别在这里谈论这个。"马塞洛说。

他将他"信任的手下"带出门继续进行他们之间的私密谈话。

吉米·霍法曾通过黑手党律师以及自己的律师弗兰克·拉加诺向两位头目递话"干掉那个王八蛋约翰·肯尼迪"，而卡洛斯·马塞洛正是那两位头目之一。

任何著书支持沃伦报告结论的人都是在跟弗兰克·拉加诺作

① 全称是JFK Assassination Records Act。

对。这样一个人知道拉加诺在说什么，又必须找到一种方式让别人不再相信他的话。文森特·布格里奥西，备受尊敬的曼森家族的检察官以及《杀人王曼森》(诺顿出版社，1971）一书的作者，写了一本长达1612页的关于“达拉斯事件”的书，支持沃伦委员会的报告，并且认为没有任何证据表明存在阴谋，无论是来自黑手党的还是其他人的:《再现历史》(诺顿出版社，2007)。这本书比凯泽的书晚一年出版。布格里奥西在书的第1181页中指出，律师弗兰克·拉加诺所描述的故事的细节“带有真相的味道”。然而之后根据布格里奥西的描述，拉加诺推翻了自己的言论。布格里奥西说，拉加诺在有关他与霍法见面这一事上自相矛盾。

据布格里奥西说，起初拉加诺说他与霍法的对话发生在“华盛顿特区的大理石宫酒店的行政餐厅里”。

布格里奥西继续责难拉加诺:“1992年11月，拉加诺在《前线》电视特别节目上和全国观众基本上讲了如出一辙的故事，但是他说对话并非发生在大理石宫酒店，而是在霍法位于华盛顿特区的运输工会总部的办公室内。到底是大理石宫酒店还是吉米的办公室？弗兰基，你最好理理清楚你的思路。”

倘若拉加诺还活着，他会指出，假如布格里奥西拨打了411——巧合的是，这一数字是弗兰克在二战中参加战斗的天数——接线员会说:“华盛顿特区根本没有大理石宫酒店。”拉加诺将会补充一句，运输工会总部大楼的名字叫大理石宫。

弗兰克·希兰有关霍法事件、还有布法里诺在百老汇埃迪酒吧和在华威酒店里关于“达拉斯事件”自知有罪的目击证词，与拉加诺的证词相互佐证。

深入分析黑手党的思维，可以轻而易举地看出像卡洛斯·马塞洛这样的人存在暗杀肯尼迪的动机。在约翰·F.肯尼迪当选总统之前，小罗伯特·F. 肯尼迪在麦克莱伦委员会听证会上对黑手党头目们表现出的不尊重，俨然可以视为发动了初次攻击。小罗伯特·F. 肯尼迪于 1960 年接手司法部时，全国发生了 35 起有组织的犯罪。到了 1963 年，变成了 288 起，数量急剧上升。1963 年的 288 起审判中，就有“全美收入最高的工会老大”——吉诺维斯家族的分支头目托尼·普罗文扎诺，此人因为敲诈以及将“工会的和平”出售给卡车公司而蹲了监狱。此事不仅让普罗文扎诺耗费了他的养老金，还致使霍法丧命。因为小罗伯特·F. 肯尼迪的缘故，所有那些黑手党头目们都被联邦调查局、美国国家税务局、移民署、劳工部以及州立与地方警局列为目标。小罗伯特·F. 肯尼迪在他的著作《内部敌人》（哈珀出版社，1960）中曝光了黑手党，并推出了新的法律。在“达拉斯事件”发生数月之前，吉诺维斯的下属乔·瓦拉奇于 1963 年出现在电视上，唯一的目的就是要将黑手党的秘密公之于众。按照黑手党头目们的思维，他们的性命岌岌可危。他们别无选择，只能干掉约翰·F. 肯尼迪。

还有一件事可以被视为他们的动机之一，那就是 1961 年 4 月 4 日，当卡洛斯·马塞洛依法在移民署进行常规登记时，这位肥胖的 5 英尺 2 英寸的老人手戴手铐，遭到了小罗伯特·F. 肯尼迪的绑架。他被一家边境巡逻飞机扔在了危地马拉，没有行李，只有口袋里的一点零花钱。在那儿他设法保护自己，潜回美国。小罗伯特·F. 肯尼迪为自己的卑鄙伎俩辩护称，为了避免被驱逐出境到意大利，卡洛斯·马塞洛不得不从危地马拉政府那里搞了一张伪造的危地马拉出生证明。小罗伯特·F. 肯尼迪成全马塞洛的心愿，将他丢在危地马拉。

让绑架变得雪上加霜的是，当马塞洛从危地马拉回来时，小罗伯特·F. 肯尼迪起诉他诈骗，使用伪造的危地马拉出生证明破坏将他驱逐至意大利的驱逐令。约翰·F. 肯尼迪被奥斯瓦尔德暗杀的那天下午，新奥尔良的陪审团作出了无罪判决。在他们走进陪审团休息室讨论前，法官告诉他们，总统被暗杀了。

历史学家凯泽 2008 年对于新发布的联邦调查局的材料的分析显示，1989 年以前，年事已高的卡洛斯·马塞洛因为保险诈骗和贿赂公务员而在特克萨卡纳监狱服刑。1989 年 2 月，马塞洛突然发病，导致他陷入半妄想状态三天，就像弗兰克·希兰 2002 年开车去底特律寻找那栋房子时陷入半妄想状态一样，他服用的药物降低了新陈代谢，触发了潜意识，化学反应让他持续将自己的黑手党经历和作战经历相混淆。在我开车的时候，弗兰克对着这些"因为化学反应而产生的人物"说起了过去的经历。

同样，正如凯泽在书中第 411 页描述的，也就是弗兰克参加战斗的天数：

> 1989 年，当马塞洛正在特克萨卡纳监狱服刑时，发生了一起意外，使得联邦调查局重新调查肯尼迪遇刺一案。2 月 27 日，马塞洛因为头晕，心律不齐，失去方向感而被送进了监狱医院。接下来的三天里，他深陷幻觉，以为自己回到了新奥尔良的家，他开始把护理人员当做亲信，和他们说话。他谈到了他刚刚在纽约与"普罗文扎诺"开的一个会，他让手下的人去一家夜总会，他还提到了即将到来的庆祝。在两天之内，马塞洛三次说道："那个肯尼迪，那个笑面虎王八蛋，我们将要在达拉斯修理他……我们将会在达拉斯抓住他。"

瞧见了吧，他们真的很想对你坦白，科尔。

等到接受联邦调查局审问时，马塞洛头脑清醒，否认了一切。

但是在那场为期三天的插曲中，他特别提到了“一家夜总会”和“一次庆祝”，并且确认了“达拉斯”和“纽约”这两个地名，还丢下了“普罗文扎诺”和“肯尼迪”两个人名，并且不是什么老“普罗文扎诺”，而是他在“纽约”、在布鲁克林的蒙特饭店见过的那个。在马塞洛包括了德克萨斯州达拉斯的地盘上，拥有一家“夜总会”的人是谁呢？尽管那些和杰克·鲁比有联系的其他人，比如萨姆·詹卡纳等，对达拉斯都有兴趣，这块地盘到底还是属于马塞洛的。杰克·鲁比在达拉斯拥有两家夜总会。没有达拉斯黑手党头目乔瑟夫·奇维洛的看管，谁也不能在达拉斯开夜总会，而此人正是向他的教父卡洛斯·马塞洛进行汇报的。

两位黑手党头目的关系十分密切，1957 年 11 月，教父卡洛斯派遣达拉斯头目乔瑟夫代表他去参加拉塞尔安排的阿帕拉契会议。这场会议自然聚集了 60 位来自全国各地的黑手党教父，在纽约北部一个小镇的私人住宅内举行。纽约州警局对会议进行了突袭，逮捕行为以及接下来的头条新闻一道成为全国范围内的黑手党的首度曝光。

凯泽那“惊人”的段落，连同联邦调查局新公布的 19 年前的报告，都出版于 2008 年，也就是弗兰克·希兰于 2004 年公开揭露“达拉斯事件”四年之后。弗兰克·希兰说，活跃在布鲁克林的蒙特饭店以及“纽约”吉诺维斯大本营的吉诺维斯家族分支的头目汤尼·“普罗文扎诺”，以及另外一位未透露姓名的吉诺维斯家族的“完人”，是“达拉斯事件”的主要同谋犯。

尽管凯泽未提及希兰或者本书，他在描述这些新公布的联邦调查局报告时引用了马塞洛的话，尽管马塞洛在说这些话时正处于半妄想的状态。马塞洛把当时的语境视作“我们”的阴谋，在这个语境下，他说“他与普罗文扎诺在纽约刚刚开完的一个会”——“我们将会在达拉斯修理他……我们将会在达拉斯抓住那个肯尼迪”——已经被高度信任的弗兰克·希兰的话，由这些隐秘的联邦调查局报告中得到了验证。普罗文扎诺和普罗文扎诺对上了。弗兰克·希兰是通过吉诺维斯家族积极的参与行为，说明黑手党委员会与“达拉斯事件”有直接关联的第一人。

弗兰克的招供又验证了马塞洛“惊人”的话。正如弗兰克为霍费克斯档案上的嫌疑犯名单所做的一样，弗兰克验证了这些联邦调查局的报告，当局决定认真对待此事。

正如弗兰克·希兰和其他许多人在他们的“黑手党大学”教给我的，作为黑手党委员会的永久成员，除非经过委员会余下成员们的同意，否则吉诺维斯家族的成员不可能被卷入“达拉斯事件”这样大的事件里。举个例子，20世纪80年代中期，委员会以票数接近的选票否决暗杀当时的美国检察官鲁迪·朱利安尼的提议。

没有马塞洛的批准，黑手党的成员不可能参与那场德克萨斯州达拉斯发生的轰动事件。正如乔证明的，没有预先批准，没有人可以以任何理由进入马塞洛的领地。

有人可能会反驳说马塞洛当时处于半妄想的状态。马塞洛认识上千名黑手党的恶棍，他的下意识偏偏挑了普罗文扎诺——来自新泽西城有权有势的黑手党运输工会成员，也是纽约吉诺维斯家族的一位非常有势力的成员，出入布鲁克林的蒙特饭店，这就同“达拉斯事件”建立了联系；和弗兰克一样，他也认识上百个黑手党的恶棍，却将普罗文扎诺和“达拉斯事件”联系在了一起。马塞洛还提到了一家“夜总会”，为了预期的“庆祝”。更重要的是，这些话不是随便说一次就完了。他反复重复那些话，好像他在对他的新奥尔良州的下属说话。这个“我们”的阴谋在两天之内被重复了三次。所有已经说出来的话足够让1989年的联邦调查局重新打开沉睡已久的“达拉斯事件”的卷宗。更进一步说，联邦调查局已经拿到了1981年的录音带，这盘录音带表明，马塞洛在他的办公室内禁止一切有关暗杀肯尼迪的讨论。

既然弗兰克·希兰和现在的卡洛斯·马塞洛都证实了吉诺维斯家族积极参与了这个阴谋，那么委员会参与了“达拉斯事件”一事也就昭然若揭了。马塞洛将他与“普罗文扎诺”的会议安排在了“纽约”，也就是委员会的大本营。马塞洛前往纽约参加会议，说明与他会面的人职位在他之上。

说吉诺维斯家族亲自卷入了风波也完全合情合理。这么做是出于强烈的个人动机，想要证明什么。吉诺维斯钦定的来自东哈莱姆区的乔·瓦拉奇——背叛了黑手党最深处的秘密——在通过电视广播的听证会上让吉诺维斯家族蒙羞。

小罗伯特·F.肯尼迪说：“因为乔·瓦拉齐……我们知道……黑手党是由一个委员会管理的……大部分主要城市的领导人都听那个委员会的……我们知道现在委员会里的活跃分子们都有谁。”

“因为乔·瓦拉齐……”

在其他家族看来，吉诺维斯家族想必是制定了什么令人蒙羞的黑手党纪律，以至于他们的一个手下竟然可以做出如此无法言喻的背叛。吉诺维斯家族不得不修正这个错误。“仇杀”这个词来自意大利语并非巧合。

当然，我相信这些。我听到了弗兰克如干冰一般的话语：“我不会去任何靠近达拉斯的地方。”那一瞬间，我笃信是黑手党密谋杀害了约翰·F.肯尼迪。任何人听到他用那种口气说那些话都会相信这些。他们也会相信我的话。

## “抬头看，查尔斯”

正当莉娜·霍恩跟着泰迪·威尔森乐团唱起“……不知道从哪里来”时，最大的一场降雪不期而至，来势汹汹。

我正在爱达荷州太阳谷滑雪度假村里自己的度假屋中观看博伊西州立足球赛，我当时登记的电话响起。打电话的年轻人自称弗兰克。他的名字听上去有那么点耳熟。

“我和比利·德埃利亚一同被起诉，”他说，“因为洗钱。我知道您认识比利。”

“我认识。”我说。

“我是一位投资银行家。有执照在身。那是我交易的一部分。”

这位滔滔不绝的年轻人听起来就像是一位勤快的股票经纪人在打推销电话。

“继续。”我说。

“我过去和比利对着干。我曾是比利想要干掉的人之一。不过我和比利现在相安无事。”

“那就好。”

“相信我，比利和我现在真的关系非常亲密。我们一直都是一家人。我的父亲和拉塞尔是最好的朋友。比利过去照看过我。我一直喊他比利叔叔。我现在有时候还叫他比利叔叔。”

“好吧。”

“我想说的是，有两位报纸记者想要为我写书，一位来自费城，一位来自这儿，宾夕法尼亚州东北部，但是我希望您来为我的书执笔。比利擅长任何事情。至于比利那边，没有什么可担心的。他会出手相助。我们已经就此事谈过了。他会帮助我们。您没有什么可担心的。”

我对这个不知道从哪里冒出来的弗兰克说：“我得说这两位记

者是宾夕法尼亚州东北部的马特·伯克贝克和费城的乔治·阿纳斯塔西。他们都是出色的作者。我对此没有任何兴趣。”

电话那头陷入了长时间的停顿。我十分享受来自比利“侄子”那尴尬的沉默。

“您怎么知道是他们呢？”他唯唯诺诺地问。

“他们俩都写过和黑手党有关的东西，而且都非常擅长写这个。我已经不做这事了。我有其他的项目要忙。”

指出那两位作家的姓名显然让他慌了神。我决定尝试搞清楚这位年轻的弗兰克·帕夫利科究竟想向我兜售什么消息。情报员乔·科菲告诉我，他在布法里诺的线人说，弗兰克告诉我的都是事实，布法里诺家族的人已经读了那本书，而且知道比利正和联邦调查局合作，基于这一切，我小心翼翼地压低声音说：

“另外，我知道比利已经证实了弗兰克·希兰的供词。我不需要从你那里获取这些信息。”

这一次，我们之间是更死寂的沉默以及更长时间的停顿。当帕夫利科回过神时，他用充满失望的语气说：“那将对你有利，不是吗？”

“是的，那将对我有利。”我说。

眼见自己当一名掮客的计划落空，未能如愿提供比利的证据，帕夫利科继续自告奋勇地说：“联邦调查局见到比利的时候，他们问的第一个问题就是，霍法身上发生了什么事。他告诉他们去读这本书。”

“弗兰克告诉了我真相，”我说，“我不是让他在证人席上站了一个下午而已。将近五年的时间里，他都只与我袒露心迹。”

“当您的书发行时，”他说，“比利给了我一本并在里面写道：‘有时候你可以相信你读到的一切。’”

一部分的我，身为意大利天主教徒的那部分，倾向于认为比利多少是因为晚年受了弗兰克·希兰的精神影响而与联邦调查局合作，一如《我听说你是漆房子的》里描述的。就像弗兰克·希兰因为看到拉塞尔在斯普林菲尔德的监狱里推着轮椅上小教堂而被影响一样。同样地，我与弗兰克日复一日的接触，让我每次回曼哈顿看望我母亲时都会在圣帕特里克的天主教堂为他点上一根蜡烛。

比利是整个布法里诺家族的教父。他改变立场的决定代表着林·德维奇奥手头的黑手党委员会案件有了进展。

差不多一年以后的 2012 年 12 月 13 日，弗兰克·帕夫利科因为一起单独的诈骗案而在南卡罗来纳州候审时，上吊自杀了。

与此同时，比利·德埃利亚揭露了两位在布法里诺的领地上触犯了公众利益的少年犯法庭的法官。他们入股了一个私人的少年监狱，每入狱一个犯人他们都能从中抽成。于是他们将这些犯下入店偷窃等轻罪的少年犯们关进监狱这件事，上了新闻节目《60 分钟》。这两位法官很有可能死在监狱里。

帕夫利科自杀几个月之后，“大块头比利”·德埃利亚于 2013 年获得假释。然而他永远不会出面指证两位尚在世的霍法枪击案同谋，因为比利没有主动参与他们的活动：查基把霍法拽进了屋子，汤米处理了尸体。正如弗兰克 1991 年说的：“……当你踏上歧途之后，你只需要清楚自己做了什么。你不能背叛那些在你前后的人。”

对于比利究竟有没有在霍法枪击案或者“达拉斯事件”中扮演什么角色，弗兰克从未向我揭晓答案。然而比利身为小头目，被允许获悉拉塞尔所知的一切。

弗兰克一直深信“大块头比利”是秘密线人，也就是弗兰克所说的告密者，以及那位发展告密者的教授林·德维奇奥口中所说的线人。

弗兰克和黑手党芝加哥分部的头目，绰号“小丑”的乔伊·隆巴尔多关系十分密切。事实上，两人都是针对黑手党委员会及其同谋的反黑诉讼中的被告，这个诉讼不同于林手头的黑手党委员会犯罪反黑案件。借用小罗伯特·F. 肯尼迪的原话，民事案件的同谋被告名单就像是集体犯罪人物的“一份详细名录”。因为事实正是如此。如上所述，弗兰克是名单上仅有的两位非意大利人之一。

有时候弗兰克同“小丑”乔伊交谈时我也在场，能听到弗兰克谈话尾声的内容。他们在我眼前谈论的正是国家阴谋。有一天，我正走进一家出版社位于公园大道上的大楼去开会，我的手机接到了弗兰克的来电。

“我接到了我们在芝加哥的一个朋友打来的电话，”弗兰克说，“他说芝加哥都传开了，说这个来自北部的人是一个不动声色的告密者。小心评价比利。他可不是什么好东西。”

“弗兰克，没事，”我说，“没有你在，我和他算不上朋友。关于比利我有什么好说的呢？”

“无所谓了，当心你对比利的评价。就这样。”

就我个人而言，我认为比利在密谋杀害其他联邦合作证人之后转投联邦调查局，成为一名联邦调查合作证人，对他本人是一个讽刺。

一直以来，在我心中，比利的思维方式一直是最接近“疯帽商”那类人的，他认为我出卖了弗兰克并且利用了弗兰克的内疚将一本掩饰真相的书变成了一间忏悔室。谁又能苛责我到现在为止都没提过“大块头比利”呢？

不管怎么说，这是有一本关于弗兰克的书，所有关于弗兰克的内容无时无刻不是关于他忏悔的渴望以及他的救赎之旅。既然是忏悔，那就需要一个忏悔对象。蒙主的祝福，我出现在了对的时间对的地点，让这位神学校学生的儿子向我坦白一切。

在我和前谋杀目标弗兰克·帕夫利科进行了短暂而奇妙的对话之后，我接到了希兰的女儿多洛雷丝匆忙打来的电话。那天夜里，底特律的联邦调查局分别造访了和弗兰克关系密切的三位女儿在宾夕法尼亚州的家。联邦调查局的探员们在寻找一份宣誓书，一封信，或者一张便条，一盘录音带或者录像带或者影片，或是任何被写下或是录下的东西，任何弗兰克可能留给其中一位女儿保管的东西。

我告诉了多洛雷丝我与帕夫利科之间的对话。我向她解释，探员们在寻找任何她们的父亲留下的东西。这些东西将撤回或否定弗兰克对我所坦白的内容的真实性。这些东西是他留给女儿们保管的，以防万一他被逮捕。

“这些东西务必被妥善保管，”我说，“也就是说，它们不会突然出现，让主要证人比利的话被推翻。”

“父亲从不试图向我们否认任何他对你说过的话。”

“我知道，但是它们必须是仔细缜密的。这是它们的突出特点。”

多洛雷丝这时已经成了我终身的朋友。她笑着说：“你知道的，年龄差距决定了我们三个人对待联邦调查局的方式。玛丽·安在她父亲和拉塞尔认识之前基本上已经长大成人了。除了为联邦调查局的人做布朗尼，玛丽·安什么事都做了。我隐约能感觉到父亲在联邦调查局那里的遭遇，所以我很配合，但也只是走个形式。康妮不允许他们进入屋子，要求他们站在门廊上说话。

她冲他们大喊，说父亲没在她那里留下任何东西，也没什么他们可以借机来骚扰你的东西，让他们别来烦她。她至今也没有读这本书。她只是说：‘告诉我弗兰克·辛多恩不是被父亲杀死的。我一直很喜欢他。’我说：‘不，康妮，不是父亲杀死弗兰克·辛多恩的。’”

弗兰克·辛多恩绰号“梭鱼”，是黑手党委员会在1980年点明要杀害的四个人之一，作为对当年安吉罗·布鲁诺遇刺的报复。因为布鲁诺遇刺一事被认为是因为贪婪，辛多恩的尸体在一条巷子里被人发现时，他的嘴里塞满了钞票。在林·德维奇奥手头针对黑手党委员的调查被人察觉之前，这四位杀害了费城黑手党首领安吉罗·布鲁诺的合谋者遇害一事可能是委员会最后一次出面维护治安的行为。为了能有一个统治机构，沟通是必须，但是林的案子让沟通戛然而止。

多洛雷丝向我致电一天后，我接到了来自底特律联邦调查局办公室特工安迪·斯拉斯的电话。他想要我那盘希兰的录音带。这一请求令我激动不已。我们进行了愉快的交谈。我跟他谈到了多洛雷丝说过的关于她的姐妹们的事以及他的拜访，我们笑了起来。他问我是否需要为我那盘录音带而给我发一张传票。我说我原本不需要，但是我想拿一张作为纪念。仅仅一天左右我就收到了传票，之后当我的录音带被复制完并归还给我时，上面留下了联邦调查局的标记和号码。

这既让人感到满足，又令人感到谦卑。每当我告诉她一点好消息时，我的母亲卡罗莱娜·迪马科·勃兰特总会对我说：“当心，查尔斯。”我总是听她的话。

在我与特工安迪·斯拉斯交谈的过程中，我的执法经验告诉我这个案子不同于侦探乔·科菲手头的盖洛案。盖洛案中所有的重要嫌疑犯都身亡，但是在这个案子里，汤米仍然健在并且生活在拉斯维加斯，查基也健在，生活在佛罗里达，这个案子仍未结案。没有哪个特工会评论它，正如乔·皮斯托内不会在他的第一本书《忠奸人》中评论某些案例一样，直到20年后《忠奸人：未完成的事业》出版时，他才这么做。我十分注意保持自己的立场。我从不提“大块头比利”·德埃利亚或是弗兰克·帕夫利科或者探员乔·科菲。然而在我挂电话之前，我还是没有忍住。

“我不打算问你是什么引起了你对我的录音带的兴趣，”我说，“但我只是想让你知道我从来没有喜欢过那个混账东西，就像他从来都没喜欢过我一样。”

我们同时迸发了笑声，就像两个站在“统一战线”上的人一样。

那个完美时刻过去不久之后，我去艾美帕克酒店与马丁·斯科塞斯、罗伯特·德·尼罗以及史蒂夫·泽里安见面，这是另一个完美时刻。斯科塞斯问起我一部晦涩影片的片名，那部让我提到了“独行的牛仔”李·哈维·奥斯瓦尔德的电影。在回太阳谷的航班上，我想出了电影名与杰克·鲁比暗杀奥斯瓦尔德之间的联系。鲁比的点38口径的手枪打响了“沉默中的一枪”，从此让奥斯瓦尔德永远闭了嘴。

当我结束曼哈顿的电影会议抵达太阳谷时，我的家门口放着一只联邦快递的隔夜快递箱。里面装着一张马丁·斯科塞斯寄来的艾伦·拜伦1961年主演的电影《沉默中爆发》的DVD。多么珍贵的宝贝。那是一部多么扣人心弦的黑色电影，取景于我刚成年的那个时代的纽约城。

弗兰克·希兰的每一份重要的供词都得到了证实：盖洛枪击案被《纽约时报》的目击证人和情报员乔·科菲证实；霍法一案

被弗兰克·帕夫利科和比利·德埃利亚以及联邦调查局为我的录音带发的传票所证实；还有“达拉斯事件”是黑手党委员会的阴谋最终被在特克萨卡纳监狱服刑的卡洛斯·马塞洛以及代表吉诺维斯家族参与此事件的汤尼·普罗文扎诺证实。

当我听从了母亲的建议抬头看时，我的脑海里选择了一幅弗兰克·希兰从空中冲我微笑的画面。我一如既往地感谢他。这位爱尔兰人永远年轻，身着制服。这是我最喜欢的画面，同那个在萨勒诺登陆时身亡的阿莱克斯·西格尔一样，都取景自西西里岛。

# 索 引

**说明**：本书中已经直接标注了部分对媒体报道的直接引用。除此以外，为了帮助读者理解某些特定事项以及事情发生的时间年表，我借鉴了许多其他文章的信息，数量众多因此不一一罗列。以下报纸新闻的报道尤其重要：《底特律自由时报》《费城咨询》《费城日报》《威明顿新闻杂志》《纽约时报》和《纽约邮报》。


Bishop，Leo V.，Frank J. Glasglow，and George A. Fisher. *The Fighting Forty-fifth*：*The Combat Report of an Infantry Division.* Baton Rouge，La.：Army & Navy Publishing Company，1946.

Brill，Steven. *The Teamsters*. New York：Simon and Schuster，1978.

Capeci，Jerry. *The Complete Idiot's Guide to the Mob*. 2nd ed. Indianapolis，IN：Alpha Books，2005.

Capeci，Jerry. *Jerry Capeci's Gangland.* New York：Alpha Books，2003.

Coffey，Joseph & Jerry Schmetterer. *The Coffey Files*：*One Cop's War Against the Mob.* New York：St. Martin's Press，1992.

Cohen，Celia. *Only in Delaware*：*Politics and Politicians in the First State.* Newark，Delaware：Grapevine，2002.

Davis, John H. *Mafia Kingfish: Carlos Marcello and the Assassination of John F. Kennedy.* New York: Signet Books, 1989.

Dean, John W. III. *Blind Ambition.* New York: Simon and Schuster, 1976.

Diapoulos, Peter. *The Sixth Family.* New York: Dutton, 1976.

Giancana, Sam, and Chuck Giancana. *Double Cross.* New York: Warner Books, 1992.

Gilbert, Martin. *The Second World War: A Complete History.* New York: Henry Holt and Company, 1989.

Hirshon, Stanley P. *General Patton: A Soldier's Life.* New York: Harper Collins, 2002.

Kennedy, Robert F. *The Enemy Within: the McClellan Committee's Crusade Against Jimmy Hoffa and Corrupt Labor Unions.* New York: Da Capo Press, 1994.

Kwitny, Jonathan. *Vicious Circles: The Mafia's Control of the American Marketplace, Food, Clothing, Transportation, Finance.* New York: W. W. Norton, 1979.

Leamer, Laurence. *The Kennedy Men: 1901—1963 The Laws of the Father.* New York: Perrenial, 2001.

Maas, Peter. *The Valachi Papers.* New York: Perrenial, 1968.

Mahoney, Richard D. *Sons & Brothers: The Days of Jack and Bobby Kennedy.* New York: Arcade Publishing, 1999.

Moldea, Dan E. *The Hoffa Wars: The Rise and Fall of Jimmy Hoffa.* New York: Shpolsky Publishers, 1993.

Mustain, Gene, and Jerry Capeci. *Murder Machine: A True Story of Madness and the Mafia.* New York: Dutton, 1992.

Neff, James. *Mobbed up: Jackie Presser's High-Wire Life in the Teamsters, the Mafia, and the FBI.* New York: Dell Publishing, 1989.

Pennsylvania Crime Commission. *A Decade of Organized Crime: 1980 Report.* St. Davids, Pa.: Commonwealth of Pennsylvania, 1980.

Poosner, Gerald. *Case Closed: Lee Harvey Oswald and the Assassination of JFK.* New York: Anchor Books.1993.

Regano, Frank & Selwyn Raab. *Mob Lawyer.* New York: Charles Scribner's Sons, 1994.

Russo, Gus. *The Outfit: The Role of Chicago's Underworld in the Shaping of Modern America.* New York: Bloomsbur, 2001.

Schlesinger, Arthur M. Jr. *Robert Kennedy and His Times.* Boston: Houghton Mifflin Company, 1978.

Sheridan, Walter. *The Fall and Rise of Jimmy Hoffa.* New York: Saturday Review Press, 1972.

Simone, Robert F. *The Las Mouthpiece: The Man Who Dared to Defend the Mob.* Philadelphia: Camino Books, 2001.

Sloane, Arthur A. *Hoffa.* Cambridge, Mass.: The MIT Press, 1991.

Thomas, Evan. *Rober Kennedy: His Life.* New York: Simon and Schuster, 2000.

United States, Warren Commision. *The Warren Commission Report: Report of President's Commission on the Assassination of President John F. Kennedy.* New York: St. Martin's Press, 1992.

Zeller, Duke F. C. *Devil's Pact: Inside the World of the Teamsters Union.* Secaucus, N. J.: Birch Lane Press, 1996.